शरद जोशी

21 मई, 1931 को उज्जैन, मध्य प्रदेश में जन्मे शरद जोशी, होल्कर कॉलेज, इन्दौर के दिनों में ही एक लेखक के रूप में ख्याति प्राप्त कर चुके थे। इन्दौर के 'नई दुनिया' अख़बार में 'परिक्रमा' कॉलम से उनकी प्रसिद्धि और लेखक के रूप में पहचान बनी। पहली पुस्तक 'परिक्रमा' (उन्हीं लेखों का समावेश) 1958 में छपी।

उनके दो व्यंग्य नाटक 'अन्धों का हाथी' और 'एक था गधा ऊर्फ अलादाद ख़ाँ' आज भी देश-विदेश में मंचित हो रहे हैं।

अन्तिम कॉलम 'प्रतिदिन' नवभारत टाइम्स में लगातार 7 वर्षों तक छपा।

शरद जी की 21 पुस्तकें छपी हैं—'परिक्रमा'; 'किसी बहाने'; 'रहा किनारे बैठ'; 'दूसरी सतह'; 'मेरी श्रेष्ठ व्यंग्य रचनाएँ'; 'यथासम्भव'; 'यत्र-तत्र-सर्वत्र'; 'यथासमय'; 'हम भ्रष्टन के भ्रष्ट हमारे'; प्रतिदिन 3 भागों में; 'नावक के तीर'; 'मुद्रिका रहस्य'; 'झरता नीम शाश्वत थीम'; 'मैं, मैं और केवल मैं'; 'शरद जोशी एक यात्रा' (अन्य लेखकों के विचार, डॉ. शशि मिश्रा); 'जादू की सरकार'; 'पिछले दिनों'; 'दो व्यंग्य नाटक'; 'राग भोपाली'; 'नदी में खड़ा कवि'; 'घाव करे गम्भीर'।

सरकारी पुरस्कारों से बचते रहे। मात्र एक पद्मश्री 1990 में उनके खाते में। पी-एच.डी. के घोर विरोधी रहे, आज उन पर ही कई पी-एच.डी. हो गई हैं।

हिन्दी की पहली कॉमेडी Sitcom सीरियल 'यह जो है ज़िन्दगी' लिखने का श्रेय भी। 'मालगुडी डेज' (हिन्दी संवाद), 'विक्रम और वेताल', 'सिंहासन बत्तीसी', 'वाह जनाब', 'दाने अनार के', 'यह दुनिया ग़जब की' सीरियल्स भी लिखीं...और 'क्षितिज', 'गोधूलि', 'उत्सव', 'उड़ान', 'चोरनी', 'साँच को आँच नहीं', और 'दिल है कि मानता नहीं' फ़िल्मों के संवाद भी...!

निधन : 5 सितम्बर, 1991

और...शरद जोशी

शरद जोशी

राजकमल पेपरबैक्स

राजकमल पेपरबैक्स में
पहला संस्करण : 2018

राजकमल पेपरबैक्स : उत्कृष्ट साहित्य के जनसुलभ संस्करण

प्रकाशक : राजकमल प्रकाशन प्रा. लि.
1-बी, नेताजी सुभाष मार्ग, दरियागंज
नई दिल्ली-110 002

शाखाएँ : अशोक राजपथ, साइंस कॉलेज के सामने, पटना-800 006
पहली मंजिल, दरबारी बिल्डिंग, महात्मा गांधी मार्ग, इलाहाबाद-211 001
36 ए, शेक्सपियर सरणी, कोलकाता-700 017

वेबसाइट : www.rajkamalprakashan.com
ई-मेल : info@rajkamalprakashan.com

बी.के. ऑफसेट
नवीन शाहदरा, दिल्ली-110 032
द्वारा मुद्रित

मूल्य : ₹250

AUR...SHARAD JOSHI
Satire by Sharad Joshi

ISBN : 978-93-87462-54-0

'और' कोई शरद जोशी हो भी नहीं सकता

यह कोई 'एक और व्यंग्य संग्रह' नहीं है–यह शरद जोशी की ऐसी व्यंग्य-रचनाओं का संग्रह है जो उन्होंने तब लिखी थीं जब वे अपनी रचनात्मक ऊर्जा के शिखर की यात्रा पर थे। 'और...शरद जोशी' नाम का एक व्यंग्य कॉलम 'नई दुनिया' में लगातार पहले साप्ताहिक, फिर अनियमित; पहले राहुल बारपुते, फिर रज्जू बाबू (राजेन्द्र माथुर) के सम्पादन में, सम्पादकीय पेज पर सत्तर के दशक में तब छपता रहा जब 'नई दुनिया' का नाम बड़ा आदर तथा आश्चर्य एकसाथ पैदा करता था, और जब शरद जोशी एक 'सेलेब्रिटी', एक 'ब्रांड', एक 'बड़े लेखक' के रूप में स्वयं को स्थापित कर रहे थे। तभी वे 'धर्मयुग' के 'बैठेठाले' स्तम्भ में और 'साप्ताहिक हिन्दुस्तान' के 'ताल बेताल' स्तम्भ में भी नियमित लिख रहे थे और हिन्दी व्यंग्य-लेखन में अपना ही एक नया मुहावरा रच रहे थे। तब तक शरद जोशी अपनी निर्भीकता, गहन राजनीतिक तथा सामाजिक समझ के साथ बिलकुल ही अनोखे तेवर वाले व्यंग्य-लेखन के लिए सब तरफ बेहद चर्चित लेखक का दर्जा पा चुके थे, और यह बात बहुत से हिन्दी वालों को बेहद तकलीफ भी देने लगी थी। उन्हें फालतू के विवादों में घसीटने की कोशिश की जाती थी। तभी यह बहस भी हिन्दी के फुरसती बहसियों के बीच चल निकली थी कि शरद जोशी और हरिशंकर परसाई के बीच ज्यादा बड़ा लेखक कौन है? यों, दोनों के बीच कतिपय विवाद तथा गलतफहमियाँ भी इसी तरह के विवादियों ने पैदा भी कीं परन्तु दोनों आजीवन एक दूसरे के लेखन का भरपूर सम्मान करते रहे। ये विवाद विचलन पैदा कर सकते थे पर शरद जी व्यंग्य-लेखन को जीने की जिद की तरह लेते थे। वे लगातार अच्छा तथा और भी अच्छा लिखते रहे। शरद जोशी इससे पूर्व (परिक्रमा) और बाद में भी (रविवार, हिन्दी एक्सप्रेस और फिर नवभारत टाइम्स में 'प्रतिदिन') लिखकर निरंतर, जीवनपर्यन्त एक शिखर से दूसरे शिखर की यात्रा करते रहे; अपने हर नये कॉलम में वे और भी समृद्ध व्यंग्यकार के तौर पर अपने पाठकों के समक्ष प्रस्तुत हुए। इतने दशकों तक, इतने ढेर सारे व्यंग्य कॉलमों में, इतना सारा लिखते हुए भी शरद जोशी ने स्वयं को कभी दोहराया नहीं–न तो विषयों को लेकर, न भाषा या शैली को लेकर। जब श्रीलाल शुक्ल कहते हैं कि इस ब्रह्मांड में जो है, वह शरद जोशी के व्यंग्य का विषय बन

चुका है या बन सकता है—तब वे अपनी तरह से यही बात तो कह रहे हैं। यह एक विलक्षण तथ्य है कि शरद जोशी की रचनात्मकता अपने जीवन के आखिरी पल तक बढ़ती ही चली गई। वे चुके नहीं। वे व्यंग्य की अक्षय, अविरल धारा थे। उनके लिए व्यंग्य लिखना श्वास लेने जैसा जरूरी और सहज था। वे जीवन के हर पल में व्यंग्य को जीते रहे और व्यंग्य में जिन मूल्यों के लिए लड़े, उन्हीं मूल्यों और शर्तों पर जीते रहे। वे समझौता कर लेते तो शरद जोशी न रह पाते।

'और...शरद जोशी' की रचनाओं को फिर एक बार पढ़कर जो पहला विचार मेरे मन में कौंधता है, वह यही है कि यार, यह कितना अलग लिखनेवाला लेखक था! और अपने में किस कदर एकदम ही अनोखा! 'हिन्दी साहित्य की जिस राजनीति' ने उसे छला, वह आज उसके मृत्यूपरान्त भी उससे मन-ही-मन ईर्ष्या करती है कि कैसे एक लेखक बिना किसी और तिकड़म के मात्र अपने अद्‌भुत लेखन और उसके अनगिन दीवाने पाठकों के बल पर ही महान लेखकों की पाँत में मानो जबरन घुस गया! शरद जोशी ने जीवर भर इन 'धन्धेबाज आलोचकों' की कतई परवाह नहीं की, सरकारी अनुदानों के बूते अपनी महँताई साधनेवाले मठाधीशों का खुलकर विरोध किया, साहित्य अकादमियों की सुरंगों में पल रहे चूहों को खुलकर और बेखौफ, चूहा ही मानते रहे, और विभिन्न लेखक संघों की बैशाखी के सहारे तनकर खड़े तथाकथित बड़े रचनाकारों को लगातार बताते रहे कि उनके बड़े कद में बड़ी-सी बैशाखी का कद भी शामिल है! शरद जोशी मात्र अपने लेखन की गुणवत्ता के बूते, और अपने लाखों पाठकों, प्रशंसकों के विश्वास के बल पर जीते रहे। उन्होंने कहा भी है कि उनके लिए जीने का कुल मतलब, बस लिखना और बस लगातार बढ़िया लिखना ही था। वे, बस लिखते रहे। वे अपनी तरह जीते रहे। वे जीवन भर हर दिन कुछ नया करने, कुछ नया और नई तरह का रचने को तड़पते रहे। वे अपने हर कॉलम में, हर बार कुछ नया देने के लिए बेताब रहते थे। 'और...शरद जोशी' की इन एक सौ पाँच व्यंग्य रचनाओं में, वे हर रचना में एकदम अलग हैं। वे समझौतावादी, केवल अपने बारे में ही सोचनेवाले, अपने ही स्वार्थ साधने में जीवन गुजारने वाले परन्तु बड़ी-बड़ी बातें तथा शिकायतें करनेवाले आम मध्यवर्गीय तथा उच्चमध्यमवर्गीय नागरिक को जीवन भर उघाड़ते रहे। उच्च वर्ग के भ्रष्ट जीवन के हर पक्ष को बेपर्दा किया उन्होंने। वे वंचित, अन्याय के शिकार और समाज के आखिरी आदमी के पक्ष में जीवन भर, बिना प्रतिबद्धता का कोई नारा लगाए या फालतू की बयानबाजी किए बस लिखते रहे।

शरद जोशी के व्यंग्य-लेखन में यदि मात्र एक विशेषता के कारण पहचान देने की बात चले तो उनकी 'इम्प्रोवाइजेशन' कला का जिक्र मौजूँ होगा। वे एक मुद्‌दा, शब्द, वाक्य या स्थिति उठाते हैं और फिर उसमें इतनी 'असंभव संभावनाएँ' तलाशने बैठ जाते हैं कि पाठक उनकी इस कला में ऐसा डूबता है कि फिर तिर नहीं पाता।

इसी संग्रह की पहली रचना 'पेट्रोल की समस्या...' का उदाहरण लें। इसमें पेट्रोल की कमी के कारण मितव्ययता के नाम पर इन्दिरा जी द्वारा सांकेतिक शिगूफे के तौर पर बग्घी द्वारा सचिवालय आने की घटना को इम्प्रोवाइज किया गया है। इसी में वे एक जगह कल्पना करते हैं कि 'इन्दिरा गांधी बग्घी में बैठकर सचिवालय पहुँची तो पशु-सम्पदा के दिन फिर जाएँगे। वे लिखते हैं : 'आदमियों में चाहे बनी रहे, मगर घोड़ों में फैली बेकारी दूर होगी। अफसर चढ़ेगा, चपरासी लगाम थामेगा। घोड़ा-विकास का नया राष्ट्रीय कार्यक्रम चालू हो जाएगा। अरब देशों से कहा जाएगा—भाइयो, न दो तेल, मगर वे अरबी घोड़े तो दो। न मिलने पर देशी टट्टुओं के सहारे आत्मनिर्भरता का नया अध्याय आरम्भ होगा। राजस्थान के मंत्री ऊँट पर चढ़ेंगे। इतिहास में खोए सांडनी सवार लौट आएँगे। ऊँट बिठाने की लुप्त कला फिर जाग्रत होगी। हर दफ्तर के सामने घुड़चढ़ी की रस्म होगी। साहब रकाब पर पैर रखेंगे, चमचे घोड़ा थपथपाएँगे।...' वे इन्दिरा गांधी के एक दिन प्रतीकात्मक बग्घी-प्रयोग से शुरू की गई बात को इम्प्रोवाइज करते हुए उसमें से व्यंग्य की अनेक सम्भावनाएँ निकाल लाते हैं। और यह तो मात्र सामने ही पड़ गया उदाहरण मात्र था। शरद जोशी का सारा लेखन भाषा, शैली, कहन तथा विषयवस्तु के इस तरह के इम्प्रोवाइजेशन की कला से निरन्तर जगमग है। मुझे लगता है कि शरद जोशी की व्यंग्य-कला में यह उनका मुख्य हथियार जैसा है। वे असम्भव तथा आश्चर्यजनक हदों तक विषय को इम्प्रोवाइज कर सकते थे। 'नेता का 'ता' गुम जाने' वाली उनकी प्रसिद्ध रचना, 'पानी की समस्या' वाला मंचों को लूट लेनेवाला उनका व्यंग्य और 'आसनसोल...' नामक उनकी अदभुत रचना पूरी तरह से उनके इसी कौशल पर टिकी रचनाएँ हैं। 'और...शरद जोशी' की अनेक रचनाएँ उनकी इसी कला की गवाह हैं। इसी संग्रह की रचना 'बरसात में राजनीति' को ही पढ़ लीजिएगा। टेलीफोन एक्सचेंज खराब पड़ा है। बारिश में लाइन गड़बड़ है। एक्सचेंज वाला उसी गड़बड़ लाइन पर दो नेताओं की ट्रंक कॉल पर बात करवा रहा है। आधे-अधूरे वाक्य सुने जा रहे हैं। लाइन टूट-टूट जाती है। राजनीतिक वार्ता के नये तथा विचित्र मायने निकाले जा रहे हैं। बीच-बीच में एक्सचेंज वाला भी कुछ कहकर सारे वार्तालाप को एकदम नया अर्थ दे देता है। यह कला शरद जोशी के हाथों में मात्र 'प्याज के छिलके-दर-छिलके' उतारने की कलाबाजी नहीं बनकर रह जाती वरन वह उनकी सारी कहन में एक नई अर्थवत्ता पैदा कर देती है। शरद जोशी के पहले या उनके बाद भी यह अद्भुत कला फिर किसी अन्य व्यंग्य लेखक में नजर नहीं आती।

शरद जोशी की भाषा, नये-नये भाषायी प्रयोग, भुला दिये जा रहे लोक-भाषा के ठेठ गाँवदी शब्दों का सटीक इस्तेमाल, नये शब्दों की व्यंग्यमयी गढ़ंत, प्रचासों तरह की शैलियों के अचम्भे में डाल देनेवाले प्रयोग आदि के लिए तो शरद जोशी को हमेशा जाना जाएगा ही; परन्तु स्मरण रहे कि शरद जोशी मात्र एक शैलीकार या भाषा का

कौतुक रचनेवाले व्यंग्यकार मात्र नहीं हैं, जैसा कि कुछ नासमझ या ज्यादा ही समझदारों ने उनको बताने की कोशिश की है। शरद जोशी के रचना-कर्म को उनके खालिस व्यंग्य के लिए ही पहचाना जाना चाहिए। उनकी व्यंग्य रचनाओं का शाश्वत होना कितना स्वयंसिद्ध है, यह बात इस व्यंग्य संग्रह की रचनाओं को पढ़कर समझी जा सकती है। 'और...शरद जोशी' की रचनाओं को छपे चालीस वर्ष से ज्यादा हो चले हैं, पर इनको आज भी पढ़कर देखें, ये इतनी ताजा हैं, मानो कल ही लिखी गई हों! शरद जी भारतीय समाज तथा जीवन की ऐसी गहन तथा आत्मीय समझ रखते थे, तभी तो आज भी उनकी व्यंग्य रचनाएँ वही अर्थ और मन को छूने की ताकत रखती हैं। उनकी रचनाओं की यही शाश्वतता उन्हें सार्वकालिक महान रचनाकारों में शामिल कर देती है।

आज शरद जोशी का न होना, समय बीतने के साथ अब और भी शिद्दत से खलता है। वे बार-बार याद आते हैं। रोज याद आते हैं। हर पल याद आते हैं। समकालीन व्यंग्य के नाम पर आज जो कुछ लिखा जा रहा है, उसे देखकर तो उनकी और याद आती है। शरद जोशी आज होते तो इस विषय पर क्या तथा कैसे लिखते, हर घटना के बाद यह बात बार-बार मन में आती है। एक बड़े रचनाकार की यही सार्वकालिक प्रासंगिकता उसे भीड़ से अलग करती है।

तभी तो मैंने कहीं कहा था कि शरद जोशी का होना एक विरल तथा अनोखी खगोलीय घटना जैसा था भारतीय भाषाओं के व्यंग्य-आकाश में। वे अपने जीवन काल में ही किंवदंती बन गए थे। हम भाग्यशाली थे कि हम एक जीवित किंवदंती के साथ रहकर उसे काम करते देख पाए।

इस संग्रह की रचनाओं को अवश्य पढ़िए। पढ़कर लगेगा कि मैं यहाँ इस छोटी-सी भूमिका में शरद जोशी की प्रतिभा पर कितनी अधूरी-सी चर्चा कर पाया! दरअसल शरद जोशी की नपती असम्भव है। वे आम पैमानों से परे थे।

—ज्ञान चतुर्वेदी

अनुक्रम

और...शरद जोशी

पेट्रोल की समस्या : एक लीटर चिन्तन

मंत्री महोदय का वह प्रौढ़, अनुभवी ड्राइवर लम्बी सुन्दर कार में बैठा रोज लगभग दस बजे मेरे घर के सामने से निकलता है। मैं बाहर सुबह के दृश्य देखता खड़ा रहता हूँ। सारे दृश्य बदलते हैं, पर यह दृश्य नहीं बदलता। वह बँगले से घर लौटता है। फिर दस मिनट बाद मोहल्ले के बच्चों को कार में बिठा सैर के बतौर एक-दो राउंड लगाता है। कुछ देर बाद वह अपने छोटे बच्चे को लेकर स्कूल छोड़ने जाता है। घर लौटता है। खाना खाकर मंत्रीजी के बँगले चला जाता है। वह प्रातःकालीन चहलपहल बरसों से बनी हुई है। उस दिन जब एकाएक अभाव का कहर पेट्रोल की टंकियों पर भी बरसा, टैक्सियाँ देखते-देखते महँगी हो गईं, कारवालों के चेहरों पर पहली बार उदासी घिर आई। सरकार को रिसती हुई विदेशी मुद्रा का ध्यान आया और यह अपील की गई कि पेट्रोल के खर्च में कमी की जाए, तब मुझे लगा कि दृश्य बदलेगा। यह ड्राइवर जो मंत्रीजी की कार में मोहल्ले के बच्चों को सैर करा एक नमूना समाजवाद हर प्रातः उपस्थित कर देता है, और जो अपने बच्चे को कार से स्कूल छोड़ उसे राजयोग की प्रैक्टिस करवा रहा है, पेट्रोल की कमी से ऐसा नहीं करवा सकेगा। परन्तु उस बात को बहुत दिन बीत गए। कुछ नहीं हुआ। दृश्य वही है। कार उसी तरह घूमती है। पेट्रोल कम हो जाने से सरकार अपनी आदत नहीं छोड़ सकती।

वे जमाने बीत गए जब कच्चे धागे से खिंची चली आती थी सरकार। आजकल वह बिना पेट्रोल इधर-उधर नहीं होती। उसकी गतिविधियाँ पेट्रोलज हैं। जीप से कैडीलेक तक में इतराते घूमने की आदत है सरकार को। जीप से गाँव की सड़कों पर उड़ती धूल और एरोड्रम से सचिवालय के बीच दौड़ती कारों को देख बरसों से प्रजाजन धन्य होते रहे हैं। पेट्रोल के तालाब भरे हैं देश में—सरकारी मगरमच्छ छपछप किया करते हैं। बड़ा सुख है। सरकारी नौकरी के सबसे बड़े सुख हैं—मुफ्त की मोटर, सस्ता बँगला, द्वार खड़ा चपरासी, अन्दर आता रिश्वत देनेवाला। सभी सुख बाढ़ पर हैं, सिर्फ पेट्रोल की किल्लत आ रही है। डर था कि कार जैसी चल सम्पत्ति गैरेज में रखी-रखी अचल सम्पत्ति न हो जाए। आदेश निकले थे कि पेट्रोल कम खर्च करो। यों आदेशों की प्रकृति है कि वे सिर्फ निकलने और चर्चा करने के लिए होते हैं। फिर भी डर लगा था कि यदि पेट्रोल कम पड़ गया तो बेचारे मंत्री और अफसर क्या करें?

जनता तक कैसे जाएँगे? आज कार में बैठ बाँबी पूजने जाते हैं, फिर क्या बँगले में बैठ आए नाग को पूजने की प्रतीक्षा करेंगे? अब मानो यही सन्देश जन-जन तक पहुँचाना है कि पेट्रोल खर्च कम करो तो बिना कार के कैसे सम्भव होगा? मंत्री महोदय ने विभाग के अफसरों को आदेश दिया कि पेट्रोल का उपयोग समझदारी से करो और अफसरों ने तुरन्त मान लिया क्योंकि समझदारी का काम था। आज तक मंत्री और अफसर पेट्रोल फूँकते थे और समझदारी बचा उसका अन्यत्र उपयोग करते हैं। अब समझदारी फूँक पेट्रोल बचाना है। यों समझदारी का अभाव इस देश में पेट्रोल से बढ़कर है। जिस दिन श्रीमती गांधी बग्घी में बैठ सचिवालय पहुँचीं, देश में यह खबर फैल गई कि घोड़ों के दिन फिर गए। मगर घोड़ों के दिन फिरना एक नई खबर थी। देश के चौराहों पर चौपायों ने हिनहिनाकर इस खबर का स्वागत किया। चुनाव-चिन्हों में घोड़े, बैल, बछड़ों को अपनाकर पशु-सम्पदा के प्रभाव का उपयोग करना राजनीतिज्ञों का पुराना शगल है, मगर उसे जीवन में अपनाकर देश सेवा करना महानता है। यों लगा कि आदमियों में चाहे बनी रहे, मगर घोड़ों में फैली बेकारी दूर होगी। अफसर चढ़ेगा, चपरासी लगाम थामेगा। अगली योजना में घोड़ा विकास का राष्ट्रीय कार्यक्रम चालू हो जाएगा। अरब देशों से कहा जाएगा—भाइयो, न दो तेल, न दो, मगर वे अरबी घोड़े तो दो। न मिलने पर देशी टट्टुओं के सहारे आत्मनिर्भरता का नया अध्याय आरम्भ होगा। राजस्थान के मंत्री ऊँट पर चढ़ेंगे। इतिहास में खोए साँडनी सवार लौट आएँगे। ऊँट बिठाने की लुप्त कला फिर जागृत होगी। हर दफ्तर के सामने घुड़चढ़ी की रस्म होगी। साहब रकाब पर पैर रखेंगे, चमचे घोड़ा थपथपाएँगे। लगा था कि अब दृश्य परिवर्तन होगा। मगर ऐसा कुछ नहीं हुआ। दूसरे दिन श्रीमती गांधी हस्बेमामूल कार से सचिवालय गईं। देश में फैले शतशः मंत्रियों, उपमंत्रियों और बड़े-छोटे अफसरों ने सन्तोष की साँस ली। काया पर आया संकट टल गया। अनाज की कमी से जिस देश में ब्रह्मभोजों का स्तर नहीं गिरा, डिनर-लंच की गरिमा मद्धम नहीं हुई, वहाँ बड़ा आदमी बिना केडीलैक-फीएट रह जाए, सम्भव नहीं दिखता। वे जानते हैं कि पेट्रोल आएगा। किसी भी दिशा से आए, पर पेट्रोल आएगा। जो दृश्य मैं हर सुबह देखता हूँ, बदलेगा नहीं। वैसे ही मंत्रीजी की कार घूमती रहेगी, और मैं अखबार के पहले पृष्ठ पर पेट्रोल की कमी के समाचार पढ़ता रहूँगा, स्कूटर रिक्शा को मुँह-माँगे दाम देता रहूँगा। न सुबह के नजारे बदलेंगे, न पूरे दिन के। सरकार खूब पेट्रोल फूँकेगी और खर्च बढ़ जाने पर जनता पर टैक्स बढ़ा देगी। जनता जो स्कूटर रिक्शा का ज्यादा दाम दे रही है, सरकारी जीपों और केडीलैक का भी पेट्रोल खर्च उठाएगी। इस देश में एक बार चढ़े हुए दाम कम नहीं होते। देश को उसकी ऊँचाई तक उठना होता है। हम टैक्स चुकानेवाले जीव उस ऊँचाई तक उठेंगे।

पेट्रोल की समस्या पर मेरे विचार घासलेट की तरह साफ और प्रयत्न करने पर उपलब्ध हैं। जिस देश में स्मगलिंग के अन्धे गलियारों से टेलीविजन से सेफ्टीरेजर

तक सभी अनिवार्य आवश्यक वस्तुओं की पूर्ति हो रही है, वहाँ पेट्रोल भी जुट जाएगा। हमारे देश का वासी सड़क के अभाव में पगडंडी तलाशना जानता है। जहाँ चाह है, वहाँ राह है। आग लगते ही कुआँ खोदने और मकान भस्म होने के तुरन्त बाद पानी प्राप्त कर लेने की हमारी कल्पनाशील नीति के अन्तर्गत शासन पेट्रोल के संसाधन बढ़ाने की दिशा में जल, थल और कागज पर प्रयत्न कर रही है। अभाव को गम्भीरतापूर्वक महसूस करते हुए मैं आश्वस्त हूँ कि देश, देशवासी और सरकार इस चुनौती का मुकाबला अपनी स्टाइल से कर रहे हैं। भाव बढ़ते रहेंगे, प्रयत्न जारी रहेंगे, समाधान होगा। हो, न हो, मगर एक लेखक से अपेक्षा की जाती है कि वह लेख समाप्त करते समय उज्ज्वल भविष्य की कामना करेगा। कर रहा हूँ।

लॉ एंड ऑर्डर

एक हमारे परिचित डॉक्टर निमोनिया का इलाज बहुत अच्छा करते हैं। उनकी यही कामना होती है कि उनके पास जो भी मरीज आए, वह निमोनिया का हो। मगर ऐसा हमेशा नहीं होता। कुछ मरीज मलेरिया, फ्लू या इस किस्म की बीमारियों के भी होते हैं। डॉक्टर साहब उनके रोग बदलकर, बढ़ाकर निमोनिया कर देते हैं और जब वह निमोनिया हो जाता है तब उसे तुरन्त भला-चंगा कर देते हैं।

प्रशासन की स्थिति भी कुछ इसी तरह है। प्रशासकों का खयाल है कि वे लॉ एंड ऑर्डर की स्थिति को बहुत बेहतर सँभाल सकते हैं और उन्हें नियंत्रण करना आता है। अतः कामना करते हैं कि प्रत्येक स्थिति 'लॉ एंड ऑर्डर' की बन जाए। यदि न बन रही है तो वे उसे बना देते हैं अथवा बन जाने की पूरी स्थितियों को प्रोत्साहित करते हैं। जब वह पक जाती है, सौ टका 'लॉ एंड ऑर्डर' की हो जाती है। तब वे उसे नियंत्रित करते हैं, शान्त करते हैं, शमन करते हैं—चाहे इसके लिए उन्हें गोली ही क्यों न चलानी पड़े! प्रशासन और उन डॉक्टर साहब में अन्तर यह है कि वहाँ मरीज अन्ततः भला-चंगा हो जाता है, यहाँ नए रोग पनप जाते हैं।

महत्त्व विषय और समस्या का नहीं है। शिक्षा हो, महँगाई हो, वेतन-वृद्धि हो, कुछ हो। महत्त्व स्थान का भी नहीं है। बाजार हो, जंगल हो, विश्वविद्यालय हो, जो धोबीपछाड़ दाँव प्रशासन जानता है, उसे चले बिना उसका पहलवानी अहं तृप्त नहीं होता। कोई आश्चर्य नहीं यदि हिन्दुस्तानी लोगों की एक बड़ी भीड़ यह पता लगाने के लिए जमा हो जाए कि ब्रह्म और माया में अन्तर क्या है, तो पुलिस उन पर डंडे बरसाकर, आँसू गैस छोड़कर वाकई बता दे कि अन्तर क्या है।

प्रशासन का स्वभाव है कि वह छोटी समस्या की उपेक्षा करता है और बड़ी समस्या को नियंत्रित करने का यत्न करता है। उसके बड़प्पन की परिभाषा यही है कि वह बड़ी समस्या से जूझे। ऐसी स्थिति में छोटी समस्याओं के सामने दो विकल्प रहते हैं : एक यह कि वे स्वयं समाप्त हो जाएँ इसलिए कि शासन उन्हें सुलझाने को खाली नहीं और दूसरा यह कि वे बड़ी समस्या बन जाएँ, ताकि शासन की उन पर नजर जाए। यही होता है। कल जो डेपुटेशन दरवाजे पर खड़ा था और उपेक्षा और अपमान पीता चला गया था, दूसरे दिन जुलूस बनकर सड़क पर आ जाता है।

छोटी समस्या बड़ी हो जाती है, निमोनिया हो जाता है और तब प्रशासन के विशेषज्ञ उसे सुलझाने के लिए सारे पुराने नुस्खे आजमाने लगते हैं।

मजा यह है कि समस्या बड़ी होने पर प्रशासन के पंडित पहली माँग करते हैं कि समस्या को छोटी कीजिए। डेपुटेशन से बातचीत टालनेवाले लोग जुलूस को बीच रास्ते में रोककर कहते हैं कि हम आपके प्रतिनिधियों से चर्चा करना चाहते हैं। पूरा जुलूस समाप्त कर दीजिए और अपने कुछ लोगों को हमसे बात करने के लिए भेजिए। आए नाग का पूजन टालनेवाले बाँबी पूजने के लिए उत्सुक हो जाते हैं। जब जुलूस सिकुड़कर डेपुटेशन बनने में असमर्थ हो जाता है तो प्रशासन भीड़ को विवेकहीन और खतरनाक मानकर उस पर परम्परा से मान्य वे ही दाँव लगाने लगता है जो 'लॉ एंड ऑर्डर' बनाए रखने की पुरानी बारहखड़ी में लिखे हुए हैं। घोषणा, लाठी, अश्रुगैस, गोली और घटना पर सरकारी बयान कि हाय, किस मजबूरी में बन्दूकें उठाई हैं हमने!

आजादी मिलने के इतने वर्षों बाद तक भीड़ और प्रशासक के सम्बन्ध वैसे ही हैं, जैसे अंग्रेजों के जमाने में थे। तब हिन्दुस्तानियों की भीड़ साम्राज्यवाद को साक्षात् खतरा लगती थी मानो भीड़ नहीं आ रही हो, मृत्यु आ रही हो और वे आत्मरक्षा के हर उपलब्ध शस्त्र ले भीड़ को तोड़ने लगते थे। आज भी उसी परिभाषा के तहत वे ही भय हैं। देशवासी आज भी भीड़ हैं। समूहबद्ध होने पर अपने ही वोटर नेता को खतरनाक लगने लगते हैं और वह उन पुराने हथियारों का इस्तेमाल इतनी फुर्ती से करने लगता है मानो लोग उसका सिंहासन छीनने आ रहे हों! उन क्षणों में भारतीय प्रशासक शुद्ध अंग्रेज हो जाता है, भय और आशंका से काँपता हुआ वह चीखता है–'फायर'! तब प्रशासक की योग-साधना का वह उच्च बिन्दु आ जाता है जिसे 'लॉ एंड ऑर्डर' की पुरानी शब्दावली में स्थिति पर नियंत्रण कहते हैं। चुप्पी हो, सुनसान हो, लाशें हों–इससे अधिक शान्त और नियंत्रित स्थिति क्या होगी? ऐसे में आप शासन को बधाई दे सकते हैं। 'लॉ एंड ऑर्डर' हो गया।

पराजय एक हेलिकॉप्टर की

हर गम्भीर समस्या पर चिन्तित हो जाने का प्राइवेट मर्ज मुझमें भी है। व्यर्थ का मर्ज है, बिलावजह पाल रखा है, कोई खास फायदा नहीं हो रहा। इसी मर्ज के मारों को आजादी के बाद के वर्षों में क्या-क्या लाभ नहीं हुए, मगर अपना यों रह-रहकर चिन्तित होना बेकार गया। फिर भी इस रोग का मारा मैं चिन्तित हुए बिना नहीं रहता। महू में कांग्रेस हार गई। हाइकमान चिन्तित है, मिडिल कमान चिन्तित है और मैं जिसके हाथ में कोई कमान नहीं, मैं भी चिन्तित हूँ। कांग्रेस जीत भी जाती तो भी मैं चिन्तित अवश्य रहता। इस बार पार्टी को लेकर चिन्तित हूँ, तब मैं जनता को लेकर चिन्तित हो जाता कि हाय, कैसी पब्लिक है, इतनी महँगाई, अभाव और अव्यवस्था को देख रही है, सहन कर रही है, फिर भी अपनी नाराजी व्यक्त करने का एक अवसर मिला, इसका उपयोग नहीं किया! हाय, क्या हो गया इस देश को! कैसे चलेगा प्रजातंत्र? मैं तब भी चिन्तित रहता मगर कांग्रेस हार गई, अतः मैं जनता से प्रसन्न हूँ कि उसने अपनी नाराजी अभिव्यक्त कर दी। अब कांग्रेस पर चिन्तित हूँ।

महू चुनाव ने कुछ प्रश्न खड़े किए हैं जिन पर हमें गम्भीरतापूर्वक विचार करना होगा। गौर से देखा जाए तो ये प्रश्न पुराने हैं। चूँकि ऐसी दुर्घटनाएँ होती आई हैं अतः सबक भी पुराने हैं। फिर भी हमें उस पर नए सिरे से विचार करना होगा। फिलहाल और कुछ करने को भी नहीं है। बताइए, विचार नहीं करेंगे तो पूरे माह क्या करेंगे? ठंड के दिन हैं, धूप में बैठने का यह बेहतर बहाना है कि हम कांग्रेस की पराजय पर विचार कर रहे हैं। यदि धूप में कुर्सियाँ लगा इस विषय में परिसंवाद रखा जाए तो मैं भाग लेने को तैयार हूँ। विषय होना चाहिए कि 'हेलिकॉप्टर के उपयोग के बावजूद कांग्रेस क्यों हारी'?

मैं पूछता हूँ, क्या खाने के लिए दाना तलाशने के चक्कर में जनता ने इतना सिर झुका रखा है कि उसे ऊपर उड़ता हुआ हेलिकॉप्टर नजर नहीं आया? पेट्रोल के भयानक संकट के इस काल में कांग्रेस पार्टी ने इतना पेट्रोल महू के चुनावी आकाश में चक्कर काटते फूँक दिया और जनता ने आभार नहीं माना। नाराजी कांग्रेस से थी मगर हेलिकॉप्टर ने क्या बिगाड़ा था जो उसके होते लोगों ने वोट नहीं दिये? यह कांग्रेस की चुनाव मशीनरी नहीं बल्कि हेलिकॉप्टर की मशीनरी का अपमान

है। राजनीति और अर्थशास्त्र के साथ लगे हाथ विज्ञान और वैज्ञानिक आविष्कारों की भी बेइज्जती हो रही है। यह देश कैसे प्रगति करेगा? शेम, शेम! इस मध्य प्रदेश में जहाँ दो-तिहाई आदिवासी और हरिजन जैसे पिछड़े टाइप के लोग हैं, वहाँ हेलिकॉप्टर का प्रभाव न पड़े, यह खेद का विषय है। क्या नेतागण रॉकेट में बैठकर गाँवों के सभास्थलों पर उतरें तब असर पड़ेगा? जिन दो गाँवों की दूरी कार से बारह मिनट में कवर की जा सकती है, उसे हेलिकॉप्टर से दस मिनट में पूरी कर हमारे नेता महोदयों ने राष्ट्र के दो बहुमूल्य मिनटों की बचत की है, उसके लिए वे अभिनन्दन के पात्र हैं। खेद है, कांग्रेस फिर भी हार गई। जरा सोचिए कि एक हेलिकॉप्टर के कारण इतने वोट भी कांग्रेस उम्मीदवार को मिल पाए, यदि वह भी न होता तो क्या होता? जमानत जब्त हो जाती। मैंने तो कांग्रेसी चुनाव व्यवस्थापकों से निवेदन किया था कि चार-पाँच हेलिकॉप्टरों के बिना काम नहीं चलेगा क्योंकि संघर्ष कड़ा है मगर वे मुझ पर नाराज हो गए। बोले, देख नहीं रहे, राष्ट्र पर पेट्रोल का संकट है? मेरे विचार से आज कांग्रेस की हेलिकॉप्टरी पराजय का कारण अरब-इजरायल युद्ध के कारण उत्पन्न पेट्रोल की कमी को देखते हुए उत्तर प्रदेश के चुनाव पोस्टपोन कर दिये जाना चाहिए।

लोग कह रहे हैं कि महू का असर उत्तर प्रदेश पर पड़ेगा। मैं आदतवश इस बात पर भी चिन्तित हूँ, मगर प्रसन्न हूँ कि वाह, मध्य प्रदेश के महू जैसे अदना क्षेत्र का प्रभाव इतने बड़े उत्तर प्रदेश पर होगा। हमेशा यों हुआ है कि साहित्य, राजनीति–सभी मामलों में उत्तर प्रदेश का प्रभाव इधर पड़ा है। यदि इस बार उलटा हुआ तो क्या होगा? हस्बेमामूल मैं चिन्तित हो जाऊँगा।

और प्रशंसा के दो शब्द प्यारे आरिफ बेग के लिए। जरा भाई की प्रजातांत्रिक स्पिरिट पर गौर कीजिए। हारनेवाले पाँच साल में एक बार चुनाव हारते हैं मगर भाई आरिफ पाँच साल में दो बार हार जाते हैं। चुनाव में यों खड़े हो जाते हैं, जैसे किसी के इश्क में बस-स्टैंड पर खड़े होना हो! और खड़े-खड़े कुरबान हो जाते हैं। इस मुल्क में जहाँ नेता बैठे-बैठे बरबाद हो रहा हो, वहाँ खड़े-खड़े कुरबान होना कम प्रशंसनीय मामला नहीं है। मैं दाद देता हूँ। यदि कभी भी मैं राष्ट्रपति बना तो राज्य सभा में जो फोकट की दस-बारह सीटें अपनेवालों को बँटती हैं, उनमें से एक सीट प्रजातंत्र के इस स्थायी दीवाने को अवश्य दूँगा। यों मेरा राष्ट्रपति बनना भी श्री आरिफ बेग के चुनाव जीतने की तरह कठिन ही नजर आता है। कोई बात नहीं। उम्मीद पर आरिफ बेग कायम हैं। मैं भी हूँ।

बरसात में

कल रात प्रभादेवी से बांद्रा तक आना बरसाती जोखम हो गया था। ड्राइवर बोला–आगला रास्ता बन्द है, सब जगू पानी भरेला है। हमने उसका आत्मबल बढ़ाने के लिए जो वाक्य रात्रि के अन्धकार में सीट पर दबे-से बैठे कहे, वे एक पूरी फौज को आक्रमण के लिए प्रोत्साहित कर देने के लिए पर्याप्त थे। परिणाम यह हुआ कि मुझे वह होटल उतार गया और शेष को सांताक्रुज ले गया। उस समय यद्यपि पानी केवल दो कलाक भी मुश्किल से बरसा होगा पर सब बम्बईवालों के मन में पिछले दिनों की भारी बरसात की स्मृति लौट आई थी। वैसी ही पूनम थी। सब जानते थे, सागर ज्वार पर होगा, बम्बई पर बरसता पानी बम्बई में रुका रहेगा। यही हुआ। दूसरे दिन मैंने अपनी खिड़की से लदी हुई रेलें देखीं। लोग भागते, खिड़की से लटके चले जा रहे थे। कब किस क्षण हाथ या पैर फिसल जाए और यह महानगर जीवन लील जाए, कहा नहीं जा सकता। नीचे काउंटर पर पता लगा, महालक्ष्मी के आगे गाड़ी नहीं जा रही। करीब सब ही उदास थे। रेलें थोड़ी ठीक चलने लगी थीं, कल से फिर वही गड़बड़।

यह इस देश में अजीब विरोधाभास है कि आदमी का बुश्शर्ट सुन्दर है, पैंट भी इम्पोर्टेड कपड़े का हो रहा है, पर सड़कें ठीक नहीं। मैं जब गर्मी-सर्दी में यहाँ घूमता हूँ तो मुझे यहाँ के दलदल और गन्दे तालाब देख लगता है, बम्बई की प्रथम आवश्यकता है मिट्टी और पत्थर ताकि ये दलदल पाटे जा सकें। एकाध पहाड़ पूरा खोद कर डाल दिया जाए तो शायद ठीक हो। अब बरसात होती है, मुझे लगता है, बम्बई की जरूरत है मीलों लम्बे पुल की ताकि शहर के एक हिस्से के लोग दूसरे भाग में जा सकें। एक दिन मैंने कफ परेड पर एक पत्थर देखा जिस पर लिखा था कि बम्बई में भविष्य में बननेवाली अंडरग्राउंड ट्रेन का कोलाबा स्टेशन यहाँ बनेगा।

तब मौसम कुछ और था। बरसात में सोचता हूँ कि यदि बम्बई की ट्रेनें अंडरग्राउंड हो गईं तो सारा पानी सतह से उसमें उतर जाएगा और रेलें बन्द हो जाया करेंगी बरसात में। पटरियाँ और प्लेटफार्म तब तक नहीं खुलेंगे जब तक सारा पानी पम्प से खींच नहीं लिया जाता। बम्बई में चर्चगेट के समीप सड़क क्रॉस करने के लिए टनल बनाई गई है। पिछली भारी वर्षा में वह भर गई और बन्द हो गई। अभी

उसका पानी खींचा गया पूरा और आज शायद वह फिर भर गया होगा।

पूरे दिन पानी गिरता रहा और यह बेकार-सा दिन था। अपने कमरे की खिड़की से देख मैं सोच रहा हूँ कि यह मौसम इस देश की सारी पोल खोल देता है। हमारा सारा विकासवाला मुलम्मा घुल जाता है। थोड़ा-सा पानी बाढ़ ला देता है, रास्ते बन्द हो जाते हैं, क्वार्टरों में छतें चूने लगती हैं। सड़कें डूब जाती हैं, पुल डूब जाते हैं और उस भारतवासी को जो रिश्वत, स्मगल, कालाबाजारी, मिलावट से लेकर झूठे टी.ए. बिल आदि से पैसा बटोर फ्रिज, कार, इम्पोर्टेड व्हिस्की और इम्पोर्टेड टेलीविजन का जीवन जी रहा है, समझ नहीं आता कि क्या करे? उसका कसूर क्या है? आदमी आगे बढ़ गया है, देश पिछड़ा हुआ है। पतलून ठीक है मगर सड़क पर कीचड़ है। कारें अच्छी हैं, कई हैं पर सड़क पर पानी है, पुल डूबे हुए हैं। सारी निजी प्रगति के बावजूद अपने हिन्दुस्तानी होने की असलियत तभी पता लगती है जब नायलान के कपड़े कीचड़ में धँसते हैं। बरसात में सोचता हूँ कि यदि यह देश सड़कें-नालियाँ पहले ठीक कर लेता और नायलान का मोजा देर से पहनता तो क्या बिगड़ जाता? दलदल पहले पट जाते, बीस मंजिला, स्कायस्क्रेपर बाद में बन जाते। बाँध पहले बँध जाते, फ्रिज फिर आ जाते। बम्बई में पानी आने से ही टेलीफोन मिलना बन्द हो जाते हैं। लाइन खराब जबकि रंगीन फोन की माँग कस कर है। बड़ी सुन्दर डिजाइनें निकली हैं फोन की। ठीक से समझ नहीं आता कि यदि हम बाढ़ नियंत्रण पर पहले विचार कर लें और उपग्रह देर से छोड़ें तो क्या कोई हर्ज है? साल भर अपनी प्रगति पर मोहित रह बरसात में झींकने, नंगे हो जाने का दर्द कब तक यह देश उठाएगा? सनमाइका का ट्रक पुल पर पानी होने के कारण रुका खड़ा है। यदि हम पुल पहले ऊँचा बना लेते और सनमाइका का कारखाना बाद में डालते तो क्या गलत होता? झोंपड़पट्टी में पानी घिर आया है। गरीब आदमी सपरिवार खाट पर चढ़ा बैठा ट्रांजिस्टर सुनता पानी रुकने की प्रतीक्षा कर रहा है। ट्रांजिस्टर के पैसे से सड़क, नाली, मकान ठीक हो जाते तो यह यों उकटूँ तो न बैठता नंगे बच्चों के साथ।

पर ये सब बरसाती खयाल हैं। आज उठ रहे हैं, कल धूप निकल आएगी तब नहीं उठेंगे।

विकास यानी भवन निर्माण

भारतीय सन्दर्भ में विकास का अर्थ है–निर्माण। मकान, भवन, सड़क बन जाते हैं, हम कह देते हैं कि विकास हो गया है। ज्यादा बन जाते हैं तो काफी अच्छा विकास हो गया है। जंगल और ऊबड़-खाबड़ अविकसित दशा है। पेड़ कटे, समतल हुआ कि विकसित स्थिति आ गई। कुल मिलाकर विकास का यही अर्थ इस देश ने समझा है। शब्द को अर्थ ठेकेदारों ने प्रदान किया है और राष्ट्र की परिवर्तनकांक्षी आत्मा ने उसे सहज स्वीकार लिया है। लगता है, भारतीय स्वाधीनता का संघर्ष इसीलिए लड़ा गया कि ठेकेदारों के नाम अधिकाधिक टेंडर खुलें। जो नंगे पैर चलते थे, वे एस्फाल्ट की सड़कों पर नंगे पैर चलें। जो भीख माँगते थे, वे कच्चे मकान के सामने नहीं बल्कि सीमेंट के सुन्दर फ्लैट के सामने भीख माँगें। विकास का यही अर्थ है। झोंपड़ी में जो गरीबी थी, वह हाउसिंग बोर्ड के बनाए क्वार्टरों में समा गई। महलों में जो नीचता रही, उसे बड़े बँगलों में शिफ्ट कर दिया गया। और इस सबको विकास मान लिया गया।

दूर कहीं खेत था जिसे पानी नहीं मिलता था। एक दिन उस खेत में बँगलों के लिए प्लाट कटने लगे और पाइप लाइन डली। सड़क बनी, नालियाँ बनीं। किसी ठेकेदार का सपना साकार हुआ। विकास अर्थात् निर्माण होने लगा। बड़े फ्लैट में रहकर जीवन का उच्चतम स्तर स्पर्श करने के शौकीन दौड़ते आए और उसमें समा गए। आज वहाँ तक जाने के लिए सड़क है पर सड़क के लिए बसें नहीं हैं या कम हैं। ठेकेदार की रुचि सड़क बनने में थी, उसे बस से क्या मतलब? पाइप लाइन है, पानी नहीं। विकास का अर्थ भारतीय सन्दर्भ में पाइप लाइन डालना है, पानी के नए सोते तैयार करना नहीं है। नदी बरसों नहीं बँधती, मास्टरप्लान जल्दी-जल्दी तैयार होते हैं। नंगे के हाथ में जन्मपत्री सौंप दी जाती है–प्यारे, तेरा भविष्य उज्ज्वल है। प्यासे को बननेवाली प्याऊ का ले आउट दिखाया जाता है, भूखे को खाद की किस्में और उससे होनेवाले लाभ समझाए जाते हैं। स्कूल बन गए, शिक्षा गायब हो गई। अस्पताल के भवन बन गए पर उसमें प्रवेश करते हुए हर मरीज को मृत्युघर में प्रवेश का अहसास होता है। मार्केट बन गए पर भाव बढ़ गए, चीजें अप्राप्य हो गईं। चारों ओर दीवारें, दीवारें, दीवारें, सड़कें, सड़कें। क्या करें? इन दीवारों से सर टकराएँ, सड़कों पर लोटें?

और अब हर शहर को एक मास्टरप्लान दे दिया गया। अपनी-अपनी सूखी क्षिप्रा के किनारे बैठ इसे पढ़िए। याद कीजिए नंगा शरीर ढकते जन्मपत्री बनानेवाले को, जो कह रहा है, चार वर्ष में ग्रह बदलेंगे। टैक्स लगेंगे, देश का पैसा और भवनों, सड़कों, बिजली के खम्भों, पाइप लाइन, नालियों में खर्च होगा। ठेकेदारों के नाम टेंडर खुलेंगे। आजादी का यही मकसद था, पूरा होगा। भूख और बीमारी एक जगह से उठ नई जगह समा जाएगी। मास्टरप्लान!

इस देश ने अपने अर्थशास्त्र की ऐसी-तैसी करने के लिए दो बातों पर शुरू से जोर दिया : एक, उत्पादक कामों से अर्जित धन को उत्पादक कामों में लगाने की बजाय अनुत्पादक कामों में खर्च करना। दूसरे, विलासिता की सामग्री के उत्पादनों को प्राथमिकता देना। इससे एक समान्तर आर्थिक दुष्चक्र आरम्भ हुआ। अनुत्पादक कामों से हुई व्यर्थ की कमाई से विलासिता की वस्तुएँ खरीदने की प्रतियोगिता मध्यम वर्ग में आरम्भ हुई, जिससे अन्ततः भ्रष्टाचार ने जोर पकड़ा। विलासिता की वस्तुएँ खरीदने की तीव्र रुचि में वह कमाई के भ्रष्ट साधन अपनाने लगा। पूरे राष्ट्र के चारित्रिक पतन की नींव ढल गई। इधर उत्पादक कामों से प्राप्त धन उत्पादक कामों में न लगने से वह बुझने लगा। बढ़ती आकांक्षा के साथ जीवन सामग्री कम पड़ने लगी। महँगाई बढ़ी। बाजार में स्थिति यह हो गई कि शक्कर गायब और फेस पाउडर काफी मात्रा में उपलब्ध। इस दौड़ में त्रस्त व्यक्ति कमाई के भ्रष्ट साधन तलाशने लगा। दूध कम पड़ा पर बियर और कोकाकोला पर्याप्त हो गया। ठेकेदारों ने रोज शाम अफसरों के लिए व्हिस्की खरीदी, उसके लिए टेंडर खुले। शहर में प्याऊ कम और विदेशी शराब की दुकानें अधिक हो गईं। चाय की होटलों की संख्या बढ़ गई पर क्षिप्रा सूख गई। बगीचे बरबाद कर बस स्टैंड बने, खेलने के मैदानों में कॉलोनियाँ बन गईं। खाली समय में लड़कों के खड़े रहने के लिए डामर की गलियाँ रह गईं। वे क्वाड्रा की निकर, टेरेलीन की बुश्शर्ट पहने खड़े यह नहीं समझ पा रहे हैं कि खेलें कहाँ। उन्हें नहीं पता कि उनके विकासप्रिय बड़े-बूढ़ों ने खेत, मैदान, पानी, हवा, पेड़, पौधे और जीवन-मूल्य खोकर उनके लिए फ्लैट, टेरेलीन का बुश्शर्ट और कॉमिक्स का इन्तजाम किया है। और पूरे देश को आर्थिक, नैतिक पतन की कगार पर खड़ा कर वे जयप्रकाश के भाषणों की प्रशंसा कर समझ रहे हैं कि उनके पाप धुल जाएँगे।

आज हालत यह है कि सूखी क्षिप्रा के किनारे खड़े होकर जिस दिन राज्य के मुख्यमंत्री साढ़े चौंतीस करोड़ के मास्टरप्लान का विमोचन करते हैं, उसी दिन वे ओवर ड्राफ्ट का रोना रोते हैं और विकास-कार्य में बीस करोड़ की कटौती की व्यथा व्यक्त करते हैं और उसी दिन प्रधानमंत्री गुजरात में आश्वासन देती हैं कि नर्मदा का जल-विवाद का निपटारा शीघ्र होगा। हमने अपनी प्राथमिकताओं में घोटाले किए हैं। क्षिप्रा सूखी है, नर्मदा बेकार बह रही है, बिजली कम पड़ रही है पर ठेकेदार-तंत्र में बिंधा यह देश नई कॉलोनियों के मास्टरप्लान बना रहा है ताकि नई अमीरी के टेंडर खुलें।

यूँ होता तो क्या होता

राजनीति में होते तो इन दिनों मुख्यमंत्री हो गए होते। मध्य प्रदेश के न हो पाते तो बिहार के हो जाते। नेतागीरी के लिए बड़ी हरी-भरी जमीन है वह। खैर, बिहार में होते तो लेखक ही अच्छे कहलाए जाते। बिहारी नेता जोर डाल कहीं ऊँची जगह दिलवा देते। वाइसचांसलरी भी मिल सकती थी। आसपास जातिवालों का हुजूम होता और बड़े लेखक माने जाते। मैं बिहार से बड़ा प्रभावित हूँ। वहाँ बड़े परिमाण में नेता, शिक्षाशास्त्री, साहित्यकार और अफसर किस्म का आदमी पाया जाता है। मेरे खयाल से हर बिहारी आदमी अनिवार्य रूप से इन चारों में से एक होता है; बल्कि वह बखूबी अपनी भूमिकाएँ बदल सकता है या सबकुछ एकसाथ होता है। इन बिहारवासियों के नाम लम्बे होते हैं और काम चौड़े। अब हमारे हिन्दीवाले आदरणीय श्री रामधारीसिंह दिनकर को ही ले लीजिए। मुझे वे सब कुछ एक साथ लगते हैं : संघर्षशील व्यक्ति, कवि, नेता, अफसर, कमेटी कला के आचार्य, शिक्षाशास्त्री, इतिहासज्ञ, पुरस्कार झटकने में चिर अग्रणी, विदेश जाने में पहले, राज्यों में बढ़िया सम्बन्ध रखनेवाले, कुशल वक्ता, बड़ी किताबें बेच लेते हैं, खूब कोर्स में लगे रहते हैं, चिन्तक भी आला दर्जे के हैं, और हर जगह गोटियाँ भी खूब जमा लेते हैं। अगर हिन्दी गैया के चार थन माने जाएँ तो निश्चित ही दो थन अकेले दिनकरजी के हाथ में निजी स्वास्थ्य-लाभ के लिए हैं और बाकी दो से बाकी साहित्यकार मुँह लगाए बैठे रहते हैं।

मैं उदाहरण दे रहा हूँ। दिनकरजी में उनके प्रान्त की प्रतिभा ही अपने उच्चतम रूप में नजर आती है। बिहारवाले कमाल हैं। अगर उनके हाथ में चिन्दी आ जाए तो उन्हें बजाज बनते देर नहीं लगती। पिछड़े होने को हम मध्य प्रदेश वाले क्या कम पिछड़े हैं, मगर अपने पिछड़ेपन को भी हर राष्ट्रीय काउंटर पर भुना लेना तो कोई बिहारवालों से सीखे! यह तो मजबूरी है कि मुख्यमंत्री उसी प्रान्त का होता है जहाँ उसे बनना है, अन्यथा आप देखते कि पूरे देश को अकेला बिहार सारे मुख्यमंत्री सप्लाई कर देता है। बड़ा मुख्यमंत्री लोग पड़ा है उस तरफ, कुछ बन गया, कुछ बनने को खड़ा है। वहाँ इफरात से राजनीतिक प्रतिभाएँ मिलती हैं। जब श्री केदार पांडे मुख्यमंत्री बने तब मुझे पता लगा कि अच्छा, केदार पांडे भी कोई बड़े नेता होते हैं। फिर अभी श्री अब्दुल गफूर बने तो सच, मैंने पहली बार उनका नाम सुना। खैर,

यह तो राजनीति है जिसमें मेरी पैठ नहीं। मगर साहित्य में भी बिहार ऐसे नित नए चमत्कार खड़े करता है। जैसे पिछली बार नेहरू फेलोशिप बंगाली नाटककार बादल सरकार और मोहन राकेश को मिली थी। उनके नाम जगजाने थे। मगर इस बार एक बिहारी सज्जन छायावाद पर शोध करने के लिए नेहरू फेलोशिप मार गए। देश के इतने विश्वविद्यालयों में अकेले छायावाद पर जितनी शोध हुई है उतना तो खुद छायावाद नहीं था। फिर उसी घिसे-पिटे विषय पर बिहारी सज्जन फेलोशिप ले गए। इसमें विषय या फेलोशिप की बात महत्त्वपूर्ण नहीं है, मगर प्रशंसनीय यह है कि एक बिहारी ने प्रयत्न किया और वह सफल हुआ। मैं शर्त बदकर कह सकता हूँ कि अगले दस सालों में देश के सभी विश्वविद्यालयों में बिहारी वाइस चांसलर होंगे।

जहाँ तक बुद्धि के सही और व्यावहारिक उपयोग का प्रश्न है, बिहार सारे देश का गुरु है। यह सही है कि बिहार देर से जागता है, लम्बे वक्त तक बेखबर पड़ा रहता है मगर जागने के बाद वह इरादे पूरे करने की दिशा में इस तेजी से लपकता है कि सबसे पहले वही पहुँचता है। शत्रुघ्न सिन्हा जैसे बिहार का है। मेरा यार विलेन भी है और हीरो भी है। जहाँ जगह हो, वहीं अड़ जाता है। और कामयाब है। बिहारी असफल होता ही नहीं। वह तो बांग्लादेश वालों ने बिहार के मुसलमानों के षड्यंत्रों से घबराकर विद्रोह कर दिया अन्यथा इतिहास में ऐसा एक उदाहरण नहीं कि बिहारियों ने मिलकर कोई सिलसिला जमाया हो और वे सफल न हुए हों। यों दूर से ये लोग पदों के लिए लड़ते अखबारों में नजर आते हैं, मगर सामान्य बिहारी दूसरे के प्रति बड़ा स्नेह-आदर रखता है। शत्रुघ्न सिन्हा की पहली फिल्म बनी तो दिनकरजी देखने गए और उन्होंने शत्रुघ्न की प्रतिभा पर बड़ी प्रशंसा की। ठीक भी थी। यों दिनकर को कहाँ फुरसत कि फिल्में देखें और एक्टरों की चर्चा करें।

इसलिए मैं जब नए-नए मुख्यमंत्री बनते देखता हूँ तो सोचता हूँ कि यदि राजनीति में होता तो क्या मुख्यमंत्री बनने का चान्स मिल जाता? फिर लगता है कि इसके लिए मुझे बिहार में जन्म लेना होता। मध्य प्रदेश वाले की हालत यह होती है कि मुख्यमंत्री बनने के इरादे से राजनीति में कूदता है और जिला कांग्रेस के अध्यक्ष और उपमंत्री पर सन्तुष्ट हो जाता है। वाइस चांसलर की योग्यता रखता है, मगर हायर सेकंडरी की हेडमास्टरी पाकर तृप्त हो जाता है। इसलिए स्पष्ट है कि मौका नहीं मिलता। बिहार में जन्म लेना होता। हम भी अगर नेता होते, नाम हमारा होता रामअबलू बबलूप्रसाद सिंह, रहने को मिलता बँगला...हैप्पी बर्थ डे टू यू। मगर क्या मुख्यमंत्री एक के बाद दूसरा हैप्पी बर्ड डे मना सकता है आज के जमाने में?

अपने द्वीप में सुरक्षित

मैं इस रजाई में कहीं हूँ। खोजिए मुझे, मैं सुरक्षित व्यक्तिवाद की तरह मिल जाऊँगा। मैं टटोलने से हाथ में आनेवाली वस्तु हो गया हूँ। रजाई है, कम्बल भी। मैं चेहरा ढँके हूँ और इस अनुमान से आश्वस्त हूँ कि रजाई से बाहर संसार ठीक चल रहा है। दो देशों के नेता हाथ मिला रहे हैं और लोककर्म विभाग के कर्मचारी नारे लगा रहे हैं। सब ठीक चल रहा है, जैसा चलता आ रहा है। रजाई के बाहर ठंड का समुद्र लहरें मार रहा है। इस विराट समुद्र में रजाई एक द्वीप है जिसमें मैं थोड़े कुनकुने क्षण जी रहा हूँ। लोककर्म विभाग के मजदूरों के नारे रजाई बेंधते अन्दर आ रहे हैं। रजाई आखिर रजाई है, मंत्री का बँगला तो नहीं, जहाँ नारे घुस नहीं पाएँ। वे चिल्ला रहे हैं, हमारी माँगें पूरी हों। मन करता है, पूछूँ, क्या चाहिए यारो? रजाई चाहिए क्या? यदि देश के सभी लोगों को एक-एक रजाई मिल जाए तो गरीबी मिट जाएगी न? पता नहीं, वे क्या चाहते हैं! रजाई में घुसा मैं अनुमान के अतिरिक्त क्या कर सकता हूँ? मेरी भी एक माँग है। मैं नारा लगाना चाहता हूँ मगर दाँत ठंड से किटकिटा रहे हैं। मुझे एक कप चाय चाहिए। मेरी माँग पूरी हो। मैं रजाई में घुसा नारा गढ़ता हूँ। क्यों करते हो हाय-हाय, मुझे चाहिए चाय-चाय। जब देश की सड़क से रजाई ओढ़े लोगों का जुलूस निकलेगा, तब मैं यह नारा दूँगा।

पत्नी उठ गई है। इतनी ठंड में कर्तव्य की मारी भारतीय नारी रजाई में बन्द देवता के लिए चाय बनाने उठ गई है। अबला जीवन हाय तुम्हारी यही कहानी! रोज सुबह उठकर चढ़ाओ चाय का पानी!

ठंडी हवा परेशान है। वह रजाई के अन्दर आना चाहती है। वह मेरे मुखकमल, करकमल, चरणकमल आदि जो देहरूपी कीचड़ के कमल हैं, उनका स्पर्श करना चाह रही है। मैं उसे अवसर नहीं दे रहा। उसे इस शुभ कार्य के लिए मौसम बदलने तक प्रतीक्षा करनी होगी। बाहर बादल हैं। रात को बूँदें गिरी थीं। सही अर्थों में जाड़ा आ धमका है। मैं उसकी धमक से दुबका हुआ हूँ।

रजाई के बाहर एक देश है। नारे लग रहे हैं, अनाज के क्यू में लोग ठिठुरते खड़े हैं, आवेदनपत्र को अपने अस्तित्व की पहचान की तरह सँभाले खड़े युवक दफ्तरों के खुलने का इन्तजार कर रहे हैं, कार में बैठा नेता हेलिकॉप्टर की तरफ जा रहा

है, अफसर एक दूसरे से फोन पर बातें कर रहे हैं, साहित्यकारों के गुच्छे वहाँ अनुपस्थित साहित्यकार की बुराई कर रहे हैं, ट्रांजिस्टर सुनते लोग इस गम्भीर प्रश्न का हल खोज रहे हैं कि कमरे में बन्द हों और चाबी खो जाए तो क्या हो? रजाई के बाहर एक देश है जो अपनी नियति से बँधा ठंड जी रहा है। एक कांग्रेस से दूसरी कांग्रेस मिल रही है, रेडियो से टेलीविजन अलग हो रहा है। बच्चे शिक्षक से पूछ रहे है कि टाटपट्टी नहीं है, हम इस ठंड में कहाँ बैठें? शिक्षक वही उत्तर दे रहा, जो उसने पिछले वर्ष इसी मौसम में दिया था : मेरे सिर पर बैठो। मैं रजाई के अन्दर घुसा देश के बारे में सोच रहा हूँ। किसी किस्म का सम्प्रेषण असम्भव है। रजाई में घुसने के बाद देश की समस्या पर विचार करने की कोई परम्परा साहित्य ने नहीं सौंपी। रजाइयों में सब अपना-अपना रीतिकाल जीते हैं। मजदूर नारे लगा रहे हैं। मैं क्या कर सकता हूँ उनके लिए? ठंड के मौसम में रजाई में घुसा शख्स अपने साहित्य की परम्परा से बँधा मजबूर है। मुझे प्रकृति की या स्त्री की या दोनों को मिलाकर बातें करनी चाहिए।

वह अपने प्रातःधर्म का निर्वाह करती चाय बना रही है। जब चाय का कप रजाई के बाहर आएगा तब मैं अपना एक अदद मुखकमल और केवल एक करकमल बाहर निकालूँगा। घूँट-घूँट चाय पिऊँगा। एक गरम गंगा मेरे गले से उतर मेरी चेतना को ऊष्ण कर देगी। उसके बाद मैं स्वयं को एक दोराहे पर महसूस करूँगा। एक राह उधर जाती है जिधर लोककर्म विभाग के मजदूर नारे लगा रहे हैं, राशन के क्यू लगे हैं, बेकार युवक आवेदन लिये घूम रहे हैं और प्राइमरी के छात्र अपने शिक्षक से टाटपट्टी माँग रहे हैं। दूसरी राह वही है जो इस रजाई में वापिस लौटती है। या शायद यह पहली राह है और वह दूसरी राह है। इस दोराहे पर स्वयं को महसूस करते हुए मुझे एक राह चुननी है। मेरे खयाल से रजाई चुननी है। मेरे खयाल से रजाई लपेटकर मुझे उन मजदूरों की ओर जाना चाहिए, जो नारे लगा रहे हैं। अपने व्यक्तिवाद और अहं के द्वीप में स्वयं के साहित्यकार-व्यक्तित्व की गरिमा की रक्षा करते हुए गरीब पिछड़ी हुई जनता के कष्टों पर विचार करने की छूट साहित्य में है, बशर्ते भाषा और मुहावरे के स्तर पर मैं घटिया न हो जाऊँ और कहीं उन नारों को ही धर्म न मान लूँ। नारे साहित्य की शोभा हैं। वे यथार्थ के लिए नहीं हैं। वे भाषा को नया आयाम देने की मजेदार तात्कालिक जरूरत को पूरा करते हैं।

रजाई है, अन्दर सुरक्षित मैं हूँ, गरम चाय की गारंटी है, बाहर ठंड होने के कारण साहित्य की परम्परा का सहारा है, ऐसे में यदि मैं नारों की ओर ध्यान दे रहा हूँ, तो अपना दुर्भाग्य जीते उन नारा लगानेवालों की तुलना में मुझे समाज का आदर मिलना चाहिए।

अभिनन्दन

अभिनन्दन भारतीय सार्वजनिक जीवन का एक मक्खनधर्मी कर्मकांड है। देश में लोग हैं जो समय-असमय एक-दूसरे को अभिनन्दनाया करते हैं और ऐसा वे तब तक करते रहते हैं जब तक उन सबका अभिनन्दन नहीं हो जाता। जीते-जी सबको निपटना है। जब तक तन है, तन में प्राण है, स्वयं को विशेषणों से सज्जित किया जा सकता है। हिन्दी में और किसी बात का टोटा हो, विशेषणों का कदापि नहीं है। जिन स्तुति सम्बोधनों से भाट चारणों ने भाषा का द्रम भरा है, उन्हें जब चाहे जरूरत-बेजरूरत हम बखूबी बिखेर सकते हैं। अच्छा मीठा बोल देने से अपनी हड्डीहीन जुबान नहीं छिल जाती, और सामनेवाले को लगे हाथ अभिनन्दन हो जाता है। भाषण देकर स्वार्थों के विश्वामित्र जब चाहे तब अभिनन्दन के आकांक्षी को त्रिशुंक ऊँचाई पर चढ़ा सकते हैं; चार किलो से लेकर पाव भर के अभिनन्दन ग्रन्थ आदमी की औकात के हिसाब से छापे जा सकते हैं। अखबारी कागज की कमी हो मगर चिकने कागजों पर हजार कॉपियाँ न छाप सकें, ऐसा अकाल अभी देश में नहीं आया। एक अदद अभिनन्दन ग्रन्थ फड़फड़ाते व्यक्तित्व पर पेपरवेट का काम करता है, उसे गहन गम्भीर बनाता है, गुदगुदाता है। गरिमा और गर्मी प्रदान करता है।

शायद एक मौसम अभिनन्दन का सभी के जीवन में आता है। न कुछ करने वाले भी अपनी उपस्थिति के शून्य को मूल्यांकित करने लग जाते हैं। आदमी का वजन कराया जाए तो यों भी मांस, चर्बी और हड्डी ज्यादा नहीं होती, असली भार होता है उसकी आकांक्षाओं और कुंठाओं का। अभिनन्दन स्टेशन पर लगी वजन कराने की मशीन द्वारा उत्पन्न सुखद भ्रम है जो टिकट के पीछे लिखी इबारत पढ़ने घर होता है। वही-वही इबारतें सबका अभिनन्दन कर देती हैं। गौर से देखा जाए तो एक ही अभिनन्दन-पत्र से सारे नेता निपट गए। बाकी बचे भी निपट जाएँगे। एक कमेटी बन जाती है जो थोड़े से सम्मानसूचक शब्द और बहुत सारा चन्दा जमा कर यह काम बखूबी कर लेती है। सम्मान की शब्दावली अभिनन्दन कराने वाले को चली जाती है, चन्दा कमेटी खा लेती है। दोनों प्रसन्न, दोनों तृप्त। अभिनन्दनित व्यक्ति का अहं फूलता है, कमेटी मेम्बरों की जेबें। वातावरण बनता है, भावी स्वार्थों को भुनाने का सन्दर्भ बन जाता है, सार्वजनिक जीवन के साँप-सीढ़ी के खेल में एक सीढ़ी मिल जाती

है जो सुरक्षित ऊपर चढ़ा देती है। माहौल के समूचे नकलीपन में एक और नकलीपन खप जाता है। इसीलिए जिनके कूल्हों में पद की गर्मी है, जो लाभ वितरण के केन्द्रीय काँटे पर बैठे डंडी मारने का फेवर कर सकते हैं, अपने प्रभाव के नन्हे आकाश को अभिनन्दन की उम्मीद से ताकने लग जाते हैं। जब तक पद है, अभिनन्दन करनेवाले कर देते हैं। वक्त रहते प्रशंसा की फसल काट लेनी चाहिए। चाहे इसके लिए थोड़ा पैसा गाँठ से भी लग जाए तो बुरा नहीं। अखबार, इतिहास और स्मृति के कालपात्रों में अभिनन्दन की खबर स्थायी रूप से उतर जाती है। खोदने वाले भविष्य में खोद सकते हैं। यह दूसरी बात है कि जिस व्यक्ति का अभिनन्दन हुआ हो, वह स्वयं इतिहास की कचरा पेटी में कहाँ जा गिरेगा, कोई नहीं जानता। अभिनन्दन पत्र अन्ततः पानवालों द्वारा लपेटने के काम आते हैं। कालान्तर में वे बढ़िया खाद साबित होते हैं। फसल नहीं, पर घास उगती है जहाँ वे सड़ते हैं। सिर्फ वह व्यक्ति जिसका अभिनन्दन हुआ, उसे फ्रेम में जड़वाकर ड्राइंगरूम में रखता है। वे तब तक रखे रहते हैं जब तक उसी परिवार की अगली पीढ़ी फ्रेम का बेहतर उपयोग नहीं कर लेती। अभिनन्दन भारतीय जीवन की सबसे बड़ी खुशफहमी है। जब तक पहले से दिमाग खराब न हो, शायद कोई अभिनन्दन स्वीकार भी नहीं करता। यश यदि महत्त्वपूर्ण है भी; तो वह बिखेरने की चीज है, खुद से लपटेने की नहीं।

फिर भी भारतीय जीवन में नेता, साहित्यकार और अफसर, यहाँ तक कि अदना मुन्सीपाल्टी का अदना चेअरमैन भी खुद अपने जमजमे सुनता है, खुद फड़कता है। अपनी योग्यता से दूसरों की बजाय स्वयं अधिक आक्रान्त रहता है। कस्तूरी के हिरन-सा भरमाया डोलता है। सही पूछो तो वह हर मिनट अपना अभिनन्दन चाहता है। दूसरा न करे तो वह स्वयं अपने मुँह से करता रहता है। वह अभिनन्दन का सच्चा पात्र, वास्तविक बरतन है।

अभिनन्दन से अफसोस तक

भारत में राष्ट्रीय स्वाभिमान अस्थायी और लोचदार स्थिति है। कभी पारे की तरह उठता है और कुछ घंटों बाद फिर ढुलककर नॉर्मल या नॉर्मल से कम हो जाता है। उस दिन पाकिस्तान से हॉकी में जीतने के बाद बन्दे की यही स्थिति थी कि मैं कुछ घंटों राष्ट्रीय स्वाभिमान के टॉप फार्म पर रहा। अखबार चीखकर उम्मीद प्रकट कर रहे थे कि क्या इतिहास अपने को दुहराएगा? (और कहीं नहीं दुहराए, कम-से-कम हॉकी में दुहराए, कम-से-कम हॉकी में दुहराता रहे तो ही ठीक है) और मैं सीना फुलाए उन अखबारों को पढ़ रहा था। कल्पना के गुब्बारे में हॉकी-गौरव की हवा भरकर मैंने भुट्टो के विषय में सोचा, ईरान के शाह के, और जाने क्या-क्या, और मैंने लेख भी लिख मारा। फिर जो हुआ, वह अभिनन्दन के बाद अफसोस का अश्रु सम्भावनावाला प्रहर था।

मुझे शक तभी हो गया था जब मैंने वह तस्वीर अखबारों में देखी जिसमें हमारी टीम के खिलाड़ी पाकिस्तान से जीत की पागल प्रसन्नता में राजा भालिन्दर सिंग को कन्धे पर उठाए घूम रहे थे। राजा भालिन्दर सिंग ने उसी स्थिति में फोटो खिंचवा कर भारत को भेजी तो उन्हें भी लगता होगा कि गोल्ड मेडल का गढ़ फतह है। उसके कारण जरूर खिलाड़ियों के कन्धों पर असर पड़ा होगा। इसीलिए हरचरण सिंह एक पेनल्टी स्ट्रोक नहीं मार सके। मेरे खयाल से पिछले माहों जो हॉकी प्रशिक्षण के कैंप आयोजित हुए थे, उसमें हरचरण को इस विषय में जरूर सिखाया होगा कि गोल में गेंद कैसे मारी जाती है।

पराजय का आँखोंदेखा हाल कानों से सुनने के बाद मैं इस बोध से ग्रस्त रहा कि मैं एक निकृष्ट कोटि का भारतीय हूँ जो पाकिस्तान की एक दूसरी श्रेणी टीम पर महज एक गोल से प्राप्त विजय के दर्प में अभिव्यक्ति के ऐसे अनाप-शनाप स्तर पर पहुँच गया जहाँ पहुँचने की एक समझदार लेखक से आशा नहीं की जाती। रात को अपने बिस्तर पर लेटे हुए मुझे ईसप और पंचतंत्र की वे अनेक कहानियाँ याद आने लगीं जिनमें घमंडी का सिर नीचा होता है। मेरा सिर उस समय तकिये पर होने के बावजूद काफी नीचा था।

राष्ट्रीय स्वाभिमान के इस परिप्रेक्ष्य पर गौर करें कि हमारा सिर जर्मनी और हॉलैंड से पराजित होने के सन्दर्भ में इतना शर्म से नहीं झुकता जितना पाकिस्तान

से पराजय के सन्दर्भ में। और मैं तथा हर भारतीय यह हँसकर कह सकते हैं कि पाकिस्तान को एक भी मेडल नहीं मिला जबकि हमें कम-से-कम एक मिला है। इस प्रकार कालान्तर में राष्ट्रीय स्वाभिमान की रक्षा के प्रयत्न चलते रहेंगे और हॉकी में हमारी हालत गिरती रहेगी। पिछली बार हमारी टीम यह खबर लेकर लौटी थी कि इस समय जर्मनी की टीम बहुत जोरदार है, इस बार यह खबर लेकर आई है कि हॉलैंड भी कम जोरदार नहीं। अगली बार हम स्पेन और फिर इंग्लैंड की खबर लेकर लौटेंगे कि ये टीमें भी हमसे ताकतवर हैं। इस सबके बावजूद हॉकी में हमारा सिर ऊँचा बना रहेगा क्योंकि सिर हमें केवल पाकिस्तान की तुलना में ऊँचा करना है। इसका उच्च बिन्दु कुछ वर्षों बाद यह होगा (श्री अश्विनीकुमार की उम्र लम्बी हो) कि हॉकी विजेताओं की पायदान पर हमारा नम्बर ग्यारहवाँ होगा तो स्वाभिमान से हम सिर इस खुशी में ऊपर उठाए रखेंगे कि अजी पाकिस्तान की पोजीशन बारहवीं है। भगवान श्री अश्विनीकुमार की उम्र लम्बी करे–1990 तक यह स्थिति आ जाएगी। शायद पहले। उस जमाने में सुरजीत सिंग और हरचरण सिंग हॉकी के गौरव की रक्षा करने के लिए अखबारों में बयान देंगे और सरकार उन्हें स्पोर्ट्स का डिप्टी डायरेक्टर बनाएगी।

समीक्षक के इस सुविधाजनक तकिये से सिर टिकाए मैं अपना सीना नाप रहा हूँ कि जो पाकिस्तान से जीत और हॉलैंड से पराजय के बीच के काल में व्यर्थ दो इंच फूला रहा और अब नॉर्मल है। मुझे अपनी बेखबरी और नासमझी पर गहरा अफसोस है कि मैंने हालैंड को ताकतवर न समझा। नींद न आ पाने के इन क्षणों में मेरी पीड़ा यह सोचकर और बढ़ गई है कि ठीक इसी समय भारतीय हॉकी के माई-बाप अफसरान चैन की नींद सो रहे हैं। गोल खाने के इन क्षणों में इन्हें शंकर लक्ष्मण की याद नहीं सताती।

बरसात में राजनीति

'हला, एक्सचेंज, बात कराव।'

'हलूऊऊ!'

'हला, भैयाजी बोल रहे हैं क्या?'

'हाँ जी, हलूऊऊ। नमस्कार।'

'पाँच मंत्री का इस्तीफा होग्या।'

'क्या! हलू एक्सचेंज, बात कराओ यार।'

'पाँच का त्यागपत्र।'

'पत्र? हाँ, आपका पत्र मिला, मैंने जवाब भी दे दिया। नहीं, होंचा क्या? मैंने लिखा आपको कि ऐसा है कि अभी हमें हाइकमांड का रुख देखना चाहिए।'

'हला, वो ठीक है, एक्सचेंज।'

'चेंज, अरे चेंज होना होगा तो होगा यार, उसमें तुम क्या करो और मैं क्या करूँगा?'

'बरसात की वजह से लाइन खराब है सर, मैं कोशिश कर रहा हूँ।' (एक्सचेंज उवाच)

'कोशिश करना अपना फर्ज है भैया, मगर तुम पोलटिक्स देख रए हो। हलूऊऊ।'

'बात कीजिए।' (एक्सचेंज उवाच)

'डी. पी. से? हुआ तो कल करूँगा। जबलपुर हैं।'

'भैयाजी, यहाँ सबकी राय थी कि बयान आना चाहिए आपका अखबार में।'

'अखबार में? इधर अखबार आई नहीं रहे बरसात की वजह से। नदी-नाले सब पूर हैं भैया।'

'हलाआ एक्सचेंज।'

'हलूऊऊऊ।'

'बात कीजिए।' – (एक्सचेंज स्वर)

'बयान आना चाहिए आपका अखबार में।'

'हमारे अखबार में? बयान देना है? नोट कराव। हाँ, जरा ठहरो, कागज ले लूँ।'

'मैं कह रहा था आपका, हलाआ, यार एक्सचेंज, बात नहीं हो रही है।'

'बात नहीं हो रही है, किससे, सेठीजी से?'

'बात कीजिए।' (एक्सचेंज कथन)

'भैयाजी, आप बयान दीजिए।'

'यार, कभी बयान देने को कहते हो, कभी बात करने को कहते हो, पोलटिक्स में ऐसा नहीं चलता।'

'पाँच मंत्रियों ने इस्तीफे दे दिए हैं भैयाजी। आपका समर्थन में बयान आना चाहिए।'

'इस्तीफे के समर्थन में?'

'आप समझ नहीं रहे।'

'मैं सब समझ रहा हूँ। मैं पूरे राज्य की पोलटिक्स समझ रहा हूँ। मैंने काफी विचार किया है इस पर और जैसा कि मैंने पत्र में लिखा था, हमें हाइकमांड का रुख देखना चाहिए। फिर आप जैसा उचित समझें। हलूऊऊऊ।'

'हलाआआ।'

'आपको सुनाई पड़ रहा है?'

'हाँ, ऐसा है, आज सेठीजी दिल्ली गए। बात करेंगे वहाँ, जैसा भी होगा।'

'मैं टेलीफोन पर हूँ यहाँ, मुझसे जो भी सेठीजी की बात होगी, मैं आपको बताऊँगा।'

'आपसे नहीं, हाइकमांड से बात करेंगे। आपका समर्थन चाहिए।'

'उनको हाइकमांड से बात करनी चाहिए, मैं इस बात के पूरे समर्थन में हूँ।'

(खटक्)—एक्सचेंज ध्वनि।

'हलूऊऊऊ।'

'हलाआ (खट, खट, खट), हला एक्सचेंज।'

'लाइन खराब हो गई है सब, ठीक होते से देता हूँ।' (एक्सचेंज स्पष्टीकरण)

एक हला-हलू पूर्ण अन्तराल।

'बात कीजिए।' (एक्सचेंज निर्देश)।

'हलाआ भैयाजी।'

'हाँ, हलूऊ।'

'ऐसा है, आपको सेठीजी के समर्थन में आना है।'

'मैं आने को आ जाता, मगर नदी-नाले सब पूर हो गए, मैं निकल नहीं सकता।'

'आप बयान दीजिए।'

'दो बार बयान दे चुका भैया, कुछ नहीं हुआ। जब तक नया पुल नहीं बनेगा, इस क्षेत्र में यातायात...।'

'भैयाजी, सेठीजी...।'

'मैंने सेठीजी से भी बोला था इस बारे में।'

'हलाआ, मेरी बात तो सुनिए।'

'हाँ, बोलो।'

'पाँच के इस्तीफे हो चुके हैं भैयाजी, आपको समर्थन में हलाआ एक्सचेंज।'

'हलूऊ, मैं समर्थन में क्यों दूँ इस्तीफा, और कहाँ से दूँ?'
'फोन खराब है।'
'कौन खराब है? हलूऊऊ, क्या सेठीजी? मैं आपसे असहमत हूँ। हायकमांड...।'
'हलाआआ...एक्सचेंज।'
'हलूऊऊ...एक्सचेंज।'
'लाइन खराब है सर।'
'खराब हो या अच्छा, अपने को समर्थन देना है, बात करनी है।'
'मैं अभी बात कराता हूँ सर।'
'हलाआआ।'
'हलूऊऊ।'

सरोद और लोहे की छड़

उस शाम पता नहीं कैसे विधान सभा के राजनीति-प्रचुर इलाके में बित्ता भर संस्कृति घुस गई थी। बरसों पहले भोपाली गजलों की दुनिया से दूर मंटो हॉल की इसी फर्श पर साहबों के स्वागत-सत्कार में नवाब साहब अंग्रेजी डांस की पार्टियाँ देते थे। चारों ओर गहन सन्नाटा और जंगल। मंटो हॉल से आते पियानो और वायलिन के स्वर बिखरते रहते और हॉल के अन्दर मेम और साहब के जोड़े ठुमकते रहते। तब टी.टी. नगर की जगह भीषण बियाबान था। पीछे तालाब, सामने पहाड़ी, बाईं ओर लाल परेड का मैदान जहाँ फाँसियाँ दी जाती थीं और रात को गुजरनेवालों को डर लगता था। उसके बाद जब वही मंटो हॉल कॉलेज बना तो वहाँ जो जोरदार मुशायरे और 'डिरामे' हुए होंगे, उनकी कल्पना की जा सकती है।

मगर जब से उसी मंटो हॉल में राजनीति से लदी विधान सभा आई है, संस्कृति कहीं आसपास नहीं फटक पाती। जवाब, सवाल, भाषण, प्रतिभाषण, प्रदर्शन, नारे, दलबदल, खुसफुसाहट से भरपूर उस माहौल में संस्कृति को शायद साल में एकाध बार आँगन में खड़े होने का मौका मिल पाता होगा। उस शाम विधान सभा के सामने वाद्यवादन और नृत्य चल रहे थे। इस देश में राजनीति के सामने कला की स्थिति वही दरबारी पैटर्न पर आज भी है। सरोद बज रहा था, नेतागण सुन रहे थे। सरोद मुझे स्तरीय नहीं लगा था और न ही नृत्य ही पसन्द आया। शायद वे बजाने और नृत्य करने का नाटक कर रहे थे और श्रोता रस लेने का। चूँकि किसी किस्म के आदान-प्रदान की सम्भावना नहीं थी इसलिए कठिन था कि कार्यक्रम किसी ऊँचाई को स्पर्श कर पाए।

बाहर तेज और ठंडी हवा में एक मित्र के साथ बातें करते हुए मैं घर लौट रहा था। न्यू मार्केट में ठीक उसी समय एक भिन्न और खौफनाक दृश्य चल रहा था।

उन लड़कों में शायद ही किसी की आयु बीस से अधिक हो। किशोर चेहरों पर भारी तनाव था और वे हाथों में लोहे की छड़ें लिये थे। कुछ देर किसी बात पर गहरी तनातनी के बाद वे एक लड़के को उन छड़ों से मारने लगे। बन्द दुकानों के शटर्स और फुटपाथ के पत्थरों के रगड़ खाने से छड़ों से चिनगारियाँ फूट रही थीं। बहता हुआ लहू, 'मारो-मारो' की आवाजें और चिनगारियाँ। पता नहीं, वे यह सब क्यों कर रहे थे? पता नहीं, वे क्यों उस लड़के को मार रहे थे?

मुझे लगा, आज भी वह सघन जंगल ज्यों का त्यों है। आज रात वायलिन या पियानो के बजाय सरोद और नृत्य के घुँघरू सुनाई दे रहे हैं मगर मंटो हॉल के श्रोता पुरानी रातों की तरह आज भी आसपास की दुनिया से उतने ही बेखबर हैं और स्वयं को सुखी और सुरक्षित महसूस कर रहे हैं।

रात घर लौटते समय मैं सोच नहीं पा रहा कि मैं कहाँ से लौटा हूँ : सरोद और नृत्य के कार्यक्रम से अथवा लोहे की छड़ों से लहूलुहान कर देनेवाले उस नजारे से! दोनों चित्र मिल गए हैं। एक साथ सरोज बज रहा है और लोहे की छड़ें ले लड़के दौड़ रहे हैं। नृत्य के बोल बोले जा रहे हैं और 'मारो, मारो साले को' की आवाजें उठ रही हैं। तालियाँ बज रही हैं, लहू बह रहा है, घुँघरूवाले पैर श्रोताओं के सम्मुख थिरक रहे हैं, लोहे की छड़ों से पिटता लड़का चीख रहा है। जाने क्यों ये चित्र अलग-अलग नहीं बनते! एक ही केनवास पर दोनों हैं। सिर्फ एक फर्लांग की दूरी ही तो थी दोनों में।

देर रात तक मैं सोच रहा था कि कहीं वे लड़के लोहे की छड़ें ले विधान सभा की ओर नहीं चले जाएँ। उस रात ऐसा कुछ नहीं हुआ। सरोद से लेकर प्रजातंत्र तक सब सुरक्षित था। मगर देखिए न, फासला कितना कम था! कभी वे छड़ें ले उधर गए तो वे सरोद या नृत्य के कारण ठिठककर रुकेंगे नहीं। वे मेरी तरह कमजोर लेखक नहीं हैं। वे कलम नहीं, लोहे की छड़ें ले घर से निकलते हैं। उन्हें फासला शायद उतना दूर न लगे जितना मुझे लगता है। पर यह प्रजातंत्र के लिए कितना शुभ है कि वे हमउम्र लड़के पर प्रहार करते हैं और हम सरोद और नृत्य के स्तर पर विचार करते रहते हैं। फासला अभी कम है मगर बना हुआ है। लोहे की छड़ या कलम पर वायलिन और पियानो के स्वर छाए हुए हैं। प्रजातंत्र को कोई खतरा नहीं।

अपने-अपने भ्रष्ट द्वीप

नेता चीखकर कहता है—प्रगति करो। सबसे जरूरी है प्रगति। जो जहाँ जिस हाल में है, वहाँ से प्रगति करे। सिद्धान्तहीनता, भ्रष्टाचार, पाखंड, अभाव, जीवन जी लेने की स्थितियाँ नहीं होने पर भी प्रगति करो। बाकी काम कांग्रेस सरकार पर छोड़ दो। तुम्हारे प्रगति करने में व्यस्त रहने के कारण जो शेष काम रह गए हैं, वह सरकार कर देगी। प्रगति आधुनिक मनुष्य का चस्का है। अपनी नौकरी लगने से ही देश की आधी बेकारी की समस्या समाप्त हो जाती है। शेष बचती आधी, छोटे भाई की नौकरी लगते ही वह भी खत्म। प्रगति हमारी समस्याओं का हल है। हमारा फ्लैट बनते ही मकान की समस्या देश में तीन-चौथाई हल हो जाती है। शेष बची पाव, तो फ्लैट की ऊपरी मंजिल उठने पर वह भी समाप्त। प्रगति किए बिना समस्याएँ नहीं मिटेंगी। देश में बेरोजगारी है। तुम नौकरी ढूँढ़ो। नौकरी रिश्वत देने से मिलती है। रिश्वत दो। प्रगति करो। नौकरी मिलना प्रगति है। लाभ मिलना प्रगति है। निजी सुरक्षा प्रगति है। सुखी जीवन प्रगति है। मेरी पी-एच.डी. शिक्षा की प्रगति है, मेरा कारखाना उद्योग की।

लोग चीखकर कहते हैं, भ्रष्टाचार नहीं होना चाहिए। जिस दिन हम रेल से यात्रा कर रहे हैं, उस दिन बर्थ देनेवाले को अधिक पैसा नहीं खाना चाहिए। जब हम थाने में जाएँ, उस दिन हमसे थानेदार रिश्वत न ले। जब मैं लोकसेवा आयोग के सम्मुख जाऊँ तब वहाँ भ्रष्टाचार न हो। लोग चीखकर कहते हैं। जब अनेक एकाकी स्वर एकसाथ सुनाई दें तो वे कोरस का भ्रम उत्पन्न करते हैं। वास्तव में यह कोरस नहीं है। यह लाखों निजी स्वर हैं। हर व्यक्ति जहाँ वह फँसा है, वहाँ पर भ्रष्टाचारहीनता का एक सुरक्षित द्वीप चाहता है। आर.टी.ओ. का दफ्तर जैसा चल रहा है, चलता रहे, मगर जब हम अपना ट्रक लेकर जाएँ, हमें खिलाना-पिलाना न पड़े। हमारा माल स्टेट के बाहर निकल जाए, और स्मगलिंग समाप्त हो। स्मगलिंग बुरी चीज है।

मगर इन भोले लोगों से ज्यादा दमदार कुछ और लोग हैं जिनकी गिनती भी इनसे कम नहीं। वे इससे एकदम उलटा चाहते हैं। वे चाहते हैं कि सारे देश में भ्रष्टाचार न हो, सिर्फ उस स्थल को छोड़कर जहाँ वे कार्यरत हैं। जिस आर.टी.ओ., लोककर्म विभाग, या स्वास्थ्य विभाग में उनका काम निकलता है, वहाँ के बाबू और अफसर

रिश्वत लें और उनका काम कर दें ताकि समय की बचत हो और न्याय का दुरूह रास्ता न चलना पड़े। मगर वे कामना करते हैं कि विश्वविद्यालयों, राजनीतिक पार्टियों या न्यायालयों में भ्रष्टाचार न हो। वे अपनी प्रगति के आकांक्षी हैं। खुले जनपथ पर चलकर निजी प्रगति नहीं होती, अतः वे गली-गलियारों का उपयोग कर तेजी से आगे बढ़ते हैं। सारे देश में प्रगति की हवा है। नेताओं का यही सन्देश है। हर मुसीबत का सामना करते, उसका हल खोजते आगे बढ़ो। सामने खड़ा स्वास्थ्य विभाग का क्लर्क बिना दवाई सप्लाई हुए बिल पर ध्यान नहीं दे रहा। प्रगति के मार्ग में हाय, यह कैसा रोड़ा! इसे रिश्वत दे एक तरफ हटाओ, ताकि निजी आर्थिक उन्नति का रथ आगे बढ़े। चौराहे की रात्रि सभा में नेता चिल्लाकर कहता है—देश में व्याप्त भ्रष्टाचार समाप्त होना चाहिए। यह उसकी ईमानदार इच्छा है, उसका मेनिफेस्टो है, संकल्प है। मगर उसके दल को राजनीतिक प्रगति करनी है, प्रभाव बढ़ाना है, चुनाव जीतना है सो वह दो नम्बर की कमाई का पैसा ग्रहण करता है। चारों तरफ पवित्र सामाजिक एवं राजनीतिक वातावरण हो, भ्रष्टाचारहीनता की फिजाँ बने, मगर सिर्फ मेरे लिए, मुझ भर के लिए सुविधा हो कि भ्रष्ट तरीके से आगे बढ़ सकूँ। प्रगति हर देशवासी का प्राइवेट मामला है, और उसे अपने तरीके से उसे सुलझाना होगा। रेलवे में भ्रष्टाचार चलता रहे ताकि मुझे एक सीट मिलती रहे, पाँच रुपए ज्यादा देकर। शिक्षा में भ्रष्टाचार बना रहे, जिससे मेरे लड़के को एडमीशन मिल जाए। नगर निगम में भ्रष्टाचार है, यह अपने प्लाट के नक्शा पास करवाने वालों के लिए कितनी खुशी की बात है! और साथ ही ये सब वे नाराज लोग हैं जो चाहते हैं कि देश में भ्रष्टाचार न हो। पवित्र लहरों के सागर में एक द्वीप बना रहे जहाँ वे भ्रष्टाचार कर अपनी प्रगति कर सकें। छब्बीस वर्षों से ऐसे द्वीप बनाने की निजी कोशिशों से एक विराट भूखंड बन गया है। कोई जगह अछूती नहीं रही। क्यों रहे? जब सबको प्रगति करनी है तो क्यों रहे?

देश के एक छोर पर अहमदाबाद बच गया। उसके साथ सभी सोचने लगे कि ऐसा पूरे देश में हो। आँधी आए और व्याप्त भ्रष्टाचार समाप्त हो। यह कामना उन सबकी है जो टेंडर पास करते हुए रिश्वत लेते और देते हैं, परीक्षाओं में मार्क्स बढ़ाते और बढ़वाते हैं, लोकसेवा आयोग में जाति और पैसे के प्रभावों का उपयोग करते हैं, दस रुपया दे बर्थ पर लेटे अखबार पढ़ते अहमदाबाद की प्रशंसा करते हैं। अपना एक अदद भ्रष्टद्वीप बना रहे और शेष जगह लहर उमड़े। सब जगह अहमदाबाद-सा हो। राष्ट्र के प्रति कैसा प्रेम है, कितना गहरा, कितना सही! ट्रेड यूनियन का चन्दा खानेवाला नन्हा नेता और को-ऑपरेटिव में गबन करनेवाला भी अहमदाबाद की ओर आशाभरी निगाह से देख रहा है। इन भावुक छात्रों की जोशीली राजनीति से उमड़ी हवा हमें किस हद तक स्थानीय फायदे दे सकती है, मन-ही-मन हिसाब से लगा रहा है।

कांग्रेस के पास विरोधियों की खोपड़ी तोड़ने के लिए 'समाजवाद' का नारा शस्त्र की तरह उपयोगी रहा जो उधर भोंथरा हो रहा है। इसके जवाब में विरोधियों का

शस्त्र है 'भ्रष्टाचार की समाप्ति', जो इधर तेज हो रहा है। यह अपने-आपमें कांग्रेस विरोधी गुजरात के नेताओं का कम कमाल नहीं है कि महँगाई और अभाव के विरुद्ध आरम्भ हुए युवा आन्दोलन का रुख बदल उन्होंने उसे भ्रष्टाचार के विरुद्ध कर दिया। महँगाई और अभाव के खिलाफ छिड़ी लड़ाई अफसरशाही, जमाखोरों और पूँजीपतियों के खिलाफ पड़ती और अब उसका रुख घूमकर कांग्रेसी मंत्रियों के खिलाफ हो गया। इसका लाभ मिलेगा, सत्ता-परिवर्तन। मोरारजी देसाई व्यर्थ ही उत्साहित नहीं हो रहे हैं। ऐसा आन्दोलन जिस पर युवा पीढ़ी की सील लगी हो, जो पूँजीवादी ढाँचे को बरकरार रखते हुए सत्ता को बदलने में सहायक हो, बहुत लाभप्रद है। इस हवा का तात्कालिक लाभ लेने के बाद उन युवकों को नवनिर्माण के नाम पर, सामाजिक कार्यों के नाम पर, चरित्र और ईमानदारी का नारा देकर सहज भगाया जा सकता है। इसके लिए दो-चार लड़कों को मंत्री-पद भी दे दिये जाएँगे। जहाँ तक रहा भ्रष्टाचार दूर होने का सवाल, तो कौन कम्बख्त इससे इनकार करता है? भ्रष्टाचार आधा तो उसी दिन दूर हो जाता है जिस दिन भ्रष्ट लोगों के हाथ सरकार आ जाती है। रिश्वत देकर काम करानेवाले जब खुद गवर्नमेंट बन जाएँ तो रिश्वत की जरूरत नहीं रह जाती।

छब्बीस वर्षों से हर कांग्रेसी नेता, शासन और प्राध्यापकों ने छात्रों से यही आग्रह किया कि राजनीति में मत पड़ो। अध्ययन करो ताकि प्रगति कर सको। प्रगति अर्थात् नौकरी। नेता डरते थे कि कहीं छात्र राजनीति में कूद गए तो हमारे हाथ से नेतृत्व चला जाएगा। वे यही नेक सलाह देते रहे। कांग्रेस में परिवर्तन आया, मगर छात्रों को वही उपदेश दिये गए। लीजिए, प्रगति का सन्देश बाँटनेवाले नेताओं के सम्मुख प्रस्तुत है थाली बजाती, त्यागपत्र लिखवाती, नेताओं के सिर मूँड गधे पर घुमाती हुई उन छात्रों की भीड़, जिन्हें राजनीति से दूर रखा गया। जो छात्र जमाखोरों और वितरण में अकुशल सरकार के खिलाफ निकले थे, वे उस बात को छोड़ विधान सभा बदलने और पुराने नेतृत्व को फिर हावी करने के काम में जुट गए। गलियारे तलाशनेवाले को छात्रों की कृपा से राजपथ मिल गया।

जब समाजवाद का नारा हवा में था, सत्ता पुरानी कांग्रेस के हाथ से छिन रही थी, तब एक ताजा समाजवादी बने कांग्रेसी ने मुझसे कहा था—जोशीजी, यदि आप इस समाजवाद के नारे में सत्ता की राजनीति से अधिक गहराई देख रहे हैं तो आप जैसा मूर्ख दूसरा नहीं।

और उसी तरह अहमदाबाद से उठी भ्रष्टाचार-विरोधी हवा में आज यदि मैं सत्ता की राजनीति से अधिक गहराई खोजूँ तो मुझ-सा मूर्ख दूसरा न होगा।

एक नारा उठा—सत्ता मिल गई। दूसरा उठा—सत्ता चली गई। हाय रे संसार सागर!

चोर, चोर! लेखक, लेखक!

ईमानदारी का स्तर तो खैर गिर ही रहा है। यह खबर अब पुरानी हो गई, पर चोरी का स्तर भी गिर रहा है, यह निश्चित ही दुखद सूचना है। राष्ट्रीय गौरव के किस्से-कहानियों से जिनके सीने गर्व से फूले रहते हैं, वे यह जानते हैं कि एक समय था, हमारे देश में बड़े सशक्त, सामर्थ्यवान डाकू, चोर, ठग आदि हुए हैं जिनकी कथाएँ आज भी उन क्षेत्रों में सुनाई जाती हैं जहाँ अलाव जलते हैं और बातचीत के लिए विषयों का अभाव रहता है। जहाँ अलाव नहीं जलते, लकड़ियों का अभाव है पर बातचीत के लिए तबादले, प्रमोशन, मेमो, डीओ आदि रुचिकर विषय काफी हैं, वहाँ भी साहसिक कारनामों के नायकों तथा हेराफेरी के विशेषज्ञों के प्रति एक किस्म का अप्रकट आदर-भाव पाया जाता है। और इसीलिए चोरी के स्तर में यह उल्लेखनीय गिरावट की खबर निजी विकास के सँकरे गलियारे खोजनेवाले वर्ग में निरुत्साह फैलाती है। मैं दुखी हूँ और सदा की तरह इस बार भी दुखी होने का कारण राष्ट्रीय और सामाजिक है।

यह सारी सिद्धान्तों से लबरेज भूमिका मैं इसलिए दे रहा हूँ कि मुझे यह जानकर आश्चर्य हुआ कि मेरी अनुपस्थिति में एक दिन मेरे घर चोर साहब तशरीफ लाए थे। निश्चित ही वे जनाब कोई उदीयमान किस्म के चोर होंगे जो ताला तोड़ने का बुनियादी प्रशिक्षण प्राप्त कर चुके हैं, पर अनुभवहीन हैं, अन्यथा अपनी प्रतिभा को एक लेखक और वह भी मुझ जैसे रोज कुआँ खोद पानी पीनेवाले फटीचर लेखक के घर में घुस नष्ट नहीं करते। उन्होंने मेरे घर को चोरी के लायक समझा, यह देख मैं निश्चित ही सम्मानित अनुभव कर रहा हूँ पर जो निराशा उन्हें हाथ लगी, उसका अनुमान कर मुझे भय है कि कहीं जीवन से निराश हो उन्होंने यह लाइन ही सदा के लिए न छोड़ दी हो!

मैं कहूँगा कि चाहे साक्षरों में आपको कई चोर मिल जाएँ पर चोरों में साक्षरता का अभाव है। अन्यथा हर पढ़ा-लिखा व्यक्ति जानता है कि राष्ट्रभाषा उर्फ हिन्दी का लेखक निहायत फड़तूस होता है। उच्च वर्ग जो उनकी ओर दया के भाव से देखता है, वह नजरिया आर्थिक मानदंडों से ठीक ही है। चोर महोदय ने जाने किस

आशा से मेरा ताला तोड़ा और वे निश्चित ही बहुत बोर हुए होंगे जब मेरे पूरे घर में कागज तथा कागज से बनी वस्तुएँ अर्थात् पुस्तकें, पत्रिकाएँ, अखबार आदि ही चहुँओर दृष्टिगोचर हुए। वे निराशा में सारा कुछ उलट-पलट इधर-उधर फेंक चल दिए और जब मेरे परिवार के सदस्य लौटे और उन्होंने देखा कि सारा साहित्य ज्यों का त्यों है, एक रचना भी कम नहीं हुई तो वे भी निराश हुए क्योंकि मेरे लिखने की सजा अन्तिम रूप से मेरे परिवार के सदस्य भोगते ही हैं। चूँकि सारे छपे हुए लेखों की कतरनें, किताबें घर में पड़ी रहती हैं। यदि चोर महोदय सारे कागज ले जाते तो परिवार के सदस्य, जो इस असहनीय कचरे से परेशान रहते आए हैं, तब तक चैन की साँस लेते जब तक मैं उतना ही और न लिख डालता। चूँकि हर लेखक की रचनाओं को स्थायित्व उसके ही घर में प्राप्त होता है, अतः मेरा लिखा मेरे यहाँ स्थान बनाए है। यदि यह पुरानी सरकारी फाइल भी होती तो नेशनल आरकाइव्स वाले इसे सँभालना पसन्द करते। पर यह साहित्य है जिसका अन्तिम मूल्यांकन रद्दी कागज खरीदनेवाला करता है। चोर महोदय मेरे घर से ढेर सारी रद्दी ले जाकर बाजार में बेचते तो उन्हें थोड़ी आय अवश्य होती पर वह कुल मिलाकर गुनाह-बेलज्जत होता। कुछ भी कहो, चोर महोदय अनुभवहीन अवश्य थे पर उनका भी एक स्टैंडर्ड था। वे साहित्यिक सामग्री आदि चुराकर बेचने-सा घटिया काम कभी न करते। आखिर उनके समाज में उनकी साख है, सब उनका मजाक न बनाते?

पर मामला अफसोस का यह है कि चोर मेरे घर आया क्यों? इसका एक कारण मेरे घर के बाहर मेरे नाम की तख्ती का न होना भी हो सकता है। वह गलत पते की चिट्ठी की तरह आ गया और बाद में अपने बहुमूल्य समय की बरबादी कर पछताया। वह दिन को आया था कोई चार-पाँच बजे। शायद दिन-दहाड़े चोरी करने का रिकॉर्ड बनाना चाहता होगा। पर खेद है कि खबर न बनी। न जेवर था, न रुपया। एक साख थी, थोड़ी इज्जत थी कि शायद हमारे पास रुपया है, वह पोल भी समाज के सामने उजागर कर गया। मुझे यह गम सता रहा है क्योंकि आखिर कुछ भी कहो, मेरे भुक्खड़ नजर आने से हिन्दी की नाक कटती है। हम बिसात न होते हुए भी जो अच्छे कपड़े पहन घूमते हैं, सो क्यों? हिन्दी की खातिर। यदि हम फटियल रहें तो लोग क्या कहेंगे? अरे भई, वे बजाय लिखने के कहीं असिस्टेंट डायरेक्टर क्यों नहीं हो जाते? कोई संस्था क्यों नहीं चलाते या अश्लील क्यों नहीं लिखते, ताकि चार पैसा घर में आए? उनकी अच्छे लेखन में आस्था बनी रहे इसलिए थोड़ा बन-ठनकर रहना पड़ता है।

मगर इन चोर महोदय ने घर का फेरा कर खाली हाथ लौट मुझे कहीं का न रखा। जिस मित्र को किस्सा सुनाता हूँ, वह मेरी आर्थिक दशा पर चिन्तित हो मुँह लटकाए बैठ जाता है, फिर प्रवचन देने लगता है जिसका निचोड़ यह होता है कि

या तो मुझे गुलशन नन्दा हो जाना चाहिए या व्यवस्था के चरणों में समर्पित। अफसोस का यह स्तर असहनीय है। इससे अच्छा होता, मेरे पास रुपया, जेवर होता और चोर सब साफ कर जाता। चोर महोदय, मैंने आपको निराश किया, बदले में आप मुझे दुखी कर गए हैं। साहित्यकार का स्तर तो इस भाषा में उठ नहीं सकता, कृपया चोरी का स्तर उठाइए, हमारे घर न आइए।

गल्ला, गल्ला

गल्ला खानेवालों का देश है हमारा। जितना उगता है, कम पड़ता है। उतना ही उगता है जितना कम पड़ता है। देश गेहूँ के सपने जीता है। व्यापारी बोरी पर सिर रख सोता है और धीरे-धीरे स्वयं एक मोटी बोरी में बदल जाता है। किसिंजर आता है तो लोगों को गल्ले का जहाज आता नजर आता है। किसिंजर जाता है, लोग परस्पर पूछते हैं, थैले कब आएँगे? कब आएँगे गेहूँ के थैले? गल्ला खानेवालों की धरती से सवाल उठते हैं।

कलेक्टर दाँत बाहर कर कहता है–इस साल फसल बहुत अच्छी है। कृषि मंत्री गर्व से पेट फुलाकर कहते हैं, अन्न मंत्री आँख चढ़ाकर कहते हैं, मुख्यमंत्री सीना चौड़ा कर कहते हैं–फसल खूब आएगी। कृषि को प्राथमिकता दी जाती है, बीज बँटते हैं, खाद की खींचतान चलती है, बैंक से खेतों के लिए उधार पिघलता है, पम्पों के लिए बिजली निस्सरित होती है। लगता है, गल्ला उगाकर रहेगा गल्लाखोरों का हमारा देश। आत्मनिर्भरता के दावे मँडने लगते हैं अखबारों में। इस साल खूब आएगा, खूब खाएँगे। खूब खाएँगे गल्ला।

पर जाने कैसे खेत वही रहता है, गोदाम चौड़े हो जाते हैं। बैंक पीकर खेत गल्ला उगल देते हैं गोदामों में। सारी कृषि आकूथू होकर समा जाती है यहाँ-वहाँ। कैबिनेट जुड़ती-बिखरती है, कलेक्टर ट्रंक कॉल लगाते हैं, धोती उठा जाँघ खुजलाता व्यापारी खेती को कोसता है और सारा मुल्क हाथ ऊपर उठा चिल्लाता है–हमें और गल्ला दो, हमें और गल्ला दो। सरकार बड़ा दाँव-पेंच लगाती है। विदेश से भीख माँग या खरीदकर देशी व्यापारी को भाव डाउन कर नीचा दिखाने का प्लान बनाती है। किसिंजर का रास्ता देखती है–पेसिंजर ट्रेन आ रही हो मानो कुलियों की किस्मत खोलती। सब ठीक हो जाएगा। गल्ला आ जाए तो सब ठीक हो जाएगा। जिला राजधानी से झूठ बोलता है, राजधानी केन्द्र से झूठ बोलती है। केन्द्र फॉरेन से झूठ बोलता है। सबकी एक ही गुहार गूँजती है–और रुपया खोलो, ज्यादा गल्ला तोलो। पराँठे खानेवाले पूरियाँ तलनेवालों से विचार-विमर्श कर सूखी रोटी खानेवालों को आश्वासन देते हैं–आएगा, गल्ला आएगा। डबलरोटी खानेवाले शीघ्र ही बचा-खुचा भेजेंगे। अखबार के आइने में रोज मुल्क अपने को हिकारत से देखता है। कुछ लोग उसी आइने में निहारते सन्तोष की डकार लेते हैं। हरि ओम!

और विराट धरती में कहीं बित्ता भर जगह पर सूखा पड़ जाता है। 'हाय सूखा, हाय सूखा' की चिल्लाहट में अभाव की आवाजें दब जाती हैं। व्यापारियों की जलेबियाँ खाता लोकल छुटभैया लीडर राजनीति में कपड़े फाड़ने लगता है—सूखा है, सूखा है, इस बार हमारे क्षेत्र में सूखा है। स्थानीय नेतृत्व राजधानी का गला दबोचने लगता है—राहत का काम चालू करो, सूखा है। राजधानी केन्द्र के सामने नंगी खड़ी हो जाती है—रुपया दो, हमारे यहाँ सूखा है। अध्ययन दल भत्ता पकाता है, कलेक्टर कुर्सी बचाता है, नेता डाकबगलों में आकर पड़ जाते हैं। विरोधियों और कांग्रेसी की टकराहट चालू हो जाती है। सूखे की गुहार मचा सरकार को नीचा दिखाएँगे, सोचता है विरोधी। राहत कार्य में रुपया बाँट यश लूटेंगे, सोचता है कांग्रेसी। डाल-डाल, पात-पात राजनीति छोटे शहर की सड़कों पर आरम्भ हो जाती है। राहतकार्य खुलते हैं। नाम-अनाम लोगों को पैसा बँटता है। सारा दिन निठल्ले बैठे बीड़ी फूँकते हैं। तसले-फावड़े का टेंडर इशू किया है कलेक्टर ने। जब आएँगे तब काम चालू होगा। स्थानीय लोहा व्यापारी टेंडर भरते वक्त जानता है कि ऊपर वालों का कमीशन क्या होगा। रुपया रिसने लगता है जिले के बाजार में, भाव हौले-हौल चढ़ने लगते हैं, धीरे-धीरे रेडियो मर्चेंट के सभी ट्रांजिस्टर बिक जाते हैं। एक सूखा पूरे जिले के लिए वरदान हो जाता है। सरकारी रुपये से राजनीति खरीद ली जाती है कांग्रेस के खाते में। कुछ लाभ विरोधियों को मिल जाता है। ठेकेदार, व्यापारी, अफसर, इंजीनियर, अखबारवालों की बैठकों में व्हिस्की खुलने लगती है। सूखा अन्ततः इनके गले को तर करने के लिए था। सूखा जब आएगा, अन्ततः इन्हें अन्तर तक भिगो जाएगा। सूखा वरदान है इस देश में। खाली कटोरे में ही पैसा गिरता है। अर्थशास्त्र की यह कैसी रासायनिक प्रक्रिया है जिसमें जनता का टैक्स अन्ततः दारू की बोतल बन गले उतर जाता है एक वर्ग के।

फिर नया कैलेंडर देश की क्रेक दीवार पर टँग जाता है। पहला पन्ना, 'इस साल फसल खूब अच्छी आएगी', से लेकर अन्तिम पन्ने तक 'सस्ते अनाज की और दुकानें खोलो'। वही, वही, वैसा ही वैसा। गल्ला, गल्ला, गल्ला, गल्ला। बीज बोने से व्हिस्की पीने तक वही कथा गोल-गोल। अपनी शरारती दुम पकड़ने की कोशिश में घूमता देश वही-वही, गोल-गोल!

पराजयबोध का एक कांग्रेसी दिन

सुबह हुई और मोहल्लों के लोग मुँह उठा आसपास के कांग्रेसियों की ओर ताकने लगे कि देखें, आज मेरे बेटे पर क्या गुजरती है! हवा में हलकी ठंडक थी जो वातावरण की गर्मी को कम करने में असमर्थ थी। विरोधियों के लिए यह नई उम्मीदों से भरा दिन था। वे दातून करने और नहाने की जल्दबाजी कर रहे थे। आज कहासुनी के राजनीतिक दलदल में छपाछप करने का दिन था। वे घर में नहीं बैठ सकते। वे वक्त से पूर्व होटलों और पान की दुकानों के समीप खड़े हो जाना चाहते ताकि उचित समय पर वे टीकाएँ कर सकें।

असल कांग्रेसी नींद में भी कांग्रेसी होता है। वह तेज खर्राटों में भी अपना आशावाद ढीला नहीं होने देता। वह जानता है कि राष्ट्र जाएगा तो कहाँ जाएगा? वह घूम-फिरकर फिर कांग्रेस में आएगा। वह इत्मीनान से सुबह के अखबार पढ़ रहा था।

अखबार में श्रीमती गांधी की तस्वीरें छपी थीं। वे कौतुक और प्रशंसा से उन महिलाओं की ओर देख रही थीं जो पहाड़ चढ़कर आई थीं। अन्तर्राष्ट्रीय महिला वर्ष के लिए यह सब ऊँचे कारनामे की बातें हैं। तब श्रीमती गांधी नहीं जानती थीं कि कल की सुबह उन्हें राजनीति के एवरेस्ट से नीचे उतरना पड़ सकता है। आकाशवाणी अपने सोबर अन्दाज में सचाई उगलने लगी। ऐसे मौसम में उसका यह अन्दाज सुनने काबिल होता है। ट्रांजिस्टरों से गली-मोहल्ले में नन्हे खबर-बम फूटने लगे। कांग्रेसी अपनी आदत के अनुसार गम्भीर हुआ और दूसरे कांग्रेसी के करीब सिमटने लगा। वह यहाँ-वहाँ टेलीफोन लगाने लगा। दिल्ली की सोचने लगा। विरोधियों ने अपनी चिर मनहूस मुद्रा त्यागी और पान सने दाँत निपोरे। राजनारायण की राजनाराणियत सार्थक सिद्ध हुई, कम-से-कम एक बार।

इसे कहते हैं राजनीतिक संकट। जब यह कांग्रेस पर घिरता है तब कहलाता है राष्ट्रीय संकट। दोपहर तक एक नैतिक प्रश्न हवा में नाच रहा था : प्रधानमंत्री को त्यागपत्र देना चाहिए था अथवा नहीं? मगर नैतिक संकट की कोई गुंजाइश उत्पन्न होने के पूर्व दिल्ली से खबर आ गई कि राष्ट्रवासियो, डोंट वरी, अभी सब कुछ ज्यों का त्यों है। कुर्सी सलामत तो देश सलामत। हवा में लटके इस प्रश्न को वैसा ही छोड़ सब गुजरात की ओर मुँह कर खड़े हो गए।

इधर चार-पाँच दिनों से कांग्रेसी आशावादी था। आखिर अफसर, हेलिकॉप्टर, थोथे नारे, श्रीमती गांधी का दौरा, कार्यकर्ताओं की जमात, जीप, रुपए, जाति सम्बन्धों की पड़ताल कर चेतना लाने की अवसरधर्मी चेष्टाओं से एक किस्म का आशावाद पनप जाता है मन में कि हम जीतेंगे। पर बारह की सुबह एक मृत्यु की दुखद सूचना, उस कोर्ट का कँटीला, 'हाय जालिम, मार डाला' किस्म का निर्णय—ये दो सतत अपशकुन पर्याप्त थे। गुजरात से अच्छी खबर आने की आशाएँ टूट चुकी थीं। एक निर्णय धर्मराज ने लिया, अब तीसरा निर्णय जिसे नाराज जनता को लेना था, कांग्रेस के पक्ष में गिरे, इसकी सम्भावना कम थी।

सूरज पश्चिम में डूबा। ठीक उसी बाजू, जिधर गुजरात है। लम्बे साए उभरकर आजादी के बाद भ्रष्टाचार की कमाई से बने बँगलों, संस्थानों, संस्थाओं पर छाने लगे। कुछ देर बाद परिणाम आए। चिमनभाई की राजनीतिक चिमनी जल न सकी और कुछ नन्हे-मुन्ने कांग्रेसी दीये बुझने लगे। मोरारजी देसाई का उपवास फलदायी हुआ। उपवास से इसी जन्म में फायदा होता है, यह पुरानी धारणा नए प्रसंग में बलवती हुई।

रात भई। कांग्रेसी के जीवन की यह एक भारी क्विंटल रात थी। वह कूलर और डनलप पिलो पर सो नहीं पा रहा है। ऐसी बेचैनी तो उसे जेल की रातों में भी नहीं हुई। कमरे के मद्धम प्रकाश में गांधीजी की पुरानी उपेक्षित तस्वीर को देख वह देर रात तक जाने क्या-क्या सोचता रहा। उसे आश्चर्य था, बेचारा कांग्रेसी नहीं जानता था कि 1947 से वह इसी दिन और इसी रात के आगमन के सरंजाम जुटा रहा है। यह दिन आना ही था। स्वयं कांग्रेस द्वारा, शासन द्वारा, असंख्य नेताओं और मंत्रियों द्वारा कितने प्रयासों और कर्मों से इस दिन को आमंत्रण मिला था। वह आज आश्चर्य कर रहा है। मोहल्ले के लोग उसके इसी भोलेपन पर तो बरसों से फिदा हैं।

मुस्कुराने की शर्त

कांग्रेसी मूलतः असन्तुष्ट जीव होता है। चूँकि वह जनता का प्रतिनिधित्व करता है इसलिए असन्तुष्ट होना वह अपना फर्ज समझता है। जनता उससे असन्तुष्ट होती है, वह मुख्यमंत्री से होता है। अन्तर इतना है कि जनता किसी और कारण से असन्तुष्ट रहती है, वह किसी और कारण से होता है। उसे सन्तुष्ट करना एक राजनीतिक एवं आर्थिक प्रक्रिया है। वह एक सामाजिक और शारीरिक प्रक्रिया भी हो सकती है। कांग्रेसी विधायक इस बात से असन्तुष्ट और विरोधी हो सकता है कि मुख्यमंत्री हमारी तरफ देख मुस्कुराते नहीं। पूरी बत्तीसी नहीं निपोरते। ऐसी स्थिति में एकता और दल की छवि बनाए रखने की खातिर हाइकमांड मुख्यमंत्री को आदेश दे सकती है कि तुम कांग्रेसी विधायकों को देख पूरे दाँत बाहर निकाला करो। दूसरे दिन से मुख्यमंत्री की बत्तीसी कांग्रेस की एकता के नाम समर्पित हो जाती है। वह हर विधायक या विधायकनुमा शख्स को देख खीसें निपोर 'हें-हें' करने लगते हैं। विधायक आया, मुख्यमंत्री की आँखों में चमक देख उसने कहा–श्रीमान, मेरे क्षेत्र में बाढ़ से लाखों का नुकसान हुआ है। मुख्यमंत्री गम्भीर हुए। वह तुरन्त असन्तुष्ट हो गया। 'आप हमारी बात पर मुँह चिढ़ाते हैं? हमारा आप पर विश्वास नहीं है।' और वह बँगले से बाहर पैर पटकता चल दिया।

हो गई मुख्यमंत्री से गलती। राज्य की समस्याओं के दबाव में आ वे कांग्रेस की एकता की शर्त भूल गए। होना यह चाहिए था कि विधायक कहता–बाढ़ से लाखों का नुकसान हो गया। मुख्यमंत्री दाँत निकाल कहते–हा-हा, हा-हा! दूसरा विधायक कहता–मेरे जिले में बेकारी बढ़ रही है। मुख्यमंत्री कहते–हो-हो, हो-हो! वाह, आप भी कैसी मजेदार बातें करते हैं, बेकारी! हो-हो, हो-हो! इससे कांग्रेस की एकता बनी रहती। मुख्यमंत्रित्व सुरक्षित रहता।

यह कांग्रेस भी क्या खूब राजनीतिक दल है! जब महँगाई, बेकारी, अभाव, सूखा आदि से सारा राज्य और देश त्रस्त है तब कांग्रेसी शिकायत कर रहे हैं कि उनका नेता उनके सामने खुशी से उछल-उछलकर चहकता नहीं। शिकायत यह होना चाहिए कि राज्य की ऐसी दशा में मुख्यमंत्री धाड़ें मारकर रोता क्यों नहीं? वह समस्या से ग्रस्त तनाव के कारण अपने बाल नोंच चीखता-चिल्लाता क्यों नहीं? शिकायत उलटी है।

कांग्रेसी मूलतः असन्तुष्ट जीव होता है। उस दिन क्या हुआ? एकाएक बहुमत में कांग्रेसी असन्तुष्ट हो गए। मुख्यमंत्री दिल्ली दौड़े, असन्तुष्ट दिल्ली दौड़े। हाइकमान के नेताओं ने पूछा—असन्तोष का कारण क्या है? असन्तुष्ट विधायकों ने कहा कि हमें इस मुख्यमंत्री की शक्ल पसन्द नहीं है क्योंकि यह बड़ी मूँछें नहीं रखता। हम नेता बदलना चाहते हैं। हाइकमान ने दल की एकता और छवि की खातिर मुख्यमंत्री को आदेश दिये कि आप अपनी मूँछें बढ़ाएँ। और साथ ही असन्तुष्ट विधायकों की नेतृत्व-परिवर्तन की माँग को अस्वीकार कर दिया। राजधानी लौटने के बाद मुख्यमंत्री ने अपनी मूँछें बढ़ाना शुरू कीं और कांग्रेसियों ने पुनः विचार करना आरम्भ किया कि अब किस नई बात पर असन्तुष्ट हुआ जाए?

'अजी यह मुख्यमंत्री चुरुट पीता है। आपने देखा नहीं? पिछले दिनों अखबारों में तस्वीरें छपी हैं जिसमें यह साफ चुरुट पीता नजर आ रहा था।'...'वह छोड़िए, हमने अपनी आँखों से इसे चुरुट पीते देखा है।'...'कितने खेद की बात है।'...'निहायत अफसोस और शर्म की चीज है कि मुख्यमंत्रीजी चुरुट पीएँ।'...'इस राज्य में बीड़ियाँ बनती हैं, यहाँ की जनता बीड़ियाँ पीती है, यहाँ से बीड़ियाँ विदेश जाती हैं। मुख्यमंत्री को भी बीड़ी पीनी चाहिए।'...'केन्द्र द्वारा थोपा हुआ मुख्यमंत्री है इसलिए चुरुट पी रहा है। हमारे द्वारा चुना होता तो क्या ऐसा कर सकता था?'...'मुख्यमंत्री की इस आदत से बीड़ी निर्माता और बीड़ी पीनेवाले हतोत्साहित होते हैं।'...'हम असन्तुष्ट हैं इस मुख्यमंत्री से। हम असन्तुष्ट हैं।'

मगर कांग्रेसी तो शुद्ध सामान्य अवस्था में असन्तुष्ट ही रहता है। वह विशिष्ट राजनीतिक, आर्थिक, प्रशासनिक, सामाजिक एवं शारीरिक प्रक्रिया द्वारा सन्तुष्ट किया जाता है। मुख्यमंत्री ने आज अपनी बत्तीसी विधायकों की सेवा में फैलाई है, कल उन्हें अन्य स्थितियों के लिए भी अपने व्यक्तित्व को पूर्णतः लोचदार बनाना होगा। नेता के नाते उनका फर्ज है कि वे संगठन की सेवा में तन-मन से समर्पित रहें। देह धरे को दंड है। और देह भी जब मुख्यमंत्री का पद लिये हो।

वर्दियों में पेटीकोट की आत्माएँ

बीस-पच्चीस दिनों में एक बार मैं भुट्टो की प्रतिभा से अवश्य प्रभावित हो जाता हूँ। व्यंग्कार का धन्धा ऐसा है कि हर किस्म के सनकी और मूर्ख में मेरी व्यावसायिक रुचि है। उनके कारनामे से मेरे लेखकीय स्वार्थ जुड़ जाते हैं। मगर इधर लगता है, एशिया के इस कलंदरी व्यक्तित्व पर मैंने बरसों से नहीं लिखा। पाकिस्तान की घनघोर पराजय के बाद भुट्टो नाम का शख्स मुझे इतना लिजलिजा और पिलपिला लग रहा था कि उसके विषय को उठाना किसी अधमृत चूहे को दुम पकड़कर उठाने के समान था। मगर भुट्टो है कि निराश नहीं होता। वह हर बार एक ऐसी हरकत करता है कि मुझे अपने पर लिखने के लिए उकसाता है। अपने कटे-पिटे भूगोल में जब वह इतिहास बदलने के रौब से गरजता है, जाने क्यों लिखने लायक लगता है!

इधर ऐतिहासिक निर्णयों की अपनी गहरी कचरा पेटी में भुट्टो ने एक और निर्णय डाल दिया है कि वे पाकिस्तान में औरतों की पलटन बनाएँगे। जब से खबर पढ़ी है, बधाई देने की तबियत होती है। और यदि हमारे कमांडर साहब स्वीकार करें तो मैं सभी की ओर से दूँ।

आश्चर्य नहीं, पाक पलटन के विषय में यह खबर सुन एकाएक कई निठल्ले घूमते लोग भर्ती दफ्तरों के सामने खड़े हों क्योंकि ऐसे में कौन रसीला रणक्षेत्र जाने को विह्वल न होगा। युद्ध लड़ने काबिल कम मगर देखने काबिल अधिक होगा। भारतीय पत्रकारों में युद्ध की आँखोंदेखी रिपोर्टिंग करने का जोखिम उठाने की प्रतियोगिता बढ़ जाएगी। हर सह-सम्पादक अपने सम्पादक से इस बात पर लड़ेगा कि युद्ध की रिपोर्टिंग करने का मौका उसे क्यों नहीं दिया जा रहा। आशा है, नई दुनिया युद्ध की नजाकत को ध्यान में रखते हुए मुझे ही इसके लिए भेजेगी, सुरेश गावड़े को नहीं। महिलाओं के खेलकूद देख रिपोर्ट करना और बात है, उन्हें कुंजड़नों की तरह शरीफों से लड़ते देख रिपोर्ट करना और बात है।

भुट्टो का निर्णय इस माने में भी महत्त्वपूर्ण है कि औरतों की अलग पलटन तैयार करके संसार के सामने यह साबित कर देंगे कि अभी तक उनकी फौज में जो लड़ रहे थे, वे सब मर्द थे। सभी जानते हैं कि पाक फौजें लड़ती कम और समर्पण ज्यादा करती हैं जो वास्तव में महिलाओं का गुण है। समर्पण नारी का गौरव है, वह

स्वयं को समूचा सौंपकर ही जीवन को धन्य मानती है, आदि वाक्यों के सन्दर्भ में यदि पाक फौजों के पिछले कारनामे देखे जाएँ तो उनकी वर्दियों में पेटीकोटों की आत्माएँ नजर आएँगी। भुट्टो ने पाकिस्तानी फौज के इस गुण को पहचाना और सोचा कि जब समर्पण ही पाकिस्तान का प्रमुख सैनिक मूल्य है तो फौजें औरतों की ही क्यों न तैयार की जाएँ?

अलावा इसके कुछ आन्तरिक कारण भी हैं। भुट्टो सदैव यह खतरा महसूस करते रहे हैं कि किसी दिन फौजें उन्हें दबोचकर फिर सत्ता हथिया लेंगी। भुट्टो की कल्पना है कि यदि फौजें औरतों की हों तो ऐसे में वह अनुभव कितना सुखद होगा! चूँकि भुट्टो स्वयं को हसीन समझते हैं (वे बचपन में थे भी), अतः उन्हें भरोसा है कि औरतों की फौज को वे अपने प्रभाव में रख सकेंगे। दूसरे, भुट्टो को युद्धबन्दियों की खाली बैठी गाली बकती पत्नियों को भी काम से लगाना है। उन सबको घघरिया पलटन में नौकरी मिल जाएगी।

मैं कल्पना करता हूँ कि भारतीय सीमा पर पाकिस्तान की औरतों की पलटन खड़ी है और कुंजड़न शैली में गालियाँ बक रही है। पिछले युद्ध में भुट्टो बकते थे और जगजीवनराम उसी स्तर से जवाब लगाते थे। मगर गालियों का युद्ध स्तर इस हद तक गिरा जैसी कि भुट्टो की योजना है तो श्रीमती गांधी को मामले पर पुनः विचार करना होगा। आश्चर्य नहीं, उन्हें एक दिन श्रीमती तारकेश्वरी सिन्हा को शासन में सादर आमंत्रित करना पड़े। भुट्टो का यह निर्णय भारत में राजनीतिक फेरबदल ला सकता है। मैं इस शख्स की प्रतिभा का कायल हूँ जिसने एक निर्णय से रातोंरात ब्रेसियर बनानेवाले कारखाने को सैनिक सामान बनानेवाले कारखाने का दर्जा बख्श दिया हो, उससे कौन नहीं होगा?

निक्सन के आँसू

निक्सन वाटरगेट से चले, अश्रुगेट तक पहुँचे। टेप को छुपाते रहे, जंजीरों में बँधते रहे, झूठे बयान के आत्मविश्वास में तने रहे, सच्चे त्यागपत्र के दर्द में डूब गए, दुनिया की शान्ति के बहाने पीकिंग, मास्को तक दौड़े, अपनी शान्ति की तलाश में घर लौट गए। पता नहीं, कौन-सा ग्रह उनकी कुरसी कुरेद रहा था–शनि, राहु, पत्रकार या पार्टीवाले? पोलेटिक्स में एक क्षण ऐसा आता है जब अपनी छाया भी बजाय पीछे चलने के दूसरी पार्टी में चली जाती है और नेता अकेलातम हो जाता है। राजनीति में असली गतिविधि अपने हल्के ओछे कर्म छुपाने की होती है। जिनके छुप जाते हैं, वे महान हैं। वाटरगेट न होता तो निक्सन मसीहा होते। इतिहास उनका फोटू भिन्न सन्दर्भों में छापता। पर बेचारे अपने मकड़ीजाल में खुद बँध गए। संसार में राम जाने कितने ऐसे निक्सन अपना-अपना वाटरगेट छुपाए कब्र में सो रहे हैं! सौभाग्यशाली हैं कि उनके काले कर्म ढँके रहे, महानता का पालिश निकला नहीं।

मैं तो निक्सन के रोने की स्टाइल से प्रभावित हुआ। यह दूसरी बार है जब मैं इस तरह प्रभावित हुआ हूँ। काफी वर्ष पहले एक कोर्ट में मैंने ट्रेड यूनियन लीडर पर जुर्माना होते देखा था। जुर्माने के पच्चीस रुपए जज की तरफ शान से बढ़ाते हुए नेता महोदय बोले थे, 'मुझे बहुत खुशी है कि मेरे ये पच्चीस रुपए देश के और शासन के काम आएँगे।' अपराध के साथ जो रौब, जो राष्ट्रीय भावना उन्होंने प्रदर्शित की थी, वह ऐसी थी, मानो जेल में प्रवेश करते हुए कैदी कहे कि मुझे यह देख गौरव अनुभव हो रहा है कि मैं दो वर्षों तक शासन का अतिथि रहूँगा। निक्सन ने व्हाइट हाउस छोड़ते समय जिस ऊँचाई से बयान दिया, उसकी तुलना यदि आप गौतम बुद्ध से करें तो आपको बुद्ध बड़े डरपोक लगेंगे जो घर छोड़ते समय पत्नी से बात भी न कर सके, उन्हें सोता हुआ छोड़ चले गए। मगर नहीं, निक्सन ने उस घड़ी में राष्ट्र की विरासत, मानवता का भविष्य, समाज की शान्ति आदि ऐसे तत्त्वों की चर्चा की। पुलिस को समर्पित करते समय माधोसिंह और मोहरसिंह ने भी स्वयं को मानवता के ऐसे ऊँचे पायदान पर महसूस नहीं किया होगा जिस पर निक्सन महसूस कर रहे थे। हज जाते समय बिल्ली के मन में नौ सौ चूहों की स्मृति सालने लगे और वह भावविभोर हो चूहों के विकास की कामना करने लगे। चूहा जाति के उज्ज्वल भविष्य

पर बयान दे तो वह जैसा चौंकानेवाला होगा, वैसा मुझे निक्सन का बयान लगा।

जरा सोचिए कि हम छोटे-छोटे लोग जो छोटी-छोटी चोरियाँ, नन्ही-मुन्नी झूठ, हल्की-फुल्की बदमाशियाँ करते हैं, क्यों मुँह छिपाए रहते हैं? बात छिड़ने पर बात टालने की कोशिश में लग जाते हैं। निक्सन कह गए हैं कि अपनी हरकत को व्यापक परिप्रेक्ष्य में विचार कर अपराध को सेवा में परिभाषित करने का प्रयत्न करो। टैक्स बचानेवाला कह सकता है कि मैं राष्ट्र के आर्थिक विकास में निजी पूँजी की भूमिका में वृद्धि करने की दृष्टि से अपना धन बढ़ा रहा हूँ। स्मगल करनेवाला कह सकता है कि मैं शासकीय और भौगोलिक सीमारेखा के आर-पार वृहत्तर मानवीय सहयोग एवं आदान-प्रदान की विरासत को मजबूत बनाने में लगा हूँ ताकि मानव जाति की एकता एवं सौहार्द अक्षुण्ण बना रहे। मिलावट करनेवाला कह सकता है कि मैं विकसित जनसंख्या की खाद्य सम्बन्धी आवश्यकता की पूर्ति हेतु भिन्न तत्त्वों के समधुर संयोजन की दिशा में प्रयोग कर रहा हूँ जिससे निम्न मध्यम वर्ग शुद्ध-अशुद्ध के विचार से मुक्त हो अपनी आर्थिक सीमा में सुखी जीवन-यापन कर सकें। हर अपराधी सद्‌भावना व्यक्त कर सकता है, प्रत्येक मगर को आँसू बहाने का अधिकार है तब निक्सन क्यों नहीं बयान देते? पश्चात्ताप या प्रायश्चित्त के भाव से नहीं, त्याग के उच्च पद के त्याग के महान भाव से अभिभूत हो वे बोले थे। भ्रष्टाचार के आरोप में फँसा मंत्री जब त्यागपत्र देते समय कहता है कि मैं कांग्रेस पार्टी की एकता बनाए रखने के लिए त्यागपत्र दे रहा हूँ, भयंकर गलती करने के बाद पद छोड़ते समय जब वह कहता है कि मैं प्रजातंत्र की श्रेष्ठ परम्परा के निर्वाह के लिए पद त्याग कर रहा हूँ तब लगता है, सारी कलौंच शब्दों के उजाले में छुप गई है। अब कुछ नहीं रहा। समाज, देश और राजनीतिक संसार के आकाश में शब्द, केवल शब्द तैरते रहते हैं और वह शख्स अपने फायदे की गठरी बगल में दाबे अपनी सुख-सुविधा के कोटर में दुबक जाता है। कितने भ्रष्ट अफसर अपने कुकर्मों की ईंटों से बने बँगले के लॉन पर बैठे शेष जीवन बिता रहे हैं और देश और समाज पर बयान देकर अपनी आत्मा को मनाया करते हैं कि वे विशिष्ट थे, विशिष्ट रहेंगे। उसी इत्मीनान के भाव से महान त्यागी राष्ट्रपति निक्सन अपने लॉन पर बैठा रहेगा और उसकी बीवी अपने जेवर सहलाती उसे देखती रहेगी।

बम एक मुहावरा है

जिस दिन समस्तीपुर में व्यक्ति और समष्टि के सम्बन्धों की पड़ताल के लिए बम का सहारा लिया गया, उस दिन आत्मरक्षा को जीवन का उच्चतम मूल्य मानते हुए मैंने निर्णय लिया था कि भविष्य में यदि मैं किसी मंच पर गया तो पहला काम यह करूँगा कि मंच के नीचे घुसकर जाँच कर लूँगा कि कोई बम तो नहीं है? यदि कोई बम होगा तो उसे वहाँ से हटाकर कहीं दूर डाल जाऊँगा, फिर लौटकर अपना भाषण आरम्भ करूँगा; अर्थात् दृश्य यों होगा कि शरद जोशी आते हैं। स्वागत में छात्र-वृन्द तालियाँ-बिगुल आदि बजा रहा है। शरद जोशी उस सामूहिक स्वर को अन्तरात्मा में उतारते मंच की ओर बढ़ रहे हैं और एकाएक उन हजार आँखों के देखते-देखते वे बजाय ऊपर चढ़ने के मंच के नीचे घुस गए हैं। भाषणों और अभिनयों का इतिहास साक्षी है कि मंच के नीचे का भाग 'दीया तले अँधेरा' की कहावत को चरितार्थ करता सदैव खाली और उपेक्षित रहा है। इतिहास यह भी फरमाता है कि जो खाली और उपेक्षित हैं, वे आक्रामक को सहायक सिद्ध होते हैं। बीस गुणा बीस के मंच के नीचे चार सौ बम रखने की सुविधा उपलब्ध है और यदि लोग उपलब्ध सुविधा का उपयोग करते हैं तो आश्चर्य नहीं, बल्कि एक विशिष्ट वैचारिक कोण से इसे जागृति भी माना जा सकता है। खैर, शरद जोशी मंच के नीचे से निकलते हैं। चेहरे पर वर्तमान में बम न होने का राष्ट्रीय नेताओं का-सा सन्तोष है और मंच पर चढ़ भाषण देने लगते हैं।

कुछ दिनों बाद भोपाल में बेडरूम सम्बन्धी पड़ताल के लिए जब बम रखा गया तब मैंने गाहे-बगाहे यहाँ-वहाँ बम का अस्तित्व खोजने का इरादा त्याग दिया क्योंकि मैं इस निष्कर्ष पर आ लगा कि बम एक मुहावरा है, अभिव्यक्ति का टकसाली माध्यम और इसके प्रति अतिरिक्त गम्भीर होने की आवश्यकता नहीं है।

बम के लिए वही कहा जा सकता है जो गालिब ने दिल के लिए कहा है कि ले आएँगे बाजार से और। मैंने पूछा नहीं, पर मेरे खयाल से बम किलो से तुलकर बाजार में मिलते हैं। बड़े बम कम चढ़ते हैं, छोटे बम ज्यादा चढ़ते हैं, और आप बैंगन खरीदनेवाले की तरह पसोपेश में कुछ देर यह निश्चित कर सकते हैं कि आपको बड़े बम की दरकार है या छोटे बम की। यह इस पर निर्भर करता है कि आपको फेंकना

किस पर है। हम जैसे सड़कछाप मामूली शख्स के लिए चुल्लू भर पानी की तरह नन्हा बम ही पर्याप्त है। यों हिन्दी की देश में जो दुर्दशा है, उसे दृष्टिगत रखते हुए किसी लेखक पर बम फेंकना एक बहुमूल्य बम का नुकसान करना होगा। आज साहित्यकार एक किलो में जितने चढ़ते हैं, बम उससे कम चढ़ते हैं। अतः हम पर फिंक कर किसी भी बम को निराशा होगी, जीवन की निरर्थकता का बोध सताएगा। कमोबेशी कांग्रेस की यही हालत है। यदि आप आज किसी नेता पर बम फेकेंगे तो लोग आप पर हँसेंगे कि काय को बेकार एक बम का नुकसान करता है रे, बचाकर रख, आगे काम आएगा। पिछले दिनों एक तथाकथित बम रखनेवाले तथाकथित व्यक्ति का तथाकथित बयान छपा था। उसका कथ्य यही था कि मैंने पुलिस की भागदौड़ का मजा लेने के लिए, थोड़ा छेड़छाड़ करने वास्ते बम रखा। क्या बात है! बम एक मुहावरा। छेड़छाड़ का मुहावरा। इससे आप पुलिस को गुदगुदी कर सकते हैं। पुलिस परेशान होगी, आप मजा लो। कैसी निर्मल परिहास-भरी दृष्टि है, जिसे शायद आप अहिंसक कहना पसन्द करेंगे यदि आप हास्य-व्यंग्य को हिंसा न मानते हों तो!

आज आग्रह यह है कि बम किसने फेंका, इसकी जाँच की जानी चाहिए। यह एक किस्म का साहित्यिक कर्म है कि मुहावरा किसने, कब, क्यों उपयोग किया, इसकी पड़ताल की जाए। मूल्यांकन, पुनर्मूल्यांकन चलता रहता है। आप पड़ताल कीजिए पर फिर भी वे एक किलो में उतने ही चढ़ेंगे और एक सटीक मुहावरे की तरह जरूरत पर इस्तेमाल होंगे। 'क्लिशे' से मुक्ति पाने के लिए कथ्य बदलना चाहिए। जब तक विषयवस्तु नहीं बदलेगी, मुहावरा वही उपयोग होगा। मगर राजनीति में या साहित्य में इतना कौन कर रहा है कि बदलने की चेष्टा करे। पद और पुरस्कार, लाभ और सम्मान सब एक-दूसरे के पर्यायवाची शब्द हैं, वही अर्थ देते हैं। लोग सीधे भीड़ से आकर मंच पर चढ़ जाते हैं और भषणाने लगते हैं। दीया तले जो उपेक्षित, खाली और व्यर्थ है, उसे कौन देखता है? नया मुहावरा वहीं से फूटता है। बम वहीं रखा है। सत्ता ने एक जिन्दगी और एक भाषा अपना ली है। उनके सभ्य आग्रह हैं कि विरोध भी एक जिन्दगी, एक भाषा अपना ले। पर यह अभिव्यक्ति की स्वतंत्रता पर कुठाराघात है कि आप दूसरा मुहावरा इस्तेमाल न करने दें। सोचिए, यह भाषा का प्रश्न है। यदि आप चाहते हैं कि मंच के नीचे बम न फूटें तो मंच के ऊपर के मुहावरे बदलिए।

न लिखने के दिन

मन में विचार या कल्पना (या जो भी बोलो) उठने का मिजाज कुछ भाप बनकर बादल बनने के माफिक है। कम-से-कम मेरे साथ। मन से उठता है और ऊपर हवा में लटककर रह जाता है। बरसे, बरसे न बरसे, लटककर वहीं अड़ा रहे या हवा के साथ बह जाए। पिछले दिनों से यही हो रहा है। कई आइडिया ईथर या वायुमंडल में छटपटाकर रह गए जो मैं आलसी न होता तो जरूर रचना बनते।

अब महाभारत वाली बहस ही लो। मैं हिन्दी के प्रबुद्धों से, जिनकी गिनती अच्छी खासी है और जिनके पास अपने तेवर दिखाने के लिए फिलहाल कोई बहस का विषय नहीं है, गुजारिश करूँगा कि वे इस उपयुक्त फटे में अपने पाँव दे दें। यह ठीक वक्त है जब इतिहास-पुराण के कुछ झगड़े-झमेलों पर चर्चाएँ की जाएँ। असहमतियों को दोटूक और दूसरे के ईमान पर शक करते हुए प्रस्तुत करने का जो चरित्र हिन्दी के प्रबुद्ध जनों में बरसों से चला आया है, जिसके कारण विमर्श कम और चरित्रहनन अधिक हुआ है, इन दिनों भोंथरा न हो जाए। इसके लिए डूबते को तिनके के सहारे के रूप में महाभारत के काल निर्णय पर या उसकी वास्तविकता पर बहस में जोरदार हिस्सेदारी अच्छी रहेगी। धार बनी रहेगी। बोलने-बिगड़ने को कुछ होगा और जब तक विषय स्वयं निर्जीव न हो जाए, एक कागजी महाभारत के शूरवीर कहने का मौका हाथ से नहीं जाने देना चाहिए।

एक निबन्ध मैं बैटरी या बिजली से चलनेवाले पालने का अविष्कार करनेवाले की शान में लिखना चाहता था जिसने अन्तर्राष्ट्रीय महिला वर्ष के इस अवसर पर नारी को बच्चे का पलना हिलाने की युगों पुरानी दासता से मुक्ति दिलाने का ठोस प्रयास किया। बच्चे को पलने में सुला स्विच ऑन करने से पलना अपने-आप झूलने लगता है और माता अपने पति के पास जल्दी आ सकती है। उसमें स्टॉप वॉच भी है अर्थात् पाँच या पन्द्रह मिनट बाद वह अपने-आप रुक भी सकता है। अपने निबन्ध में मैं यह सुझाव देना उर्फ निवेदन करना चाहता था कि पलने के साथ एक टेपरिकॉर्डर भी संलग्न रहे ताकि स्विच ऑन करते ही साथ-साथ लोरी भी सुनाई दे और बच्चा यह धोखा लेकर सो जाए कि माँ पलना भी हिला रही है और गीत भी सुना रही है। मैं इस विषय में लम्बा निबन्ध लिखना चाहता था क्योंकि बच्चे को सुलाती हुई माँ

की आत्मीयता की जगह उन्नत टेक्नोलॉजी ले रही है। मेरी इच्छा हुई कि घर में पावर मीटर लगवाकर कोई दस-पन्द्रह पलने खरीद रख लूँ और आसपास रहनेवाली वर्किंग वीमन के बच्चे प्रति घंटा की दर से सम्हालने का धन्धा शुरू कर दूँ। मगर बाद में यह विचार मैंने त्याग दिया क्योंकि इसमें खतरा यह था कि कालान्तर में मैं बाल साहित्य का लेखक हो जाता और दूसरे, पावर मीटर लगवाने में बड़ी किल्लत होती है। मैं इतना प्रभावशाली नहीं कि मेरा काम जल्दी हो जाए। वह तो दूर, मैं बिजली के पलने पर निबन्ध भी नहीं लिख पाया।

मेरे इसी आलस का नतीजा हुआ कि बालदिवस निकल गया और जिन साहसिक बच्चों पर बालदिवस के अवसर पर मैंने लिखने का निश्चय किया था, वह बात अगले साल के लिए टल गई। बम्बई में चर्चगेट स्टेशन के सामने जहाँ छह दिशाओं से कारें आती-जाती हैं, कुछ बच्चे ट्रैफिक सिगनल पर रुकी कारों के बीच दौड़-दौड़कर वेजियाँ अथवा ईवनिंग न्यूज ऑफ इंडिया बेचते हैं। कारें एकाएक चल पड़ती हैं या रुक जाती हैं। यहाँ तक कि सड़क क्रॉस करनेवाले भी आसपास देखे बिना नहीं चलते। वहाँ पर ये लड़के मेरे बेटे दौड़-दौड़कर वेजियाँ बेचते हैं या भीख माँग लेते हैं। उनकी मृत्यु किस क्षण किस कार से आएगी, वह न ट्रैफिक पुलिस जानती है, न कार चलानेवाले। मुझे ये जोखम से खेलकर पेट पालनेवाले बच्चे बालदिवस पर पुरस्कृत करने योग्य लगे। वह तो सम्भव नहीं, पर मैं लेख तो लिख ही सकता था पर इन दिनों विषय सोचकर भी मैं लिख नहीं पाया। मेरे लिए बड़े शर्म की बात है।

लिखना मेरा दुर्भाग्य है पर नहीं लिखना उससे भी बड़ा दुर्भाग्य है। इसलिए मैं पहली स्थिति पर अटके रहकर समय गुजार लेना चाहता हूँ। एक ऐसे व्यक्ति के लिए, जिसके पास लेखन के विकल्प में लेखन ही हो और अफसरी या प्रोफेसरी जैसी हरकतें तुष्ट करने के लिए न हों, एक लम्बा खालीपन बहुत भारी जाता है और वह भी तब जब रोज कोई विषय दिमाग का कपाट खटखटा रहा हो और मैं न लिखूँ। मैं महाभारत के काल और स्थान पर विचार करता रहा—इस बात के प्रमाण तलाशते हुए कि वास्तव में महाभारत कब और कहाँ हुआ था। मैं यह सोचने लगा कि हमारे पास इस बात का क्या प्रमाण है कि जो महाभारत आरम्भ हुआ था, वह समाप्त भी हुआ? यह क्यों न माना जाए कि वह जारी रहा बाद तक, आज तक? और वह सिर्फ कुरुक्षेत्र में क्यों, सभी जगह क्यों न हुआ माना जाए? मैं लिखना चाहता था, पर मैंने नहीं लिखा।

बादलों के विरुद्ध

यह मौसम है और मौसम का कोई क्या कर सकता है मगर सूचनार्थ निवेदन है कि मैं ऐसी बरसात के खिलाफ हूँ। यह मेरा स्थायी भाव नहीं है और मैं जानता हूँ कि इसके लाभ हैं मगर एक हद होती है। बादल घिरे हुए हैं और कोई दस-बारह दिन हो गए इस मामले की शुरुआत हुए या शायद जियादा मगर आसमान नजर नहीं आ रहा है और मेरे लिए यह सम्भव नहीं कि मैं एक लम्बे वक्त तक बिना आसमान देखे रहूँ। मुझे खुले में साफ देखने की आदत है। मैं सुबह उठता हूँ और आसमान देखता हूँ। साफ नीला आसमान देखता हूँ। साफ नीला आसमान जो दूर-दूर तक फैला हो। मैं चौकोर कटापिटा आसमान देखने का आदी नहीं हूँ। मेरी आदत रही है यद्यपि कुछ वक्त तक बादल देखना अच्छा लगता है, बरसात भी अच्छी लगती है। वह मौसम और उससे होनेवाली थोड़ी-बहुत परेशानियों को हम सह सकते हैं इसलिए कि उससे फायदा है और हमें ठंडक मिल जाती है भीषण गर्मी के बाद। मगर कोई नहीं चाहता और मैं तो बिलकुल नहीं चाहता कि बरसात बाढ़ में बदले यानी एक अस्थायी खुशी एक मुसीबत में बदल जाए। मैं चाहता हूँ, बादल जल्दी अपना काम पूरा करें और आसमान को साफ कर दें ताकि मैं उसे साफ तौर से देख सकूँ।

आप शायद सवाल करें कि मेरे पास क्या छाता या रेनकोट नहीं है, क्या मैं अपना बचाव नहीं कर सकता? ठीक है, मेरे पास जरूर हैं ये सारे बचाव के साधन मगर इसे भी मैं लगातार सिर पर ताने रखना पसन्द नहीं करूँगा। आप समझ रहे हैं मेरी बात कि पास छाता या रेनकोट होने के बावजूद बरसात के विषय में धारणा बनाने का मुझे हक है और आपको मैं बता दूँ कि कीचड़ या दलदल भी एक सीमा के बाद बर्दाश्त नहीं किए जा सकते—जैसे आसमान का ऐसे निरन्तर बादलों से ढँका रहना और तारों का नजर नहीं आना जिनका जिक्र अक्सर कविता या गीतों में रहता है। जरा सोचिए कि अगर बरसात की यही स्थिति लगातार रहती यानी आसमान इसी तरह बादलों से ढका रहता तो यह खोज का विषय होता कि कुछ चमकीले तारे हैं, या चाँद है या सूरज है। चाँद पर पहुँचने की बात तो दूर, हमें चाँद होने की पक्की सूचना पाने में बरसों लग जाते। ऐसे में शायद चाँद-सूरज की बात एक अफवाह की सूरत में रहती यानी कोई उस पर क्योंकर भरोसा करता? और ऐसे में आज हम कहाँ

होते? इसलिए खुद नेचर का तकाजा कि एक वक्त के बाद आसमान साफ रहे। आषाढ़ के बादल पहले दिन कालिदास को या मुझे या किसी को भी पसन्द आएँगे मगर भादों के अन्तिम दिन तक तो खुद कालिदास बोर हो जाएगा। क्योंकि हर चीज की एक हद होती है जिसके बाद वह तकलीफ में बदल जाती है और इसीलिए मैं जो बरसात की शुरुआत में चुप रहा, अब खिलाफ हो गया हूँ।

परसों रेल से गुजरते हुए मैंने एक पहाड़ देखा जो यों अच्छा-खासा ऊँचा था और शानदार भी मगर उस समय बहुत बुझा-बुझा सा था। जिस शान से सिर उठाए अक्सर पहाड़ नजर आते हैं, वैसा वह नहीं था। सच तो यह है कि वह ठीक से नजर भी नहीं आ रहा था। वह चारों ओर सीलेटी रंग की बदलियों से घिरा हुआ था। भर दोपहर कोहरे में लिपटा था और एक तरह से उन बदलियों की कैद में था। मेरे दिल में पहाड़ों के प्रति हमेशा सम्मान-भाव रहा है और मैं उनके होने का घोर समर्थक हूँ मगर ऐसी हालत में उस पहाड़ को देख मुझे शर्म-सी आ रही थी उसे पहाड़ कहने में। मैं शायद अभी भी उतनी इज्जत कर सकता हूँ बशर्ते सूरत तो हो और वह साफ तौर पर नजर आए कि वह पहाड़ है। मेरे मन में उस पहाड़ के प्रति गहरी सहानुभूति उत्पन्न हो गई और मैं बादलों के नए सिरे से खिलाफ हो गया क्योंकि उनकी वजह से अक्सर मुझे रेल की खिड़की बन्द रखनी पड़ती थी और वे सुन्दर खेत या कारखाने और लोग एकाएक धुँधले हो गए थे जिन्हें अन्यथा मैं देखता।

पता नहीं, आपको मेरी बात अजीब लगे क्योंकि इस बरसात को या बादलों से ढके आसमान को भी आपने अपना स्वभाव बना लिया है और कई दिनों तक आप इसे बर्दाश्त कर लेंगे और मैं भी इसके लिए तैयार हूँ। मेरे पास छाता भी है, रेनकोट भी और हमारी छत भी दुरुस्त है। मगर आसमान जिस तरह खुला होना चाहिए, वैसा नहीं है यानी वैसा, जैसा हमेशा देखते रहने का मैं आदी रहा हूँ। मैं, कोई आठ-दस दिन हो गए, इस मामले में परेशान हूँ और सूरज मुझे दिखा नहीं है। मैं स्वयं को बहुत निष्क्रिय और घरघुस महसूस कर रहा हूँ। एक बार बादल इजाजत दें, अपना अकारण बरसना बन्द करें तो मैं चौराहे तक घूम आऊँ।

तेरी याद में एक गरबा

एक दिन याद करने का होता है, उस दिन याद करना चाहिए। उस दिन कुछ करना चाहिए जो याद करने-सा लगे, चाहे उस क्रिया में कुछ याद न आए। यों याद का कोई दिन मुकर्रर नहीं होता। कभी भी याद आ सकती है, किसी भी सन्दर्भ में आ सकती है। 'धूप में जलने लगे जब पाँव, घर की याद आई' की तरह जब भी पाँव जलें या न जलें और याद आ जाए।

पर हमने याद करने के दिन तय किए हैं और उस दिन याद करने का, कुछ करने का रिवाज-सा है। जैसे गांधी जयन्ती को आप वॉलीबॉल खेलें या नेहरू जयन्ती के अवसर पर रँगोली प्रतियोगिता। कुछ किया और बस वही याद है, ताकि याद रहे कि हमने कुछ किया था। याद करने की हमारी सामाजिक शैली बड़ी मजेदार है। दोस्त की याद में दारू पीने अथवा मित्रों-पितरों की स्मृति में खीर पीने की प्रथा है। इसमें याद का दर्द और दारू या खीर पीने का सुख इतना गड्डमड्ड है कि किसका प्रतिशत अधिक रहा, इस पर बहस हो सकती है। यों बहस करना ऐसे मौके पर गलत है। उसके बजाय पीना चाहिए।

इन्दौर में वल्लभभाई पटेल की सौवीं जन्मतिथि के अवसर पर गरबा कार्यक्रम किया गया। लौहपुरुष की याद में ताली, चुटकी या लकड़ी के टुकड़े टकराते, गोल-गोल घूम गरबा नृत्य चलता रहा। मैं ठीक से समझ नहीं पा रहा हूँ कि गरबा करने या देखनेवालों को उन क्षणों में स्वर्गीय वल्लभभाई पटेल की याद कैसे आई होगी? गरबे में कौन-सा तन्तु है जो वल्लभभाई की याद दिला सकता है? गरबे की पंक्तियाँ 'ऊँचा-ऊँचा डूंगरा रे मैया थारा डूंगरा' या 'हूँ तो गरबे रमुने हरि साँभरे छे' या 'हूँ तो कागलीया लखी लखी थाकी', या 'ढम ढमाढम ढोल बाग रे' या 'नहीं तो म्हारी पावली पाछी दो' या 'दूध धोई रात उगी गोरी गाए झुकी झुकी' या ऐसे ही अनेक गरबों में से लौहपुरुष की मूरत कैसे उभरती होगी, सोचना कठिन है। पर याद याद है और याद करने की शैली कुछ भी हो सकती है। प्रेमिका की स्मृति में सिगरेट फूँकना या पति की याद आने पर नल खोल कपड़े धोना ऐसा ही कुछ है वल्लभभाई पटेल की याद में गरबा।

पर अब गरबा न करते तो क्या करते? याद में सड़क बना, उस पर दुर्घटनाएँ करते या याद में एक टूर्नामेंट आयोजित कर रेफरियों की लापरवाहियों के रोने रोते

या विशेषांक निकालने के लिए विज्ञापनदाताओं को पटाते, या...या क्या करते? जो करते, क्या वह याद होता? और कुछ न कर केवल याद करते तो वह कैसे करते? उसके अन्तर्गत क्या करते? और तब भी याद न आती तो क्या करते? और यदि वल्लभभाई की याद आ जाती तो क्या कर लेते?

मान लीजिए, वे स्वर्गीय आत्मा की स्मृति में एक सेमिनार, संगोष्ठी या बुद्धिजीवियों की बैठक करते, तो वह भी क्या एक प्रकार का गरबा बनकर न रह जाती? तब वे सब क्या एक ही धुन पर चुटकी बजाते, सहमतियों में हथेलियाँ टकराते, असहमतियों की नन्ही लकड़ियाँ लयात्मक अन्दाज और अदा से लड़ाते और उसकी गूँज पर स्वयं मोहित हो श्रोताओं को मोहित करते, वहीं-वहीं गोल-गोल घूम वही-वही बात नहीं दोहराते जैसा कि गरबा नृत्य में होता है? जो भी होता, बुद्धिजीवियों की सभा में वह एक दीर्घ गोलाकार शाब्दिक गरबा ही होता। तब क्या गलत किया जो लौहपुरुष की याद में एक शुद्ध गरबा ही किया?

ईडन गार्डन

कलकत्ता का ईडन गार्डन हरे-भूरे पुराने कम्बल की तरह है जो कई बार धुल चुका। उसे देखने पर कोई एक अनुभूति नहीं होती पर हजारों की भीड़ के बीच इतना बड़ा खाली वृत्त कुछ वैसा ही सुखद लगता है, जैसे आकाश से देखने पर भीड़-भरे सघन कलकत्ता के बीच मैदान का विराट क्षेत्र।

ठंड में क्रिकेट टेस्ट देखना बहुत सुखकर है क्योंकि भीड़ में बैठे लोग रंगीन स्वेटर और रंगीन कागजी हेट पहने होते हैं जिससे हर स्टैंड रंगीन मौसमी फूलों की क्यारी लगता है। जब चव्वे-छक्के पर दाद देने के लिए वे लोग हिलते हैं तब ऐसा लगता है, सुबह की हवा में फूलों की पूरी क्यारी हिल रही है।

क्रिकेट की भाषा में दर्शकों को क्राउड कहा जाता है चाहे वे टिकेट खरीदकर आए हों। कलकत्ता के आम गलीकूचों में जो तनाव लोगों के चेहरों पर नजर आता है, उसकी अपेक्षा यह तनावरहित वातावरण बिलकुल भिन्न है। कलकत्ता वालों को खेल को पूरी उत्तेजना और रस से देखने की आदत है। वे फुटबॉल देखते हुए कोट उतार लेते हैं, गोल होने पर कोट उछालने लगते हैं, खीझ और निराशा में कोट शस्त्र की तरह ग्राउंड पर फेंक देते हैं। क्रिकेट देखते समय भी प्रायः उनके फुटबॉल दर्शक के संस्कार फूट पड़ते हैं। वे अपना खाना, थर्मस में अपनी चाय-काफी और धूल भरी कुर्सियों पर बिछाने के लिए अखबार लेकर जाते हैं। क्रिकेट उनके लिए देखने की चीज है, बार-बार उठकर चाय पीने, एक स्टैंड से दूसरे स्टैंड घुसकर जनसम्पर्क करने, कन्याएँ ताकने, स्वेटर या कोट प्रदर्शन करने का सामूहिक आयोजन नहीं।

उन दिनों क्रिकेट से अधिक सनसनीखेज समाचार थे मैच के टिकटों में हुए घोटाले के। स्थानीय अखबार रँगे रहते ऐसी खबरों से। जाली टिकट छप गए थे। लोग अलग-अलग प्रभावों का उपयोग कर टिकट माँग रहे थे। मंत्रिमंडल के सदस्य टिकटों की गड्डी मँगा अपने वालों को देते थे। एक मंत्री दो हजार टिकट लेकर गायब था और खोजे नहीं मिल रहा था। मंत्री लोग सभी राज्यों में एक से ही हैं। खेल का टिकट हो या मेडिकल में एडमीशन, वे अपने पक्षपात भरे दाँव-पेंच चलाया करते हैं। आम तौर पर टिकट ब्लैक में मिलते थे। नब्बे का टिकट साढ़े चार सौ में उपलब्ध था और उसके ग्राहक थे। ठंड और भुखमरी से मृत्यु और साढ़े चार सौ के

टिकट खरीदने की स्थिति एकसाथ इसी देश में देखी जा सकती है। मैं तो आभारी हूँ भाई शंकरलाल मेहता का जिन्होंने स्नेहवश मुझे नब्बे रुपए का टिकट भेंट कर दिया– अन्यथा खरीदना मेरे वश की बात नहीं थी। मैच के टॉयलेट पर जितना लम्बा क्यू मैंने देखा, उतना लम्बा क्यू दक्षिण-पूर्व एशिया के किसी मूत्रालय पर कभी नहीं लगा होगा। उससे मैं टिकट की खिड़की पर लगी भीड़ या क्यू का अनुमान लगा सकता था।

विजय चाहे भारत की हुई हो, पर यह स्पष्ट था कि वेस्टइंडीज की तुलना में हमारी टीम के खिलाड़ी बहुत घामड़, बेतरतीब और सेल्फकांशस हैं। फील्डिंग के समय वेस्टइंडीज के खड़े होने से बहुत अच्छे ज्यामेट्रिकल पेटर्न बनते थे, उनके मूवमेंट सधे हुए और वैज्ञानिक लगते थे। इसकी तुलना में भारतीय खिलाड़ी कुचैले और नासमझ। हर शख्स जहाँ खड़ा होना चाहिए, उससे शुरू होने तक कप्तान इशारे कर उन्हें ठीक करता रहता, जिसके परिणामस्वरूप वे गेंद रोकने के क्षण तक पूरे तैयार नहीं होते थे। बीच-बीच में वे अपने फार्म पर होने के फूहड़ प्रदर्शन जनता के सामने या सेलेक्टर्स को प्रभावित करने के लिए करते। लगभग हर गेंद के लिए दो व्यक्ति मैदान में दौड़ते। जो यों एक प्रकार से ठीक भी है पर उसमें यह अनिश्चित रहता कि गेंद रोकेगा कौन, रुकी गेंद को फेंकेगा कौन? होता यह कि दोनों गलती कर बैठते। थ्रो इतना गलत होता कि बैट्समैन को फोकट का चव्वा मिल जाता । कमेंट्री सुनने पर पता नहीं लगता है, पर सच्चाई यह है कि शायद हर टेस्ट में पचास-साठ रन हम खराब फील्डिंग के कारण दे देते हैं और प्रवासी टीम की अच्छी फील्डिंग के कारण लगभग उतने ही रन से वंचित रहते हैं। बेदी की तनावपूर्ण, चन्द्रशेखर की अनिश्चित, प्रसन्ना की कर्तव्यशील बॉलिंग के साथ रद्‌दी फील्डिंग से जीत या हार कुछ भी हो जाए, कहा नहीं जा सकता।

उस दिन विश्वनाथ के सेंचुरी बनाने पर सारे पुलिस के घेरे को तोड़कर एक बारह-चौदह वर्ष का लड़का मैदान में आ गया और विश्वनाथ के गले लिपट गया। तब सारा स्टेडियम उसकी इस साहसिक क्रिया और विश्वनाथ की प्रशंसा में ताली बजा रहा था। जब बाद में पुलिस ने उस लड़के को पकड़ा तो लोग पुलिस को हूट करने लगे और आखिर पुलिस को उसे छोड़ना पड़ा। उसने जो कुछ किया, वह गैरकानूनी था पर लोग उसके समर्थन में थे। मैं सोच रहा था कि ग़ैरकानूनी ही सही, ठीक वक्त पर ठीक काम यदि साहस से कोई कर दे तो लोग उसके साथ हो जाते हैं। राजनीति में भी यही होता है, हो रहा है। उस टेस्ट के दर्शकों में राष्ट्रपति थे। वहाँ श्रीमती गांधी होतीं तो समझतीं कि उपयुक्त समय पर साहसिक और जनभावना के अनुकूल कदम उठा वे अभी भी स्थितियों पर अपनी पकड़ मजबूत कर सकती हैं। यों पुअर फील्डिंग एक कांग्रेसी दुर्गत है मगर कप्तान के भी तो फर्ज होते हैं।

राम को सिनेमा जाने दो

रावजी बाजारवाले श्री दत्तात्रेय कृष्ण बापट का एक पत्र 6 जुलाई की 'नईदुनिया' में छपा था कि मराठी व संस्कृत की तरह यदि विभक्ति-प्रत्यय नाम या सर्वनाम से जोड़कर लिखा जाए तो उससे कागज और स्थान की बचत होगी। पत्र पढ़ अत्यन्त सुख मिला कि चलो, बचत आन्दोलन इधर-उधर घूमता भाषा के क्षेत्र में भी घुस गया। निरर्थक भाषा से कागज बचाने की दिशा में विचार किया जाने लगा। कागज महँगा है, भाषा सस्ती, सो व्यर्थ शब्द लिख कागज बिगाड़ना निश्चित ही ऐयाशी है। इस पर अंकुश लगाना राष्ट्रीय हित में होगा। श्री बापट ने अपनी बात समझाने के लिए जो उदाहरण दिया, उससे भी बचत की दृष्टि स्पष्ट थी। उनके अनुसार 'राम को सिनेमा में जाने से रोको' वाक्य यों लिखा जाना चाहिए : 'रामको सिनेमामें जानेसे रोको।' यानी 'को' को राम से, 'में' को सिनेमा से और 'से' को जाने से जोड़ देने से जो बूँद-बूँद जगह बचेगी, उसका एक खाली तालाब निकाल अखबार चाहे तो एक धारावाहिक उपन्यास दे सकता है।

मेरे खयाल से राम के सिनेमा न जाने से समय और पैसे की भी बचत होगी। इस खाली समय में वह नामों या सर्वनामों से विभक्ति-प्रत्यय जोड़ कागज बचा राष्ट्र की सेवा कर सकता है और सिरदर्द होने पर बचत के पैसे से एस्पिरीन खरीद सकता है।

श्री बापट का पत्र पढ़ने के बाद मैं बड़ी देर तक बजाय भाषा के, राम के विषय में सोचता रहा। मेरे खयाल से राम को सिनेमा जाने देना चाहिए। इससे सिनेमा की एक खाली सीट भरेगी और कुछ देर को घर में थोड़ी जगह निकल जाएगी। 'राम को सिनेमा में जाने से रोको' से लगता है कि वह सिनेमा में घुस तोड़फोड़ करेगा। 'सिनेमा में जाने दो' से घुसने का बोध होता है। यदि वाक्य होता 'राम को सिनेमा जाने से रोको' तो वह इतना स्टंट भरा न होता। ऐसा वाक्य क्यों नहीं बनता कि 'सिनेमा जाते राम को रोको' या विभक्ति-प्रत्यय के झमेले में न फँसकर कहें, 'रोको राम सिनेमा जाता।'

बेहतर यही है कि हम राम को सिनेमा जाने दें। भाषा पर नियंत्रण और मनोरंजन पर भी; तो नई पीढ़ी विद्रोह कर देगी। शासन ने राम को सिनेमा में कंसेशन दिया है, आप कृपया भाषा में दे दें, तो वह बिना रोकटोक जा सके। मराठी में कहें—रामाला

सिनेमाला जाऊदे। आपकी समस्या है, अखबार में जगह बचाओ। उसकी समस्या है, पूरा अखबार चाट जाने के बाद भी समय बचे तो क्या करें? वह सिनेमा जाता है। जाने दे।

देख रहा हूँ कि देश चौतरफा प्रगति कर रहा है। आप भी देख रहे होंगे। राष्ट्रपति शासन, पुल निर्माण, हवाई जहाज बिना टकराए उतार लेना, रिटायर्ड लोगों की पुनः नियुक्ति, मंत्रिमंडलों का विस्तार, बजट पास करवा लेना, आदि कौन-सा ऐसा क्षेत्र है जिसमें राष्ट्र ने प्रगति नहीं की है? प्रगति के इस दौर में हिन्दी भाषा पिछड़ी रहे, यह खेदजनक है। हम सबके उपयोग किए जाने के बावजूद यदि रेलें लक्ष्य पर पहुँच सकती हैं तो भाषा क्यों नहीं पहुँचेगी जिसमें टिकट नहीं लगता? सरल साफ बात है।

हिन्दी भाषा में बचत की दृष्टि से मैं प्रस्ताव करूँगा कि यह बार-बार की 'है', 'है' बन्द की जाए। मेरा मतलब है, वाक्यों के अन्त में 'है' लिखना बन्द किया जाए और पूर्ण विराम को ही 'है' समझा जाए। खड़ी पाई का मतलब हो–'है' या 'था', जब जैसी दरकार हो। यों भी पूर्ण विराम बोलने की नहीं, समझने की चीज है। उसे देख हम 'है' समझ लेंगे। 'सिनेमा अच्छा है' की बजाय लिखा जाए–'सिनेमा अच्छा'। खड़ी पाई 'है' का काम कर देगी। 'राम जाता' को 'राम जाता है' पढ़ा जाए। इससे बार-बार है, हैं, था, थी लिखने का कष्ट और समय बचेगा। इसी प्रकार 'हूँ' लिखना भी टाला जा सकता है। खड़ी पाई से काम चलाओ। इस बचे समय में हम भी राम के साथ सिनेमा जा सकते हैं।

एक अखबार में कितने हैं, था, थी ठुसे रहते हैं! 7 जुलाई की 'नईदुनिया' में ही विज्ञापनों को छोड़कर कुल 571 है, था और थी हैं। यदि ये नहीं लिखे जाते तो कोई पाँच सम्पादक के नाम पत्रों की जगह निकल आती। क्या खयाल है? सॉरी, क्या खयाल?

महेन्द्र भाई

महेन्द्र भाई चले गए। मित्रों की एक बड़ी यहाँ-वहाँ बिखरी मंडली आज अपने को कुछ टूटा हुआ और अकेला महसूस कर रही होगी। उनके बिना इन्दौर मुझे कुछ सूना लगेगा। उस दिन रास्ते खराब होने के कारण इन्दौर के अखबार भोपाल देर से पहुँचे। मृत्यु और जल-प्रवाह पर दाह-संस्कार के समाचार एक साथ पढ़ने को मिले। उज्जैन-इन्दौर की बहुत-सी तस्वीरें मन में उभरने लगीं। वास्तविकता की तहों को टटोलती हुई उनकी मुस्कान, दूर बारीक असंगति को भाँपनेवाली उनकी आँखें, दूसरे ही क्षण अपने रुख और जिम्मेदारी का निर्णय करने की उनकी क्षमता, कटुतम सत्य को संकेतों से और लिपटी-सी मधुर भाषा में रखने की उनकी कला, वह निर्मल-सी रह-रहकर फूट जानेवाली हँसी, उदार व्यावहारिकता और हर विकसित होती प्रवृत्ति के प्रति उनका शुभचिन्तक भाव जो कितनी शामों, कितनी बैठकों, कितनी मुलाकातों में मैंने देखा है, मुझे बार-बार याद आ रही है। वे उस जिज्ञासु पीढ़ी के, जो सन् चालीस के बाद अत्यन्त सजग रहकर उभरी है और उदार प्रजातांत्रिकता जिसका सहज स्वभाव रहा है, सच्चे प्रतिनिधि हैं। मैंने महेन्द्र भाई को अलग संघर्षों और परेशानियों के विभिन्न मूड्स से गुजरते देखा है पर हर हाल में मस्त रहने का जो दर्शन उनके व्यक्तित्व के साथ विकसित हुआ था, हर थकन के क्षण में उन्हें नई शक्ति देता था। एक ऐसी कर्मठता, जो अपना प्रदर्शन नहीं करती फिरती। ऐसा वैचारिक योग, जो सफलता के क्षण में दावे नहीं करने जाता, प्रायः सामूहिक क्षेत्र में नहीं मिलता। महेन्द्र भाई में कई गुण एक साथ गुँथे हुए थे।

मैंने महेन्द्र भाई को पहली बार उज्जैन में देखा था। मैं मिडिल स्कूल में पढ़ता था, तब कॉलेज में श्याम परमार, महेन्द्र त्रिवेदी और स्व. त्रिभुवन दवे प्रायः मुझे देवास गेट, तृप्ति मन्दिर या माधव कॉलेज में दिखते थे। उसके कई वर्ष बाद मैंने इन्दौर में भी श्रीराम प्याऊ के सामनेवाली बिल्डिंग में ऊपर 'आगामी कल' साप्ताहिक के दफ्तर में उन्हें देखा। मेरी एक-दो रचनाएँ 'आगामी कल' में छप चुकी थीं, उसी रोब में मैं दफ्तर में घुस गया था। पर मेरी निकटता बनी तब जब मैं होल्कर कॉलेज में पढ़ता था। हर शाम मैं घर से निकल महेन्द्र भाई के यहाँ पहुँच जाता। वे उन दिनों दो नौकरी करते थे। दिन को स्कूल में शिक्षक और रात को इन्दौर समाचार में

पत्रकारिता। शाम को दो घंटे का समय आराम—जब मैं सिर खाने पहुँच जाता। फिर रोज जूनी इन्दौर से सायंकाल में उनके साथ तोपखाने तक आता, इन्दौर समाचार के मोड़ पर उन्हें छोड़ मैं आगे जेल रोड पर मालू की किताब की दुकान पर बैठ जाता जो मेरा प्रिय अड्डा था। मैंने जल्दी ही महसूस किया कि मुझे एक मधुर शुभचिन्तक मिल गया, जो अपने विचार या स्कीमें मुझ पर नहीं थोपता पर मेरी अपनी बात का रोचक विश्लेषण कर उसे निखार-सुधारकर एकाएक उसे अधिक सार्थक और सटीक बना देता है। लेखन के आरम्भिक दिनों में मुझसे बड़ी उम्र के, अधिक अनुभवी, मस्त, बाल की खाल खींचने में प्रवीण, पर एक ठहाके के साथ उड़ा देनेवाले कुछ मित्र एकसाथ मुझे मिले, जैसे—राहुल, रणवीर सक्सेना, महेन्द्र भाई। फिर होल्कर कॉलेज के मित्रों ने मुझे अपने-अपने अन्दाज से ढाला। वह कुल मिलाकर एक विश्वविद्यालय था, छोटा पर अर्थभरा, जहाँ बार-बार अपनी ऊँचाई का सही अन्दाज होता था। कॉलेज में कूवत भर राजनीति करना, लिखना, पढ़ना, नौकरी करना, साहित्यिक चक्करों में फँसे रहना, लड़ना, आवारगर्दी, इश्क-मोहब्बत, मार्क्सवाद—सब एक साथ साधने के बीच एक घंटा मेरा और महेन्द्र भाई का अपना होता था। वे अपने संसार से टूटकर आते, मैं अपनी उलझनों से। चाय पीते, रजनी-राकेश की ऊधमें देखते और फिर दूर हो जाते। जिन मूल्यों का वे आदर करते थे, उनमें मैं शत-प्रतिशत सहमत नहीं रहता था पर उस उम्र में कौन रहता है। उनका मन चालीस और पचास के बीच ढला था और मेरा सन् पचास के बाद।

नगर निगम के जनसम्पर्क अधिकारी बन के दो नौकरियों—सुबह दस से पाँच और रात को आठ से दो—के परेशानी भरे चक्र से बच गए और एक ही काम में जुट गए। पर राजनीतिक दाँव-पेंचों के एक केन्द्रस्थल पर भिन्न स्थितियों को साधना और एक निरन्तर विकसित होते और समस्याओं से उलझे शहर में जुटे रहना निश्चित ही मानसिक और शारीरिक रूप से थकानेवाला काम था। उन पर यह भार तो पड़ना ही था। मुस्कान, मधुर बातचीत का लहजा, थका देनेवाली मिलनसारिता कब तक इतना बोझ ढोती रहती! वे ऐसी पीढ़ी के सदस्य थे जो हर उलझन से भागने की बजाय स्वयं बेहतर उलझ जाते हैं। अपने शरीर की सीमा को समझते हुए भी वे अपने स्वभाव और उन मूल्यों से जो उन्होंने सँजोकर रखे थे, लाचार थे।

तेजी से बढ़ता इन्दौर महेन्द्र भाई को भुला देगा। मित्रों और स्नेहियों की एक छोटी-सी दुनिया उन्हें याद रखेगी, अपने जीवन में भुला नहीं सकेगी, पर क्या यही सार्थक जीवन की पहचान नहीं है? साधारण रहते हुए असाधारण हो जाना, अपने आदर्शों के अनुरूप स्वयं को ढाले रहना और अन्तर की पूरी उदारता से दूसरों के विकास में योग देना, आग और जल को सतह का समन्वय क्या अपने में कम बात है?

डूबता कमरा

किसी को अपने से कुछ ही दूर कष्ट में देखते रहना और कुछ कर न पाना भी अजीब होता है जबकि स्वयं उस व्यक्ति ने, जिसे कष्ट हो रहा है, जैसे एक निर्लिप्त भाव अपना लिया हो! हम दोनों एक समान खामोशी से सब कुछ देख रहे थे। वह अपनी परेशानी और मैं उसकी परेशानी। वह परेशानी समाप्त होने की प्रतीक्षा कर रहा है और मैं भी, पर एक भिन्न जिज्ञासा के साथ। मामला यों है कि मैं अपने कमरे की खिड़की से बढ़ते हुए पानी को देख रहा हूँ और खिड़की से नीचे सामने एक कमरे को भी। रात भर निर्मम पानी बरसता रहा और इतना चढ़ गया है कि सामनेवाले उस शख्स के कमरे में घुटनों तक प्रवेश कर गया। जिस टीन की फोल्डिंग कुर्सी पर वह उँकड़ू बैठा है, वहाँ डेढ़ इंच पानी चढ़ने के बाद वह बैठा नहीं रह सकेगा। उसके कमरे में एक पलंग और दो कुर्सियाँ हैं। उसने अपनी सिगड़ी, बर्तन और खाना बनाने का सामान पलंग पर चढ़ा दिया है। वह एक तौलिया लपेटे है और बनियान पहने है और अपने कमरे में क्षण-क्षण चढ़ता पानी वैसे ही देख रहा है, जैसे हिमगिरि के उत्तुंग शिखर पर बैठ शिला की शीतल छाँह में कामायनी का मनु उत्तुंग प्रवाह देख रहा था। हिमगिरि के उत्तुंग शिखर पर भी शीतल छाँह की जरूरत होती है क्या? यह सवाल प्रसादजी होते तो मैं पूछता। बिना उसके क्या ठंड में धूप लगने का डर रहता है या लू लगने का? पता नहीं, मनु कभी वैसे बैठे भी हों या नहीं, पर यह शख्स अपने कमरे में उत्तुंग प्रवाह को बड़ी खामोशी से निहार रहा है।

जब कुर्सी भी डूबने आई तो वह उठ बैठा और कमरे से बाहर आ गया। कुर्सी फोल्ड कर उसने वहीं पानी में दीवाल से टिका दी जहाँ एक ओर कुर्सी फोल्ड की हुई रखी थी। उसने घर के बाहर पानी को देखा, गली को देखा, जो उतनी ही सतह में डूबी हुई थी। वह धीरे-धीरे जमीन टटोलता दाहिनी ओर वाले बड़े भवन के बरामदे में जाकर खड़ा हो गया। उसके हाथ में सिगरेट-माचिस थी। वह वहाँ पीता हुआ अपने घर की ओर देखने लगा। वह फिर आया और उसी पानी में उसने खींचकर घर का दरवाजा बन्द कर दिया, चटखनी लगा दी। यह उसने चोर के डर से नहीं किया था क्योंकि तैरकर चोरियाँ करने की कला अभी नगर के चोरों में विकसित नहीं हुई है। उसे डर था कि यदि पानी पलंग तक चढ़ गया तो उसके बर्तन बहकर गली में न निकल जाएँ।

पर ऐसा नहीं हुआ। पानी थमने लगा और बन्द होने के बाद उतार शुरू हुआ। डेढ़ घंटे बाद उस शख्स को अपने कमरे की जमीन दिखाई दी।

दोपहर को मैं बाहर निकल गया। शाम को जब मैं आया और मैंने खिड़की खोली तो देखा कि वह पलंग पर बैठा है, सामने की कुर्सी पर उसका एक दोस्त बैठा है और वे ताश खेल रहे हैं। उसके व्यवहार से लग नहीं रहा था कि वह दिन भर पानी से परेशान रहा है।

रात को फिर तेज पानी आया। मैं खिड़की बन्द करने उठा तो मैंने देखा कि वह शख्स अपने पलंग पर मजे से सो रहा है और कमरे में कोई छह इंच पानी है। पानी रात भर बरसता रहा। सुबह मैंने खिड़की खोल उसके कमरे की ओर देखा तो अजीब नजारा था। पानी घुटनों से ऊपर चढ़ा हुआ था। वह शख्स एक कुर्सी पर बैठा हाथ से रोटियाँ बना रहा था। दूसरी कुर्सी पर सिगड़ी रखी थी और पलंग पर बिछे कपड़े पर गुथा हुआ आटा और सिंकी हुई रोटियाँ। वह हाथ से पीटकर रोटियाँ तैयार करता। तवे पर सेंकता। सब्जी उसने पहले बना ली थी। खाना खाया। वैसे पानी में नल तक जाकर बरतन धोए। लौटकर पलंग पर उकड़ूँ बैठ उसने एक दूसरा पैंट और शर्ट पहना। पैंट को घुटनों से ऊपर तक फोल्ड किया, चप्पलें हाथ में लीं, घर से बाहर आया, दरवाजा बन्द किया, ताला लगाया, घड़ी देखी और पानी में धीरे-धीरे बढ़ता दफ्तर चल दिया। वह यह सब ऐसे सहज कर रहा था, जैसे उसे पता ही नहीं कि कमरा डूब रहा है।

छत के करीब डोरी पर उसका बनियान सूख रहा है। समझ नहीं आता, उसने कब धोकर सुखाया।

पता नहीं, वह शाम को लौटकर आए तब तक पानी कितना चढ़ता है! उसे अपना कमरा, अपना घर मिलता भी है या नहीं! मैं इसी बम्बई की ऊँची बिल्डिंगों के फ्लैटों की लाखों की सजावट का ब्यौरा पढ़ता हुआ उस शख्स के डूबते कमरे की ओर देख रहा हूँ।

भीड़ का प्रमोशन

प्रश्न है कि यदि देश के समस्त लोअर डिवीजन क्लर्कों को अपर डिवीजन क्लर्क घोषित कर दिया जाए, पटवारी को विलेज कमिश्नर या ग्राम आयुक्त के सम्माननीय नाम से पुकारा जाए, सिनेमा के गेटकीपर डिप्टी मैनेजर्स कहलाएँ तथा निम्नस्तरीय शिक्षक को प्राथमिक शिक्षण अधिकारी या प्राइमरी एजुकेशन ऑफिसर कहा जाए तो इससे राष्ट्रीय स्वाभिमान में कुल मिलाकर कितनी वृद्धि होगी? इससे जिस उत्साह का संचरण होगा, उससे निजी परिस्थितियों में क्या अन्तर आएगा? मनुष्य का सम्मान कितने इंच बढ़ेगा और उस बढ़े हुए सम्मान को कितने शहद के साथ प्रतिदिन चाटने से आयु लम्बी होगी? यदि इस प्रश्न का उत्तर खोज लें तो रेलवे के थर्ड क्लास का नाम परिवर्तन करने की महत्ता स्पष्ट की जा सकती है। कल मैंने पढ़ा कि रेल विभाग थर्ड क्लास समाप्त कर रही है और भविष्य में केवल दो क्लास होंगे–अपर क्लास और लोअर क्लास। शेक्सपियर ने कहा है (बड़े लोग कुछ न कुछ कहते ही रहते हैं) कि नाम में क्या रखा है! गुलाब का नाम यदि गुलाब न होता तो उसकी सुगन्ध में अन्तर नहीं पड़ता। ठीक भी है। गुलाब का नाम यदि जूता होता तो भी वह गुलाब होता जबकि जूता जूता रहता जो गुलाब होता।

हर भारतवासी के मन में 'गांधीजी इसमें बैठते थे' के अतिरिक्त भी अतीत की अनेक स्मृतियाँ थर्ड क्लास के डिब्बे के साथ जुड़ी हुई हैं। वही एक ऐसा क्षेत्र है जहाँ लगभग सभी देशवासियों ने संघर्ष कर स्थान बनाया है अथवा जहाँ अपनी शायिका सुरक्षित करने के लिए कुली से लेकर स्टेशन मास्टर तक को समय-समय पर पटाया है। हर यात्री के अन्तर में एक थर्ड क्लास बोध स्थायी रूप से घर कर गया है। हम थर्ड क्लासवाले हैं, हम थर्ड क्लास रहेंगे, थर्ड क्लास रहना ही हमारी नियति है। शुद्ध भारतीयता की थर्ड क्लास से एक घनिष्ठ एकात्मकता है इस हद तक कि फर्स्ट क्लासवाला दूसरों की दृष्टि में नहीं, स्वयं अपनी दृष्टि में पराया लगता है। सरकारी खर्च पर, कम्पनी के खर्च पर, भ्रष्टाचार और ब्लैक की कमाई पर फर्स्ट क्लास से टिकट खरीद यात्रा करनेवाले नेताओं, अफसरों, सेल्समैन, कम्पनी एक्जीक्यूटिव्स, लायसेंसार्थी, सरकारी तंत्र से गुपचुप रिश्ते जोड़नेवालों की ऐसी बड़ी जमात फर्स्ट क्लास के नरम गद्दों पर विराजती है कि अपनी मेहनत की कमाई से उस क्लास

में बैठा व्यक्ति कौन है, समझ नहीं आता। फर्स्ट क्लास का यात्री अन्तर से थर्ड क्लास भी हो सकता है और थर्ड क्लासवाला अपने परिवेश के एकदम विपरीत अत्यन्त शरीफ भी। थर्ड क्लास की स्थितियाँ शरीफों को वर्षों से गुंडों की तरह धक्कामुक्का करने, लड़कर जगह बनाने का प्रशिक्षण केन्द्र रही है। कई बार कुहनियाँ मारते, ट्रंक लेकर अन्दर प्रवेश करने का प्रयत्न करते थर्ड क्लास यात्री को यह महसूस हुआ है कि यदि यहाँ सफल रहा तो जीवन के पूरे संघर्ष में सफल रहूँगा।

और हमारी भावनाओं और अनुभवों से जुड़ा थर्ड क्लास, जो भारतीय जीवन का पर्याय लगता है, अब नहीं रहेगा। हमें उसे किसी अन्य शानदार नाम से पुकारना होगा। भीड़ को जैसे आदर से जनता कहते हैं और इससे भीड़ की नियति भोगते लोग जैसे गौरवान्वित अनुभव करते हैं, वैसा हमें भी लगेगा जब लड़ते-झगड़ते, धकियाते-मुकियाते बजाय थर्ड क्लास के किसी अन्य नामधारी डिब्बे में घुसेंगे।

जाहिर पूँजीवाद को समाजवाद कहने से जैसे गरीबी हटती है, उसी सिद्धान्त के अन्तर्गत भारतीय रेलवे को चाहिए कि वह स्वयं को इंडियन एअर लाइंस या एअर इंडिया कहा करे ताकि उसकी प्रतिष्ठा बढ़े और यात्राएँ आरामदेह हो सकें। भारत के महान भविष्य के प्रति चिन्तित एक सज्जन ने प्रस्ताव किया था कि भारत का नाम बदलकर यूनाइटेड स्टेट्स ऑफ इंडिया कर दिया जाए। यदि ऐसा होता तो भारतरूपी यह थर्ड क्लास डिब्बा भी उन्नत होकर यू.एस.ए. और यू. एस. एस. आर. सा हो जाता। लगता है, धीरे-धीरे देश इस नतीजे पर पहुँच जाएगा कि यदि कोई परिवर्तन सम्भव नहीं है तो क्या हुआ, नाम तो बदला ही जा सकता है। तब मैं अपने डिबियानुमा क्वार्टर को 'शरद मेंशन्स' या 'शरद विला' कहकर जीवन-स्तर उठाऊँगा।

वाह-वाह!

श्री नागू के प्रति मेरे मन में एक कामचलाऊ सम्मान-भाव है। जैसा प्रायः पुलिस अफसरों के प्रति फुटपाथिए भारतवासियों के मन में स्थायी तौर पर रहता है। सिर्फ उनकी एक अदा से मैं सहमत नहीं रहा—वे शास्त्रीय संगीत के कार्यक्रम में जोर-जोर से 'वाह-वाह' करते हैं। श्री नागू की धारणा है, और राज्य के पुलिस महानिरीक्षक होने के कारण वे इस धारणा पर दृढ़ रहें तो आश्चर्य नहीं कि जोर-जोर से 'वाह-वाह' करने से संगीतज्ञ का उत्साह बढ़ता है। वे इतनी जोर से 'वाह' करते हैं कि श्रोताओं का ध्यान बजाय संगीत के उनकी वाह-वाह पर केन्द्रित हो जाता है। खैर, यह अपनी-अपनी सांस्कृतिक दृष्टि है। वे कुछ सोचते हैं, मैं कुछ सोचता हूँ और इस देश में जहाँ जनता हूटिंग करने को स्वतंत्र है, सभी जने अपने ढंग से वाह-वाह करने को भी स्वतंत्र हैं। श्री नागू बहुत अच्छे पुलिस अधिकारी हैं, ऐसा उनके विभाग के लोग कहते हैं और वे ठीक ही कहते होंगे। पुलिसवाले कभी गलत कहते हैं?

मैं यह अनुभव करता हूँ कि रिटायरमेंट के उपरान्त श्री नागू को फिल्म सेंसर बोर्ड में लिया जाना चाहिए क्योंकि बलात्कार कब किया जाना चाहिए और कब नहीं किया जाना चाहिए, इस गम्भीर प्रश्न पर इधर आई.जी. पुलिस के नाते कुछ मौलिक चिन्तन उन्होंने किया है। फिल्म निर्माता प्रायः अपनी फिल्मों में बलात्कार के सीन डलवा देते हैं और बाद में सेंसर बोर्ड से उनकी लड़ाई चलती है। श्री नागू ने पुलिसवालों को निर्देश दिया है कि विधान सभा के दिनों में बलात्कार नहीं करना चाहिए। अभी तक चल यह रहा था कि पुलिसवाले बारहों मास गाँव-तहसीलों में इक्की-दुक्की मजबूर सुन्दर स्त्री देख 'ऑपरेशन बलात्कार' करते हैं, वे ही रिपोर्ट दर्ज करनेवाले होते हैं, और अच्छे पुलिस अफसर होने के नाते वे विभाग को बदनामी से बचाते हुए रजिस्टर में अपनी कथा न लिख उसे रिटायरमेंट के बाद आत्मकथा के लिए रख छोड़ते हैं। फिर भी कुछ पुलिसवालों द्वारा किए बलात्कारों के समाचार बाहर प्रकट हो जाते और विधान सभा में गूँजने लग जाते। जाहिर है, श्री नागू की चिन्ता का विषय यह नहीं है कि बलात्कार करनेवाले पुलिसवालों से स्त्रियों की कैसे रक्षा की जाए, उनकी समस्या थी कि ऐसी खबरों से विधान सभा के वातावरण की पवित्रता को कैसे बचाया जाए। गहन चिन्तन के बाद आपने आदेश निकाले कि

कर्तव्यपरायण पुलिस कर्मचारी विधान सभा के एक-दो माह पूर्व से संयम से काम लें अर्थात् बलात्कार नहीं करें, और अपने इरादों को विधान सभा सत्र समाप्त होने तक मुल्तवी रखें। (भाषा यह न हो, भावार्थ अथवा गूढ़ार्थ यही था।) राज्य शासन जानता है कि इससे हमारे बलात्कारप्रिय पुलिस कर्मचारी कष्ट में पड़ जाएँगे। सम्भवतः इसीलिए विधान सभा के सत्र छोटे किए जाने लगे हैं। यह निश्चित प्रशंसा की बात है कि इधर पुलिस कर्मचारियों ने स्वयं की नैसर्गिक इच्छा पर लगाम लगाई और न भी लगा सके हों तो रिपोर्ट बाहर नहीं आने दी जिससे विधान सभा राज्य की दीगर गड़बड़ों पर अपना ध्यान केन्द्रित कर सकी।

श्री नागू यदि सेंसर बोर्ड में होंगे तो उनके द्वारा सेंसरित फिल्म देखते हुए मैं श्री नागू की प्रशंसा में 'वाह-वाह' कर सकूँगा और सेंसर बोर्ड के अपने कमरे में बैठे श्री नागू वैसे डिस्टर्ब भी नहीं होंगे, जैसे उनकी 'वाह-वाह' से संगीतज्ञ होते हैं।

कृषि, उद्योग या जो भी...!

कई बार एक अजीब प्रश्न मेरे मन में उठता है कि कृषि और उद्योग में क्या फर्क है? यह प्रश्न उस समय तेजी से उठता है जब कृषि मंत्री को उद्योग मंत्री और उद्योग मंत्री को कृषि मंत्री बनाने के विषय में सोचा जाता है, या नहीं सोचा जाता और उद्योग मंत्री को वन मंत्री, वन मंत्री को शिक्षा मंत्री बना दिया जाता है और मैं स्वयं से यह प्रश्न करता हूँ कि वन और शिक्षा में क्या अन्तर है? अथवा कृषि और वन में क्या अन्तर है?

कुछ नहीं। मेरा उत्तर है—कुछ नहीं। क्योंकि राजधानी का वासी होने के कारण मैं मामले को टॉप से सोचने का आदी हो गया हूँ। वास्तव में उद्योग और कृषि, दोनों का अर्थ एक-एक बँगला है। बँगला वही है। उद्योग हो या कृषि, चपरासी है, कार है, दौरा है, सब वही। उद्योग और कृषि में कोई अन्तर नहीं, यदि आप मामले को उस ऊँचे स्तर से सोचें जिससे मैं सोच रहा हूँ। वास्तव में उद्योग या कृषि बँगलेवाले को अपना बँगला होने के कारण की सूचना है। यह कार का कारण है। यदि आप किसी मंत्री की कार रोककर उससे अत्यन्त नम्रता से पूछें (देखिए, हमारी पुरानी पीढ़ी और आपकी पीढ़ी में यह अन्तर स्पष्ट है कि हम प्रश्न नम्रता से करते हैं) कि आपके पास यह कार क्यों है तो वह कहेगा—उद्योग, या कृषि या योजना, वह कुछ कहे, परिणाम कार है, बँगला है, या वह चपरासी जो सवाल करते समय आपकी तरफ घूरकर देख रहा था, और ऐसे में आप महसूस करेंगे कि कृषि और उद्योग में कोई अन्तर नहीं—या वन और शिक्षा या खदान में।

पिछले दिनों जब श्रीमती गांधी और कृषि मंत्री श्री सुब्रह्मण्यम भोपाल आए (जाहिर है, वे कृषि सम्बन्धी बैठक में भाग लेने आए थे तो कृषि मंत्री ही होंगे) तब राज्य के कृषि संचालक से कृषि की समस्याओं पर बोलने के लिए कहा गया। वे बोलने लगे। चूँकि कृषि संचालक थे तो कृषि पर बोलने लगे, यदि शिक्षा संचालक होते तो वे शिक्षा पर बोलते। बीच में या शायद अन्त में, या आरम्भ में ही केन्द्रीय कृषि मंत्री ने संचालक से पूछा—आपको कृषि के सम्बन्ध में क्या अनुभव है? वे आई.ए.एस. थे। मैं कहता हूँ, यह सब प्रश्नों का अन्तिम उत्तर है। यह वह ऊँचाई है जहाँ कृषि, उद्योग, संस्कृति—सब बराबर हो जाते हैं। यदि श्री सुब्रह्मण्यम राज्य के कृषि मंत्री से यह प्रश्न करते तो मंत्री कहते—जी, मैं मंत्री हूँ। मैं कृषि मंत्री हूँ।

और यदि ये दोनों उलटकर स्वयं केन्द्रीय कृषि मंत्री से यह प्रश्न कर बैठते तो शायद वे भी उसी रौब से कहते कि मैं केन्द्रीय कृषि मंत्री हूँ।

सवाल बेमानी हैं। मंत्री, मंत्री है। आई.ए.एस., आई.ए.एस. है और जो हैं, सो हैं। कमिश्नर के बँगले की खिड़की से देखिए तो सही, पहाड़ सब एक लगेंगे। हुकुम सब जगह चलता है, फाइल हर विषय की है, सेक्शन किए जाते हैं, सरकुलर भेजे जाते हैं फिर चाहे जो हो, प्राइमरी या कॉलेजिएट या यातायात या पहाड़ या नदी।

एक भारतवासी दूसरे भारतवासी से प्रश्न करे कि हर मामले में तुम क्यों सही और मैं क्यों गलत हूँ, तो दूसरा भारतवासी यह उत्तर देगा कि मित्र, मैं आई.ए.एस. हूँ जो बँगले में रहता है और फाइलों पर निर्णायक हस्ताक्षर करता है। तुम एक सड़क-छाप बीबी-बच्चों के लिए रोटी जुटानेवाले साधारण आदमी हो। इसलिए तुम गलत हो, मैं सही हूँ। भारतीय सन्दर्भ में यह यथार्थ की अन्तिम ठोस परत है जिसे भेदना ब्रह्म को भेदने की तरह कठिन है। किसान की तुलना में कृषि मंत्री इसी आधार पर सही है। यदि श्री सुब्रह्मण्यम मुझसे प्रश्न करें कि आपका कृषि सम्बन्धी अनुभव क्या है तो मैं कहूँगा कि मैंने अपने घर के अहाते में कुछ उगाने की कोशिश की थी जिसमें असफल रहा। मैं सिंके भुट्टे का प्रेमी हूँ और कृषि से उत्पन्न अनाज का पिसा आटा खाकर पला-बढ़ा हूँ, मेरा कृषि से सिर्फ इतना सरोकार है। एक बार हम एक कृषि फार्म पर पिकनिक के लिए गए थे, मैंने दो कृषि प्रदर्शनियाँ देखीं और गेहूँ की बाली को डेढ़ फुट दूर से नंगी आँखों से देखा। परन्तु दूसरा भारतवासी तनकर इस प्रश्न के उत्तर में कह सकता है—मैं आई.ए.एस. हूँ। यह टॉप से सोचना है जहाँ कृषि, भिलाई कारखाना, पोर्टट्रस्ट या डिफेंस सब एक हैं। राजधानी में सरलता से कहा जाता है—उनसे सामान्य प्रशासन लेकर होम दे दिया गया है। जैसे फाइव फाइव फाइव लेकर सिगार दे दिया गया कि लीजिए, अब कुछ समय इसे फूँकिए। अन्तर भी क्या है? वैसे ही प्रपोजल बनकर एफ.डी. को जाते हैं, आर्डर्स सरकुलेट होते हैं, बजट अलॉट होता है, नोटशीट तैयार कर सी.एस. से सी.एम. को जाती है, लौट आती है। चपरासी की बँगले पर ड्यूटी लगती है। जब जी.ए.डी. में थे तो श्याम भरोसे आता था, अब होम में हैं तो रामभरोसे आता है। गेहूँ, जुआर तो उगलता रहता है और उसे उगना है।

इसीलिए मंत्रिमंडल में फेरबदल कैलीडोस्कोप की तरह होते हैं। चूड़ियों के टुकड़े घूमते रहते हैं, फूल बनता है नया। इसे प्रशासन में 'चुस्ती' कहते हैं। जिसके पास कृषि था, उसे उद्योग दे देते हैं ताकि कल जब कोई उससे पूछे कि आपका उद्योग में क्या अनुभव है तो वह कह सके कि मैं उद्योग मंत्री हूँ।

यदि आइंस्टीन जीवित होते तो इसकी बेहतर व्याख्या करते कि क्या उच्चता के इन दोनों बिन्दुओं से पर्सपेक्टिव में कोई अन्तर आता है? ये केवल अन्तर का आभास देते हैं या वास्तव में अन्तर है? सवालों के क्रम की शुरुआत तब भी यहीं से होती कि कृषि और उद्योग में क्या अन्तर है?

पचमढ़ी प्रसंग

मैंने पत्नी से कहा, 'हम पचमढ़ी जाएँगे।'

'क्यों?' उसने जवाब में वैसे ही 'क्यों' किया जैसे वह क्यों करती है।

'पचमढ़ी पहाड़ है, ठंडी जगह है, हमें जाना चाहिए।' मैंने तर्क किया।

'वहाँ जाने में खर्च लगता है। इतना रुपया नहीं है हमारे पास कि पंचमढ़ी में जाते फिरें।' उसके अन्तर में छुपा सुप्त फाइनेन्स सेक्रेटरी जागा।

'रुपये की कोई बात नहीं। हजार-डेढ़ हजार हम खर्च कर सकते हैं।' मेरा अन्दाजा मुगलई था।

'कहाँ से आएगा डेढ़ हजार?'

'उधार कर लेंगे, बैंक से ओवरड्राफ्ट ले लेंगे, कुछ पेमेंट्स रोक देंगे, मसलन—नौकरानी को, दूधवाले को, धोबी को या सामानवाले को।' मैंने हल सुझाए।

'मगर इतना सब कर वहाँ जाने की जरूरत क्या है?'

'वहाँ हम शान्ति से बैठ अपनी समस्याओं पर विचार करेंगे और कुछ दीर्घ प्रकरण निपटाएँगे।'

'हम यहाँ बैठकर निपटा सकते हैं, भोपाल में।'

'यहाँ भीड़ रहती है। फिर बीच-बीच में अक्सर बाहर भी जाना पड़ता है, जैसे—दिल्ली वगैरा।'

'पचमढ़ी रहोगे तो तुम वहाँ से भी दिल्ली भागोगे।'

'हाँ, मगर लौटकर पचमढ़ी ही आऊँगा।' मैंने आश्वासन दिया।

'मुझे तुम्हारी बात जम नहीं रही है। कड़की के दिनों में ऐसी ऐयाशी करना गलत है।' वह फतवेबाजी की दिशा में बढ़ने लगी।

'उससे कुछ नहीं होता। प्रकाशचन्द सेठी और उनका मंत्रिमंडल भी तो जा रहा है।' मैंने इक्का फेंका।

'वे लोग सरकारी खर्च से जा रहे हैं।'

'क्या मतलब? क्या उन्हें राज्य की आर्थिक चिन्ताएँ नहीं सतातीं? क्या वे नहीं जानते कि खर्च में कमी करना चाहिए? यदि इसके बावजूद वे साहस कर सकते हैं तो हमें उनसे प्रेरणा लेनी चाहिए। हमें भी उधार लेकर वहाँ जाना चाहिए।'

'वे तीन उपचुनाव जीत चुके हैं। उनके मुख्यमंत्री पद पर फिलहाल कोई खतरा नहीं है। आत्मबल ऊँचा चल रहा है, विरोधी दबे हुए हैं। वे इस समय अच्छे मूड में थोड़ी-बहुत ऐयाशी कर सकते हैं। मगर तुम अपनी सोचो। क्या तुम भोपाल छोड़ सकते हो? फिर तुम्हें उधार देगा कौन? तुमने लोगों के पिछले नहीं लौटाए। पिछली बार जब हम उधार लेकर पचमढ़ी गए थे, वो रुपए तुमने कहाँ लौटाए?'

मेरे जीवन में ऐसे बहुतेरे आए जो तर्क का प्रत्याख्यान तर्क से करने का दावा करते हैं मगर वास्तव में वे तर्क के नाम पर फूहड़ बातें कहते हैं और उनकी वास्तविक शक्ति तर्क से हटकर और ही कुछ होती है। पर ऐसा व्यक्ति मेरे ही परिवार में है, यह मैंने नहीं सोचा था। जरा सोचिए, यदि हम राज्य की, नेताओं की आदर्श क्रियाएँ, जैसे पचमढ़ी जाना, जीवन में अपनाते हैं तो कोई गलत नहीं है। इसके लिए आर्थिक या राजनीतिक या साहित्यिक बहाने खड़े करना क्या अच्छी बात है?

मैंने निश्चय किया कि मैं मित्रों के साथ पचमढ़ी जाऊँगा। वहाँ हम साहित्य के दीर्घ प्रकरणों पर चर्चा करेंगे तथा भविष्य में अपनी स्थिति साहित्य में मजबूत करने के लिए क्या रणनीति अपनाई जानी चाहिए, इस पर वहाँ ठंडे में बैठे विचारेंगे। बीच में इसी उद्देश्य से दिल्ली का चक्कर भी लगाना पड़ा तो लगाएँगे।

दिक्कतें दो हैं। एक तो यह कि कई मित्र पहले ही यहाँ-वहाँ जा चुके। दूसरे, मुझे उधार देने के प्रश्न पर जिस उत्साहपूर्ण सहयोग की अपेक्षा थी, वह नजर नहीं आ रहा। राज्य शासन मेरी अपेक्षा इस मामले में ज्यादा साख रखती है। उसे पचमढ़ी जाने के लिए ओवर ड्राफ्ट मिल जाता है। ऐसे ही क्षणों में मुझे यह गम सताता है कि मैं कैबिनेट का मेम्बर क्यों नहीं हूँ? यदि मैं विधायक ही होता तो किसी कमेटी के सदस्य के रूप में आज पहाड़ चला जाता। मध्य प्रदेश राज्य विधान सभा की लाइब्रेरी कमेटी के सदस्य इस गर्मी में जम्मू-कश्मीर जा रहे हैं। प्रस्ताव यह है कि वहाँ वे जम्मू-कश्मीर विधान सभा के पुस्तकालय की कार्य-प्रणाली का अध्ययन करेंगे। यों मेरे खयाल से उन्हें यह बात स्थानीय ब्रिटिश कौंसिल लाइब्रेरी के लोग बेहतर बता सकते हैं कि पुस्तकालय कैसे चलता है। फिर भी गर्मी गर्मी है और पहाड़ चढ़ने के लिए कोई ठोस बहाना खोजना मानव स्वभाव है। मैं जा नहीं पा रहा हूँ पचमढ़ी, पर कोशिश में हूँ। इस पूरे मामले से यह शिक्षा मिलती है कि यदि पत्नियाँ न होतीं, तो आज मनुष्य पहाड़ पर होता। और उसे वहाँ जाने के लिए दीर्घ प्रकरण, पुस्तकालय व्यवस्था अथवा साहित्य आदि के बहाने खोजने की तब जरूरत न होती।

विशेष : 'आसनसोल' नामक प्रसिद्ध लेख की नींव यहीं पड़ी।

पाव किलो चिन्तन

मध्य प्रदेश के प्राचार्यों, आचार्यों, गुरुजनों का आन्दोलन बटुआ थोड़ा-सा फूल जाने के एक निजी आत्मिक सन्तोष का किनारा छू बैठ गया है और इन दिनों मनोमन्थन और बड़बड़ाहट की सामान्य भारतीय सतह पर आ गया है। मैंने सोचा कि लगे हाथ पाव किलो चिन्तन मैं भी कर डालूँ तो क्या हर्ज है? यह प्रबुद्ध वृन्द का आन्दोलन है, अतः वैचारिक अथवा नीति सम्बन्धी भूल हो जाना गौरव के अनुरूप ही है। यह मजदूरों, अशिक्षितों का आन्दोलन तो है नहीं जहाँ एक नारे या एक आवाज पर सब बिना सोचे-समझे डटे रहें। जहाँ इतना ढेर विवेक-सम्पन्न मानस कार्यरत हो, वहाँ अब तक प्रत्येक पहलू पर सैकड़ों थीसिसें, रिसर्च वर्क, आप्त वाक्य उभरकर आ ही गए होंगे। आन्दोलन लगभग हर दिशा में तेजी से बढ़ने की क्षमता एक साथ अर्जित कर थमा है। बड़ा नाजुक प्रहर है, गर्मी के दिन हैं, हाथ कॉपियाँ जाँचने के लिए खुजला रहे हैं, विचार चल रहा है और विचार पर यह मजबूरी लादना गलत है कि वह जुलूस की तरह चले।

यह गलतफहमी मार्क्स-लेनिन को कभी नहीं रही कि जुलूस, नारे या सभा की एकता से मूल वर्गभेद समाप्त हो जाएँगे। यदि हर शख्स अपनी औकात का कांशस रहे तो निर्णय अधिक खरे और व्यावहारिक हो सकते हैं। जो अड़ा है सो बड़ा है और उसके बड़े बने रहने की मूल कुंजी यही है कि वह छोटों को यह निरन्तर बताता रहे कि वे छोटे हैं। इस आन्दोलन में ऊँचे अफसरों को यह कतई मंजूर नहीं था कि दो सूट और चार टाई के सहारे कॉलेज में पढ़ानेवालों के वेतन और रौब इतने बढ़ जाएँ कि वे चार सूट और आठ टाई वाले अफसरों की आर्थिक ऊँचाई के समकक्ष खड़े हो जाएँ। वे सफल हुए। प्रोफेसरों को पता चल गया कि समाज में ऊँच-नीच की स्थायी सीढ़ी में वे अफसरों से नीचे हैं। उन्हें नीचे रहना है। खानदानों की सुघड़ कन्याओं के लिए प्रोफेसर दूल्हे की अपेक्षा आई.ए.एस. दूल्हा सदैव बेहतर माना जाएगा। और इसी प्रकार प्रोफेसरों ने लेक्चररों को उनकी औकात बता दी। सीढ़ी कायम है, सीढ़ीक्रम ज्यों का त्यों है और आन्दोलनों की हवाएँ उसमें फेर-बदल नहीं कर सकतीं। अन्ततः वही सिद्ध हुआ जो सिद्ध होना था। क्यू. ई.डी.।

दूसरे वर्तमान प्रजातंत्र में मंत्री के पद पर बैठा व्यक्ति एक नेता भास देता है पर वह नेता होता नहीं है। वह वास्तव में प्रशासक होता है। उसकी मूल चिन्ताएँ

एवं लगाव प्रशासकीय है। जनता को यह भ्रम है कि मंत्री हमारा नेता है और प्रजातंत्र में आस्था बनाए रखने के लिए यह भ्रम बना रहना बहुत जरूरी है। मंत्री इसी प्रजातंत्रीय कर्तव्य और बोध का आदर करते हुए अपने व्यक्तित्व में नेता की छवि चुनाव के बाद भी कायम रखता है। हमें उसकी मजबूरी समझनी चाहिए।

चुनावोत्तर काल के लिए यह परिभाषा प्रस्तावित की जा सकती है कि 'मंत्री जनता के समक्ष अपने विभाग के सचिवों का नेता है।' जनता या उसका कोई वर्ग यदि इस भ्रम के साथ कि वह जन नेता है, सीधे उस तक पहुँचे तो इससे 'थ्रू प्रॉपर चैनल' के मूल प्रशासकीय सिद्धान्त में खलल पड़ता है और खलल डालनेवालों के साथ उचित कार्रवाई की जाना प्रशासकों के अहं की रक्षार्थ आवश्यक है। मंत्री से बात करते हुए यह ध्यान रखना चाहिए कि हम सचिव के कुरता-जाकेट स्वरूप से ही बातें कर रहे हैं। इस प्रजातंत्र की आत्मा सचिवालय है, शरीर विधान सभा है। जो इससे उलटा सोचते हैं कि आत्मा विधान सभा व शरीर सचिवालय है, वे किसी किताबी आदर्शवाद में जीते हैं। प्रजातंत्र के विकास के लिए ऐसे लोगों के भाषण आवश्यक हैं पर आन्दोलनों को उचित दिशा-निर्देश वे नहीं देते।

जब प्राध्यापकों का आन्दोलन चल रहा था, ठीक उसी समय व्यापारियों में भी सेल्स टैक्स के सवाल पर आन्दोलन छिड़ गया। शासन प्राध्यापकों से चर्चा के सारे पुल तेजी से तोड़ रहा था ताकि उच्चता और प्रभुता की स्थिति व छवि बनी रहे। ठीक तभी व्यापारियों से चर्चा के लिए वह नए पुल तलाश रहा था, मध्यस्थ उत्पन्न कर रहा था ताकि सौहार्द में कमी न आए। शासन की उदारता, विवेकपूर्ण सहृदयता का चित्र बना रहे। एक ओर बेरुखी, कार्यकारी उदासीनता तथा दूसरी ओर उत्साह और पहल की ये भिन्न स्थितियाँ शासन के चरित्र की पहचान कराती हैं। समीक्षा की घिसीपिटी शब्दावली में कहूँ तो बुनियादी चरित्र को उजागर करती हैं। शासन के परिप्रेक्ष्य से देखा जाए तो व्यापारी और प्राध्यापक में व्यापारी शासन के निकट है, मित्र है और उसके प्रश्नों को सुलझाते हुए चेहरे की कोमलता बरकरार रखी जाना चाहिए जबकि प्राध्यापक के सारे दाँव-पेंच खेले जा सकते हैं। आज व्यापारी एक हैं, शिक्षक बँट गए हैं, यह शासन की नीति का कमाल है। इस विवेचन से भी औकात को समझने में सहायता मिलेगी।

और अन्त में। क्या यह अच्छी शुरुआत मानी जाए कि प्राध्यापकों के आन्दोलन को छात्रों ने आन्दोलन कर बल पहुँचाया? क्या कल छात्रों के आन्दोलनों के समय उनके समर्थन में प्राध्यापक भी आन्दोलन करते रहेंगे? शिक्षा के क्षेत्र में यह प्रशंसनीय माना गया है कि छात्र गुरुजनों की सेवा और आदर करें तथा गुरुजन छात्रों के कष्ट कम करें। ये पवित्र भावनाएँ आन्दोलनों के स्तर पर परस्पर व्यक्त होती रहें तो शिक्षा के क्षेत्र में भविष्य में क्या स्थिति रहेगी, इस पर विचार किया जाना चाहिए। चिन्तन-योग्य समस्याएँ और भी होंगी, मुझे फिलहाल इतनी ही ध्यान आ रही हैं।

लेनिन से सन्तोषी माता तक

उस रात डाँगे, कृष्णन्, भूपेश गुप्त और राजेश्वर राव क्रोध में पैर पटकते ब्रेजनेव से मिलने गए और ब्रेजनेव ने उन्हें डाँट लगाई। कम्यूनिस्ट पार्टी के ये नेता ब्रेजनेव के लाल किले वाले भाषण से नाराज थे जिसमें कहा गया कि भारत में कांग्रेस ही ऐसा दल है जो समाजवादी कार्यक्रम को क्रियान्वित करने के लिए दृढ़ संकल्प किए है और कर भी रहा है। इतना बड़ा प्रमाणपत्र श्रीमती गांधी की सरकार को सोवियत कम्यूनिस्ट नेता द्वारा दिये जाने से भारतीय कम्यूनिस्ट नेताओं का नाक-भौं सिकोड़ना स्वाभाविक था। मगर बातचीत में ब्रेजनेव ने अपनी गलती न मानकर उल्टे कम्यूनिस्टों को डाँट लगाई जो हमेशा वेतनवृद्धि के आन्दोलन चलाकर सरकार का आर्थिक भार बढ़ा पाँचवीं योजना को खतरे में डाल रहे हैं।

पता नहीं, हिन्दुस्तान समाचार एजेंसी की यह खबर सही है या दिल्ली में उड़ी अफवाह मात्र है क्योंकि उस शहर में ऐसी बातें उड़ती रहती हैं।

जो भी हो, मैं भी कुछ बातों को लेकर श्री ब्रेजनेव से असन्तुष्ट हूँ। लाल किले वाला भाषण मैंने नहीं सुना मगर एक औसत भारतीय की तरह यह जानने का सदा उत्सुक रहा कि इस बार की यात्रा में हमें फायदे क्या-क्या होंगे? वह दोस्त किस काम का जिससे कोई लाभ न हो? और जैसे ही मैंने पढ़ा कि गेहूँ के बाद अब घासलेट भी रूस देनेवाला है तो मैं 'सोवियत-हिन्द मैत्री जिन्दाबाद' के नारे लगाने लगा। जरा सोचिए कि आटा मिलता रहे, पकाने को घासलेट मिलता रहे, इससे बढ़कर मामूली आदमी के लिए देश की स्वतंत्रता की दूसरी पहचान क्या हो सकती है? जब तक बाजार में हलवाई और होटल नजर आते हैं, मुझे यह मेरा देश लगता है। इनके बिना मैं भारत की कल्पना नहीं कर सकता हूँ। ओबेराय शेरेटन से रामभरोसे हिन्दू होटल तक मैं भारतीय स्वाधीनता सुरक्षित देखना चाहता हूँ। आत्मनिर्भरता के माने हैं, जहाँ तबियत चाहे वहाँ खाओ। सोवियत रूस इस मामले में मददगार है अतः हमारा मित्र है। उसने हमारी चौबे-प्रकृति को सही पहचाना है।

एक जमाना था, सोवियत रूस से सिर्फ किताबें आती थीं, विचार आते थे। उन किताबों को पढ़ भारत का आम भूखा आदमी स्वयं को अधिक भूखा महसूस करता था, शोषित व्यक्ति अधिक शोषित और वह सरमायादारों के खिलाफ नारे लगाता,

खीझता, चीखता, क्रान्ति के इन्तजार में फुटपाथ पर चप्पलें घिसता रहता था। उस जमाने के कम्यूनिस्टों की भूखी आँतों में नाराजी और नारे भरे रहते थे। रूस जाना जीवन का बड़ा सपना था। मगर बाद में भावावेश की जगह राजनीति ने ले ली। रूस जाना घर-आँगन की तरह हो गया। वहाँ जाकर कम्यूनिस्ट नेता आराम से इलाज करवाने लगे और भारत लौटकर संयुक्त मोर्चे की बातें करते। फुटपाथ पर चप्पलें घिसते उस आदमी ने रूस से आई किताबें ऊपर टाँड पर चढ़ा दीं और वह कमरा सजाने, रेडियो-फ्रिज वगैरा खरीदने में लग गया। समाजवाद ईश्वर हो गया, जिसमें अन्ततः हम सबको मिल जाना है। जनता ब्रह्म हो गई जिसके बुद्धिवादी भाष्य किए जाने लगे। पदाधिकारी, पैसेवाले, प्रतिक्रियावादी, फ्रॉड और भ्रष्ट लोग भी रूस की यात्रा करने लगे और लौटने पर कम्यूनिस्ट पार्टी उनके सम्मान में आयोजन कर उनसे रूस यात्रा के संस्मरण सुन मार्गदर्शन पाने लगी। अपने-अपने ढंग से सबका विकास हुआ—रूस का, भारत का, भारत की कम्यूनिस्ट पार्टी का। कोई पहले की तरह फुटपाथ पर नहीं रहा।

जहाँ से असन्तोष आता था, वहाँ अनाज और घासलेट आने लगा, सन्तोष आने लगा। सन्तोषी सदा सुखी। जब पायो सन्तोष, सब धन धूरि समान। अब सवाल है कि ऐसे में भारतीय कम्यूनिस्ट पार्टी क्या करे, बजाय लेनिन के सन्तोषी माता की महिमा गाए? यदि अनाज और घासलेट की कमी पर वह जनता को संगठित करती है, अपना नेतृत्व मजबूत करने लगती है तो रूस अनाज व घासलेट भेज सारा जोश फिस्स करवा देता है। महँगाई भत्ता बढ़वाने के ट्रेड यूनियन आन्दोलन चलाती है तो सरकार पर अतिरिक्त भार और पाँचवीं योजना की दुहाई दे ब्रेजनेव डाँट लगाते हैं। (राम जाने, खबर सच है या झूठ) समाजवाद का नारा था सो कांग्रेस ने छीन लिया। ऐसे में कम्यूनिस्ट क्या करे? उन्होंने एक काम हाथ में लिया था कि कांग्रेस जनवादी संस्था है या नहीं, इसका प्रमाणपत्र समय-समय पर जारी करेंगे यानी समाजवाद कांग्रेस का होगा, मगर उस पर श्रेष्ठता की आग मार्क सील कम्यूनिस्ट पार्टी की लगेगी, अन्यथा माल प्रमाणित नहीं माना जाएगा। मगर लाल किले से भाषण देकर वह सील भी स्थायी तौर पर ब्रेजनेव ने कांग्रेस पर लगा दी। और कम्यूनिस्ट पार्टी का एक रहा-सहा अधिकार भी छीन लिया। पहले भारतीय कम्यूनिस्ट पार्टी रूस को बताती थी कि कांग्रेस कैसी है, अब रूसवाले भारतीय कम्यूनिस्टों को बताते हैं कि भारतीय कांग्रेस कितनी प्रगतिशील है! कैसे बदले हैं दिन!

ऐसे में भारतीय कम्यूनिस्ट पार्टी के पास प्रतिष्ठित नागरिकों और अवसरवादियों की रूस यात्राएँ आयोजित करने, रूसी पत्र-पत्रिकाएँ वितरित करने, स्वागत कार्यक्रम और जयंतियाँ रचाने, सरकार और कांग्रेस के नारों को प्रतिध्वनित करने के अलावा कोई काम नहीं रह गया। सुख से दिन गुजारने के लिए इतनी एक्टिविटी काफी है।

तन्दूर से जन्मा एक कॉलम

नया काम आरम्भ करने के लिए यह मौसम ठीक नहीं लगता। कल बड़ी गर्मी रही। अपने माचिसनुमा क्वार्टर की नीची छत के नीचे दबा मैं स्वयं की तन्दूरी रोटी से तुलना करने लगा जो मिट्टी से चिपककर सिंकती है। मेरा यही हाल था। मैं हाँफ रहा था और मुझे टैगोर मार्ग के पेड़ों के नीचे खस के परदे बनानेवाले याद आ रहे थे जो इन दिनों सरकारी काम पर हैं। सोच रहा था, जब भोपाल में समाजवाद आएगा, तब मैं माँग करूँगा कि खस के पर्दे सरकार के लिए ही नहीं, जनता को भी मुहैया किए जाएँ। यहाँ वे लाल किनारीवाले परदे मिलते ही नहीं। दो-तीन वर्ष मैंने तलाशा तो निराश हुआ। पिछले साल इसी तात्या टोपे नगर में मैंने एक व्यक्ति को खस का परदा लेकर जाते देखा तो पूछ बैठा–कहाँ से लाए, कितने में मिला? स्वर में उत्साह का कारण यह भी था कि उस समय जेब में रुपए थे और मैं नन्ही-मुन्नी ऐयाशियाँ कर सकता था। उत्तर जो मिला, तथ्य से भरा था। उसने कहा–दफ्तर से ला रहा हूँ, साहब के बँगले पहुँचना है, कीमत नहीं मालूम। खस के परदे से भी वही वास्तविकता उद्घाटित हुई जो अन्य परदों से होती है। वहाँ पेड़ों की छाँह में जो परदे बन रहे हैं, दफ्तर जाएँगे, दफ्तर से बँगले जाएँगे। काश, मैं साहब होता! घर के खिड़की-दरवाजे खस के ऐसे मोटे परदे लग जाने के बाद दफ्तर क्यूँ जाता? घर बैठे प्रगति होती।

अपने तन्दूर में सिंकता हुआ मैं सोच रहा था कि नया कुछ लिखने के यह मौसम खिलाफ है। क्या यही वजह तो नहीं कि गर्म मुल्कों में साहित्य आगे नहीं बढ़ पा रहा है? संस्कृत-प्राकृतवाले क्या करते होंगे उस जमाने में? मुझे पूर्वजों का स्मरण हो आया। नया काम हाथ में लेने के साथ यों भी जरूरी था कि मैं पूर्वजों को याद करता। उन्हें भी यह मौसम यों ही खलता था। अतसी के पुष्प लाल सूर्य, जलती हुई दिशाएँ, नैऋत्य कोण से असुखकर वायु, तालतलैया, झीलें सन्ताप से पीड़ित क्योंकि हाथियों और भैंसों ने लोट-पोटकर जल गँदला कर दिया है, वृक्ष छायाहीन। ऐसे में मनुष्य क्या करे? सत्तू घोलकर पिए–ठंडा होता है–अथवा शर्करायुक्त दही की लस्सी? पूर्वज भी कमाल के थे। शास्त्रों में लिखा है (सभी पुरानी पोथियाँ शास्त्र होती हैं) कि ग्रीष्म ऋतु में सब आहार-विहार शीतल, सुगन्धित एवं मनोहर हों। ताड़ के पंखों की वायु,

मोतियों के हार, फूलों की माला जिनमें कमल एवं उत्पल गूँथे गए हों, मृणाल (कमल नाल) का वलय (कंकण) पहने हुए कान्ता (अभीष्ट-प्रिय) तथा चन्दन का शरीर पर लेप किए तन्वीं (दुबली-पतली) नारियाँ सेवन की जाएँ। वाह, क्या कहने! यदि गर्मियाँ ऐसे बीत रही हों तो कौन उन्हें साल भर न चाहेगा? मेरी पीढ़ी भी शायद वैसी रसिक होती मगर भाग्य के बजट में वैसा प्रावधान नहीं।

पूर्वजों को अखबार में कॉलम नहीं लिखने पड़ते थे। वे श्लोक गढ़ते थे, जो मृणाल वलय पहने कान्ता को समीप बिठा ऐसी गर्मी में भी सम्भव थे। डिबिया-रूपी इन आवासों को पुरातन धारा गृह कैसे बनाया जा सकता है जहाँ पुतली के हाथ या मुख से उशीर-खस का जल प्रवृत्त हो रहा हो अर्थात् फव्वारा चल रहा हो? बुच साहब ने बताया कि भोपाल के बड़े तालाब का पानी सात फीट नीचे घट गया है और पानी की कटौती अगले माह भी चालू रहेगी। नल दुबला बह रहा है। तात्पर्य यह कि सारी परिस्थितियाँ लेखन के विरोध में हैं। स्वभाव के अतिरिक्त कोई सहारा नहीं जिसके दम पर पसीने में कागज काले किए जाएँ। या तो आप लिखने का जुगाड़ जमा सकते है अथवा नहाने का। बुद्धि की शुद्धि की तरह शरीर की शुद्धि भी लेखन की पहली शर्त इन दिनों नहीं रही।

फिर भी अहम् लिखामि अर्थात् बन्दा लिख रहा है। नैऋृत्य दिशा से लू चल रही है, सिक्किम में आन्दोलन हो रहा है, कैंटीन में बैठे कर्मचारी वेतन में महँगाई भत्ता मिलने की प्रतीक्षा में भजिया खा रहे हैं। ऐसे में अपनी माँद में पड़ा लेखक एक अदद बिजली का पंखा सुलगा कर्तव्यबोध से ग्रस्त करवटें बदल रहा है। लिखना चाहता हूँ कि भत्ता वेतन में मिल जाए, पर सनसनाते तर्क नहीं जुट रहे। फिलहाल यही कहूँगा कि मित्र, इस मौसम में भजिया कम करो। भजिए में तेल अर्थात् स्नेह होता है। पूर्वजों ने लिखा है, स्नेह का सेवन तभी करना चाहिए जब भगवान सूर्य निर्मल हों। और सूर्य कम्बख्त को आप देख ही रहे हैं, अप्रैल में ही वह ऐसा जालिम रहा कि लिखनेवाले से एक कॉलम न बने।

प्रशंसनीय कदम की प्रशंसा में

पास होनेवाले अल्पमत में हों और फेल होनेवाले बहुमत में हों, यह प्रजातांत्रिक दृष्टि से कदापि शोभनीय नहीं कहा जा सकता। शासन जानता है कि न्याय की माँग आज नहीं, कल उठेगी और वह कंसेशन देने को तैयार हो गया है। इसे कहते हैं, जनता की सही भावना को पहचानना। जो छात्र बिना पढ़े कॉलेज में प्रवेश की उत्कट आकांक्षा लिये पूरे वर्ष इन्तजार करता रहा हो, उसे इस छोटे से औपचारिक कारण से कि वह मार्क्स कम लाया है, 'आप आगे बढ़ने से रोक दें', यह सरासर गलत है। संविधान ने सबको काम बराबर अधिकार दिये हैं। जब मन्दिर में हरिजन जा सकते हैं तो हायर सेकंडरी फेल को कॉलेज में घुसने से क्यों रोका जाता है? पूरा मामला सामाजिक न्याय का है। हमारे मध्य प्रदेश के युवा हृदय छात्रों को यह जानकर गहरा आघात लगा था कि भविष्य में उन्हें पढ़ना पड़ेगा। उन पुस्तकहीन निहत्थे हजारों किशोरों पर बोर्ड का यह गहरा अत्याचार था और यह वास्तव में प्रशंसनीय है कि राज्य शासन ने त्वरित कदम उठा मध्य प्रदेश को इस कलंक से बचा लिया कि हमारे यहाँ शिक्षा का स्तर उठ रहा है। सुबह का भूला शाम को घर आ जाए तो भूलना नहीं कहाता। स्वागत है उसका।

भविष्य में ऐसी अशोभनीय परिस्थितियाँ नहीं बनें, इसके लिए शासन को अभी से निश्चित नीतियाँ बनानी होंगी। इस बार ही यदि नकल करने की उदार छूट दी जाती तो कोई कारण नहीं था कि छात्रों के पेपर्स खराब हो जाते। शासन ने व्यर्थ ही उसे सम्मान का प्रश्न बनाया और नकलें रोकने में कड़ाई बरती। यदि पहले पेपर आउट हो जाने की सुविधा छात्रों को मिल जाती और उसके बाद नकल पर कड़ी बन्दिश लगती तो बात समझ में आती है। मगर सभी जानते हैं कि पेपर आउट नहीं हुए और यथोचित नकलें भी नहीं हो पाईं। (मैं सौभाग्यशाली अपवादों की बात नहीं कर रहा।) इसके बाद तीसरी परेशानी छात्रों के सम्मुख यह रही कि वे बेचारे परीक्षकों की तलाश कर अपनी कॉपियों पर मार्क्स भी नहीं बढ़वा सके। पेपर जाँचने का काम घरों पर न होकर केन्द्रों पर सामूहिक हुआ। कुटीर उद्योग का एकाएक राष्ट्रीयकरण कर शासन ने कॉपी जँचवाई के क्षेत्रीय कारखाने डाल दिये। ऐसे में जिन छात्रों ने प्रश्न के पूरे उत्तर अथवा पूरे प्रश्नों के थोड़े उत्तर अथवा प्रश्नों के उत्तर ही नहीं दिये,

वे बेचारे मार्क्स बढ़वाने कहाँ जाएँ, उन्हें समझ न आया। इस प्रकार बोर्ड गलती पर गलती करता गया। फलस्वरूप नतीजा सिर्फ तीस प्रतिशत निकला। अब यदि सैद्धान्तिक दृष्टि से यह मान भी लिया जाए कि केवल तीस प्रतिशत छात्र ही पास होने योग्य थे तो प्रश्न उठता है कि ये बोर्ड और शिक्षा विभाग छात्रों को उत्तीर्ण करने, उनका विकास करने के उद्‌देश्य से गठित किए गए हैं या सिद्धान्तों के पचड़े में पड़ने के लिए? इसी वर्ष शासन ने छात्रों को सिनेमाओं में कंशेसन दिलवाकर जीवन की एक महत्त्वपूर्ण आवश्यकता की उचित दामों में पूर्ति की है और इसी वर्ष छात्रों से कड़े अध्ययन की अपेक्षा करना मनोवैज्ञानिक वास्तविकताओं को नजर-अन्दाज करना था। यह प्रसन्नता का विषय है कि शासन ने परीक्षाओं में भी उदारता का परिचय दे अपनी सिनेमा में कंसेशन दिलवानेवाली छवि को बरकरार रखा।

इसी सन्दर्भ में मैं शासन का ध्यान कतिपय सम्बन्धित प्रश्नों की ओर आकर्षित करना चाहूँगा :

(1) भविष्य में यह समस्या न उठे कि राज्य में परीक्षा परिणामों का प्रतिशत कम हो और मंत्रिमंडल को स्थिति अपने हाथ में लेनी पड़े। इस दृष्टि से शासन को चाहिए कि वह बोर्ड के पूरे कार्यकलापों की जाँच करे और ऐसी स्थितियाँ निर्मित करे कि प्रति वर्ष अस्सी-नब्बे प्रतिशत से अधिक छात्र उत्तीर्ण हो ही जाएँ तथा शेष को पूरक में बैठने की पात्रता हो।

(2) तीस प्रतिशत परिणाम देखकर छात्रों के अतिरिक्त हमारे शिक्षकों के हृदय में भी एक भय की भावना घर कर गई है कि कहीं भविष्य में उन्हें छात्रों को पढ़ाना न पढ़े। शासन को चाहिए कि वह तुरन्त भावी नीति स्पष्ट कर यह घोषित कर दे कि राज्य में शिक्षा का स्तर उठाने के प्रति शासन का कड़ा आग्रह नहीं है। ऐसी घोषणा से शिक्षकों का मनोबल बढ़ेगा और वे पूरे उत्साह से शिक्षा विभाग में सेवा कर पूरा वेतन लेते रहेंगे।

(3) शासन अपना यह नैतिक दायित्व अनुभव करे कि जिन छात्रों को वह उदारता से हायर सेकंडरी से आगे बढ़ाने की पहल कर रहा है, उन्हें विश्वविद्यालय स्तर पर परीक्षाएँ उत्तीर्ण करने में बाधा न आए।

(4) मात्र परीक्षा में न बैठने अथवा फार्म न भरने के कारण जो प्राइवेट और रेगुलर छात्र हायर सेकंडरी उत्तीर्ण न हो सकें, उनका साल न बिगड़े, इस दृष्टि से उन्हें उत्तीर्ण घोषित किया जाए। आशा है, शासन उक्त कदम शीघ्र उठाएगा।

पत्रकारिता अब भी सम्भावना है

जब से मैंने पत्रकारिता में पुरस्कार की बात सुनी है, कुछ कर गुजरने को आकुल हो गया हूँ। 15 मई अन्तिम तारीख है। मुझे लग रहा है कि इस क्षेत्र में मेरी प्रतिभा का स्पर्श होना आवश्यक है। (प्रतिभा या प्रतिभानुमा जो भी मूर्खताएँ हों।) मगर क्षेत्र अछूता है और थोड़ी कारगुजारी माँगता है। बिना किए बात बनेगी नहीं। साहित्य में आप देख ही रहे हैं। इतनी कलम घिसने के बाद इस स्तर पर नहीं पहुँच पाया कि पंचायत एवं समाज कल्याण विभाग मेरे लेखन को योग्य समझें। धरा क्या है साहित्य में! प्राइवेट आईना, शक्ल अपनी, वाह-वाह करनेवाला खुद लेखक। अपना भाष्य खुद करो, अपना अभिनन्दन स्वयं रचाओ। तिस पर भी जब ऊपर बैठा शख्स चाहे, आपको बौने की तुलना में बौना सिद्ध कर दे। पत्रकारिता में सम्भावनाएँ स्पष्ट हैं। इधर स्कूप लाओ, उधर इनाम प्राप्त करो। 15 मई अन्तिम तारीख है। तब तक अपनी पत्रकारिक उच्चता के प्रमाण मुझे प्रस्तुत करना है। मैं ताकझाँक कर रहा हूँ। मुझे भरोसा है, मेरे हाथ बटेर लगेगी। मेरे लिए शुभकामना व्यक्त कीजिए, यदि आप स्वयं पत्रकार न हों।

कटोरा उठाकर कह रहा हूँ—एक स्कूप का सवाल है भाई! जो दे, उसका भला; जो न दे, उसका जरा भी नहीं। परेशान हूँ, टोह में हूँ। कल कॉफी हाउस में मैंने पड़ताल की थी कि मंत्रिमंडल के परिवर्तन के विषय में पता लगे। वल्लभ भवन वालों से मुस्कुराकर पूछताछ की थी, एकाध गुप्त फाइल हाथ लग जाए। प्रथम पृष्ठ पर डबल कॉलम स्कूप तन जाए और यह सब जल्दी हो क्योंकि 15 मई अन्तिम तारीख है। इधर दो-तीन दिन से मैं इसी हड़बोंग में रहा मगर इन पंक्तियों के लिखने तक कुछ हाथ नहीं लगा। या तो मेरी मीडिऑक्रिटी आड़े आ रही है, जैसा साहित्य में हुआ, अथवा यह भूमि ही समाचारों का मरुस्थल है। कहीं कुछ नहीं बनता, परदेस क्या भेजें? मुझे एक स्कूप, एक नखलिस्तान चाहिए 15 मई तक।

यदि मैं नियमानुसार शुद्ध हीनभाव से ग्रस्त नहीं हूँ तो मुझे डर लगता है कि पत्रकारिता का पुरस्कार भी कोई बम्बई-दिल्लीवाला ले जाएगा। स्कूप वहीं के पेड़ों पर लगते हैं। अंग्रेजी में पकते हैं, हिन्दी में अनुवाद होकर उतरते हैं। इसे हीनभाव कहिए या कुछ, मगर दिल्ली-बम्बई में हिन्दी का पत्रकार अनुवादक भर है और उसके

लिए कोई इनाम नहीं। मुझे राष्ट्रभाषा का भविष्य इस क्षेत्र में भी उज्ज्वल नजर नहीं आता, क्षमा करें। टेबल पर बैठा शख्स स्कूप नहीं दिला सकता। मैं काफी हाउस तक जाकर प्राप्त न कर सका तो वह क्या करेगा कार्यालय में बैठे? आप कहें तो मैं समस्या पर अलग से लेख दूँ। खैर, छोड़िए।

यदि 15 मई तक मैं श्रेष्ठता का प्रमाण प्रस्तुत न कर पाया अथवा प्रस्तुत करने के बावजूद वह साधारण ही सिद्ध हुआ, जैसा कि मेरे मामले में अक्सर होता है, तो आश्चर्य नहीं कि मैं समस्या पर गम्भीरता से विचार करूँ! अर्थात् मैं प्रस्ताव रखूँ कि मध्य प्रदेश शासन को चाहिए कि वह राज्य में श्रेष्ठ खबर, श्रेष्ठ लेख, श्रेष्ठ सम्पादकीय लिखनेवालों को पुरस्कृत करे। वह ज्यादा से ज्यादा इनाम दे ताकि सम्बन्धों का माधुर्य बना रहे। राज्य शासन निश्चित ही मुझसे मधुर सम्बन्ध रखना चाहेगा, इस विश्वास के साथ प्रस्ताव करूँगा कि निर्णय ईमानदारी से हो जिससे मैं रह न जाऊँ। यदि तब भी मैं अयोग्य सिद्ध हुआ तो मैं पत्रकारिता पर संभागीय और जिलेवार पुरस्कारों की नम्र माँग करूँगा।

मगर यह सब बाद की बात है। अभी 15 मई तक मुझे तलाश है एक ऐसी दूर की कौड़ी की, जो पत्रकारिता में मेरा दखल प्रमाणित कर दे। मुझे भोपाल से उम्मीद है, मुख्यमंत्री और उनके खबर संसार से उम्मीद है, उस आलोक क्षेत्र से उम्मीद है जहाँ जानकारियाँ फूटती हैं। क्या कहीं कोई दमोह कांड नहीं घट रहा? न घट रहा हो तो घटे, क्योंकि मुझे एक जोरदार खबर चाहिए। हे खबर, टपक! हे इनाम, टपक! हे महत्ता, टपक! सिर्फ मुझ पर, सिर्फ मुझ पर टपक!

भीख : भारतीय शैली

भीख माँगने की सर्वश्रेष्ठ शैली भारतीय शैली है। जिस तरह इस देश में जो श्रेष्ठ है, वह सब द्विज वर्ग की, ब्राह्मण वर्ग की देन है। उसी तरह भीख माँगने की भारतीय शैली पर भी ब्राह्मण वर्ग का प्रभाव स्पष्ट है। हमारा देश उसी अदा से भीख माँगता है।

शूद्र का पेट कुलबुलाता है और वह हाथ पसारता है। वह तब जानता है कि वह भीख माँग रहा है जो नीचा काम है। मगर मजबूरी है। यदि न माँगी गई तो जीना कठिन है। वह अपनी हेय स्थिति स्वीकार करता है। वह एवज में सेवा करने के लिए भी तत्पर रहता है। वैश्य भीख नहीं माँगता। वह सौदा करता है। आप मुझे अभी दे दें, मैं आपको भविष्य में लौटा दूँगा, और अपेक्षाकृत अधिक लौटाऊँगा। यदि आपने उसे भीख दी और उसने चुपचाप ले ली, तब भी वह मन-ही-मन निर्णय करता है कि मैं इसे किसी रूप में या इसी रूप में वापिस करूँगा। क्षत्रिय भीख नहीं माँगता। वह या तो तलवार के बल पर वसूल करेगा अथवा स्वाभिमान कायम रख भूखा मर जाएगा। भीख उसके जीवन-दर्शन में नहीं आती।

पर ब्राह्मण जब भीख माँगता है तब यह स्पष्ट होता है कि भीख उसका अधिकार है। जो दे रहा है, उसका कर्तव्य है कि वह मुझे भीख दे। मुझे भीख देना अन्ततः देनेवाले के लाभ की बात है, और यह मेरी कृपा है कि मैं उसकी भीख स्वीकार कर रहा हूँ यद्यपि मैं भूखा हूँ, मर रहा हूँ पर ब्राह्मण हूँ। ऊँची शख्सियत है मेरी, और मुझे भीख देते समय दाता को अपनी निम्न स्थिति भूल नहीं जाना चाहिए। (बल्कि स्वीकार करना चाहिए।) मैं भविष्य में भी माँगूँगा। अभी, अतीत में अथवा भविष्य में भीख लेने से मैं छोटा नहीं हो जाता। यदि कोई मुझे इस भीख की याद दिलाएगा अथवा भिखारी सम्बोधित करेगा तो मैं क्रोधित होने का अधिकार रखता हूँ। इसलिए मुझे भीख देनेवाले की खैर इसी में है कि वह मुझे भिखारी न कहे और निरन्तर भीख देता रहे।

विदेशों से अनाज माँगने की भारतीय शैली यही है। हमें अनाज की सख्त जरूरत है पर इसका आप यह अर्थ न लें कि हम भूखे हैं। आप हमें अनाज देंगे तो हम लेंगे, यद्यपि हम कह नहीं रहे। पर हम अपेक्षा करते हैं कि आप स्वयं अनाज देने की बात उठाएँगे और देंगे। हम आपको बता देना चाहते हैं कि हम आत्मनिर्भर हैं, और रहना पसन्द करते हैं परन्तु यदि आप हमें अनाज देंगे तो हमें स्वीकार होगा। पर यह जान

लें कि यह हमारी आप पर कृपा और आप पर प्रकट हमारे विश्वास का सूचक है कि हम आपका दिया अनाज स्वीकार कर रहे हैं। आपको हम सुपात्र मानते हैं जो हमें भीख दे सकता है। यह सब अब आप पर निर्भर करता है कि आप हमें भीख देकर स्वयं को सुपात्र सिद्ध करें।

हम लगभग इसी प्रकार आजकल अमरीका से अनाज माँग रहे हैं। हममें इतना क्षत्रिय गौरव नहीं कि हम न लें और पचास हजार, एक लाख आदमियों को मर जाने दें, और इस बात पर डटे रहें कि हम माँगेंगे नहीं, खुद पैदा करेंगे। हममें यह वैश्य गुण भी नहीं कि अनाज के बदले कोई सौदा करें। न हम अपनी भिखारी अवस्था को शूद्र की तरह स्वीकार कर हाथ फैलाते हैं। पूरे अहं के साथ, रौब के साथ, दाता को हिकारत से देखते हुए हमें लाखों टन अनाज चाहिए। जिसे हमारी नजर में ऊँचे उठने की गरज होगी, वह देगा। और एक पिछड़े भूखे गरीब देश की नजर में अच्छा बनने की गरज किसे नहीं होगी?

किसिंजर आएँगे। यजमान स्वयं आएगा। वह दान देने की बात उठाएगा। यदि ऐसी बात उठी तो हमें उसका दान स्वीकार होगा। हम उससे माँगेंगे नहीं, पर वह स्वयं देगा। हम मन-ही-मन मना रहे हैं, अपने भूखे पेट पर हाथ रख कामना कर रहे हैं कि वह स्वयं अनाज की बात उठाएगा, नहीं तो आखिर वह यजमान इधर क्यों आ रहा है? क्या वह अपना कर्तव्य नहीं पहचानता? इसके अलावा यहाँ आने का उसका क्या उद्‌देश्य हो सकता है? यजमान, आओ! हमें भिक्षा देने के लिए करबद्ध निवेदन करो यजमान!

तन मेरा साबुन तेरा

स्मगलिंग का माल बेचनेवाली उस नन्ही-सी दुकान में जब मैंने टूथब्रश देखे तो मुझे जो दर्द हुआ, वह दाँतों के दर्द से कम नहीं था। वह दर्द परम भारतीय और पुराना गांधीवादी दर्द था, मगर था। तेज आधुनिक जीवन में ऐसे दर्द कोई माने नहीं रखते। मुझे आश्चर्य था कि क्या भारतीय दाँत इस हद तक सड़ गए हैं कि वे आयातित टूथब्रश से ही साफ किए जा सकते हैं? वहाँ विदेश से आए साबुन थे। लक्स था, जो भारतीय लक्स से सवाया बड़ा था तथा कुछ और साबुन। यह सच है कि कुल मिलाकर भारतीय त्वचा से दुर्गन्ध आती है मगर क्या उसके लिए हमारे बट्टे अपर्याप्त हैं? मैं सोच रहा था कि इन साबुनों और टूथब्रशों को कौन खरीदता होगा? मेरा शक उन भारतीय अभिनेत्रियों पर गया जो विज्ञापनों और विज्ञापन फिल्मों में अपने मोतिया दाँतों और कोमल त्वचा का प्रदर्शन भारतीय प्रोडक्ट के सन्दर्भ में करके विज्ञापन कम्पनियों से पैसा कमाती हैं और उस पैसे को स्मगलित माल खरीदने में खर्च करती हैं। मगर साबुन और ब्रश इतने ज्यादा थे और उसके ग्राहक ऐसे बदशक्ल और बेशेप थे कि फिल्म कम्पनियों से मील-भर दूर से गुजरने का भी अधिकार नहीं रखते। मैं आश्चर्य से बम्बई के गलियारों में खरीदने-बेचनेवालों और आयातित माल को देख रहा था। एक शख्स ने मेरी ओर घड़ी बढ़ाई। विदेशी घड़ी थी। मैंने झुककर समय देखा और आगे बढ़ गया।

इसीलिए जब आज मैंने खबर पढ़ी कि इन्दौर में पकड़े गए स्मगलिंग के सामान में नेल कटर्स भी थे तो मुझे आश्चर्य नहीं हुआ। राष्ट्रीय समस्याओं की तरह हमारे निजी नाखून भी इतने बढ़ गए हैं कि बिना विदेशी सहायता के सम्भवतः काटे नहीं जा सकते। पता नहीं, हमारी देशी सुन्दरियाँ किसे नाखून चुभोना या गुदगुदाना चाहती हैं कि स्मगलिंग से आए नेल कटर्स से ही वह सम्भव है?

हमारी अजीब मजेदार स्थिति है। सुबह स्मगल किए ब्लेड से अपनी शेव सम्पन्न कर, स्मगलिंग की क्रॉकरी में चाय-नाश्ता कर, स्मगल साबुन से नहाने के बाद हम स्मगल किए वस्त्रों को पहनकर स्मगल की गई घड़ी देखते समय से काम पर रवाना हो जाते हैं। सारा दिन मित्रों और सहयोगियों में देश की गिरती हालत पर आँसू बहाते हैं। दोपहर को आयातित गेहूँ की रोटियाँ खाकर, शाम को एक गन्दी विदेशी पाकिट

बुक खरीद स्मगलिंग का सामान बेचनेवाली दुकानों में ताक-झाँक, खरीद-फरोख्त करते किसी विदेशी चित्र में घुस जाते हैं। उस समय हमारी पत्नी या प्रेमिका स्मगल्ड साड़ी में लिपटी हुई स्मगल्ड पाउडर में महकती हमारे समीप होती है। देर रात हम आयातित परिवार नियोजन सामग्री का उपयोग कर शुद्ध भारतीय खर्राटे भरते सो जाते हैं। आश्चर्य नहीं, तब हमें सपने विदेश के आते हों! सुप्त मन में रह-रहकर उठता हो–हाय, कैसे मौका लगे और हम भी विदेश हो आएँ! वहीं बस जाएँ! ये साबुन, ये नेलकटर, ये शराबें, ये कपड़े स्थायी तौर पर हमारी आत्मा के अंग बन जाएँ!

मैंने स्वयं कई बार आयातित ब्लेड से चेहरा चमकाया है (विदेश से लौटे मित्र को धन्यवाद) और भारतीय ब्लेड बनानेवालों को कोसा है कि वे इतनी महीन धार की ऐसी ब्लेड क्यों नहीं बना सकते। जो ब्लेड भर कमजोरी है, वह इम्पोर्टेड कार भर भी हो सकती है। आश्चर्य की कौन बात है! गेहूँ में आत्मनिर्भरता की असमाप्त कोशिशों में सफल होने के बाद देश को ब्लेड, साबुन और नेलकटर्स में आत्मनिर्भरता का जंग छेड़ना होगा। मैंने एक मित्र से पूछा था कि यार, ये स्मगल का कीमती माल कौन खरीदता है? उसने कहा कि जो ब्लेड से कमाई करते हैं, वे खरीदते हैं। मैंने पूछा कि ब्लैक से चीजें कौन खरीदता है? उसने कहा, जो स्मगलिंग से कमाई करते हैं, वे। दोनों का, जिसे हिन्दी में कहते हैं, अन्योन्याश्रित सम्बन्ध है। मुहावरे में व्यक्त करें तो चोली-दामन का साथ है। यद्यपि आजकल चोली और दामन दोनों विदेश में स्मगल हो आ रहे हैं मगर सम्बन्धों की गहराई भारतीय है।

वह मित्र आदर्शवाद के मर्ज का मारा हो सकता है मगर उसने जो सलाह दी, काबिले-गौर है। शहर के बीच एक विराट गड्ढा खोद आग लगाई जाए जिसमें स्मगल से लाया गया सारा सामान जो दुकानों पर हो, गुप्त गोदामों पर या मानव-मानवी के शरीरों पर, छीनकर, खींचकर लाया जाए और स्वाहा कर दिया जाए। कपड़े, सेंट, नेलकटर्स, साबुन जो भी हों, स्वाहा। वैसी ही होली जलाई जाए, जैसे पहले विलायती कपड़ों की जलाई जाती थी। इस नए संस्करण में पूरा विलायती सामान जला दिया जाए। यह शौकीन लोगों और व्यवसायधर्मी सरकार को जोरदार गांधीवादी उत्तर होगा।

सरकार स्मगल का कपड़ा और दीगर सामान पकड़ती है और उसे स्वयं सहकारी बाजार आदि माध्यमों से बेचती है। इससे फैशन चालू रहता है। एक व्यक्ति के पास विदेशी माल देख दूसरा भी खरीदने की कोशिश करता है। एक महिला विदेशी साड़ी पहन पार्टी में जाती है, उसे देख दूसरी का दिल जलता है। वह भी खरीदती है। स्मगलिंग चालू रहता है। स्मगलरों को पकड़कर बेची गई साड़ी तथा सीधे स्मगल से खरीदी साड़ी में अन्तर क्या है? खरबूजा देख अन्य भारतीय खरबूजा भी रंग बदलने को आतुर हो जाता है और स्मगल की वस्तुएँ खरीदता है। जब डिमांड है तो सप्लाई के सारे जोखम व्यवसायी उठाता है। जब इस स्थिति की दोषी सरकार है तो उसे घड़ी या नेलकटर से अकारण उलझन क्यों होती है?

स्मगलरों की लीला-भूमि

आजकल शासन की दिव्य दृष्टि पुनः स्मगलिंग पर पड़ी है। अदाएँ वही रहती हैं पर बलाघात बदलते रहते हैं। कभी सरकार चोरबाजारी के खिलाफ, कभी मिलावट के खिलाफ और कभी इनकम टैक्स चुरानेवालों के या रिश्वत देने-लेनेवालों के खिलाफ कड़ा कदम उठाती है। कड़ा कदम एक शुद्ध सरकारी शब्द है, जो बहकता लड़खड़ाता रहता है, कभी सीधा नहीं पड़ता।

व्यापार का एक नियम है कि माल अपनी आवश्यकता की दिशा में सहज बहने लगता है। यदि सरकार नियमों का बाँध बाँध दे तो वह स्मगलिंग की गन्दी नालियों से रिसने लगता है। हमारे देश में आवश्यकता आविष्कार की जननी नहीं है। यहाँ माँ आवश्यकता ने दो पूत जने हैं : एक–भ्रष्टाचार, और दूसरा–स्मगलिंग। जिनके पास कालाबाजारी, रिश्वत आदि का पैसा है, उन्हें स्मगल किए गए विदेशी माल की जरूरत होती है। आज नव समृद्ध और गंदे दिमागवाले उच्च मध्यवर्ग में स्मगलिंग का सामान रखना स्टेटस सिंबल हो गया है। स्मगल किए कपड़े की पतलून पहने और स्मगल की साड़ी में अपनी जोरू को लपेटे जब ये डिनर के नाम पर जमा हो स्मगलिंग की दारू पीने का सेशन जमाते हैं तब अपनी गलत भोंडी अंग्रेजी में 'या-या' करते ये लोग एक दूसरे को अपना विदेशी सामान दिखाते हैं। कास्मेटिक्स, जेवर, टी.वी, टेपरिकॉर्डर, कैमरा, रिकॉर्ड प्लेयर, सिगरेट, लाइटर, बच्चों के खिलौने, रेजर, घड़ियाँ, ट्रांजिस्टर, अँगूठी और जाने क्या-क्या! आजादी के बाद कांग्रेस सरकार ने जिस पतनोन्मुख समाज की रचना की है और जिसके संवर्धन की सुरक्षा प्रदान की है, वह ब्ल्यू फिल्म और नंगी तस्वीरों के आदान-प्रदान में नागरिक स्वतंत्रता की अनुभूति करते हुए प्रसन्न है। काले बाजार और रिश्वत में पनप रहे इस वर्ग को स्मगलिंग के सामान की आवश्यकता है और व्यापार के नियम के मुताबिक सरकारी नियमों के बाँध के बावजूद यह माल तस्कर की गन्दी नालियों से रिसता रहता है। इसे सरकार अपने सारे नाटक के बावजूद कैसे रोकेगी? क्यों रोकेगी? क्योंकि वह भी तो इसी उच्च मध्यमवर्ग की एक राजनीतिक अभिव्यक्ति है!

यदि ऐसे शौकिया लक्जरी माल का देश में स्मगलिंग गलत है तो पकड़े गए माल को शासन सहकारी बाजार के माध्यम से क्यों बेचता है? वह बाजार में, समाज में,

उस फैशन, उस जरूरत को क्यों पैदा करता है? उसे नष्ट क्यों नहीं कर देता, या औने-पौने भाव विदेश को ही क्यों नहीं बेच देता?

हमारा देश स्मगलरों की लीला-भूमि है। बचपन में भूगोल में पढ़ते थे कि उत्तर में एक हिमालय पहाड़ है जिसे कोई लाँघ नहीं सकता। दक्षिण में एक विराट समुद्र है जिसे पार करना कठिन है। अब बड़े होने पर पता लगा कि पाठ्य-पुस्तकों में छपी वह खबर झूठी थी। इन पहाड़ों और समुद्र को पार कर चीनी फाउंटेनपेन, अमरीकन लिपस्टिक, जर्मन टी.वी. सेट से लेकर बड़ी से बड़ी चीज अन्दर आ जाती है जिसे देख सत्य, त्याग, आदर्श की परम्परा का ढिंढोरा पीटनेवाली इस देवभूमि के वासियों की जुबान से लार बहने लगती है। यहाँ के खादीधारी मंत्री की रूह इंपाला के आसपास भटकती है और उसमें घुस जाने को बेचैन रहती है। उस दिशा में प्रयत्न ही उसकी राजनीति बन जाता है। तब क्या आश्चर्य कि स्मगल का माल बटोर घर की शोभा बढ़ाना खाते-पीते देशवासी के अर्थशास्त्र का लक्ष्य बन जाए! पिछले दिनों देश के सभी बड़े और छोटे शहरों के चौराहों पर विदेशियों के उतरे हुए कपड़े पहने हुए और गंदे कपड़े ठेले पर सस्ते भावों बिके हैं और अधुनातन फैशन की दौड़ में पागल इस देश के लोगों ने उसे खरीदा है। पहनकर इतरा रहे हैं।

यह मानसिक गुलामी की पराकाष्ठा है कि हर कीमत पर हमें उतरा विदेशी कपड़ा पहनना स्वीकार है, देशी कपड़ा नहीं। यह पतनशील समाज और सरकार की गिरावट का निम्न बिन्दु है। ये क्या स्मगलिंग रोकेंगे? स्मगलिंग ने सीमान्त के कई गाँवों और शहरों को समृद्ध कर दिया है और ये समृद्ध लोग वहाँ की राजनीति और अफसरशाही को खरीद चुके हैं जो हमेशा बिकने को आतुर रहती है। कल मुझे कोई बता रहा था कि सूरत शहर में जरी का परम्परागत काम ठप्प है क्योंकि जरी के कारीगर स्मगलिंग के काम में लग गए हैं जिसमें जरीशिल्प की मेहनत की कमाई से कहीं ज्यादा मिलता है। जिस देश में उत्पादन से अधिक लाभ स्मगलिंग में होने लगे, उसका आर्थिक भविष्य क्या होगा, अनुमान लगाया जा सकता है। और भविष्य क्या, वर्तमान ही कहिए जो इन्हीं भ्रष्ट करिश्मों की देन है।

प्री-मानसिक टेस्ट

यदि लड़के एक साल कॉलेज नहीं गए तो विशेष अन्तर नहीं पड़ेगा। चले ही जाते हैं तो कौन फर्क पड़ता है! न गए तो शिक्षा विभाग का काम हल्का होगा, पुलिस का बढ़ जाएगा। जयप्रकाश राजनीति की कक्षाएँ लेंगे, प्रैक्टिकल की क्लासें सड़कों-चौराहों पर लगेंगी, पत्थर सन्नाए जाएँगे तो अनुशासन का काम प्राचार्य और उपकुलपति से हटकर आई.जी. पुलिस पर आ जाएगा। जो भी हो, छात्रों का ज्ञान बढ़ेगा। अनुभव बढ़ेगा। कॉलेज में यह सुख कहाँ! नुकसान कुंजियाँ बेचनेवालों का होगा। सर्वाधिक लाभ में प्राध्यापक रहेंगे। अभी आधे समय बिना पढ़ाए पूरा वेतन लेते हैं, फिर पूरे समय बिना पढ़ाए पूरा वेतन लेंगे।

एक मित्र बता रहे थे कि पिछले दिनों डॉक्टरी के उम्मीदवार बननेवाले छात्रों ने साधारण ज्ञान के पर्चे में बड़े मजेदार उत्तर दिये। मजेदार से अर्थ यह नहीं कि वे कोई मजे-मजे में उत्तर दे रहे थे। जी नहीं। वे अत्यन्त गम्भीर थे और पूरी गम्भीरता से अपना ज्ञान दिखा रहे थे। वह ज्ञान साधारण नहीं था, असाधारण था, जो निरन्तर न जानने से मिलता है। वे सब डॉक्टर होना चाहते थे। इंजेक्शन खोंसने, चीरफाड़ करने, अपने प्रिय सेल्समैन की प्रिय कम्पनी की दवाइयाँ लिखने का अधिकार चाहते थे। मरीज मरते-जीते रहें, हमारा जीवन सुखी हो—बस! यही असली ज्ञान है।

प्रश्न था—साँभर झील कहाँ है? उत्तर था—मेडिकल कॉलेज की बाजू में। प्रश्न था—मक्का कहाँ है ? उत्तर अनेक थे : मक्का पाकिस्तान में है। मक्का अफगानिस्तान में है। मक्का मदीना में है। तीसरे प्रकार के उत्तर देनेवाले के प्रति मेरी सहानुभूति है। मक्का के साथ मदीना लगा रहता है। जैसे मक्का तहसील, मदीना जिला हो या मक्का शहर और मदीना प्रान्त। मक्का मदीना।

प्रश्न था—माउंट एवरेस्ट कहाँ है? उत्तर थे—अमरीका में। तिब्बत में। पूरा भ्रम पहाड़ के अंग्रेजी नाम के कारण था। अंग्रेजी नामवाले पहाड़ अमरीका में होते हैं। छात्र को यह आशा नहीं थी कि आजादी के इतने सालों बाद भी सरकार ने पहाड़ को देशी नाम नहीं दिया होगा। तिब्बत में होने की कल्पना भी वाजबी थी। पहाड़ प्रायः उसी तरफ होते हैं।

प्रश्न था–बिस्मिल्ला खान कौन है? जवाब था–मुस्लिम लीग के एक लीडर। यदि अपने विषय में यह उत्तर बिस्मिल्लाह को पता लग जाए तो उन्हें समझ न पड़े कि शहनाई लेकर इस देश में कहाँ सिर छुपाएँ! जो बेचारे जिन्दगी भर से शहनाई फूँक रहे हैं, वे साधारण ज्ञान की एक फूँक में उड़ गए। चोट माओत्से-तुंग पर भी कम नहीं हुई। उन पर प्रश्न का उत्तर था–एक चीनी यात्री। श्री श्रीप्रकाशचन्द सेठी समझते हैं कि उनके मुख्यमंत्री होने की सबको जानकारी है। जी नहीं। एक छात्र ने लिखा था–मध्य प्रदेश के मुख्यमंत्री श्यामाचरण शुक्ल हैं। आदाबर्ज! कर लो, क्या करते हो!

और भी गीत हैं, जो दिखलाता हूँ।

प्रश्न था–लाल इमली? जवाब था–खाई जाती हैं।

प्रश्न था–पार्क डेविस? जवाब–इंग्लैंड का खूबसूरत पार्क।

प्रश्न–कार्डिओग्राम? उत्तर–रेडियोग्राम का एक प्रकार।

मेरे खयाल से कस्तूरबा ग्राम पूछने पर भी वह यही उत्तर देता।

प्रश्न–ब्लड बैंक? उत्तर–हृदय में होता है।

जी, छंद और बेछंद पसन्द करें। ये अमर गीत, और जो तुरन्त मरे। यह गीत यहाँ सूने में लिखा था और यह गीत वहाँ पूने में लिखा था। जी, और भी वेरायटी हैं, दिखलाता हूँ।

प्रश्न–आगा खान कप? उत्तर–ओबेदुल्ला खान हॉकी टूर्नामेंट का एक कप।

प्रश्न–दक्षिण ध्रुव किसने खोजा? उत्तर मिला–कोलंबस ने खोजा।

यह कम्बख्त खोज की क्रिया ही कोलंबस के साथ ऐसी चिपक गई है कि जब किसी खोज का नाम याद न आए तो लिख दो–कोलंबस।

आप प्रश्न करेंगे कि इन सब बातों से छात्र का डॉक्टर होने से क्या सम्बन्ध? मैं कहता हूँ, सही है। किसी भी बात का, किसी भी बात से, कुछ भी होने से क्या सम्बन्ध? जो होता है, उसे होना है। जिसे करना है, वह करेगा। चला आता है सो चला जाएगा। यह क्या, वह क्या, सब बेकार की बातें हैं। कॉलेज या कॉलेज के बाहर या दोनों जगह न होने से क्या अन्तर पड़ता है? या होने से? पार्क डेविस या माओत्से-तुंग या ब्लड बैंक, लाल इमली, माउंट एवरेस्ट, बिस्मिल्लाह खान या साँभर लेक सब हैं। होंगे। हमें इनके होने से क्या मतलब? कुछ को डॉक्टर होना है, कुछ को कॉलेज नहीं जाना है। जैसा जो भी, चलता रहे। क्या मतलब?

ग्राहक की मर्जी। अच्छा, जाता हूँ। जी, बिलकुल अन्तिम और दिखाता हूँ।

प्रश्न था–भारत इलेक्ट्रॉनिक्स कहाँ हैं? जवाब–भोपाल में। और विविध भारती? जी, फरमाइशी गानों का एक कार्यक्रम। और शरद जोशी कौन हैं? एक स्तम्भ।

बताइए, तिरछा होकर किसके सिर पर गिरूँ? मुझे शासन के सिर पर गिरना चाहिए। जिस पीढ़ी को प्रश्न पूछने का अधिकार मिल गया है, उससे उत्तर क्यों पूछे जाते हैं?

पठन-पाठन का रणक्षेत्र

देश के सारे पुराने किलों को दुरुस्त करने का समय आ गया है। एकाएक मुझे सब उपयोगी लगने लगे हैं। दीवारों की टूट-फूट ठीक की जाए, चारों ओर खुदी हुई खाइयों को पानी से लबालब भर दिया जाए और उस पानी को नावों से वंचित रखा जाए। सारा काम डेढ़-दो माह में हो जाना चाहिए। किलें की बुर्जों को ठीक करो ताकि पहरेदार वहाँ खड़े रह सकें। किले के दरवाजे से खाई पर गुजरनेवाले पुल को जंजीरों से बाँध दिया जाए ताकि खतरे का अहसास होते ही जंजीरों से पुल अपनी ओर खींचा जा सके। जो तोपें अजायबघरों और बच्चों के पार्कों में व्यर्थ पड़ी हैं, उन्हें फिर किले की दीवार पर लगा दिया जाए। इनका आतंक पुनः स्थापित करने का समय आ गया है। दूरबीनें फिट कर दी जाएँ ताकि किले की ओर आते युवक या युवकों के जत्थे देखे जा सकें और उनकी गतिविधियों की टोह ले तुरन्त सुरक्षा की कार्रवाई की जा सके। माह भर में यहाँ सारा इंतजाम पुख्ता हो जाना चाहिए। इसके बाद देश के सारे विश्वविद्यालयों को इन किलों में शिफ्ट कर दिया जाए। दिल्ली विश्वविद्यालय दिल्ली के किले में और आगरा विश्वविद्यालय आगरे के किले में। जहाँ किले नहीं हैं, वहाँ किले ताने जाएँ। ऊँची मजबूत दीवार, चारों ओर खाई और ठोस दरवाजे, जिसके अन्दर उपकुलपति और उनका लवाजमा सुरक्षित रहे। आज खतरा चारों ओर से है, जोखिम का काम हो गया है पढ़ाना। पक्की सुरक्षा जरूरी है। वाइस चांसलर से लेकर कॉपियाँ जाँचनेवाले अदना प्रोफेसर तक की सुरक्षा जरूरी है। पूरे विश्वविद्यालय की सुरक्षा। एक माह में सब काम पक्का हो जाना चाहिए क्योंकि सत्र आरम्भ होने के खतरनाक प्रहर में अब अधिक देर नहीं है।

शिक्षा मंत्री अपने भाषणों में वीर प्राध्यापकों को आह्वान करें कि वे सिर पर कफन बाँधकर पठन-पाठन के रणक्षेत्र में टूट पड़ें। प्राण-रक्षा के लिए प्राध्यापकों को घातक शस्त्र रखने की इजाजत दी जाए। सारा काम चाकचौबन्द हो।

इस स्थिति को कदापि मानवीय नहीं कहा जा सकता है कि एक अकेला प्राध्यापक छात्रों की बड़ी कक्षा में पढ़ाने के नाम पर निहत्था छोड़ दिया जाता है। हर पैंतालीस मिनट बाद उसका कक्षा में जीवित लौट आना अपने में एक चमत्कार है। प्राचीन रोम में भूखे शेरों के बीच अपराधी को छोड़ लोग जीवन-मृत्यु का तमाशा

देखते थे। मगर बाद में इस प्रथा का विरोध हुआ और उस असहाय व्यक्ति को मरने-जीने का निर्णायक खेल खेलने के लिए तलवार दी जाने लगी। हमें भी व्यवस्था में मानवीय दृष्टि से सुधार कर प्राध्यापकों को आत्मरक्षा की सुविधा देनी चाहिए। जो छात्रों का शिक्षा-बोध हो, वह शिक्षकों के लिए मृत्यु-बोध क्यों हो? हो तो कब तक? आखिर प्राध्यापकों को भी जीवन जीने का अधिकार है। निहत्थे मरने के लिए तो उन्होंने छायावाद पर पी-एच.डी नहीं किया। प्रबुद्ध व्यक्तियों के रूप में राष्ट्र के जीवन में प्राध्यापकों की विशिष्ट भूमिका है, जैसे—कॉपियाँ जाँचना (बोर्ड और विश्वविद्यालयों की), प्रश्नपत्र बनाना, मौखिक सवाल पूछने के लिए दूर की यात्राएँ करना; जातिवालों, रिश्तेदारों, विभाग के अफसरों के लड़के-लड़कियों को प्रथम श्रेणी दिला उनके तथा अपने जीवन को सार्थक बनाना, विश्वविद्यालय अनुदान आयोग की दरों पर वेतन लेना, डीन ऑफ फेकल्टी हो जाना, पाठ्यक्रम में हेरफेर करना आदि। अधिकाधिक पी-एच.डी करवा शोध के जंगलों का विकास, तबादला होने पर रुकवाने का प्रयास, जिसमें असफल होने पर चले जाना और प्रयत्न जारी रखना आदि नाना प्रकार के बौद्धिक कार्य प्राध्यापक नस्ल के महानुभवावों द्वारा सम्पन्न किए जा रहे हैं। छात्रों द्वारा मारे-पीटे जाने की फौजदारी स्थितियों में इन कार्यों में बाधा आती है। सुरक्षा व्यवस्था अतः जरूरी है। मेरा प्रस्ताव है कि शिरस्त्राण और कवच प्राध्यापकों के लिए अनिवार्य कर दिया जाए। जो नहीं पहनना चाहते, वे लिखकर दें कि ऐसा वे अपनी जोखिम पर कर रहे हैं।

शिक्षा विभाग चाहे तो मैं सुरक्षा की पूरी योजना प्रस्तुत कर सकता हूँ। हर कक्षा में प्राध्यापक की मेज के चारों ओर बुलेटप्रूफ काँच का घेरा लगाया जाएगा। प्राध्यापक भूमिगत सुरक्षित कक्षों में रहेंगे। पीरियड लगते ही वे ऊपर उठती कुर्सी पर बैठ सीधे कक्षा के अन्दर आएँगे और सीधे लेक्चर देने लगेंगे। समय खत्म होने पर अथवा छात्रों की ओर से खतरा नजर आते ही प्राध्यापक बटन दबाएगा और कुर्सी जमीन में उतर जाएगी। छात्र रूबरू अपने प्रोफेसर से प्रश्न नहीं कर सकेंगे। वे फोन करें, जवाब मिलेगा। परीक्षा के लिए तैयार होने पर छात्र कॉलेज को सूचित करेगा और तभी उसकी परीक्षा ली जाएगी। प्रश्नों के उत्तर वह कम्प्यूटर में डाल देगा और कम्प्यूटर्स मार्क्स दे देंगे। उसे बता छात्र डिग्री ले लेगा। मेरी योजना पुख्ता है और बड़ी विस्तृत। जो लोग शिक्षा के भविष्य को लेकर चिन्तित हैं, बीसवीं सदी के रामबाण नुस्खे के लिए मुझसे सम्पर्क करें। शहर में हमारा निवास कुछ ही दिनों रहेगा अतः जल्दी करें। पता-30/1, साउथ टीटी नगर, भोपाल (म. प्र.)

छोटे संवादों के सम्बन्ध

परिचितों में परस्पर सम्बन्ध के कई आयाम होते हैं। एक है–संवादहीनता की स्थिति; अर्थात् वे परिचित हैं पर एक-दूसरे को आते-जाते कनखी से देख भर लेते हैं और इस सूचना का आदान-प्रदान हो जाता है कि हमारा अस्तित्व है। दूसरी–संवाद की स्थिति है जिसमें कई उल्टे-सीधे विषयों पर परस्पर सहमति और असहमति खुली तौर पर व्यक्त की जाती है। वाक्य लम्बे होते हैं, अक्सर अकारण भी होते हैं पर अन्तर में कोई जाला नहीं रहता। नाली रुकी नहीं रहती, बह जाती है। पर तीसरा एक और सम्बन्ध है–छोटे संवादों का सम्बन्ध। यह मजेदार, पर अधिकांश होता है। इसमें दो शख्स एक-दूसरे से छोटे संवादों में बात करते हैं। यदि एकाध वाक्य लम्बा बन भी गया तो दूसरा छोटा बन जाता है।

वर्गभेद के कारण कहिए या हजारों वर्ष से राजा-प्रजा संवाद के कारण, हमारी भाषा में छोटे शब्दों की पूँजी इस कारण बड़ी मात्रा में है। चूँकि स्वीकार करने की स्थिति जीवन में अस्वीकार के अनुपात में अधिक होती है अतः 'हाँ' शब्द जितने अन्दाज और इशारों से कहा जाता है उतने 'नहीं' के रूप नहीं मिलते। 'हाँ', 'हूँ', 'जी', 'हाँजी', 'आज्ञा', 'जैसी आज्ञा', 'हुकुम', 'जो हुकुम', 'यस', 'या', 'ओ. के', 'समझ गया', 'हो जाएगा', 'जैसा कहें', 'ठीक', 'बजा फरमाया', और अपने मालवा में 'हो'। इसके अतिरिक्त, बिना इन शब्दों को बोले भी यह सहज स्वीकार प्रदर्शित किया जा सकता है, जैसे–सिर झुकाकर, हाथ से हाथ बाँधकर, नजर नीची कर, गर्दन हिलाकर, हाथ पीछे बाँध पूरे शरीर को स्वीकृतिसूचक अन्दाज में हिलाकर, कमर झुकाकर, घुटनों में खम देकर। अर्थात् यों ये शब्द छोटे हैं पर विशिष्ट क्रियाओं द्वारा इन शब्दों का पूरी तरह लोप हो जाता है।

हमारे यहाँ सभ्यता का एक आग्रह यह भी है कि जब आप बड़ों के सामने खड़े रहें तो ज्यादा न बोलें। बड़ों के सामने लम्बे वाक्य कहना असभ्यता की श्रेणी में आता है। आपका सिर झुका हो या न हो, पर वाक्य छोटे हों। इस दृष्टि से यह भाषाशास्त्र और समाजशास्त्र के अध्ययन का विषय है कि क्यों भाषा में स्वीकृतिसूचक सारे वाक्य या शब्द अत्यन्त छोटे बनते हैं? प्रेम सम्बन्धों में भी लगभग ऐसा ही असन्तुलन है। आग्रहों के वाक्य बड़े लम्बे-लम्बे होते हैं और आग्रह को स्वीकृति एकाध शब्द

में या सिर्फ आँखें झुकाकर दी जाती है। जैसे लम्बे आवेदन-पत्र के कोने में अफसर ने छोटे-छोटे दो शब्द लिखकर स्वीकृति दे दी हो! इस तरह भाषा के तीन स्तर रह जाते हैं : ज्ञान, तर्क, दर्शन की वह उच्च भाषा जिसमें ऊपर के वर्ग के लोग परस्पर संवाद करते हैं। मालिक और दास की बातचीत जिसमें स्वीकृतिसूचक वाक्य छोटे तथा आदेश वाक्य अथवा आप्त पुरुष द्वारा कहे गए वाक्य लम्बे होते हैं। तीसरी दबे हुए सेवक या दास वर्ग की परस्पर बातचीत करने की गाली-गलौच भरी भाषा। इस प्रकार दो प्रकार की भाषाएँ विकसित हो जाती हैं : एक उच्च वर्ग की गरिष्ठ जिसके कवि-लेखक दूसरे ही होते हैं तथा दूसरे वे, जो निम्न वर्ग के साथ रह जैसा जीवन जीते, वैसी भाषा लिखते हैं। हिन्दी साहित्य में प्रांजल्य और अक्खड़ी के ऐसे रूप मिल सकते हैं। पर ऊपरी तौर पर समाज में छोटे वाक्यों के सम्बन्ध प्रधान रहते हैं, जैसे–सैनिक और किसान, राजा और कारीगर की बातचीत। भाषा में छोटे संवादों की शक्ति विकसित करने की क्षमता है और समझदारी मौन से जुड़ जाती है। अनुभवी लोग चुप हो जाते हैं, गुरु आत्मरक्षा के दाँव छुपाने लगते हैं और खामोशी को एक किस्म की अभिव्यक्ति मान लिया जाता है। महाकाव्य के रचयिता दरबारों में पुरस्कृत होते हैं और दो पंक्तियों के दोहे लिखनेवाले जनता में लोकप्रिय। भाषा में साफ-साफ दो वर्ग देखने में आते हैं। इस दृष्टि से हिन्दी के लेखन का अध्ययन किया जाए तो वह बड़ा रोचक होगा। कालान्तर में भाषा के ऐसे भिन्न रूपों को एकीकृत करने में दिक्कत भी होती है। हिन्दी की पूरी शब्दावली उन दो भिन्न वर्गों से आई है जिनके परस्पर सम्बन्ध छोटे संवादों के रहे हैं।

अब उदाहरण के लिए, आप स्वीकृतिसूचक वाक्य लम्बे बनाइए। जैसे बजाय 'जी' कहने के आप कहिए, 'मुझे स्वीकार है', या 'मैं मंजूर करता हूँ', तो इसमें आप अपनी शक्ति के अहसास से भरपूर लगते हैं। लगता है, आप आवेदन स्वीकार कर रहे हैं। स्वयं को छोटी स्थिति में ले जाइए तो लम्बे वाक्य की जगह छोटे शब्द आ जाएँगे। आप 'जी', 'यस', आदि बोलने लगेंगे।

स्वीकार करने के तीन शब्द 'हाँ', 'जी' और 'यस' का भी लम्बा इतिहास है। 'हाँ' हजारों साल पुराना है, 'जी' मुस्लिम शासन तंत्र के साथ आया, 'यस' अंग्रेजों के समय से। इसमें 'हाँ' सबसे प्रचलित है पर अफसर से बोलते समय कोई सेवक अपनी भाषा में गरिमा लाने के लिए बजाय 'हाँ' के 'जी' कहेगा। 'हाँ' कहना गँवारूपन, पिछड़ापन है, 'जी' कहना सभ्यता का सूचक है, 'यस' कहना उससे भी अधिक नई सभ्यता का। यों देखिए तो 'हाँ' और 'जी' का एक ही अर्थ है पर उच्च वर्ग आपके मुँह से बजाय 'हाँ' के, 'जी' सुनना पसन्द करेगा क्योंकि वह सेवक वर्ग के भी उसी तबके से सम्बन्ध-संवाद पसन्द करेगा जो अपने निम्न वर्ग से टूटकर भाषा बोल रहे हों। जैसे कुछ लोग अमेरिकन प्रभाव की बजाय 'यस' के 'या' कहते हैं। पर आपस में कहते हैं। अफसर से 'यस' कहते हैं। सीधे खुले सम्बन्धों की अमरीकी

प्रशासन शैली की बजाय हमारे यहाँ ब्रिटिश शैली है, 'यस सर' वाली। 'हाँ' कहना तो बदतमीजी है।

समाज की प्रवृत्तियों का भाषा पर प्रभाव पड़ेगा और भाषा का साहित्य पर, यह जानी-मानी बात है। पर इनके परस्पर सम्बन्धों के अध्ययन का काम दुष्कर और जोखम से भरा है। गलतियाँ हो सकती हैं। बदलते युगों के साथ भाषा ने प्रायः छोटे वाक्यों की शक्ति को विकसित किया है या भुलाया है। रोजमर्रा जीवन में 'जी', 'जी हाँ', 'यस' करते हुए हमें यह बात खयाल नहीं आती, पर वह है अवश्य।

यहाँ-वहाँ

उस दिन विलेपार्ले स्टेशन पर मैंने वह दृश्य देखा जिसे अखबारी भाषा में छात्र-आन्दोलन कहते हैं। घोषणा हो चुकी थी कि गाड़ियाँ मुम्बई सेंट्रल से आगे नहीं बढ़ेंगी। मैंने एक से पूछा—बात क्या है तो किसी ने बताया कि उधर कुछ स्टुडेंट्स का लफड़ा हो गया है। मुझे नटराज होटल जाना था सो मैंने सोचा, मुम्बई सेंट्रल से टैक्सी कर लूँगा। तभी पारला या कहें, विलेपार्ले स्टेशन पर विरार की बाजू जानेवाली एक रेल आई जिसके हर डिब्बे से लटके लड़के नारे लगा रहे थे। रेल रुकी और शायद आधे मिनट बाद एक बोगी धू-धू करके जलने लगी। मैं उसी प्लेटफार्म पर था और मुझे एकाएक अहसास हुआ कि मैं एक भीषण अग्निकांड के बीच में हूँ। लोग इधर-उधर भाग रहे थे। बाद में जब स्टेशन जलने का डर लगने लगा तो पुलिस ने सबको स्टेशन के बाहर कर दिया। सब बोले—लड़कों ने पेट्रोल छिड़क बोगी जला दी। उस शाम फोर्ट की सड़कों पर कार के काँच बिखरे थे तथा जगह-जगह शीशे टूट चुके थे। मुझे लगा था, तब की स्थिति अत्यन्त तनावपूर्ण है और यहाँ परीक्षाएँ नहीं होंगी। मगर आज देख रहा हूँ कि परीक्षाएँ शान्ति से चल रही हैं। मैं अपने और इन छात्रों के बीच खड़ा हूँ क्योंकि तनाव से शान्ति और शान्ति से पुनः तनाव की स्थिति तक आते हुए हमारी अपेक्षा इन्हें बहुत कम समय लगता है।

फोर्ट में म्यूजियम की दीवार जिसे जनता जनार्दन रात-बिरात सार्वजनिक मूत्रालय के रूप में प्रयोग करती रही है, अब वैसी नहीं रही। सुप्रसिद्ध चित्रकार आरा और उसके साथियों ने पुती दीवार पर गहरे रंगों का प्रयोग कर धार्मिक चित्र बना दिए। देवी, देवता, गणेश, शिव, हनुमान, साईंबाबा, क्राइस्ट, मस्जिद की मीनारें, सर्प आदि के एक लम्बे सुन्दर कोलाज के कारण अब वह दीवार दर्शनीय और पवित्र हो गई है। मुझे यह बात बहुत पसन्द आई। जो संस्थाएँ अपनी बाहरी दीवारों को पुरुष समूह के नैसर्गिक आक्रमण की गन्दगी से बचाना चाहती हैं, उन्हें चाहिए कि नगर के चित्रकारों को आमंत्रित करें। समस्या भी सुलझेगी और शहर भी सुन्दर लगेगा। यों भी जरूरी है कि नगर के सौन्दर्य को बढ़ाने की योजना में चित्रकारों का योग लिया जाए। पूरे लैंडस्केप को यदि उपयुक्त सन्तुलन, रंगयोजना दी जाए तो नगर सुन्दर लग सकते हैं। एक वृक्ष, एक दीवार, एक पत्थर या थोड़ी-सी हरी घास से सौन्दर्य

आ जाता है। नगरपालिकाओं को यह भ्रम है कि पुतले लगाने से नगर सुन्दर लगता है। पर्यटक विभाग को भ्रम है कि पुतले लगाने से नगर सुन्दर होता है! और ये भिन्न दृष्टियाँ कुल मिलाकर जो घोटाला करती हैं, उसी का नाम भारतीय शहर है। अब नगर बल्कि गाँव-कस्बों के विकास में चित्रकारों का योग लिया जाना चाहिए। घबराने की बात नहीं क्योंकि कोई जरूरी नहीं कि चित्रकार की दृष्टि से खर्च बढ़े ही, बल्कि हो सकता है, कम हो जाए।

गुजराती में 'गजल' कविता का एक मेजर फार्म है। उर्दू के प्रभाव में पनपी पर धीरे-धीरे इसने एक स्वतंत्र व्यक्तित्व अख्तियार कर लिया। उस शाम विद्या भवन में मैंने गजलों के विकास पर एक कार्यक्रम 'महफिल' देखा। उर्दू गजल के विकास का स्वरूप बताने के बाद गुजराती गजल की आरम्भिक रचनाओं से लेकर आज के कवियों की गजलों को गायकों तथा गायिकाओं की मंडली ने प्रस्तुत किया। साथ ही स्लाइड तथा एक मधुर कमेंटरी। अपनी परम्परा को समझने की लफ्फाजी करना और उसे वास्तव में समझना या समझाने का ठोस प्रयास करना—इन दोनों बातों में गहरा अन्तर है। 'महफिल' का यह आठवाँ प्रदर्शन था। जिस भाषा ने यह मिजाज अपना लिया हो कि अपने समस्त पूर्ववर्ती लेखन से नफरत की जाए, फतवे दिए जाएँ, वहाँ इतिहास या परम्परा को समझने की ऐसी हार्दिकता नहीं मिलेगी। यों स्वार्थवश या दिखावे के लिए कबीर, खुसरो या मुक्तिबोध के नाम का उपयोग करना अलग बात है।

मैंने पीटर सेलर्स का वह प्रसिद्ध चित्र 'दि पार्टी' देखा जिसका प्रदर्शन पिछले वर्ष दिल्ली में इसलिए रोक दिया गया था चूँकि उसमें हिन्दुस्तानी आदमी का मजाक उड़ाया गया था। मुझे ऐसा नहीं लगा। पीटर सेलर्स ने विदेश के वातावरण में अपने आन्तरिक हीनभाव में जीते तथा भारतीय स्कूलों में सीखी किताबी अंग्रेजी बोलनेवाले बख्शी नामक एक चरित्र को प्रस्तुत किया है जो सोलहों आना खरा उतरा है। यह किसने कहा कि हम विदेश में मजाक का पात्र नहीं बनते? यों फिल्म बाद में ऊलजलूल हो गई है पर पार्टीवाले अंश में सेलर्स ने भारतवासी का जो चरित्रांकन किया है, वह कमाल है। धीरे-धीरे वह दर्शकों की सहानुभूति अर्जित कर लेता है क्योंकि समस्त हीनभाव एवं अयोग्यताओं के बावजूद उस भारतीय में एक आन्तरिक शक्ति और उत्साह है। खलनायक उससे क्रोध में पूछता है—'वाट डू यू थिंक यू आर?' बख्शी उत्तर देता है—'वी डांट थिंक वाट वी आर, वी नो वाट वी आर।' मुझे यह उत्तर अच्छा लगा। क्योंकि क्या हम निरन्तर अपनी कमजोरियों को जानते हुए उसे शक्ति में बदलने का प्रयत्न नहीं करते? और अपना मजाक बनता देख अपने विषय में कुछ सही सूचनाएँ तो हमें मिलती ही हैं।

बनते-बिगड़ते प्रतीक

जिन बल्लियों पर कांग्रेस का तम्बू तना था, उसमें घुन लगने लगे हैं। घुन वही हैं जो हमेशा लगते रहे हैं। पर कांग्रेस हमेशा बल्लियाँ बदल लेती है। गरीबी हटाव और समाजवाद लगाव की जिन वैचारिक बल्लियों पर तम्बू तना था, वह जर्जर होने लगी है और उसे एकाएक 'प्रजातंत्र बचाव' की बल्ली से बदलना सम्भव नहीं है। बचाव की गुहार जनता शासन के मुँह से नहीं सुनना चाहती। जब कांग्रेस विपुल बहुमत में आई थी तब यही 'प्रजातंत्र बचाव' की गुहार विरोधी दल लगा चुका है पर लोगों में भय उत्पन्न नहीं हुआ। कांग्रेस और इन्दिरा गांधी ने उस विराट बहुमत का कोई उपयोग नहीं किया। प्रिवीपर्स और बैंक राष्ट्रीयकरण की स्मृतियाँ दूर जा पड़ी हैं। एक किसान का ताल्लुक तो सहकारी बैंक से आता है और वे अक्सर ही जिला स्तरीय भ्रष्टाचार के अड्डे बन चुके हैं। कोई आर्थिक क्रान्ति नहीं हुई। कांग्रेस चुनाव जीतने के तुरन्त बाद अफसरशाही की भीगी बिल्ली बन जाती है। वह सचिवों के चश्मे से समस्याएँ देखने लगती है और कलेक्टर के कंधे पर हाथ रख लड़खड़ाती हुई जिले में चलती है। नतीजा यह होता है कि वह अपनी जमीन पर हेलिकॉप्टर से उतरती है। हेलिकॉप्टर कांग्रेस का मृत्युचिन्ह है। यह जिस आसमान में उड़ता है, वहीं की हवा बिगाड़ देता है। लोग ऐयाश कांग्रेस के सीधे शत्रु हो जाते हैं। उसमें से उतरकर कोई नेता कैसे लोगों को गांधीजी की याद दिलाता होगा?

कांग्रेस के चोट खानेवाले पेशेवर सीने पर जबलपुरी घाव जरा गहरा है, पर मेरे खयाल से अब सभी विधानसभाई मित्रों को ऐसी चोट के लिए स्वयं को तैयार कर लेना चाहिए। कांग्रेस को अफसोस है कि वह सेठ गोविन्ददास और जगमोहन दास की जमीन थी। दासों की इस चुनाव भूमि का मालिक अपोजीशन कैसे हो गया? क्या यह सवाल इस मौके पर पूछा जा सकता है कि सेठ गोविन्ददास स्वयं कांग्रेस की नजर में क्या थे? जिस हिन्दी के लिए वे चिल्लाया करते थे, उसकी भोपाल के सचिवालय में क्या इज्जत है? स्व. जगमोहन दास जब स्वायत्त शासन मंत्री थे तब कहते थे कि आजादी के बीस साल बाद हर भारतवासी को हमें कम-से-कम एक गिलास साफ पानी की गारंटी देना चाहिए। सात साल और हो गए। क्या कांग्रेस एक गिलास साफ पानी दे सकती है हर मध्य प्रदेश वाले को? इसलिए नारों का या व्यक्ति

की स्मृति का सन्दर्भ चुनाव नहीं जिता सकता क्योंकि कांग्रेस स्वयं उन व्यक्तियों के अनुसार नहीं है। अतीत और भविष्य, पुरानी यादें और नारे, दोनों बेमतलब हैं। आज का आदमी वर्तमान की कड़ी वास्तविकताओं से चोट खाया है। कांग्रेस का उसके लिए क्या उत्तर है? गोविन्ददास अतीत है, शरद यादव भविष्य है। इस रस्साखींच में यदि वोटर शरद यादव की ओर झुका है तो यह स्वस्थ चिन्ह है कि उसकी निराशा इस हद तक नहीं बढ़ी कि वह मुकाबला करने तक को राजी नहीं। जो लड़ सकता है, वह जीवित रह सकता है। जिसने हाथ टेक दिए, वह सुरक्षित मरेगा।

एक आदमी का कांग्रेस से कोई ताल्लुक नहीं आता। उसका रोजमर्रा ताल्लुक उस अन्याय और पक्षपात में आनन्द अनुभव करनेवाले भ्रष्ट अफसर और बाबूतंत्र से आता है जिसे कांग्रेस निरन्तर प्रश्रय देती है। इस तरह उसकी लड़ाई अस्पष्ट और दुहरी हो जाती है। बात सिर्फ महँगाई तक नहीं है। बात गहरी और उलझी हुई है। कांग्रेस चुनाव के पूर्व शत्रु के रूप में एक प्रतीक चुनती है और उसे पराजित कर जनता की लड़ने की आकांक्षा से जुड़ जाती है और जीत जाती है। वह प्रतीक से लड़ती है और यह भ्रम उत्पन्न करती है कि वह प्रतीक की मूलाधार ताकत से लड़ रही है। पर पिछले दिनों यह जल्दी-जल्दी प्रतीक चुनने और दिखाऊ फाइट करने का सिलसिला कुछ ऐसा बढ़ गया है कि लोग प्रतीक की पराजय के तमाशे से प्रभावित नहीं होते। वे कांग्रेस से फाइट करने के लिए खुद अपने प्रतीक तलाश करने लगे हैं। जैसे जयप्रकाश या स्थानीय स्तर पर शरद यादव। (व्यक्तिगत स्तर पर मुझे यह देख आनन्द आया कि परसाई के शहर में लोगों ने शरद नाम के प्रति अपनी रुझान व्यक्त की। कहीं यह प्रवृत्ति राजनीति से साहित्य में न फैल जाए!)

मजाक अपार्ट। यदि कांग्रेस कहती है कि जयप्रकाश गलत लोगों से घिरे हैं तो स्वयं कांग्रेस भई, किन लोगों से घिरी है? छुटभैये नेता, चन्दादाता, छात्रनेतावेशी स्थानीय चलतेपुर्जे, हेलिकॉप्टर, इंपाला, सरकिट हाउस में काजू और मुर्गे सप्लाय करनेवाले ठेकेदार, भ्रष्ट इंजीनियर, गाँवों की राजनीति के घोर जातिवादी सूत्रधार, काम करवाकर दलाली खानेवाले, रिटायर्ड खुर्राट चमचे, होलसेल डीलर, रिश्तेदार—क्या ये सारे भुजंग कांग्रेस से नहीं लिपटे हुए? विश्वविद्यालय, प्राइवेट कॉलेज, कार्पोरेशन, सरकारी मदद से चलनेवाली सामाजिक संस्थाएँ, संस्कृति के बहाने सरकारी पैसा खानेवाले, दौरा भत्ता तबादला की राजनीति से कमानेवाले, कमेटी खड़ी कर बजट दुहनेवाले, और ऐसे अनेक लोग जो खुद कांग्रेस ने उत्पन्न किए हैं, उन्हें चीरकर क्या कांग्रेस जनता तक पहुँच सकती है आज? नहीं पहुँच सकती। जयप्रकाश भी घिरे हुए हैं, कांग्रेस भी। मगर, इससे कुल मिलाकर जो कुहासा उत्पन्न होता है, उसमें सामान्य जन यदि निर्णय लेता है तो उस प्रकाश से काम चलाया जा सकता है। पर मृत्यु पर नकली शोक प्रकट करनेवाले इस ढोंगी तंत्र में क्या यह सोचना भी एक भ्रम नहीं होगा कि पराजय से कांग्रेस दुखी है, हो सकता है, वह सुखी हो?

इस वसन्त में भोपाल

समाचारपत्रों में निराला जयन्ती के आयोजनों की खबरें छपने लगीं तो पता लगा कि बसन्त आ गया। सुनने में नहीं आई पर कोयल जरूर बोली होगी। सुनने में आई शोभा गुर्टू और गुलाम मुस्तफा। बसन्त आया, इसका एक प्रमाण यह भी है कि भोपाल में 'वसन्त बहार' के संगीत नृत्य कार्यक्रम का आयोजन हो गया। उद्घाटन किया मुख्यमंत्री प्रकाशचन्द सेठी ने। वे बोले कि कला साहित्य की सरकारी परिषदें बड़ा अच्छा काम कर रही हैं। सुनकर अच्छा लगा। वास्तविकताओं से अपरिचित हों, पर उन्हें कम-से-कम संस्थानों के नाम तो याद हैं। उनका कथन ऐसा था, जैसे कांग्रेस की स्थिति सुदृढ़ है। जबलपुर के वोटरों का चेहरा पढ़ने श्री केशवदेव मालवीय दिल्ली से आए। वे पंडित द्वारिका प्रसाद मिश्र का चेहरा पढ़कर लौट गए। पराजय का दोषी कौन है? भावुकता के प्रथम दौर में सभी कांग्रेसियों ने खुद को दोषी बताया। पर बाद में इस नतीजे पर पहुँचे कि असली गुनहगार स्वयं वोटर है जिसने वोट नहीं दिये। पर लोग अपने वासन्ती मूड में इन बातों पर नहीं विचार रहे। वे महादेवी वर्मा के भाषण को याद कर रहे हैं। उनके भाषण के लिए बड़ा हॉल प्राप्त नहीं हो सकता। काफी लोग निराश बाहर रहे। यह हिन्दीभाषी राज्य की राजधानी है कम्बख्त! इसे अफसरों और उच्च मध्यवर्ग का डंक लग चुका है। मराठीभाषी महाराष्ट्र की राजधानी बम्बई में महादेवी का स्वागत नगर के विराट हॉल षण्मुखानन्द में हुआ था। खचाखच भरा था। हिन्दीभाषी राज्य की सरकार को क्या पता, शहर में कौन आया है? सरकारी खर्च पर महादेवी के लिए क्या एक सम्मान नहीं जुट सकता था? पर महादेवी का दोष है कि वे वृद्ध हैं। दिल्ली में नहीं रहतीं। पद, प्रतिष्ठा, सम्मान की राजनीति में नहीं हैं। वे किस काम की? मध्य प्रदेश शासन को पता नहीं कि वे मध्य प्रदेश में जन्मी हैं। ऐसा वसन्त आया है। महादेवी असुविधा के एक कँटीले कुंज में कूककर चली गईं। अफसरों को चाहे न भाया हो उनका आना, लोगों को अच्छा लगा। भीड़ अपेक्षा से अधिक थी। उन्होंने इस वसन्त में महादेवी, गुर्टू और मुस्तफा को बुलानेवालों को बधाई दी।

न्यू मार्केट में कॉफी हाउस के इर्द-गिर्द स्पिरिट '75 की रंगीन चहल-पहल है। पुलिस परेड ग्राउंड से ए.सी.टी. तक युवकों के समूह आते-जाते नजर आते हैं।

स्टेडियम पर गावसकर, घावरी, पटौदी खेल रहे हैं। वहाँ भी भीड़ है दर्शकों की। ऐसे में अपने छोटे से घर के अहाते में बैठ स्तम्भ लिखना किसे अच्छा लग सकता है? कल एक मित्र ने कहा–चलो, विधान सभा चलें, रंग देखेंगे। मैंने इनकार कर दिया। कल उससे अधिक रोचक दृश्य मैंने विधान सभा के समीप तालाब पर देखा। यद्यपि पानी अपेक्षाकृत गंदा था, कमल पत्रों से ढँका था पर कोई तीन सौ बगुले वहाँ थे। वे चुपचाप खड़े थे, कोई हलचल नहीं थी। भोपाल में उस जगह इतने पक्षी मैंने एकसाथ कभी नहीं देखे। एक समय था, भोपाल के विराट ताल के किनारे सारे संसार से पक्षी आते थे। दोस्त मोहम्मद खाँ जब यहाँ चिड़ियों का शिकार करने आया था तभी उसे यह जगह पसन्द आई थी। आज राजधानी है, बगुले भर आते हैं। शेष पंछी उड़ गए। यदि रास्ते में भटकते बुच साहब से मुलाकात हो गई तो मैं उनसे निवेदन करूँगा–यदि तालाब के आसपास वृक्ष कुंज बनाने से पंछी लौटकर आ सकते हों। ऐसा न हो कि उलटे कमला पार्क की चिमगादड़ें यहाँ भी लटकने लगें!

इसी वसन्त में विधान सभा में बैठ सरकार ने भाव बढ़ाने के लिए नए कर लगाए। उसे पता नहीं, बाहर कैसी हवाएँ बह रही हैं। भगवान महावीर की स्मृति के वर्ष में हिंसक कांडों की चर्चाएँ होती रहीं। राज्य भर के प्रोफेसरों का एक मील लम्बा जुलूस भोपाल की सड़कों पर वेतनवृद्धि के नारे लगाता पूरी दोपहर घूमता रहा। डी. लिट्. पी-एच.डी. विद्वान, कवि, लेखक, राज्य के बुद्धिवादियों का, गुरुजनों का स्वागत करने, उनसे बातचीत करने शासनतंत्र का कोई व्यक्ति खाली नहीं था। पद्मश्री वाणकणकर भी उस जुलूस में थे। इन सबके लिए पुलिस खड़ी थी डंडे लिये। ये प्रोफेसर अपने महाविद्यालयों में मंत्रियों के स्वागत व भाषण के लिए दिन-रात परेशान रहते हैं। पर आज इस संस्कारहीन सरकार का कोई व्यक्ति भोपाल आने पर इनसे बातें करने नहीं आया। प्रशासन की ऊँची नाक का सवाल था। यदि ये जन-नेता प्रबुद्ध वर्ग से बातें नहीं कर सकते तो किससे करेंगे? सो इस वसन्त में राज्य का बुद्धिजीवी सड़क पर जुलूस बनाकर आ गया। उसका भाग्य भी आम आदमी से जुड़ा है। अनेक कवि मित्रों को उस दिन जुलूस में देखा। सोच रहा हूँ, इस वसन्त में वे क्या लिखेंगे?

जिस सुबह श्रीमती महादेवी वर्मा आईं, उस दिन अन्तर्राष्ट्रीय महिला वर्ष के आरम्भ की रैली थी। महिला जागृति की अग्रणी लेखिका नगर में थी, पर इस शासन को समझ नहीं आया कि रैली को सम्बोधित करने के लिए उनसे अधिक उपयुक्त कौन हो सकता है? पर किसी ने उस रैली के लिए महादेवीजी को आमंत्रण नहीं दिया। हिन्दीभाषी राज्य के शासन के सांस्कृतिक बजट में महादेवी की उस सभा के लिए एक हार का प्रावधान नहीं था। इस तलाबोंवाले शहर में प्राध्यापकों के जुलूस के लिए पाँच-छह पुलिस गाड़ियाँ थीं, पर हलक भर पानी के लिए परेशानी थी। हार्दिकता का जल सूख रहा है, प्रशासन का कँटीला बंजर उभर रहा है। इस वसन्त में, ऐसे वसन्त पर क्या लिखा जाए!

मिडिलची नेतृत्व

स्वतंत्रता के बाद बहुत धीमे-धीमे मगर पूरे इत्मीनान के साथ हमारे देश में बड़े पैमाने पर मिडिलची नेतृत्व विकसित हुआ है। सन् पचास के आसपास खादी के स्टैंड कालरवाले कुर्तों और जाकेट की बिक्री में जो तेजी आई थी, वह अब हमारे राष्ट्रीय जीवन का स्थायी फीचर हो गई है। सुबह कुर्ता-पाजामा पहन, कोने के होटल पर आलू बड़ा, जलेबी, पोहा, चाय आदि का भोग लगा, वहीं सारे मुफ्त के अखबार बाँच, दाँत ब्रश करने के एवज में दो पान खा यह शख्स सेवा के मोर्चे पर खड़ा हो जाता है और जब रात को कच्ची दारू की महक में अपनी सफलता के अहं को मिला वह किसी स्वायत्त संस्थान की जीप में लौटता है तो वाकई राष्ट्र-सेवा में थक चुका होता है। सन् साठ के बाद से हमारे मोहल्लों से शुद्ध दादा लगभग गायब हो चुका होता है, जिसमें माँ-बहनों और किशोर लड़कों को डर लगता है। कुर्ते-पाजामे और जाकेट का राष्ट्रीय जीवन में बढ़ता महत्त्व पहचानकर अब वही दादा ट्रेड यूनियन लीडर हो गया है और उसी मोहल्ले की छोटी-मोटी समस्याओं के लिए थानेदार से मुख्यमंत्री तक वह प्रेशर डलवाता है। वह स्थानीय एम.एल.ए. की राजनीतिक नाक का विश्वस्त बाल है। चुनाव के मौसम में वह कार्यकर्ता बन जाता है और मोहल्ले के, जाति के, वोटों के मामलों में उम्मीदवार से पैकेज डील करता है। सस्पेन्डेड लोगों के केस वह रफा-दफा करवाता है, छोटे स्तर के गुंडों की जमानत करवाता है, रिश्वतों में वाजबी कमीशन लेता है, छोटे मामलों को अनिवार्य स्थानीय तूल देता है। यह मिडिलची या दलाल नेतृत्व हमारे प्रजातंत्र का आधार है। बड़ा नेता इनके सहारे टिका रहता है। राजनीति में यह सबसे सुरक्षित वर्ग है क्योंकि परिवर्तनों से इसमें अन्तर नहीं आता।

कर्मचारी, मजदूर भी इसके पोषण में बड़ा योग देते हैं। अपने कारखाने या दफ्तर की यूनियन का सचिव या अध्यक्ष चुनते समय वे उससे साफ बोल देते हैं कि पहलेवाले सचिव और अध्यक्ष ने हमारे दस रुपए बढ़ाए थे, देखें, तुम कितने बढ़वाते हो? और मिडिलची नेतृत्व इस वर्ष पन्द्रह रुपए बढ़वाने के महान प्रयास में जुट जाता है। पर वह सीधे नहीं जुटता। कुछ दिनों वह अपनी प्रतिनिधि पोजीशन के नाम पर यहाँ-वहाँ नन्हे-मुन्ने ब्लैकमेल करता है, फायदे लेता है, खाता-पीता है, जमाता-उखाड़ता है, जिसे राजनीति में अपनी पोजीशन मजबूत करना कहा जाता है। जब एक ऐसे

उच्च बिन्दु का स्पर्श वह कर लेता है जिसके आगे दोहन सम्भव नहीं, और उसके नेतृत्व का ढाँचा चरमराने लगता है तब वह कर्मक्षेत्र में कूद पड़ता है, अर्थात् हड़ताल करवा देता है। मिडिलची नेतृत्व द्वारा प्रति वर्ष प्रत्येक स्थल पर एक अदद हड़ताल हमारे राष्ट्रीय जीवन का स्थायी भाव है। अभाव के अन्धकार में जुगनू की तरह यहाँ-वहाँ हड़तालें चमकती रहती हैं। हमेशा ऐसा लगता है कि ऐसे बिन्दु-बिन्दु प्रयत्न से पूरा उजाला हो जाएगा, क्रान्ति हो जाएगी, मगर नहीं होता। गरीबी बनी रहती है, हड़ताल से उपजे दस-पन्द्रह रुपए बढ़ते रहते हैं। मिडिलची नेतृत्व अपना रौब गालिब किए रहता है। दारू महकती रहती है, स्टैंड कालर के कुर्ते और जाकेट बिकते रहते हैं।

मिडिलची नेतृत्व भारतीय प्रजातंत्र का प्राण है। हमारी आकांक्षाओं की मुँडेर पर बैठा स्थायी कौवा है। दंगे-फसाद से लेकर पन्द्रह अगस्त की रैली तक मिडिलची नेतृत्व की आध्यात्मिक पहरेदारी चलती है। सारा देश सोता रहता है तब मिडिलची नेतृत्व जागता रहता है। उस समय वह जुए की फड़वाले या सट्टे के अड्डे से अपना दैनिक अंश वसूल कर रहा होता है। अड्डे उसके वरदहस्त में चलते हैं, कुलटाओं को लेडीज वर्कर का सम्मान मिल जाता है, निरन्तर फेल होनेवाले लड़कों को समूहबद्ध हो यहाँ-वहाँ सिर तोड़ने का धन्धा मिल जाता है, रेप-मर्डर दब जाते हैं, गवाहियाँ मौन हो जाती हैं या अप्रत्याशित रूप से नये गवाह उत्पन्न हो जाते हैं, पुराने लोगों की प्रतिष्ठा-रूपी धोती जहाँ-तहाँ जब चाहें खींच ली जाती है। सामाजिक दृश्य बदलते हैं, चौराहे पर मरकुरी लगवा रौब गालिब किया जाता है। सुनार के छोकरों की जेब से पैसे झटके जाते हैं। मुख्यमंत्री से अपनी यारी की लमतरानियाँ छेड़ प्रभाव विस्तार किया जाता है। विधवाओं, मास्टरनियों, नर्सों के सरेआम चरित्र विश्लेषण के सेमीनार चौराहों पर आयोजित होते हैं। हनुमान मन्दिर का चबूतरा पक्का करवाया जाता है। हेड मास्टरनियों को डरा-धमका फेल लड़के पास करवा लिए जाते हैं। ओटले पटिए काटने से रुकवाकर हलवाइयों पर अहसान लादा जाता है जिसके बदले में यदा-कदा रबड़ी चाट ली जाती है। नल का प्रेशर कम होने पर चीखा-चिल्लाया जाता है। वक्तव्य अखबारों में लग जाते हैं। प्रेशर बढ़ जाने पर सार्वजनिक नल पर स्नान कर 'हर गंगे' की अनुगूँज से मोहल्ले की खिड़कियाँ बन्द करवा दी जाती हैं। मिडिलची नेतृत्व कमाल की चीज है। समाजशास्त्रीय अध्ययन की दृष्टि से काबिले-तवज्जोह है। भारतीय प्रजातंत्र इनके ही साये में पनप रहा है। ये पार्टी व्यवस्था के पाये हैं। मिडिलची नेताओं का ग्रुप फोटो ही भारतीय राजनीति की असली तस्वीर है। गौर से देखिए, आपकी यूनियन, पंचायत या मोहल्ले का एक अदद मिडिलची नेता उस तस्वीर में अवश्य है। और जब मिडिलची नेता को हड़ताल करवानी है तो पाइंट मिलते देर नहीं लगती है। एक ठोरा मुद्दा हमेशा यह होता है कि वेतन बढ़ना चाहिए। हिन्दुस्तानी आदमी का वेतन सदैव कम होता है, चाहे ऊपरी

आमदनी कितनी ही ज्यादा हो। अतः वेतन बढ़ना चाहिए। यह माँग सदैव भारतीय मूड के अनुकूल बैठती है। नेता से लेकर रिश्वत लेनेवाले अदना चपरासी तक की हार्दिक इच्छा है कि देश चाहे पिछड़ा रहे, हम आगे बढ़ जाएँ। सब चाहे भूखों मरें, हमारा जीवनस्तर उठ जाए। यह घोर कामना केवल ऊपरी आमदनी से साकार होती है। पर उसे सन्तुलित करने के लिए एक किस्म का सर्वहारा इमेज बनाए रखना चाहिए, अर्थात् घर में पर्याप्त जेवर खरीदने के बाद साधारण बुश्शर्ट पहन भ्रष्ट मिडिलची नेतृत्व को प्रश्रय दे वेतनवृद्धि की माँग करते रहना चाहिए। राष्ट्र की जनता के सुर से सुर मिलाने के लिए थानेदार और कस्टम नाके के बाबू भी अधिक वेतन की माँग करते हैं ताकि यह इमेज बने कि वे मेहनतकश और ईमानदार लोग हैं। अतः मिडिलची नेतृत्व को कभी कष्ट नहीं होता। उसे राजनीतिक चिन्तन नहीं करना, समस्या नहीं सुलझानी, उत्पादन नहीं बढ़वाना। उसे तो सिर्फ समस्याएँ खड़ी करना है, माँग करना है, समझौता होने तक एक तनाव को बरकरार रखना है। हड़ताल एक अनुष्ठान है, यज्ञ है। थोड़े से वेतन की आहुति दो, आँखों में धुआँ बर्दाश्त करो–पूरा होने पर पुण्य मिलता है। हड़ताल एक सट्टा है। ओपन टू क्लोज में जो आ जाए सो भाग्य का। शासन के नेता खुद चाहते हैं कि हड़ताल हो, तब माँगें पूरी की जाएँ ताकि मिडिलची नेतृत्व की जड़ें पुख्ता हों और प्रभावशाली बन वे भविष्य में चुनाव की राजनीति में सहायता दें। इसीलिए कई बार हड़ताल कामयाब हो जाती हैं, माँगें पूरी हो जाती हैं। कई बार नहीं होतीं। इनमें किसी किस्म का तर्क खोजना व्यर्थ है। देश गरीब है, सरकार के साधन कम हैं मगर कई बार, और प्रायः ही सरकार दे देती है। उसके बाप का जाता क्या है? टैक्स भरनेवाले और देंगे, नोट छापनेवाले कारखानों में ओवरटाइम काम होगा, समस्या सुलझ जाएगी। देश नंगा होगा, हम टेरेलीन पहनेंगे और हमारा मिडिलची नेता खादी का स्टैंड कालर का कुर्ता-जाकेट पहन शाम को दारू में और लहकेगा।

शुद्ध दारासिंह की तलाश

शुद्ध कुछ नहीं मिलता। जो घी की तलाश में निकलते हैं, उन्हें शुद्ध घी नहीं मिलता। उनकी शिकायत है कि घी में डालडा मिला रहता है। मगर जो डालडा की तलाश में निकलते हैं, उनकी शिकायत है कि शुद्ध डालडा नहीं मिलता। सोना शुद्ध नहीं, मसाला शुद्ध नहीं, टेरेलीन शुद्ध नहीं। इस देश में कभी शुद्ध दूध की नदी बहती थी। नदी छोटी थी और सबको सप्लाई में दिक्कत आती थी। जब दूध के भाव बढ़ाने की नौबत आई और लोग आन्दोलन करते थाली-कटोरा पीटने लगे, तब गवर्नमेंट ने निर्णय लिया कि दूध की नदी में पानी की नहर जोड़ दी जाए। भाव गिरे, जनता सन्तुष्ट, सरकार प्रसिद्ध हुई और अगला चुनाव जीत गई। तब से भारतीय अर्थशास्त्र में सिद्धान्त बना, मिलावट करने से वस्तु की आपूर्ति और भावों के स्थिरीकरण में सहायता मिलती है। इस सिद्धान्त पर हजारों वर्षों से चरित्रवान् भारतीय व्यापारी काम करते रहे। इधर के वर्षों में अर्थशास्त्र ने नई करवट ली। अब वस्तु के भाव बढ़ने के साथ मिलावट बढ़ती है। सरकार पेट्रोल में अल्कोहल मिलाने पर गम्भीरतापूर्वक विचार कर रही है। और कहीं लोग उस अल्कोहल को पीकर एक नया राष्ट्रव्यापी संकट न खड़ा कर दें, इसलिए सरकार उस अल्कोहल में थोड़ा-सा जहर भी मिला देगी। इससे पेट्रोल के भाव स्थिर होंगे, इंजन पम्पों की जरूरत पूरी होगी और आत्महत्या करनेवालों को सुविधा हो जाएगी। वे किसी भी पेट्रोल पम्प पर जा आधा लीटर पेट्रोल पेट में भरवा इस महँगे मिलावटी संसार को छोड़ सकते हैं।

फिल्मों में शुद्ध एक्टर नहीं मिलता। जहाँ जोखम का काम होता है, वहाँ बजाय शुद्ध धर्मेन्द्र के उसका एवजी काम करता है। हम पूरी फिल्म धर्मेन्द्र की समझ खा जाते हैं। जब वह जोखम से गुजरता है, हम उसकी सलामती की कामना करते हैं। व्यर्थ! फिल्म का एक्टर मिलावटी हो रहा है। कुछ दिन हुए, मैंने एक लेख पढ़ा था कि फिल्मों में बढ़ते हुए सेक्स दृश्यों की आवश्यकता को अनुभव करते हुए अब अभिनेत्रियों में भी मिलावट की जाएँगी, अर्थात् चेहरा जिस हीरोइन का होगा, टाँगें उसी की नहीं दिखाई जाएँगी, वह किसी और की होंगी। उसका कांट्रेक्ट अलग बनेगा, पेमेंट अलग होगा। देश में अभिनेत्रियाँ कम हैं, टाँगें ज्यादा हैं इसलिए मिलावट का भारतीय सिद्धान्त यहाँ भी लागू हो गया। कर लो, क्या करते हो!

शुद्ध नेता नहीं मिलता। किस कांग्रेसी में कितना जनसंघ, कितना संगठन कांग्रेस मिला हुआ है, समझ नहीं आता। प्रगति में जातिवाद, संस्कृति में संकीर्ण फासिज्म, मार्क्सवाद में उत्तर भारत के प्रति घृणा, समाजवाद में वर्गस्वार्थ, मौलिक रचना में विदेशी अनुवाद, प्रायोगिकता में सेक्स, न्यायशीलता में नेतागीरी, प्रशासन में रिश्तेदारी, तात्पर्य यह है कि कोई चीज शुद्ध नहीं है। कालपात्र के खिलाफ चिल्लानेवाले जानते हैं कि शुद्ध इतिहास नहीं होगा उसमें। इतिहास कब शुद्ध, पवित्र रहा है? मनुष्य की आत्मा ही शुद्ध पवित्र नहीं रही। संगीत शुद्ध नहीं मिलता, तानें शुद्ध नहीं मिलतीं। श्रोता के कान उसकी जुबान की तरह बिगड़ गए हैं। वह घी में शुद्धता भाँप नहीं पाता और न तानों में कौन-सा सुर गड़बड़ है, पकड़ पाता है। मिलावट हमारी नियति है, हम निरन्तर उसे ग्रहण करने के लिए मजबूर हैं।

और उस दिन मैंने पढ़ा कि यह जो सुप्रसिद्ध व्यक्ति दारासिंह है, वह असली दारासिंह नहीं है। असली दारासिंह तो जेल भुगत रहा है किसी हत्या के अपराध में। यह दारासिंह कोई और है। पता नहीं, बात सच है या नहीं, मगर मेरे आसपास उसी समय काफी परिमाण में अफसोस घिर आया। शुद्ध नेता नहीं मिले, शुद्ध लेखक नहीं मिले तो एक देश सहन कर सकता है सीने पर पत्थर रख, मगर शुद्ध दारासिंह न मिले, यह नहीं सहा जा सकता। मिलावट के भार से इस पृथ्वी की छाती फट क्यों नहीं जाती और हम उसमें समा क्यों नहीं जाते? पहलवान तक जिस देश में शुद्ध नहीं मिल रहा हो, उस देश से क्या अपेक्षा की जा सकती है? रोना सिर्फ कविता भर का हो तो कोई रो ले, समीक्षा में निजी कटुता का जहर मिला हो तो मन मार पी जाए, परन्तु घूँसा जो हर समस्या का अन्तिम हल है, वही गड़बड़ हो जाए, घूँसे मारने वाले दारासिंह में हेरफेर हो जाए, यह सहन के बाहर है।

मैं गम्भीर हो गया और चिन्तन करने लगा। उसे चिन्तन कहना गलत होगा। चिन्तन की दिशा में एक प्रयत्न कहिए। आजकल शुद्ध चिन्तन हो कहाँ रहा है? तब तक अस्थायी व्यक्ति को स्थायी न करो, वह विभाग के हित में चिन्तन नहीं करता। स्थायी होने पर हर स्कीम में अपने प्रमोशन का चिन्तन जोड़ता रहता है। अफसर बनकर जो चिन्तन करते हैं, वे अपने प्रमोशन की मिलावट चिन्तन में मिला लेते हैं ताकि एक साधने से दूसरा भी सध जाए। नेता राष्ट्र के हित में चिन्तन करते नहीं। करते हैं तो उसमें निजी और दलगत स्वार्थों की मिलावट का प्रतिशत इतना अधिक हो जाता है कि प्रायः वही पूरा होता है, राष्ट्र का हित पूरा नहीं होता। पिछले वर्ष भर श्रीमती गांधी जो चिन्तन करती रहीं, उसमें देश के हित में चिन्तन कितना था और यू.पी. में कांग्रेस की विजय की चिन्ता कितनी थी, इसका लेबोरेटरी विश्लेषण किया जाए तो दूसरा तत्त्व ही अधिक मिलेगा। अतः शुद्ध चिन्तन की कल्पना व्यर्थ है। फिर भी मैंने प्रयत्न किया और कोई परिणाम नहीं निकला। अच्छा हुआ। निकलता तो वह शुद्ध परिणाम नहीं होता। इधर पिछले दिनों के परिणाम कहाँ शुद्ध

रहे! शुद्ध दारासिंह नहीं रहा इस देश में! तबियत करती है, चीखूँ। पर चीख भी कहाँ शुद्ध रही? हर चीख में आत्मप्रचार मिल गया है आजकल। जो दुखी हैं, दर्दी हैं, उनकी आह में ट्रेड यूनियन मिला हुआ है। रोनेवाले, चिल्लानेवाले शुद्ध दुखी नहीं रहे। और जिनसे इन दुखियों का दर्द देखा नहीं जाता, वे भी शुद्ध नहीं हैं। सहानुभूति में नेता बनने की इच्छा मिली हुई है। ऐसे में एक खालिस चीख, एक शुद्ध कॉलम, एक मिलावटहीन कॉलमिस्ट देश के लिए वरदान होगा। मगर क्या है कहीं वह? उसे शुद्ध होने का भ्रम है। शायद ऐसा भ्रम दारासिंह को भी है। क्या उसे मिलावट का ज्ञान नहीं कि असल दारासिंह जेल में बन्द है?

यह देश विराट कांग्रेस है। कांग्रेस कभी शुद्ध नहीं रही। यह देश शुद्ध नहीं रहा। क्या कभी हो सकेगा? क्या हम अपनी शक्ति का शुद्ध दारासिंह खोज लेंगे? या असल सदैव सींखचों में बन्द रहेगा, और नकल छाया रहेगा? ऐ दारासिंह, तुम कहाँ हो?

गरीबी मत हटाओ

आखिर अकुलाकर अहमदाबाद के एक शख्स ने शासन से निवेदन कर दिया कि कृपया गरीबी न हटाएँ। उसे बनी रहने दें। जितनी हटाई है, उसे लौटाकर वापिस देश को 1971 के स्तर पर ले आएँ। आश्चर्य नहीं कि उसकी आवाज कोरस बन जाए; सारा देश जो वास्तव में गरीबों का देश है, सुर में सुर मिलाकर कहने लगे–कृपया गरीबी मत हटाइए! ऐसी अमीरी से गरीबी ही भली।

यह सच है कि मुल्क अमीर होना चाहता था मगर इतनी जल्दी नहीं जितनी जल्दी कांग्रेस ने बना दिया। जीवन जीने का मूल्य बढ़ गया। पहले अपनी साँसें चलती रखने के लिए जिस शख्स को सौ रुपया लगता था, वह अब उतने ही समय में चार सौ खर्च कर अपना दम टूटने से बचाता है। वास्तव में दम न टूटे, इस कोशिश में ही दम टूट रहा है। सिर्फ अमीरी इस महँगे बाजार में जमी हुई है। यदि उसे बाजार में आना है तो अमीरी की पूरी तैयारी के साथ, जेब भरकर, हर ऊँचे चढ़े भाव को सहर्ष स्वीकार करते आना पड़ेगा; अर्थात् गरीबी को भी टिकना है तो अमीरी की शर्तों पर टिकना पड़ेगा।

गौर से देखा जाए तो मुल्क में क्रान्ति हो चुकी। गरीब अमीर बनने में लग गया है क्योंकि वह जानता है कि बिना अमीर बने इस दुनिया में उसकी खैर नहीं है, वह खत्म हो जाएगा। गरीबी के साथ खुद भी इस दुनिया से हट जाएगा। वह अमीर हो जाने के लिए अभिशप्त है, मजबूर। इसके साथ ही अमीरी समाप्त हो रही है। अमीर स्वयं को अमीर महसूस नहीं कर पा रहे हैं, भौतिक कारणों से एक भावनात्मक परिवर्तन से गुजर रहे हैं। ऐसी ही स्थिति को क्रान्ति बोलते हैं। अमीर-गरीब का भेद मिट गया है। दोनों समान रूप से परेशान हैं। दोनों रो रहे हैं। दो साल पानी की कमी, एक साल पेट्रोल की कमी से क्रान्ति हो गई। इस क्रान्ति पर न रूस का प्रभाव है, न चीन का। इस पर बंगला देश और अरब देशों का प्रभाव है। वे संकट से उबर रहे हैं और हमें संकट में डाल दिया। पहले मैं समझता था कि पेट्रोल से मोटरें चलती हैं मगर अब मुझे पता लगा कि पेट्रोल से सारा देश चल रहा था। एकाएक सारे देश की गाड़ी निदान-रूपी पेट्रोल पम्प से काफी दूर रुक गई है और खाली केन हिलाते नेता आने-जानेवालों को इशारा कर रहे हैं।

गांधीवादियों के लिए सक्रिय हो जाने का यह स्वर्णिम प्रहर है। बैलगाड़ी का उपयोग, सारा जीवन, सन्तोषी सदा सुखी, अपना हाथ जगन्नाथ, पैदल चलो, अपना कपड़ा खुद धो लो, एक तोला चिकनाई पर्याप्त है अतः अधिकतर उबला या कच्चा खाओ, उपवास रखो, अपना काम अपने हाथ से करो, फिजूलखर्ची से बचो, शान-शौकत से न रहो आदि जो गांधीवादी निर्देश हैं, उनके प्रचार-प्रसार के लिए जैसी सामाजिक मनोभूमि आज है, वैसी पहले कभी नहीं रही। मजबूरी की हालत में हर भारतवासी यह आदेर्श अपनाएगा। इसी को कहते हैं मजबूरी का नाम महात्मा गांधी। उच्च जीवन जीने की ताकत जेब में नहीं है अतः सादा जीवन जीओ। लड़ने की ताकत नहीं है तो अहिंसा से काम लो। मोटर-मशीनें छूट गईं, हाथ-पैर चलाना सीखो। गांधीवादी पता नहीं कहाँ सरकारी सहायता प्राप्त कर चैन की नींद सो रहे हैं? देख नहीं रहे, क्रान्ति हुई जा रही है देश में और वह भी गांधीवादी टाइप की! पहले खयाल था, इस देश में गांधीवाद समाप्त हो गया क्योंकि देश तीव्र औद्योगिक विकास की दिशा में बढ़ चुका, मगर अब लगता है, इस देश के भाग्य में गांधीवाद ही लिखा है। जब भूखे ही रहना है तो उपवास करने का गौरव क्यों नहीं लूटें? नंगे ही रहना है तो आदर्शवादी क्यों न हो जाएँ? आश्चर्य है, गांधीवादी अपने बौद्धिक वर्धा से बाहर आ देश की हवा का लाभ क्यों नहीं ले रहे?

मगर शासन की मजबूरी भी कितनी मजेदार है! इतने वर्षों लोग गरीबी दूर करना चाहते थे व शासन मजबूर था और आज लोग जब कहते हैं कि भाई, ऐसी हालत से वह पुरानी गरीबी अच्छी तो शासन मजबूर है। वह गरीबी लौटा नहीं सकती। फिर भी चाहे-अनचाहे ही क्रान्ति हो गई है। आश्चर्य है, दिल्ली से इसका डिक्लेरेशन क्यों नहीं हो रहा? क्या राज्यों से रिपोर्ट नहीं पहुँची?

इस बार पचमढ़ी जाने काबिल है

राजधानी पचमढ़ी न जाने की सुखद बेला में पचमढ़ी स्थित समस्त शासकीय अधिकारियों, कर्मचारियों और चपरासियों को मेरी हार्दिक बधाई एवं एक शान्त झंझटरहित ग्रीष्मकाल के लिए अनेकानेक शुभकामनाएँ! मेरी अनेक बधाई और शुभकामनाएँ उन समस्त सैलानियों को, जो पचमढ़ी का नाम सुन देश के सुदूर भाग से आ जाते हैं और एक साक्षात् शासकीय तंत्र की आरक्षित उपस्थिति के कारण सतपुड़ा की इस रानी महोदया पर सिर छुपाने को होटल या कमरा नहीं तलाश पाते है। डंका पीटकर देशभर में ऐलान कर दिया जाए कि इस बार पंचमढ़ी जाने काबिल है। सरकारी अफसरों का पूर्ण अभाव होने से जीवन को सुख-सुविधाएँ उपलब्ध रहेंगी और मनुष्य सुखी रहेगा।

इस बार यह कितनी सुखपूर्ण स्थिति होगी कि पानी के टैंकर बड़े बँगलों पर ही पानी का स्टाक नहीं करते रहेंगे, वे होटल और हॉलिडे होम्स में भी आएँगे और आराम के लिए पचमढ़ी आया यात्री लपक-लपककर भारी बाल्टियों से जरूरत भर पानी प्राप्त कर सकेगा। नलों में प्रेशर होगा। यह कितनी अच्छी बात होगी कि सैलानियों और पचमढ़ीवासियों को दूध मिल सकेगा, सारा दूध मंत्रियों और अफसरों की सेवा में नहीं जाएगा। दूध का बर्तन ले सैलानी दुकान-दुकान नहीं भटकेंगे। इस बार शासन पचमढ़ी नहीं जा रहा है तो वहाँ जाने की इच्छा होती है। इस बार बड़े बाग आम खरीदने जाने पर यह सूचना नहीं मिलेगी कि आम नहीं हैं और जो हैं, किसी मंत्री के यहाँ भेजे जाने को हैं, जनता भी चूस सकेगी यहाँ का आम। ताजी हरी सब्जी मिल सकेगी। कटहल और आलू खाकर दिन नहीं गुजारने होंगे। अखबार और पत्रिकाएँ पढ़ने को मिल जाएँगे, शासन के लोग अपनी जीपें भेजकर उन पर कब्जा नहीं करेंगे। इस बार पचमढ़ी शुद्ध और सुन्दर पचमढ़ी होगी। कोकाकोला के समूचे क्रेट दुकान से सुबह नहीं उठ जाएँगे, आम आदमी भी दो घूँट प्राप्त कर सकेगा। डॉक्टर साहब बीमारों को अस्पताल में मिल जाएँगे। वे किसी बँगले पर बच्चे की प्रातःकालीन छींक या हाथ की छोटी-सी फुड़िया का इलाज करने अस्पताल छोड़ नहीं भागेंगे। पचमढ़ी के समस्त रोगियों को मेरी हार्दिक बधाई एवं शीघ्र स्वस्थ होने की कामना!

यह गर्मियाँ पचमढ़ी में भले बीतेंगी। वे चपरासी जो नॉन वेजिटेरियन अच्छा बनाते हैं और वे जो वेजेटेरियन अच्छा बनाते हैं और जो अपने इन्हीं गुणों के कारण कार्यालयों में नियुक्त किए गए हैं; और वे चपरासी जो मूलतः धोबी होने के कारण कपड़ा ठीक धोते और प्रेस करते हैं, इन गर्मियों में सदा की तरह दिन-रात मेहनत करने से बच जाएँगे क्योंकि बँगलों, डाक-बँगलों में ऊँचे अफसरों की चहल-पहल नहीं होगी। उन चपरासीनुमा रसोइयों और धोबियों को बधाई! इस बार वे मुफ्त ओवरटाइम से बच गए। इस बार पचमढ़ी की शालाओं के लाइब्रेरियन बँगलों पर उपन्यास, कहानी-संकलन पहुँचाकर उसे न लौट पाने के कारण राइट ऑफ करने के संकट से बच गए। इस बार कोई मंत्री या अफसर उन्हें यह नहीं कहेगा कि मेरी लड़की और लड़के की पाठ्य-पुस्तकें पुस्तकालय की ओर से खरीद हमें दे दो और बाद में राइट ऑफ कर देना।

इस बार इंपाला और सरकारी जीपों की धूल से मुक्त पचमढ़ी सचमुच मनमोहक लगेगी। इस बार का सैलानी फिर आने का निश्चय कर लौटेगा। मैं पचमढ़ी की ओर से शासन को वहाँ न आने के लिए धन्यवाद देता हूँ और कामना करता हूँ कि प्रति वर्ष ऐसे संकट आएँ जिससे राजधानी वहाँ न जा सके और पचमढ़ी सच्चे अर्थों में सैलानियों के केन्द्र के रूप में पनपे। आम के वृक्षों के नीचे सेना के बैंड सीखनेवाले जवानों की सुमधुर धुनें सुनते हुए ठंडी सड़क से गुजरना इस वर्ष कितना सुखकर होगा, सोच अच्छा लग रहा है।

हड़ताल के दिनों में

जब से निगम की बसें सड़कों से हट गई हैं, मैं बहुत शान्ति अनुभव कर रहा हूँ। कोई शोर-शराबा नहीं। तेल जलने की दुर्गन्ध इधर काफी दिनों से नाक में नहीं घुसी। हवाएँ पवित्र हो गई हैं। इतनी शान्ति, इतनी पवित्रता तो रुपया देकर प्राप्त नहीं की जा सकती थी, जितनी रुपया बचाकर प्राप्त हुई। कंडक्टर ससुराल हो आए, ड्राइवर छोटे भाई के घर रह लिए, बुकिंग बाबुओं ने शहर के सारे सिनेमा देख डाले, बस स्टैंड पर शाम को बच्चे खेलते हैं। इतनी चौड़ी और सुरक्षित जगह उन्हें खेलने को आज तक नहीं मिली।

यात्रियों को इस पखवाड़े काफी परिमाण में आत्मज्ञान हुआ। घर की महत्ता समझ में आई। इधर-उधर जाने की बजाय घर के बाहर खाट डाल बच्चों से दिल बहलाने की आदत कितनी अच्छी होती है! यह भी समझ आया कि वह जगह दूर नहीं है जहाँ हम रोज बस से जाते थे। पैदल दफ्तर जानेवालों के लिए यह बचत पखवाड़ा साबित हुआ। सड़ा तेल, मिलावटी मसाले और खराब गेहूँ से बनी रोटियाँ पचाने का आदर्श राष्ट्रीय तरीका है पैदल चलना। निगम की हड़ताल ने जनता के पेट ठीक कर दिये। अस्पताल में पेट की मरीजों की संख्या में गिरावट आई। गिरावट का दूसरा कारण यह भी था कि दफ्तर से थककर लौटने के बाद किसी में इतना दम नहीं रहा कि अस्पताल तक जाए। इस हड़ताल ने निगम का व्यावसायिक भविष्य अन्धकार में डाल दिया। लोगों को पैदल चलने की आदत पड़ गई है। भविष्य में कितना ही हॉर्न बजाकर बुलाओगे, लोग नहीं आएँगे। प्रबन्धकों और कंडक्टरों को चाहिए कि इस प्रश्न पर मिल-जुलकर विचार करें क्योंकि भीड़ न हुई तो दोनों को अपने-अपने ढंग से घाटा होगा।

अर्थशास्त्र का अध्ययन करनेवालों को यह समझ में आ गया कि हमारी अर्थव्यवस्था में पब्लिक सेक्टर और प्राइवेट सेक्टर, दोनों को समान महत्त्व क्यों दिया गया है? जब एक जगह हड़ताल हो तो लोग दूसरे से काम चलाएँ। इन दिनों मुझे प्राइवेट बसों के कई प्रशंसक मिले। कह रहे थे कि ठीक है, ओवर लोडिंग कर रहे हैं, जानवरों की तरह ठूँस रहे हैं, मगर जगह पर पहुँचा तो देते हैं। मुझे समझ में नहीं आया कि फिर लोग निगम की बसों के कंडक्टरों से क्यों नाराज थे? ज्यादा ठूँस

प्राइवेट कमाई करते हैं मगर जगह पर पहुँचा तो देते हैं। शायद इसका कारण यह हो कि हमारी जनता इतने वर्षों की ट्रेनिंग के बाद प्राइवेट और पब्लिक सेक्टर को अलग-अलग देखने की आदी हो गई है। वह नहीं चाहती कि पब्लिक सेक्टर की बसों में कंडक्टर अपना प्राइवेट सेक्टर खोले। जो भी हो, इधर प्राइवेट सेक्टर की तरफ झुकाव बढ़ा है जनता का। एक व्यक्ति मुझसे कह रहा था कि भविष्य में भी मैं प्राइवेट बसों में ही बैठूँगा। मुसीबत में जो काम आए हैं, उन्हें भुला नहीं दूँगा। इस दुष्प्रवृत्ति को नियंत्रित करने के लिए निगम को चाहिए कि भविष्य में और अधिक मार्गों का राष्ट्रीयकरण करवाए।

बसों की हड़ताल हमारे राज्य के जीवन का सालाना फीचर होना चाहिए। इससे कई लाभ हैं। डीजल-पेट्रोल आदि के खर्च में बचत होगी। यदि प्रति वर्ष एक माह हड़ताल हो, तो पूरे ईंधन का बारहवाँ हिस्सा बचत होगा। हड़ताल के माह का वेतन नहीं देना चाहिए जिससे निगम को वर्ष में एक माह का ठोस आर्थिक लाभ हो और वर्ष में एक माह का स्टाफ को बोनस देने का खर्च पूरा हो सके। तीसरे, इससे यात्रियों को पैदल चलने की आदत बनी रहेगी। हम आर्यों के वंशज हैं। हमारे पूर्वज आर्य मध्य एशिया से मध्य प्रदेश तक सिटी बसों में बैठकर नहीं आए। वे पैदल आए और अपने पूर्वजों की यह महान शक्ति हमें खोना नहीं चाहिए। बसों की हड़ताल हमें वैदिक युग में लौटने का स्वर्ण अवसर देती है। चौथे, हड़ताल से सीधा लाभ टेम्पों और थ्री व्हीलरवालों को होगा। वर्ष में एक माह वे भी ज्यादा कमा लेंगे। पिछले दिनों में हर थ्री व्हीलरवाला आठ आने का कम-से-कम लाभ हर मजबूर व्यक्ति से ले रहा है। हड़ताल शुभ रही उसके लिए। शासन का फर्ज है कि कभी-कभी इस वर्ग को भी पनपने का अवसर दे। पाँचवें, प्राइवेट बस के मालिकों को एक माह में इतना लाभ हो जाएगा कि एक नई बस खरीद सकेंगे। निगम अधिकारी तो यह कला नहीं जानते कि एक बस चलाकर दूसरी बस कैसे खरीदी जाती है, मगर प्राइवेट सेक्टरवाले जानते हैं। उनके विकास में योग देने के लिए निगम की एक माह की हड़ताल ही पर्याप्त है।

निगम को हर हड़ताल में चालीस प्रतिशत कर्मचारियों का खैरख्वाह सहयोग मिलेगा, वह आश्वस्त रहे। रोडवेज की प्रत्येक बस के पीछे पाँच कर्मचारी काम करते हैं। एक ड्राइवर, एक कंडक्टर, एक फिटर-मेकैनिक। दो फालतू हैं जिनमें जनरल मैनेजर से बुकिंग एजेंट तक सब आते हैं। यदि इसमें एक उपयोगी मान लिया जाए तो दूसरा अवश्य फालतू है। यह शख्स हड़ताल तुड़वाने, हड़ताल करवाने, नैतिक बल गिराने-उठाने का काम करता है। निगम को चाहिए कि इस पाँचवें फालतू आदमी को विश्वास में रखे। इसे बेकार वेतन दिया जाता है जो ऐसे समय कारगर होगा। खोटे सिक्कों की उपयोगिता निगम को समझना चाहिए।

जय के चक्कर में प्रकाश

अच्छा होता, जयप्रकाश राजनीति में बने रहते और विरक्ति का चीवर लपेट विनोबा का बौद्धिक अनुगमन करते सर्वोदय की ओर नहीं जाते। शायद उनका खयाल था, और वह ठीक भी हो सकता था, कि गांधीजी के बाद विनोबा देश की राजनीति की उतनी ही प्रभावित शक्ति बनेंगे और ऐसे में गांधीजी के निकटतम होने में जो सीधे लाभ नेहरू को मिले, वे उन्हें मिलेंगे; अर्थात् देश जब अपने नए राजनीतिक सन्त से नेता माँगेगा तो विनोबा जयप्रकाश से कहेंगे कि तुम जाओ और संविधान पर हाथ रख शपथ ले लो। मगर ऐसा नहीं हुआ। नेहरू के बाद शास्त्री और अब इन्दिरा। जयप्रकाश ऐसी लूप लाइन पर चले गए जहाँ से कोई ऐसी स्थिति नहीं बनी जिसके कारण वे धड़धड़ाते हुए देश के प्लेटफार्म के सामने आ जाते। वक्त गुजरता रहा। जयप्रकाश को यह भ्रम था कि भूदान आन्दोलन अपनी भारतीय प्रकृति से विराट किसान आन्दोलन में बदल जाएगा और चीन की तरह लम्बी पद-यात्रा करते वे दिल्ली की सत्ता तक पहुँच जाएँगे। ऐसा भी नहीं हुआ। सरकार ने अपनी सर्वभक्षी प्रकृति के अनुसार सर्वोदय को भी लील लिया। वह आन्दोलन नहीं रहा, किसी महान क्रान्ति की भूमिका नहीं बन सका, बल्कि कलेक्टर के दफ्तर की एक फाइल, जिला केन्द्र का एक उदास सूना दफ्तर भर रह गया जहाँ दोपहर को कार्यकर्ता सोए रहते हैं। वह सब नहीं हुआ जिसकी कल्पना ले जयप्रकाश सायर सिंह सपूत की अदा से लीक छोड़ चले थे। पूरा गणित, वर्तमान का पूरा समूचा घटनाप्रवाह जयप्रकाश की कल्पना से भिन्न जा पड़ा। जयप्रकाश बार-बार राष्ट्र को अपनी आवश्यकता महसूस कराते रहे। हर क्राइसिस में उन्होंने सत्ता से हटकर एक फार्मूला पेश किया और राष्ट्र की जनता को अपनी ऐन आवश्यकता को महसूस कराया। शेख अब्दुल्ला, पाकिस्तान, चीन, नागालैंड–सभी सनसनीखेज मामलों में जयप्रकाश की अपनी राय थी, एक फार्मूला था जो अपनी सर्वोदयी सीमा में रहकर वे पेश करते रहे। पर इस नुगरे देश ने उन्हें नेतृत्व के लिए नहीं बुलाया। राष्ट्रपति के बाद राष्ट्रपति, प्रधानमंत्री के बाद प्रधानमंत्री बनते रहे और जयप्रकाश अपनी टारजन या गार्थ शक्ति को लिये समानान्तर पटरी पर शंट करते रहे। हर बार उन्हें कुछ होता-होता-सा लगा, मगर नहीं हुआ। जनता हमेशा यह स्वीकारती रही कि जयप्रकाश नैतिक मूल्यों की प्रतिष्ठा में

अगुआ हैं, पदलोलुप नहीं हैं, आदि। मगर यह उससे नहीं हुआ कि भीड़ बनाकर जयप्रकाश से कहे कि आप राजनीति में आओ। जयप्रकाश के फार्मूले अखबारों से अधिक गहराई नहीं पा सके। सिवाय डाकू समस्या के उन्हें कहीं दाद नहीं मिली।

यदि जयप्रकाश राजनीति में रहते तो आज इतनी खीझ नहीं सिमटती जितनी नजर आ रही है। वे असेम्बलियाँ तोड़ रहे हैं। वे लोक सभा तोड़ देने का इरादा रखते हैं। जिस प्याले से हमें दारू पीने को नहीं मिली, उस प्याले को चकनाचूर कर दिया जाना उनकी दृष्टि में उचित है। उनका कहना है कि विधान सभाओं से भ्रष्टाचार रिसता है, अतः ये व्यर्थ हैं। यह बात ऐसी है कि शहर इसलिए जला दिया जाए क्योंकि वहाँ गन्दी नालियाँ बहती हैं। डाकुओं को भी ठीक राह लगाने की बात करने वाले जयप्रकाश पुलिसवालों के से क्रियाकलाप में लगे हैं। वे अपराधियों को सजा देने के लिए अपनी फौज खड़ी कर रहे हैं। भारी बहुमत से जीतकर जो लोग अभी विधान सभा में आए हैं, उनको घर पर घेरकर त्यागपत्र दिलवाएँगे। जिस प्रजातंत्र ने उन्हें नेतृत्व नहीं दिया, उसे वे चूर-चूर कर देंगे। जो आन्दोलन महँगाई के विरोध में आरम्भ होता है, वह भ्रष्टाचार के विरुद्ध चल जाता है जिसे मोड़कर जयप्रकाश प्रजातंत्र के विरुद्ध ले जाते हैं। सब तहस-नहस हो जाए, मिट जाए, सब जगह राष्ट्रपति शासन हो जाए। जो मेरा नहीं हुआ, वह किसी का क्यों हो? हमें कविता नहीं पढ़ने दोगे तो कवि सम्मेलन उखाड़ेंगे की-सी सीधी-सादी बात! रेल गलत दिशा में जा रही है इसलिए पटरियाँ उखाड़ी जाएँ। वे पूरी नाराजी से जुट गए हैं।

भविष्य के नाटककारों के लिए जयप्रकाश एक सशक्त मुख्य पात्र सिद्ध होंगे। पहले अंक में वह सत्ता से विरक्त होता है और तीसरे अंक में सत्ता को चकनाचूर करने इसलिए भिड़ जाता है क्योंकि दूसरे अंक में सत्ता के लिए उसे आमंत्रित नहीं किया गया। वह पूरे प्रजातांत्रिक ढाँचे के खिलाफ बिहार, गुजरात की सरहद पर लड़ाई छेड़ता है और उसे लगता है कि आन्दोलन का चक्रवर्ती घोड़ा दिल्ली जाएगा। जयप्रकाश देश में प्रजातंत्र के विरुद्ध सामाजिक मनोविज्ञान तैयार कर रहे हैं। उन्हें भ्रम है कि प्रजातंत्र टूटने से बेहतर प्रजातंत्र की स्थापना होगी। ऐसा नहीं होता। प्रजातंत्र से आस्था टूटने से सैनिक तानाशाही की जमीन बनती है। आश्चर्य नहीं कि जब जयप्रकाश बिहार में भिड़कर विधान सभाओं के विरोध में फिजा बना रहे हों, तब विदेशी शक्तियाँ इस देश में किसी सैनिक अफसर की तलाश कर रही हों जो ठीक मौके पर प्रकट हो सत्ता हथिया सकें! वह एक धप्प जयप्रकाश को मारेगा और इन्दिरा को, और लोगों से अयूब के स्वर में कहेगा कि भ्रष्टाचार बहुत बढ़ गया है, देश रसातल को जा रहा है इसलिए मैं शासन ले रहा हूँ। इतना कहकर वह स्विस बैंक में खाता खोल लेगा। भारतवासी—जिनके लिए स्वतंत्रता की उपयोगिता वेतन बढ़वाने, भाव बढ़वाने और नए धन्धे खोलने से अधिक नहीं रही, उसकी जय-जयकार करेंगे। तब जयप्रकाश तो गाँवों में शुद्ध प्रजातंत्र आदि का नारा देकर अपनी सर्वोदयी

खोल में लौट जाएँगे मगर हमारा क्या होगा? हम तो उनके सनकी प्रयोग की सजा भुगतते मिलिटरी के जूतों तले रौंदे जाएँगे। जयप्रकाश को यदि चुने जा रहे लोगों से नफरत थी तो उन्हें उत्तर प्रदेश के चुनाव में खुलकर कांग्रेस और इन्दिरा के खिलाफ काम करना चाहिए था। मगर खेद है कि जयप्रकाश में लोहिया का-सा साहस भी नहीं है और वे प्रतिपक्ष को रचनात्मक दिशा देने की प्रतिभा भी नहीं रखते। वे सिर्फ एक कड़वाहट का प्रसार करना चाहते हैं। रोग की भयंकरता को वे इस हद तक महसूस करते हैं कि उन्हें रोगी की मृत्यु में अन्तिम हल दिखाई दे रहा है। सारा देश कांग्रेस के भ्रष्ट तरीकों से नाराज है। मगर विधान सभा और लोक सभा को निर्जीव कर देने का निर्णय इस देश की जनता के लिए कठिन हो जाएगा। मैं किसी वृद्ध को अन्तिम दिनों में निराश या हताश नहीं देखना चाहता मगर इस लड़खड़ाते, बड़बड़ाते, क्रोध में गलत-सलत पैर पटकते जयप्रकाश बाबा की लाठी पकड़ उन्हें सही दिशा देने का काम कौन स्काउट करेगा, नहीं जानता।

रेल खस्ता के बगैर

सबसे पहले तो मैं बधाई दूँगा रेल कर्मचारियों को जिन्होंने जीवन के कतिपय सुखद दिवस और रातें अपने बीवी-बच्चों के साथ बिताईं। रेल क्वार्टरों में बिना आसपास शंटिंग या सीटी की आवाजों के जितनी मधुर नींद वेतन बढ़ने की आशा में वे सोए होंगे, ऐसी उनके जीवन में फिर शायद ही आए। हर कर्मचारी को परिवार के साथ ऐसे विदाउट पे क्षण गुजारना चाहिए। इससे स्वास्थ्य सुधरता है, मन को शान्ति मिलती है और कुछ माह बाद परिवार में वृद्धि होती है। इस हड़ताल के पारिवारिक सुपरिणामों की सूचना उन्हें शीघ्र मिलेगी। मेरी अग्रिम बधाई लें।

यह सच है कि इस देश में जहाँ मात्र भभकी देने से वेतन बढ़ा देने की शानदार प्रशासकीय परम्परा रही है, वहाँ पूरी हड़ताल करने से वेतन न बढ़े, यह आश्चर्य ही है। पर जहाँ तक कर्मचारियों का व्यक्तिगत प्रश्न है, विशेष अन्तर नहीं पड़ता। कंडक्टर महोदय गरजमंद यात्रियों को स्लीपिंग बर्थ और सीट देने की दर में आंशिक वृद्धि कर दें, स्टेशन मास्टर और गुड्स ऑफिस के क्लर्क वैगन लादने और उतारने की दरें थोड़ा बढ़ा दें, सिग्नल पर ट्रेन रोक स्मगल का माल बिना कस्टम के स्टेशन के पहले उतरवा देने की नियमित व्यवस्था को थोड़ा बढ़ाया जाए तो रेल-कर्मचारियों का घाटा पूरा हो जाएगा। जो रुपया उन्हें सरकार ने नहीं दिया, वह जनता देगी। उन्हें कोई नुकसान नहीं होगा। निराश होने की बात नहीं। वे पूरे उत्साह से कर्म के मोर्चे पर डट जाएँ। सब कुछ ठीक हो जाएगा।

दूसरी बधाई मैं भारतीय जनता को देता हूँ। महँगाई के इस कठिन काल में रेल हड़ताल के शुभ समय में यात्रा करने के खर्च में जो अनिवार्य बचत हो गई, यह लाभ अप्रत्याशित रूप से सुखद रहा। यात्रा खर्च बचा समारोहों में, रिश्तेदारी में औपचारिकता निभाने से बचे, नहीं जाने का ठोस बहाना मिला, घर पर जो रिश्तेदार आ धमकने और व्यर्थ आटा खुटाते, उनसे छुट्टी मिली। राष्ट्रीय व्यय में बचत हुई। अफसरों के दौरे भत्ते नहीं बने, सरकारी खर्च में कमी आई। कुछ बेकार की कांफ्रेंस, मीटिंग, समारोह पोस्टपोन हुए। निश्चित ही रेल हड़ताल से देशवासियों को लाभ हुआ। रेल विभाग के प्राथमिक अनुमान के हिसाब से हड़ताल के कारण पाँच सौ करोड़ की आमदनी मारी गई; अर्थात् जनता का कुल व्यय पाँच सौ करोड़ बचा। पचास करोड़

के देश में इस हिसाब से प्रति व्यक्ति दस रुपए की बचत हुई। बचत का दस रुपया कमाई के दस रुपए के बराबर होता है। रेल हड़ताल देश के लिए लाभप्रद रही। लदान रुक जाने से बड़े शहरों में माल नहीं गया। वहाँ भाव बढ़े जिससे लोगों ने खरीदी कम की। लाभ यह हुआ कि बाहर माल न जाने से स्थानीय रूप से छोटे शहरों में भाव गिरे रहे। महँगाई के इस जमाने में इस प्रकार रेल-हड़ताल का समय जनता ने भली प्रकार बिताया।

हड़ताल से यह गलतफहमी दूर हो गई कि रेलें इस देश की लाइफ लाइन उर्फ जीवन-रेखा हैं। लाइफ नहीं तो लाइन का सवाल नहीं उठता। अधिकांश लोग व्यर्थ की यात्राएँ करते हैं। व्यस्तता नहीं है, व्यस्तता का एक भ्रम है जो भीड़ बना दिल्ली-बम्बई के बीच शंट किया करता है। भीड़ इसलिए है कि साधन कम हैं। वास्तव में लोगों को कहीं आना-जाना नहीं होता। भारतीय मनुष्य घर-घुसा जीव है। रेले हैं इसलिए लोग यात्राएँ करते हैं। नहीं होतीं तो बेकाम कौन दौड़ता! इस देश की मूल समस्या है रोटी, कपड़ा, मकान। तीनों काफी हद तक स्थानीय समस्याएँ हैं। लोग जंगलों में, सड़क-रेलों से दूर मजे से रह लेते हैं। इस पिछड़े देश में हवाई जहाज अमीरों के चोचलें हैं, मध्यम वर्ग की ऐयाशी हैं और बसें मजबूरी। भारतीय मानुस का बस चले तो वह कहीं नहीं आए-जाए। रेल हड़ताल यदि एक माह और चलती तो भी अन्तर नहीं पड़ता। हड़ताली नेताओं ने भारतीय जनता की मूल वैष्णव प्रकृति को समझने में भूल की। लोग बड़े मजे से हड़ताल की खबरें पढ़ दिन गुजारते रहे। गालिब जीवित होते तो अपने शेर में सुधार कर कहते–'कौन काम बन्द है, रेल-खस्ता के बगैर?'

कटौती का मौसम

क्या आपने भूतपूर्व मुख्यमंत्री को ताँगे से जाते देखा है, या पैदल या सिटी बस से? मैंने तो देखा है। बड़ा आँखें चौड़ी करनेवाला दृश्य था। वे जा रहे थे और उनके समीप से उसी विभाग की जीप गुजर रही थी जिसके वे कभी मंत्री थे। एक भूतपूर्व मुख्यमंत्री को मैंने रेल के थर्ड क्लास में घुसते और अपने लिए जगह बनाते देखा है। वे सफल नहीं हो रहे थे क्योंकि उन्हें कोई सीट नहीं दे रहा था। मैंने एक बड़े कार्यक्रम के बाद एक भूतपूर्व मुख्यमंत्री को बाहर कारवालों की ओर घिघियाई नजर से लिफ्ट की आशा से ताकते देखा है। कम दर्दनाक दृश्य नहीं था।

मैंने एक भूतपूर्व मंत्री को सिटी बस में धक्के खाते देखा है। ठेकेदार के स्कूटर के पीछे बैठ जाते देखा है। लगता है, ठेकेदार मंत्री महोदय के किसी पुराने अहसान का बदला चुका रहा था। कुछ दिन हुए, मैंने एक भूतपूर्व मंत्री के साथ लंच लिया। दृश्य यों है। झाँसी स्टेशन, गाड़ी रुकी हुई है। एक थर्ड क्लास के डिब्बे से राज्य के भूतपूर्व मंत्री महोदय उतरते हैं और चारों ओर जनता पर नजर डाल धीरे से पूरी और आलू की सब्जीवाले की तरफ बढ़ते हैं। दूसरे थर्ड क्लास के डिब्बे से व्यंग्यकार शरद जोशी उतरते हैं और ठाठ से उसी पूरीवाले की तरफ बढ़ते हैं।

छह पूरी देना।–वे कहते हैं।

छह पूरी देना।–मैं कहता हूँ।

और वहीं डेढ़ फुट की दूरी से अपने हाथों में आलू का दोना और पूरी सँभाले लंच आरम्भ होता है। उसके बाद हम दोनों प्लेटफार्म के नल की तरफ दौड़ते हैं। चार नल हैं। एक से वे पानी पी रहे हैं, एक से मैं पी रहा हूँ। वे मुझे नहीं जानते मगर मैं उन्हें जानता हूँ। वे मंत्री रह चुके हैं, मैंने उनके भाषण सुने हैं, उनके खींचे झंडों को फहराते देखा है। वे मुझे नहीं जानते क्योंकि उनके मुख्यमंत्रित्व काल में भी इतना ही घटिया लेखक था, जैसा आज हूँ। अब हम दोनों चेहरे पर पूरियाँ खाने के बाद की तृप्ति लिये पानवाले को तलाश कर रहे हैं। मैं विशिष्ट तृप्त हूँ क्योंकि मुझे एक भूतपूर्व मंत्री के साथ लंच खाने का सौभाग्य प्राप्त हुआ है। यह सौभाग्य सबको नहीं मिलता। उनके मंत्रित्व काल में स्थानीय पत्रकारों को यह सौभाग्य अक्सर मिलते थे और पद छूट जाने के बाद शायद मैं अकेला हूँ जिसे यह सौभाग्य मिला है।

पिछले दिनों मैंने एक सभा में भूतपूर्व मंत्री को बैठे हुए देखा। उसे कोई बोलने को नहीं कह रहा था। मुझे यह देखकर बड़ी पीड़ा हुई। वक्ता से पतन होकर यों श्रोता हो जाएँगे बेचारे, किसने सोचा था!

उस दिन जब कॉफी हाउस में पेट्रोल की कमी और सरकार द्वारा खर्च की कटौती पर मित्रों में बातचीत चल रही थी तब एक सज्जन ने प्रस्ताव किया कि क्यों नहीं भोपाल के सारे मंत्री सिटी बस में बैठ सचिवालय जाते, इससे खर्च की बचत होगी।

'सचिवालय जाता ही कौन है, सब बँगले पर रहते हैं।' एक ने कहा।

'बस में बैठ जाने से क्या होगा? वहाँ पहुँचकर बँगले पर फोन करेंगे और कार बुलवाएँगे।' किसी ने कहा।

'कारें वापिस ले ले सरकार जब तक पेट्रोल-कष्ट है।'

'यह हो नहीं सकता। ऐसा हुआ तो मंत्रिगण त्यागपत्र दे देंगे। कार-बँगले के लिए तो मंत्री बने हैं। वह छिन गया तो रखा क्या है?'

बात मजाक में टल गई।

मगर उस दिन जब अपने घर से दफ्तर बग्घी में बैठकर प्रधानमंत्री श्रीमती इन्दिरा गांधी गईं तब यही हुआ। वे बग्घी में थीं और साथ में सुरक्षा के लिए धीमी चाल से कारें चल रही थीं। खर्च उतना ही हो रहा, पेट्रोल उतना ही फुँक रहा था।

खैर, प्रधान मंत्री के लिए तो यह संभव नहीं, मगर मध्य प्रदेश के मुख्यमंत्री और मंत्री यदि ताँगे, साइकल और सिटी बसों का उपभोग करने लग जाएँ तो कार्यक्षमता में कमी नहीं आएगी क्योंकि यों भी वे कोई खास काम तो कर नहीं रहे।

दूसरे, इसी बहाने प्रैक्टिस हो जाएगी। उस काल में जब मंत्री-पद छूट जाएगा और उन भूतपूर्व मंत्रियों की तरह, जिन्हें मैंने परेशानी से सफर करते देखा है, इन वर्तमान मंत्रियों की भी हालत बनेगी, तब भीड़ के धक्के-मुक्के के बीच जगह निकाल सकेंगे। मेरा सुझाव है कि मंत्रिगण तीन पहियों के ऑटो रिक्शा से आया-जाया करें। चर्बी छँटेगी, धचके लगने पर सड़क की स्थिति की सही जानकारी होगी, खर्च कम होगा और समाजवाद आ रहा है, यह भ्रम मजबूत होगा।

बाधाएँ और देश

बाधाएँ हर देश के सामने आती हैं। कई बार देश स्वयं बाधाओं के सामने पहुँच जाता है। बाधाएँ देश को निपट लेती हैं। कई बार देश बाधाओं से निपट लेता है। यह सब इस पर निर्भर करता है कि देश कौन-सा है और बाधाएँ कैसी हैं। बाधाएँ और देश परस्पर लुकाछिपी करते हैं। देश को लगता है कि बाधा अब गायब है और वह तभी यहाँ-वहाँ से निकल सामने आ जाती है। कई बार बाधाओं को लगता है कि अब देश का लोप हो जाएगा, और वह विजयी भाव से मुस्कुराकर आँख मारने लगती है। मगर तभी कम्बख्त देश धूल झटककर खड़ा हो बेशरम सीटी बजाने लगता है। खेल जारी हो जाता है। तू डाल-डाल, मैं पात-पात, तू घूँसा-घूँसा, मैं लात-लात। बाधाओं का अपना जोर है, देश का अपना चरित्र है।

चूँकि देश भारत है और बाधाएँ भी भारतीय हैं इसलिए भारतीय बच्चों के खेल के सारे तत्त्व इसमें आ जाते हैं। जैसे स्टॉप या स्टेचू। बच्चे खेलते-खेलते एक दूसरे से कहते हैं–'स्टॉप', या 'स्टेचू' और इसे सुनकर दूसरा बच्चा वहीं जड़वत हो जाता है, ज्यों का त्यों, जैसे मूर्ति। फिल्म में जैसे फ्रीज होता है, सब पात्र और परिवेश ठहर जाते हैं, उसी तरह। देश और बाधा के खेल में भी यही स्थिति है। यहाँ स्टॉप या स्टेचू नहीं कहा जाता। इसकी बजाय कहा जाता है कि 'कमेटी' या 'कमीशन'। और सब कुछ वहीं रुक जाता है, जड़वत हो जाता है। देश पर बाधा आती है। दोनों एक दूसरे के सामने हैं। लगता है, इस बार सीधा मुकाबला है, कड़ी टक्कर होगी। या तो बाधा रहेगी या देश। नेता के शब्दों से लगता है, बाधा खत्म होकर रहेगी, बाधा के स्वरूप से लगता है, देश को खोजे रास्ता नहीं मिलेगा। इस तनाव-भरे क्षण में, संघर्ष के ऐतिहासिक प्रहर में बाधाओं से खेल रहा नेता कहता है–'कमेटी' या 'कमीशन'! आगे की कार्रवाई जाँच रिपोर्ट आने पर होगी। जैसे एक बच्चे के स्टॉप कहने से सामनेवाला बच्चा फ्रीज हो जाता है, उसी तरह कमेटी बना देने से या कमीशन स्थापित कर देने से बाधा के खिलाफ संघर्ष फ्रीज हो जाता है। सब कुछ वहीं ठिठक जाता है।

कई बार बाधा देश को निपट लेती है या देश बाधाओं को। यह इस पर निर्भर करता है कि देश कौन-सा है और बाधाएँ कैसी हैं। बाधाएँ कैसी भी हों, देश भारत

है जो कमेटी बनाना जानता है। चारों ओर समस्याएँ ठिठकी खड़ी हैं। हर समस्या को, हर बाधा को एक कमेटी या कमीशन ने अपने से टिकाकर रख छोड़ा है। न समस्या देश पर विजय पा सकती है और न देश समस्या पर। अजीब इंटरवल का माहौल है। कहानी न आगे बढ़ रही, न लौटकर आ रही। लोग प्रतीक्षा में कोकोकोला पी रहे हैं। जितनी बाधाएँ हैं उतनी ही कमेटी हैं। यह देश हर मोमेंट को फ्रीज कर देने का विशेषज्ञ हो गया है। कमेटी रिपोर्ट देनेवाली है, रिपोर्ट लिखी जाने को। लिखी जाने के पूर्व विचार होगा, विचार करने के लिए सदस्य एकत्र होंगे। जो एकत्र नहीं हो रहे क्योंकि कुछ समस्याएँ हैं उनकी, बाधाएँ हैं कमेटी के सामने। सरकार कहती है, विचार हो रहा है।

समस्याओं को कमेटी कर देना, बाधाओं को कमीशन में उलझा देना आधुनिक भारतीय कला है। आप शासन के सामने मामला रखिए, मामले की गम्भीरता पर प्रकाश डालिए और शासन तुरन्त कमेटी बना देगा, आयोग स्थापित कर देगा। देश में आयोग के हेंगर लटके हुए हैं जिनसे लटके हुए प्रश्न हवा में झूल रहे हैं। पिछले दिनों हमारे वित्त मंत्री चव्हाण वाशिंगटन गए। वहाँ आर्थिक मामलों पर होनेवाली चर्चा में उन्होंने भाग लिया। बात एक ऐसे सवाल पर अटक गई जिसमें भाग लेनेवाले देशों में मतभेद थे। वे अपनी बात पर जोर दे रहे थे। इतिहास का तकाजा था कि निर्णय हो जाए। इस पार या उस पार। मगर तभी हमारे वित्तमंत्री महोदय ने भारतीय प्रतिभा का परिचय दिया। उन्होंने प्रस्ताव किया कि मामला एक सब-कमेटी को सौंप दिया जाए। सब शान्त हो गए। अनिवार्य इंटरवल आ गया। अब सब-कमेटी की रिपोर्ट की प्रतीक्षा है। भारतीय दवाई अन्तर्राष्ट्रीय मर्ज में काम दे गई। और क्यों नहीं? जब हम सब कमेटियों और कमीशनों के सहारे अपने देश की प्रगति रोक सकते हैं तो हम अन्य देशों की क्यों नहीं रोक सकते?

देश आगे बढ़ता है और एक कमेटी के पास जाकर रुक जाता है। बाधाएँ आती हैं, कमीशनों की भूलभुलैया में उलझ जाती हैं। देश और बाधा आमने-सामने हैं। मगर वे एक दूसरे का कुछ नहीं बिगाड़ सकते क्योंकि बीच में कमेटी और कमीशनों की खाइयाँ हैं। जहाँ नहीं हैं, वहाँ खोद दी जाएँगी। बाधाएँ भारत का कुछ नहीं बिगाड़ सकतीं। इस देश के रिटायर्ड लोगों की आयु भगवान लम्बी करे। वे आयोग की अध्यक्षता करते रहेंगे। वे जब तक हैं तब तक सब ज्यों का त्यों रुका रहेगा। जब वे अपनी रिपोर्ट देंगे, तब देश को उसे देखने की फुर्सत नहीं रहेगी क्योंकि तब देश किसी नई बाधा से जूझने के लिए नए आयोग का गठन करने के लिए जुटा होगा। इस प्रकार आयोग-दर-आयोग, सब-कमेटी-दर-सब-कमेटी बाधाओं से कतराता हमारा प्यारा भारत देश उसी तरह आगे बढ़ता जाएगा जिस तरह पिछले सत्ताईस वर्षों में बढ़ा है।

पराजय के प्रहर में एक कॉलम

जब तक आसमान में गर्द, देश में गंदे नाले और बाजार में नामर्दी की दवाइयाँ उपलब्ध रहेंगी तब तक लॉर्ड्स के मैदान पर भारतीय क्रिकेट की पराजय अमर रहेगी। इन्दौर में लोग गए और विजय बल्ला काला कर आए। मैं भोपाल से इसी काम के लिए आनेवाला था मगर भारी टैक्सी खर्च और जेब की हालत देख मन मसोसकर रह गया। मेरा शक है कि लॉर्ड्स की पराजय में इन्दौर के विजय बल्ले का भारी हाथ है। हुआ यह कि कुछ माह पहले मिस्टर वाडेकर इन्दौर आकर विजय बल्ला देख गए। तब से शायद उनके दिमाग में यह बात ठस गई कि वे क्रिकेट इतिहास में अमर हो गए हैं और अब उन्हें रन बनाने या जीतने की कोशिश करने की जरूरत नहीं। अमरता के भ्रम के साथ भारतीय प्रतिभा का स्टैंडर्ड तुरन्त गिर जाता है। जब कवियों को यह विश्वास हो जाता है कि उनका नाम हिन्दी साहित्य के इतिहास में अमर हो गया, तो वे बोर कविताएँ लिखने लगते हैं। महारथियों का उत्तरकाल ऐसी रचनाओं की कचरा पेटी होता है। भारत में अमरता की सूचना के साथ स्तरहीनता के प्राथमिक लक्षण प्रकट होते हैं। क्रिकेट के खेल में तो इतिहास वर्तमान का निरन्तर पीछा करता है। बल्ला लेकर खेलने कोई नहीं जाता, सब इतिहास बनाने जाते हैं। नफासत, पत्रकारिता, काव्यमय भाषा, निरन्तर जय-पराजय के विश्लेषण, आँकड़ों भरे इतिहास, चौके-छक्के की श्वेत श्याम स्मृतियाँ—इन सबसे क्रिकेट की गेंद लिपटी रहती है। यह सौभाग्य फुटबॉल, हॉकी या दीगर गेंदों को प्राप्त नहीं।

जो भी हो, इन्दौर का विजय बल्ला देख भारतीय खिलाड़ियों का दिमाग सनक गया। भारत में जगह और सीमेंट काफी है और जीत ज्यादा होती नहीं इसलिए ऐसे बल्ले खड़े किए जा सकते हैं। मगर जरा कल्पना कीजिए कि इंग्लैंड और वेस्टइंडीज में भी हर विजय पर बल्ला खड़ा करने का रिवाज होता तो बेचारे वे टापू अब तक बल्लों ही बल्लों से भर जाते, रहने-चलने-फिरने को जगह नहीं मिलती, लोग खेलते कहाँ? कुछ वर्ष बाद क्रिकेट का खेल खत्म हो जाता, सीमेंट के बल्ले खड़े रह जाते। जैसा कि भारत में हो रहा है, बल्ला अपनी पूरी नक्शेबाजी से खड़ा है और विकेट गिर चुका है। अब जरूरी है कि विजय बल्ले के समीप एक पराजय कूप खोदा जाए

जिसमें वह बल्ला उतारा जा सके। यों कुल मिलाकर जितने रन बने हैं, उसके लिए डूबने को कुआँ नहीं, चुल्लू काफी है और खिलाड़ियों के सुविधार्थ विजय बल्ले के आसपास इसके लिए उसी स्तर के पानी की पर्याप्त व्यवस्था है। यदि परम खिलाड़ी भावना के तहत यह भी मान लिया जाए कि खेलकूद में जीत-हार चलती रहती है तो सुधीर नाईक को लन्दन के ऐसे स्टोर्स से मोजे चुराने की क्या जरूरत पड़ गई? हमारी बदनामी की वजह यहाँ का खेल और वहाँ का पिच हो तो भी समझ आता है मगर मोजे देखकर नीयत खराब हो जाए, इसकी कौन-सी परम्परा क्रिकेट के इतिहास में है? वजह जो भी हो, पार्टी में देर से पहुँचने पर दूसरों को हुई असुविधा के कारण क्षमा माँगने में क्या हर्ज है? लड़कियों की तरह तुनककर चले जाना, रूठे हुए मोटर में बैठे रहना, फिर बड़ी खुशामद से आना, खड़े रहना पर प्लेट नहीं छूना, सब बात खत्म हो जाने पर भी स्थिति स्पष्ट नहीं करना, यह सब भैया किस क्रिकेट में आता है?

निराशा इस हद तक है कि मेरे मोहल्ले के लड़कों ने आजकल क्रिकेट खेलना बन्द कर दिया है और वे गुल्ली-डंडे में लगे हैं। मैं भी उन भारतवासियों में से हूँ जो क्रिकेट में पराजय के क्षण में गुल्ली-डंडे की प्रशंसा करने लगते हैं। एक बार ऐसे ही निराश क्षण में, जैसे भारतीय क्रिकेट प्रेमी को अक्सर प्राप्त होते हैं, मैं क्रिकेट कंट्रोल बोर्ड को यह पत्र लिखने बैठ गया था कि गुल्ली-डंडे के आधार पर क्रिकेट में कौन से सुधार कर इसे बेहतर खेल बनाया जा सकता है? सुझाव यह था कि दोनों टीमें एक साथ मैदान में उतरें, हॉकी या गिल्ली-डंडा की तरह, विकेट में से एक-एक दोनों टीम के पास हो। जो टॉस जीते, वह पहले बैटिंग करे। दूसरे छोर से विरोधी बॉलर गेंद डाले अर्थात् बॉलिंग करे और उसकी टीम फील्डिंग करे। हर टीम को चार ओवर मिलें। चार ओवर बाद दूसरी टीम का बैट्समैन बैटिंग करे। जो रन बनते जाएँ, टीमों के खाते में जुड़ते जाएँ, गिल्ली डंडे की तरह। एक के सौ, दूसरे के पचहत्तर। एक बैट्समैन के आउट होते से ही दूसरी टीम का बैट्समैन बैटिंग करने लगे, चाहे चार ओवर पूरे हुए हों या नहीं। सारी हार-जीत इस पर कि कौन किस टीम को पहले आउट करता है और उस दौरान कौन ज्यादा रन बना लेता है। इसमें दोनों टीमें एक साथ अपनी बैटिंग और बॉलिंग क्षमता का प्रदर्शन करेंगी। जो टीम फील्डिंग नहीं कर रही हो, वह हटकर खड़ी रहे और वक्त आते से ही वह पोजीशन ले ले और दूसरी हट जाए। यदि ऐसा किया गया तो क्रिकेट में जान बनी रहेगी। तेजी से ज्यादा रन बनाए और जल्दी-जल्दी आउट किए बिना जीतना सम्भव नहीं। बॉलिंग चेंज बीच ओवर में हो जाए तो हर्ज नहीं। मैं क्रिकेट बोर्ड को लिखनेवाला था मगर मैंने नहीं लिखा। इसका कारण यह हो सकता है कि शायद दूसरी इनिंग्स या दूसरे टेस्ट में भारत ने अच्छे रन बना लिये हों। क्रिकेट प्रेमी ऐसी ही मरीचिकाओं में स्वयं को भुलाता-भटकाता रहता है। मगर जो भी हो, मेरा नया

क्रिकेट गुल्ली-डंडे की नैतिक विजय सिद्ध करता है। मैं इसे राष्ट्र के भावी क्रिकेटरों को समर्पित करता हूँ।

इसमें सीधा लाभ यह है कि पिच, गेंद का घुमाव, ग्रास, मौसम या आउट फील्ड खराब होने के जो नखरे होते हैं, नाच न जानने पर आँगन टेढ़ा होने के जो बहाने दिये जाते हैं, बेमानी हो जाएँगे। दोनों टीमें एक साथ समान स्थिति में खेलेंगी—बॉल ऑफ दि पिच ज्यादा मूव कर रही हो या मौसम भारी हो। हमें गुल्ली-डंडे-सी साफ-सुथरी टुल्लेबाजी और जोड़बाकी चाहिए। जिसमें दम हो, मारे छक्का। तो क्या खयाल है? करें शुरू आल इंडिया क्रिकेट नवजीवन आन्दोलन?

अभाव में पनपा एक स्वर्ण अवसर

बदनावर बस स्टैंड से श्री प्रकाशचन्द जैन ने 13 जून की 'नईदुनिया' में बड़े लेखकों को नेक सलाह दी है कि कागज की कमी के इस दौर में वे आराम करें ताकि नई प्रतिभाएँ कुंठित होने से बच जाएँ। हाँ, वे उपन्यासनुमा पुस्तकें लिख सकते हैं।

जब से पत्र पढ़ा, परेशान हूँ कि ऐसी स्थिति में मेरा क्या फर्ज बनता है? बनता भी है कि नहीं बनता?

नम्रता का आग्रह है (और हिन्दी के सन्दर्भ में नम्रता एक ठोस तर्क की जगह लेती है) कि मैं सदैव स्वयं को हिन्दी का एक छोटा, अदना लेखक मानूँ और इस बात को बड़ा लेखक बन जाने के बाद तक दोहराता रहूँ यद्यपि साहित्य की परिस्थितियाँ देखते हुए अब जीवन भर बड़ा लेखक बनना असम्भव है। यदि कागज के अभाव में श्री जैन की अपील को स्वयं पर लागू कर मैं आज लिखना बन्द कर दूँ तो यह स्वर्णिम अवसर होगा खुद को बड़ा लेखक सिद्ध करने का। ऐसा मौका बार-बार नहीं आएगा। जो बात इतना लिखकर नहीं बन पाई, वह बिना लिखे बन जाए, इसे सौभाग्य ही मानना चाहिए। लाभ स्पष्ट है। मेरे न लिखने से जो कागज बचेगा, उस पर मजबूरन खाली जगह की पूर्ति के चक्कर में सम्पादक किसी नई प्रतिभा को छापेगा और इस तरह नई प्रतिभा बजाय कुंठित होने के पनप जाएगी। (अब यह दूसरी बात है कि पनप जाने के तुरन्त बाद वह यह कहे कि मैं शरदजी के न लिखने के कारण नहीं, वरन् अपनी प्रतिभा के बल पर उभरकर आया हूँ; वास्तविकता यह है कि शरदजी चुक गए हैं, आदि।) दूसरे, हिन्दी में बड़ा लेखक होने के जो सीधे फायदे मिलते हैं, वे मुझे भी मिलने लग जाएँगे—जैसे पुरस्कार, पद, कमेटी की सदस्यता, विदेश जानेवाले डेलीगेशनों में घुसपैठ के सौभाग्य, पाठ्यक्रम आदि में मान्यता आदि। इतना सब हो जाने के बाद यों भी लिखने की खास जरूरत नहीं रह जाती। भई, लिखेंगे तो तब ही जब विदेश यात्रा से लौटकर आएँगे। और विदेश कम थोड़े हैं। रूस से आएँगे तो मारीशस चले जाएँगे। इसी बीच राज्य सभा की सदस्यता मिल गई, या ऐसा ही बड़ा पद तो अपनी जिम्मेदारियाँ निभाएँगे, (भाषण, दौरा आदि) या साहित्य रचते फिरेंगे। मुझे न्यूजप्रिंट के इस अभाव से सीधा लाभ नजर आ रहा है। जब न्यूजप्रिंट काफी था, गंगा बह रही थी, तब मैं हाथ नहीं धो सका मगर आज

जब सूखा पड़ा है तब राहत-कार्य आयोजित करने से ऐसा दमोह-लाभ हो सकता है, इसकी कल्पना नहीं थी। प्रकाशचन्द जैन साहब, धन्यवाद!

अब एक सैद्धान्तिक प्रश्न आड़े आता है। हिन्दी के लेखक को लेकर यह सार्वजनिक धारणा है कि वह अभाव में पनपता है। जितना अधिक अभाव होगा, उतना ज्यादा वह पनपेगा। राशन, नौकरी, सम्मान, सामान्य मानवीय जीवन स्थितियों के अभाव में हिन्दी लेखक जीता है और लिखता है। अब प्रश्न यह है कि जो लेखक इन सब अभावों में काम करता रहा, वह न्यूजप्रिंट के अभाव में कुंद होकर रह जाए, यह बात कुछ जमती नहीं। यों भारत में यह बुनियादी गुण है कि अभाव में काफी कुछ और खूब पनप जाता है। नेतृत्व गुण के अभाव में नेता पनपते हैं, ईमानदारी के अभाव में अफसर पनप जाता है, बुद्धि के अभाव से प्रोफेसरों के विकास में बाधा नहीं आती तो न्यूजप्रिंट के अभाव से लेखक क्यों निराशा हो? आप कहेंगे, न्यूजप्रिंट एक भौतिक चीज है। मैं कहता हूँ, रायल्टी क्या कम भौतिक यथार्थ है पर उसके बिना भी लोग कविता संकलन छपाते ही रहते हैं। तात्पर्य यह कि लेखक या किसी के लिए इस देश में स्थितियाँ बाधक नहीं रहीं। प्राचीन काल में जो कवि-प्रतिभाएँ पनप गईं, उसका कारण क्या देश में ताड़पत्रों का आधिक्य था? जी नहीं, पेड़ उतने ही थे। अब यह भारतीय प्रतिभा की मर्जी पर था कि वे ताड़ से ताड़ी पीएँ, या ताड़पत्र प्राप्त कर लिखें या दोनों करें।

दूसरा बिलबिलाता प्रश्न यह है कि हिन्दी का बड़ा लेखक न्यूजप्रिंट के आधिक्य के जमाने में भी कौन लिख रहा था और नई प्रतिभा को तब कौन-सा संकोच था? हमारी हिन्दी में नई प्रतिभा, उदीयमान, युवा जैसे शब्दों का इस्तेमाल उखाड़ने-पछाड़ने के लिए होता है। 'युवा' एक अखाड़े का नाम है जहाँ निरन्तर जोर-आजमाइश होती है। अब जैसे पहलवान की हसरत जीवन भर पहलवान बने रहने की होती है, उसी प्रकार 'युवा' टाइप के साहित्यकार की हसरत युवा बने रहने की होती है। कौन अपने उस शस्त्र को छोड़ना चाहेगा जो रोज दूसरों पर प्रहार के काम आ रहा हो? मैं ऐसे कई मित्रों को जानता हूँ जो कम्बख्त पिछले पन्द्रह साल से उदीयमान के उदीयमान हैं और आगे बीस-पच्चीस साल उदीयमान ही बने रहने का इरादा रखते हैं। एक बार युवा हो गए तो कम्बख्त हट नहीं रहे। मैं कहता हूँ–गुरु, अब तो वरिष्ठ हो जाओ, बालों में खिजाब लगाना पड़ रहा है, घर-संसार की गाड़ी विटामिन गोलियों के पहियों पर चल रही है, दाढ़ दर्द करने लगी, मगर मानते नहीं। हिन्दी में तो ऐसा है कि वंस ए युवा, आलवेज ए युवा। तो उस जमाने में जब न्यूजप्रिंट काफी था और उदीयमान प्रतिभाएँ खूब छपकर जल्दी वरिष्ठ हो सकती थीं तब तो वे नहीं हुईं, बल्कि युवा बनी रहकर अपने से पुरानों को उखाड़ती रहीं, धक्के देती रहीं। और आज जब न्यूजप्रिंट कम होने से मैदान बड़े लेखकों के हाथ है, पिच फेवर कर रहा है बैट्समैन का, तब उनसे बल्ला छोड़ मैदान से बाहर जाने

की अपील क्यों की जा रही है? त्याग की अपील भी एक राजनीतिक दाँव होता है इस देश में।

खैर, मैं लिखना बन्द करने को (अस्थायी तौर पर) तैयार हूँ बशर्ते मुझे बड़ा लेखक मान लिया जाए। इसके लिए नई प्रतिभाओं को चाहिए कि हर नगर-कस्बे में मेरा सम्मान कर मुझे थैली-वैली भेंट करें, मुझ पर भाषण दें, लेख लिखें, सरकार पर दबाव डालें कि मुझे ऊँचा पद या सदस्यता आदि दी जाएँ, मुझे विश्वविद्यालयों में पढ़ाया जाए और विदेश यात्रा आदि सामान्य फायदे दिए जाएँ। इसके लिए जब तक युवा प्रतिभाएँ जीतोड़ परिश्रम कर मुझे वाकई में बड़ा लेखक नहीं बना देतीं, लिखना मेरी मजबूरी है। इसके लिए बदनावर बस स्टैंड के पास रहनेवाले श्री प्रकाश चन्द जैन को पोलिटेकनिक बस स्टैंड के पास रहनेवाले श्री प्रकाशचन्द सेठी से बात करनी होगी। इस देश में केवल पाठकों या जनता की मान्यता से कोई लेखक बड़ा नहीं होता। शासन की मान्यता भी चाहिए अन्यथा कौन बड़ा अफसर किस जगह आपकी बेइज्जती कर विजय-दर्प में मुस्कुराने लगे, कहा नहीं जा सकता।

इतना निश्चित हो जाने के बाद लिखकर जीने के लम्बे दुर्भाग्यशाली जीवन से कुछ समय के लिए अन्तराल मिलेगा। कहीं शान्ति से बैठ उपन्यासनुमा पुस्तक लिखूँगा, जैसा श्री जैन ने सुझाया है।

फिर क्या होगा? फिर उस उपन्यास को कहीं धारावाहिक रूप से प्रकाशित कराऊँगा।

मुस्कान की प्रतीक्षा में

खबर गर्म है कि चीन मुस्कुरानेवाला है। राष्ट्रपति श्री गिरि जब रूमानिया पहुँचे तो वहाँ के राष्ट्रपति (कुछ बड़ा-सा नाम है उनका) ने बताया कि चीन हमारे प्रति कुछ नरम पड़ने की सोच रहा है। कितना अच्छा होता कि राष्ट्रपति महोदय थोड़ा पहले रूमानिया चले जाते और यह बात हमें जरा पहले पता लग जाती!

शक मुझे भी काफी पहले से था। एक बार की बात है। शाम की बेला थी या शायद दोपहर की हो—मुझे ठीक से याद नहीं। किसी एक बड़े समारोह में जो पीकिंग में हो रहा था (शायद किसी और शहर में हो रहा हो), चीन के प्रधानमंत्री श्री चाऊ-एन-लाई या शायद स्वयं अध्यक्ष माओत्से-तुंग (दोनों में से कोई एक है; मुझे याद आता है, यदि तीसरा न हो) भारतीय राजदूत को देख मुस्कुराए थे। हुआ यों कि वे सामने आए और मुस्कुराए। या शायद यह हुआ हो कि वह सामने आया हो और तब वे मुस्कुराए हों। हमारा राजदूत (बड़ा भला-सा नाम है उन सज्जन का, मैं भूल रहा हूँ), जैसा कि एक राजदूत से आशा की जाती है और एक ऐसे राजदूत से जो पीकिंग जैसे नाजुक मुकाम पर राजदूती कर रहा हो, उस समय उस समारोह में नियमानुसार गम्भीर था। जैसे हमारे चीन से सम्बन्ध रहे हैं, उसे देखते हुए उसका गम्भीर रहना स्वाभाविक था। वह गम्भीर था और तभी चीन के नेता (चाऊ-एन-लाई या माओत्से-तुंग, जो भी रहे हों) उसकी ओर देख मुस्कुराए। यह भी हो सकता है कि स्वयं हमारा राजदूत उनकी ओर देख मुस्कुरा रहा हो। एक राजदूत से जो पीकिंग जैसे नाजुक मुकाम पर राजदूती कर रहा हो, यह अपेक्षा की जाती है कि वह समारोहों में नियमानुसार मुस्कुराए। हमारी नीति रही है कि हम पड़ोसियों से अच्छे सम्बन्ध रखना चाहते हैं अतः कोई आश्चर्य नहीं कि प्रत्येक उपलब्ध क्षण में हम मुस्कुराने से न चूकें। सो हो सकता है कि उस शाम अथवा अन्यत्र आयोजित उस समारोह के अवसर पर हमारा राजदूत, जो भी सज्जन वे हों, चीन के प्रमुख नेता, चाऊ-एन-लाई या माओत्से-तुंग (जो कि उस समारोह में थे) के सम्मुख गम्भीर अथवा मुस्कुराते हुए, जैसा कि पीकिंग जैसे मुकाम के राजदूत से अपेक्षा की जाती है, ठीक सामने अथवा एक ओर से आया या शायद पहले से ही खड़ा था। तब अकस्मात अथवा पूर्व निश्चित नीति के अनुसार वे नेता यानी चाऊ-एन-लाई या माओत्से-तुंग अथवा दोनों

ही, या शायद इन दोनों के अतिरिक्त तीसरा जिसका नाम मैंने नहीं पढ़ा या पढ़ा हो तो भूल रहा हूँ, हमारे राजदूत की ओर उत्तरस्वरूप या सहज मानवीयता के कारण या गलती से या हो सकता है, दारू ज्यादा चल चुकने के असर में, मुस्कुराए। बड़ा ऐतिहासिक क्षण था भारतीय इतिहास के सरकारी सहायता से लिखे जा रहे संस्करण के लिए जिसे राजदूत ने गम्भीरता से महसूस किया। यदि वह उन नेताओं की गलती नहीं थी, अथवा वह राजदूत का दिवास्वप्न नहीं था, तो मेरा यह शक होना स्वाभाविक है कि चीन भविष्य में हमारे प्रति नरम पड़ सकता है। मैं इस विचार पर इसलिए दृढ़ हूँ कि शक की कोई दवा नहीं।

चीन यदि नरम पड़ा तो कोई आश्चर्य नहीं कि वह भारतीय पिंगपांग टीम को निमंत्रण भेज दे, यदि वह पहले ही भेज न चुका हो या टीम चली न गई हो। यदि नरम पड़ा तो जैसा पहले हुआ था, उसके नेतागण किसी समारोह में हमारे राजदूत की तरफ और मुस्कुराएँगे। फिर सिर्फ यह जानने की समस्या रहेगी कि वे नीतिवश मुस्कुराए हैं या गलती से। यह पता लगने के बाद हमें मुस्कुराने में सुविधा रहेगी। मगर इसके बावजूद मसला नाजुक है, और मुस्कुराहटों के आदान-प्रदान के इन ऐतिहासिक क्षणों में हमें रूस की तरफ भी कनखियों से देखते रहना चाहिए क्योंकि यदि इसकी मुस्कान देख उसका चेहरा गम्भीर हो जाएगा तो भारत पर नैतिक संकट उत्पन्न हो जाएगा और हो सकता है, हमारी दशा उस फिल्मी गाने की तरह हो कि 'ओठों में दिल की बात दबाके चली आई...' वगैरा। और अपने निपोरे दाँत हमें समेटना पड़े।

सलाहें गूँजती हैं

इस देश में उपदेश देनेवालों का कीर्तनिया उत्साह कभी समाप्त नहीं होता। समवेत में चलता है सलाहें देना। गौर से सुनिए तो एक खास किस्म की धुन और शब्दावली निरन्तर चारों ओर से आती मिलेगी। चाहिए, चाहिए, होना चाहिए, हो, ऐसा हो, यों हो, करें, करें, आप करें, शीघ्रता करें, प्राथमिकता दें, पहल करें, आगे बढ़ें, पहुँचाएँ, लगाएँ, जाएँ, जाएँ, किए जाएँ, शीघ्र, शीघ्र, ध्यान दें, हो, हो, जल्दी हो की गूँज, अनुगूँज और प्रतिगूँज इस भाषणधर्मी देश के, परिणाम शून्य बियाबान से निरन्तर आती रहती है। जिस चौहान को जब मौका मिलता है, वह निशाने पर सलाहों के तीर छोड़ने लगता है।

सलाहें पानी की तरह ऊपर से नीचे बहती हैं। उस दिन राज्य के मुख्य सचिव तथा योजना सचिव ने बैंक के अफसरों को टोकना भर सलाहें दे डालीं—शब्द ही शब्द उलीचकर बैंकवालों को तर-बतर कर दिया। चाहिए, चाहिए की राष्ट्रीय रागिनी की तर्ज पर वैचारिक आरोह-अवरोह में डूबते-उतराते सचिवों की जुगलबन्दी थी कि चाहिए बैंकों को समझाएँ पढ़े-लिखे बेकारों को दें, आर्थिक सहयोग चाहिए होना शीघ्र समय पर सहायता दें, मिलें, खोलें, खोलें, चाहिए नए क्षेत्र रोजगार के चाहिए जिनमें हो बैंक की भूमिका, शीघ्र दें सहायता जरूरतमंद को जल्दी, तरीके सरल हों, करें, आवेदन लें। होना होना शीघ्र बैंकों को चाहिए, चाहिए। और बैंकों से आए श्रोता इस एकरसता भरे पक्के गाने को, जिसकी टेक थी चाहिए, सुनते रहे।

भाषण-स्वतंत्रता का भारतीय अर्थ उपदेश स्वतंत्रता है और हर चलनी को यह अधिकार प्राप्त है कि वह सूपों को दीक्षान्त भाषण दे। जो सरकारी तंत्र निर्माण कार्यों का लाखों रुपया प्रति वर्ष कागजी आलस में लेप्स करता रहा, महज तौर-तरीकों के अड़ियलपन के कारण जहाँ भारी बेकारी में रोजगार नहीं खुल पाते, जिस शासन से कर्ज या सुविधा लेने, आज्ञाएँ पाने की सारी प्रणालियाँ इतनी उलझनभरी हों कि न जमा किया जा सके, न निकाला जा सके, प्रगति की हर पगडंडी फाइलों से इतनी पटी हो कि निकलना मुश्किल, जहाँ वित्त विभाग जैसे अड़ंगाशील दफ्तर विधान सभा द्वारा स्वीकृत बजट में नित नई कटौतियाँ करने में ही महारत रखते हों, जहाँ अफसरों का नौकरी के अतिरिक्त राज्य में कोई लगाव न हो, जहाँ प्रायः प्रशासन के बुनियादी

सरोकार जनआकांक्षाओं के विपरीत ही पड़ते हों, उस राज्य के अफसरान बैंकों को क्या सलाह देंगे? आजादी के बाद मुर्दा और चरित्रहीन दफ्तरों की कृपा से सहायता का रुपया प्रायः गलत गड्ढों में फेंका जाता रहा और वसूली की कार्रवाई एक बेमानी सरकारी आग्रह से अधिक नहीं रह गई। सौभाग्य से बैंकों की कार्यशैली भिन्न है।

संचालनालयों की तरह उनके सिर पर सचिवालय का बेमानी गुंबद नहीं है। उसके काउंटरों पर सरकारी टेबलों की अनैतिकता अभी नहीं आई है। आप उन्हें क्या उपदेश खिलाएँगे? यह सच है कि लाभकारी योजनाएँ जनता को बताई जानी चाहिए। मगर खुद शासन इतना बड़ा प्रचार-तंत्र रख ये योजनाएँ कहाँ जनता को बताता है? और सवाल लाभकारी योजनाओं के पोस्टर-ढिंढोरे का नहीं है। सवाल यह है कि जो गरजमन्द मुसीबतजदा आपके द्वार पर सहायता की याचना करते हुए आता है, उसके साथ आपके व्यवहार क्या हैं। सरकारी दफ्तरों से बैंकों की प्रणाली अपेक्षाकृत सीधी साफ है और बेहतर हो कि अंग्रेजी खजाने के ये पुराने कागजी पहरेदार खुद बैंकों से सीखें कि काम में गति कैसे लाई जा सकती है। लीड बैंक स्कीम के अन्तर्गत जिलों में आर्थिक विकास और औद्योगिक सम्भावनाओं का जो सर्वेक्षण बैंकों ने किया है, वह राज्य शासन अपने जिलों के लिए कभी नहीं करा सका। मैंने सेंट्रल बैंक के दफ्तर में लीड बैंक स्कीम के अन्तर्गत जिलों के अध्ययन पर तैयार ऐसी पुस्तकें देखी हैं। जिलों की कृषि एवं औद्योगिक वास्तविकताओं का वे सुथरा चित्र प्रस्तुत करती हैं। काश, शासन के लोगों ने वे देखी होतीं और हर जिले में कृषि, उद्योग, शिक्षा एवं संस्कृति पर वैसी किताबें बनाई होतीं!

मैं कहूँगा तो फिर चाहिए-चाहिए का राष्ट्रीय बाजा बजने लगेगा। बैंकों को चाहिए कि वे जब ऐसे जिलेवार अध्ययन करें तो चाहिए कि हमसे मिलें, सामग्री की जाँच करवा लें। जब किताब बनाएँ तो चाहिए भेज दें, करें, वे करें, बताएँ, होना चाहिए! आकाश में फिर ऐसे स्वर गूँजने लगे।

बरसों से वही मधुशाला

आजकल न्यू मार्केट की चौड़ी फुटपाथ पर भीड़ कम है। कुछ तो यों भी परीक्षाओं के कारण यहाँ समय काटनेवाले कुंजिया चाट रहे हैं। यहाँ आते भी हैं तो जल्दी लौट जाते हैं। दूसरे, गन्ने का रस निकालनेवाले ठेलों ने सीधा आक्रमण बोल दिया है। जहाँ बित्ता भर जगह मिली, एक रसवाला ठेला खड़ा हो गया है अथवा मधुशालाएँ तन गई हैं। देखकर विश्वास नहीं होता कि इस साल सूखा पड़ा था। मैंने एक-दो जगह हलक तर किए और पिछले साल के उस व्यक्ति की तलाश करने लगा जो बेहतर किस्म का गन्ना लाता था। कहीं नजर न आया। जो भी हो, कॉफी हाउसवाली भीड़ अब घूम-घूमकर रस पी रही है। ये फेरी के दिन हैं; क्योंकि अन्दर घुटन होती है। मधुशाला के अस्थायी बोर्ड लग गए हैं, मोढ़े सजा दिये गए हैं। मुझे 'मधुशाला' शब्द से बोरियत भी होती है, यद्यपि गन्ने के रस से नहीं होती है। बरसों से इस शब्द को देख रहा हूँ। कोई शख्स अपनी दुकान का नाम 'मधु संध्या', 'रसीली', 'मधुबाला' या 'मधुरिमा' या ऐसा कुछ क्यों नहीं रखता? सब 'मधुशाला' रखते हैं और समझते हैं, साहित्य की बड़ी सेवा कर रहे हैं। बच्चनजी देखें तो अवश्य प्रसन्न हों यद्यपि 'मधुशाला' से उनका तात्पर्य यह कदापि नहीं था। मगर मैं तो नहीं होता। यदि कोई दूसरा नाम रखे तो मैं उसके यहाँ पहले दिन ही रस पीने जाऊँगा। मेरे मित्र को जब मैंने अपनी यह शिकायत बताई तो वह बोला कि रसवाले इसी डर से मधुशाला के अतिरिक्त नाम नहीं रख रहे कि कहीं आप और आप जैसे साहित्यकार वहाँ अड्डा न जमा लें। कह नहीं सकते, ऐसा होगा ही, मगर यह सही है कि इस देश की कई दुकानों का दिवाला निकलने में हिन्दी साहित्य का बड़ा योग रहा है।

न्यू मार्केट की फुटपाथ खाली रहने का एक कारण मुझे बताया गया—बिड़ला मन्दिर पर चल रहा 'हरे कृष्ण हरे राम' और उसे गानेवाली अमरीकन मंडली। सभी भाई लोग उधर चले जाते हैं। मैंने गन्ने के रस से भक्ति रस की ओर झुकाव का कारण पूछा तो उत्तर मिला : 'मजा आता है', 'जेंट्री जोरदार आती है,' वगैरा। मुझसे कहा : 'आप भी चलिए, मजा आएगा।' मजे के लिए ईश्वर-भक्ति में रुचि लेने की मेरी उम्र बीत गई। वे दिन गुजर गए जब सत्यनारायण की कथा के बाद आरती की थाल ले महिलाओं की भीड़ में घुसते हुए लगता था कि चलो, आज की पूजा का

सुफल आज मिल रहा है। भक्ति व शृंगार रस का कॉकटेल बन जाता था मन में। मैं नहीं गया। खाली फुटपाथ पर घूमता गन्ने की चुस्कियाँ लेता रहा। 'हरे कृष्ण हरे राम' शब्द कैरम की गोट की तरह विदेश से रिबाउंड हो फिर भारत आ लगे हैं। नई ताजगी है और गानेवाले गौरांग महापुत्र हैं। भारतीय माल भी यदि विदेश से वहाँ की पैकिंग में आए तो मजा तो देता है। गन्ने का रस इम्पोर्ट होकर आता तो आज उसकी कितनी ज्यादा कीमत होती, आप कह नहीं सकते। पिछले दिनों 'बोलो सुबह शाम, हरे कृष्ण हरे राम' वाली रिकॉर्ड देश भर में बजती थी। उन दिनों मैं बम्बई में था। तभी भारत-पाकिस्तान युद्ध छिड़ा, बंगला देश स्वतंत्र हुआ। बम्बई में मुझे एक सज्जन ने राम और कृष्ण के नाम की शक्ति का महत्त्व समझाते हुए कहा था कि युद्ध के समय देश भर में 'हरे कृष्ण हरे राम' की रिकॉर्ड गूँजने का परिणाम है कि संकट के काल में हमने विश्वास नहीं खोया और विजय प्राप्त की। राम के नाम ने सदैव भारत को शक्ति दी है—तुलसीदासजी के जमाने से देवानंद के फिल्म बनाने तक। मैं इस भावना से पूरी तरह सहमत हूँ। मैं उन सबके परीक्षा परिणामों के प्रति भी आश्वस्त हूँ जिन्हें बिड़ला मन्दिर पर 'मजा' आ रहा है। नाम की माया है, इसका पार किसने पाया है!

एक पत्रकार से बात करते हुए 'हरे कृष्ण हरे राम' वाले विदेशी सज्जन यह चिन्ता व्यक्त कर रहे थे कि 'भक्ति का यह जो जोश वे उत्पन्न कर पाए हैं, वह स्थायी रहेगा या नहीं इस देश में?' मुझे हँसी आई। भारत के विषय में यह फिक्र व्यर्थ है। यहाँ तो राम और कृष्ण रहेंगे ही। सवाल तो यह है कि यह जोश विदेश में कब तक रहेगा? रविशंकर के सितार की तरह चढ़ा हुआ विदेशी बुखार, देखें, इस क्षेत्र में कितने दिनों में उतरता है!

शासन, बाँस व बिड़ला : एक जंगल कथा

बड़ा कौन है–बाँस, शासन या बिड़ला? इस पहेली का कोई समाधान नहीं था। मैंने बहुत से कांग्रेसियों से पूछा। कुछ बोले–बिड़ला सबसे बड़ा है क्योंकि वह बाँस भी खरीद सकता है, शासन भी खरीद सकता है। कुछ बोले कि बाँस। शासन और बिड़ला दोनों इसकी ऊँचाई कम मानकर चल रहे हैं, यही सबसे बड़ी भूल है, जिसकी सजा भुगतना पड़ रही है जनता को। और कुछ कांग्रेसियों ने कहा–शासन बाँस और बिड़ला दोनों से बड़ा है। शासन, जो बाँस सस्ते भाव में बिड़ला को देता है, सबसे बड़ा है। इसी सिलसिले में एक धर्मप्राण कांग्रेसी ने विचित्र ही उत्तर दिया। उसने कहा–बिड़ला मन्दिर सबसे बड़ा है। उसने भावविभोर हो बताया कि जब बिड़लाजी ने डॉक्टर काटजू से पूछा कि मेरे योग्य कोई सेवा बताइए, तो हमारे स्वर्गीय मुख्यमंत्री ने भौतिकवादी स्वर से यह नहीं कहा कि बाँस की रायल्टी दर बढ़ा दो। वे बोले कि हमें भोपाल में भी दिल्ली जैसा लक्ष्मीनारायण मन्दिर बनवा दो। बिड़लाजी ने बनवा दिया। इतना कहकर वह कांग्रेसी गद्‌गद दृष्टि से विधान सभा विश्रामगृह के पीछेवाली पहाड़ी की ओर देखने लगा।

स्थिति ज्यों की त्यों थी। बाँस अपनी जगह गड़ा हुआ था। गांधीजी के निष्ठावान सिद्धान्तवादी बन्दर उस बाँस के सम्मुख बैठे रहते। एक जो अपनी आँख बन्द किए था, सिर्फ बाँस के बारे में विरोधियों की सुनता और बयान देता। वह बाँस की ओर कभी नहीं देख पाया। दूसरा जो बाँस देख रहा था, बातें सुन रहा था, अपना मुँह बन्द किए था। सिद्धान्तवश या बिड़ला के डर से, यह कभी स्पष्ट न हो सका क्योंकि वह बोलता नहीं था। तीसरा अपने कान बन्द किए था। न बाँस के विषय में सुनना मंजूर करता, न बिड़ला के विषय में। इस प्रकार तीनों किस्म के बन्दर अपनी जगह बैठे रहते और बाँस ज्यों का त्यों गड़ा रहता। चूँकि तीनों कैबिनेट में थे, अतः लोग कहते–न बाँस बड़ा है, न शासन, बिड़ला सबसे बड़ा है। दिन गुजरते गए। शौकिया तौर पर कोई बन्दर इधर-उधर से आकर बाँस को हिला जाता। मगर यह अपने राजनीतिक स्वभाववश। बाँस का कुछ नहीं बिगड़ता। न बिड़ला का, न शासन का।

एक दिन बन्दरों का एक समूह आया और बाँस के इर्द-गिर्द ऊधम-मस्ती करने लगा।

'मैं बाँस पर चढ़ूँगा,' एक ने कहा।

'बाँस बिड़लाजी का है,' दूसरे ने कहा।

'इसमें राजनीतिक खतरा है,' तीसरा बोला।

'कोई खतरा नहीं।'

'तुम ऊपर से नीचे गिर सकते हो।'

'हम नीचे से ऊपर चढ़ सकते हैं।'

'बाँस से होगा क्या?'

'इसकी बाँसुरी बनेगी। हम राजनीति में चैन की बजाएँगे।'

'इसका लट्ठ बनेगा, हम विरोधियों पर घुमाएँगे।'

'इस पर चुनाव का झंडा लगेगा।'

सभी बन्दर उत्तेजित और उत्साहित हो गए। एक बन्दर उस लम्बे बाँस को पकड़ ऊपर चढ़ने लगा। शोर हुआ, तालियाँ बजीं।

मैंने बिड़ला के एक व्यक्ति से पूछा–'इस विषय में आपके क्या विचार हैं?' वह बोला–'हमारे बंगाल में बाँस की बड़ी उपयोगिता है। उससे पुल बनाते हैं। इस राज्य में बाँस का एक पुल रहा है शासन और बिड़लाजी के बीच। शासन को जब बिड़लाजी से निवेदन करना होता था, इसी पुल से आकर करता था। बिड़लाजी को जब चुनाव में जीपें भेजनी होती थीं, इसी पुल से भेजते थे। ये लोग पुल तोड़ दे रहे हैं। कैसे क्या होगा?'

इधर वह बन्दर बाँस के ऊपर चढ़ गया। उसने नटों की तरह करतब दिखाए, प्रेस कान्फ्रेंस ली और प्रसन्नता से झूमने लगा।

बाँस व्यक्तिवाद का प्रतीक होता है। बाँसों के समूह में हर बाँस स्वयं को अकेला, विशिष्ट और ऊँचा समझता है। बाँस का यही गुण धीरे-धीरे बन्दर में आ गया। उसमें बाँस की लम्बी आत्मा समा गई। समूह को छोड़ वह स्वयं का साक्षात्कार करने लगा। बाँस की तरह आत्ममोह से ग्रस्त। उसने नीचे खड़े बन्दरों से कहा–'मैं तुम सबसे बड़ा हूँ, सबसे ऊपर हूँ, खुद चढ़ा हूँ, सबसे ऊपर हूँ, खुद चढ़ा हूँ।' उसी मूड में उसने प्रधानमंत्री को आवाज दी–'देखिए, देखिए, इन सबकी तुलना में मेरी ऊँचाई देखिए।'

उसे यों अकड़ता देख नीचे चढ़े बन्दर कुपित हो गए। बाँस हिलाने लगे, उछलकूद मचाई, यहाँ तक कि बाँस टूट गया। ऊपरवाला बन्दर नीचे गिरा। बाँस का एक टुकड़ा उसके हाथ में भी था। दूसरों के पास भी। अब वे सब बाँस के डंडों से लड़ने लगे।

परम्परा से बाँस की एक उपयोगिता यह भी है कि आप उसके डंडे बना लें और आपस में लड़ें। शायद बाँस की यही मूल उपयोगिता है।

फिलहाल लड़ाई जारी है, परस्पर डंडे चल रहे हैं। बाँस पर करतब दिखानेवाले बाँस हाथ में ले करतब दिखा रहे हैं।

जहाँ चाह वहाँ राह, जहाँपनाह

स्मगलर भी एक चीज है। लोग राबिनहुड और मानसिंग डाकू को दाद देते नहीं अघाते, पर जरा अनलिखी अनप्रतिवेदित कहानियाँ उजागर हो जाने दीजिए, स्मगलर आधुनिक युग का सबसे तेज अपराधी सिद्ध होगा, जिसके सामने प्राण-प्रेमनाथ के फिल्मी कारनामे बालकथाएँ लगने लगेंगे। मेरे यार अगस्त्य की तरह समुद्र पी गए और दुबई से भारत के बीच ऐसी खुफिया एकात्मकता का निर्माण किया, मजे से माल उतरता है, चढ़ता है। बम्बई के समन्दर में इन दिनों एक-दो जहाज खड़े हैं जिसके रग-रेशे में स्मगलिंग का सामान भरा है। भारत सरकार इस जल तिलस्म के हर खंड को कुरेद रही है, और कहीं से घड़ी, कहीं से टेपरिकॉर्डर निकल पड़ता है। पूरा जहाज आत्मनिर्भरता की सरकारी डींग मारनेवाले देश के मुँह पर थूकता उपस्थित है। पहले हम समझते थे कि हमारे स्मगलर नन्हे-मुन्ने साधनों से सामान, भारत के पवित्र सीमान्त में लाते हैं पर अब ज्ञात हुआ कि काले अर्थशास्त्र के ये शलाका-पुरुष पूरे जहाज का ऑर्डर विदेश को देते हैं और माल शनैः-शनैः किस्त-दर-किस्त देश में रिसता आ जाता था। स्मगलर भी क्या चीज होता है!

प्राचीन काल में एक भूगोल की पोथी होती थी जिसमें पढ़ाया जाता था कि इस जम्बूद्वीप उर्फ भारत के तीन ओर विराट समुद्र और एक हिमालय है। पूर्व में पटकोई की पहाड़ियाँ, ब्रह्मपुत्र-सी भीषण नदी आदि; अर्थात् ख़ैबर के दर्रे के अतिरिक्त भारत में प्रवेश का कोई मार्ग नहीं। उन दिनों कक्षा में छात्र के रूप में उपस्थित राष्ट्र के भावी स्मगलरों की आत्माएँ मास्साब वर्जित इन मर्यादाओं पर हँसती होतीं। आज भूगोल की पूरी पोथी झूठी पड़ गई क्योंकि हर दिशा से, हर पहाड़-सागर को लाँघता हुआ स्मगलर का सामान यों आ रहा है मानो शुद्ध हवा का झोंका या पानी से भरे बादल। बल्कि आप बादल और हवा के मामले में यह सन्देह कर सकते हैं कि वे आएँगे अथवा नहीं मगर स्मगलर के माल के विषय में यह सन्देह कदापि नहीं किया जाता। वह तो आएगा।

स्मगलर विन्ध्याचल सतपुड़ा लाँघता है, नर्मदा-चम्बल उसे रोक नहीं पातीं। इन नदियों को सत्तावन के उस दौर में यदि तात्या टोपे पार कर लेते तो कहते हैं, देश का इतिहास बदल जाता। तात्या यहाँ-वहाँ से प्रयास करते रहे, कहीं फौज पड़ी थी,

कहीं नदी विशाल थी, पार करना कठिन था। वे पराजित हुए और उनके साथ देश पराजित हुआ। पर स्मगलरों के लिए कोई बाधा नहीं। जो समुद्र चीर आए, उनके लिए नदी क्या चीज है! सरकार ने पुल बनाए हैं, आओ स्मगलरो, इस पर गुजरो! बादशाहो, फिकर मत करो! सब चंगा ही चंगा है। अपने ट्रक और कार से पुलिस और कस्टम के लोगों को घी से सनी रोटी के टुकड़े फेंकता स्मगलर आगे बढ़ता है। उसके चक्रवर्ती घोड़े की लगाम पकड़ सके, ऐसा साहस रिश्वत से पाणिग्रहण किए सरकारी हाथों में नहीं है।

उस पार सोने की लंका है। वहाँ से सोना स्मगलर कर लाना है। बड़ा काम है, भिड़कर करना होगा। स्मगलर समुद्र में पत्थर फेंक रहा है और देखिए कि पुल बना जाता है। राजनीतिक दलों का चन्दा, नेताओं को प्राइवेट राशि, अफसरों को बड़ी रकम, ताकि वे नवविकसित कॉलोनियों में बँगले-फ्लैट खड़े कर सकें। छोटे-मोटे बाबू, चपरासी, पुलिसवाले, कस्टम नाके पर खड़े फटियल लोगों के लिए खैरात, दादाओं-गुंडों को नियमित दक्षिणा आदि, और पुल खड़ा है। स्मगलर पुल से गुजरता चला गया और अब वह सोने की लंका से गोल्ड तथा दीगर सामान लादे चला जा रहा है। इस युग के तुलसी और वाल्मीकि, तुम कहाँ हो? तुम इस मनोहारी छवि को आगामी पीढ़ी के लिए साहित्य में पंजीकृत क्यों नहीं करते? क्या यह तुम्हें वैसे आकर्षित नहीं करता, जैसे रॉबिनहुड के लेखक को राबिनहुड का व्यक्तित्व आकर्षित करता था? कानून और सरकारी बाधाओं के जंगल में यह स्मगलिंग प्रवर क्या किसी सुलताना डाकू से कम है जो दिनदहाड़े सब कुछ करता है?

और अब नवीन स्वर्ण परिच्छेद खुल रहा है जब आन्तरिक सुरक्षा कानून से स्मगलर उलझेगा और विजयी होगा। पुलिस को अधिकार है कि वे किसी भी व्यक्ति को स्मगलिंग के आरोप में गिरफ्तार कर लें। इससे सभी डर से काँप रहे हैं—स्मगलरों के अतिरिक्त। वह वीर तो इससे भी सुलझ लेगा। इस देश का नियम है कि जहाँ चाह, वहाँ राह। डी.आई.आर. से स्मगलिंग की प्रगति के नए सुरक्षित गलियारे निकलेंगे।

आमीन!

एक पुराने निबन्ध की वापसी

पर्चे जाँचकर लौटी शिक्षिका की तरह हवा धीमे आ रही थी। वह कहीं ठिठक भी जाती। उसकी प्रतीक्षा में पसीना पोंछता सोच रहा हूँ कि अगले दो माह निबन्ध का प्रमुख विषय एक ही हो सकता है–'ग्रीष्मावकाश कैसे बिताएँ?'

स्कूली जमाने में यह निबन्ध प्रायः परीक्षा में लिखने को आ जाता था। पता नहीं, आजकल लिखवाते हैं या नहीं? गर्मियाँ तो वैसी ही हैं, छुट्टियाँ भी वैसी ही, और उसे भोगनेवालों की संख्या बढ़ गई है। निबन्ध फिर भी लिखने को पड़ा है।

ये दिन कैसे बिताएँ? मूँछें और कल्ले बढ़ाएँ, उसे पत्र लिखें जो वहाँ मिली थी या उसे, जो वहाँ भी नहीं मिली? दो-तीन रचनाएँ लिख साहित्य की ताजातम पीढ़ी में नाम जुड़वा लें, दारासिंग की सारी फिल्में देख डालें, सम्पादक के नाम पत्र भेजें 'नईदुनिया' को, रूसी भाषा सीखें, या फिर मूँछें और कल्ले ही बढ़ाएँ? पूरे दो माह के लिए एक निबन्ध भर परेशानियाँ चाहिए। जैसे बोर रिश्तेदारों के घर जा उन्हें बोर करें, सट्टे के फिगर आने की प्रक्रिया की मूल अन्तर्धारा पकड़ने का प्रयत्न करें, आकाशवाणी के युवा कार्यक्रम में ठँसे एक संस्था उगाकर उसके मंत्री हो जाएँ या मूँछें-कल्ले बढ़ाएँ? जीवन में ऊब गहरे महसूस हो रही है। इस ऊब को तोड़ने का एक ही रास्ता है कि पूना फिल्म इंस्टीट्यूट का फार्म भर दें। गर्मी बहुत है अन्यथा क्रिकेट खेलते और दो माह प्रयास कर गावसकर की बराबरी में आ जाते। मगर खेलने से बेहतर काम है खेल समीक्षा लिखने का। एक जोरदार लेख लिख पतन का विश्लेषण करें। या स्वास्थ्य बनाएँ, बुलवर्कर खरीद लें? या पंखे के सामने तकिया लगा लेटें और मूँछें बढ़ाएँ?

गर्मियाँ खुली कैद-सी पड़ी हैं। परीक्षाओं में पूछा गया हो अथवा नहीं, मन बार-बार प्रश्न करता है : 'ग्रीष्मावकाश कैसे बिताएँ?' समूचे वर्ष शिक्षकों और प्राचार्यों को अपने में व्यस्त रखने के बाद अब दो माह मिले हैं जब माता-पिता को चिन्तित किया जा सकता है। कब तक कुल्फी, आइस्क्रीम की माँग करते रहें और वही-वही इनकार सुनते रहें? पूरे दो माह?

शहर अपनी जिन्दगी और अपना आसपास समझने के लिए हमेशा एक जुमले की तलाश करता रहता है। मन समझाने को एक सूत्र पकड़ता है और पुराना छोड़ता

है। या नया फेंककर पुराना पकड़ता है पर वर्ष के इन दो माह शहर केवल एक सूत्र से काम चलाता है—जी, गर्मी बहुत है। लगता है, इस दृष्टि की सारी समस्याओं की मूल वजह भीषण गर्मी है और वे समस्याएँ हल हो सकती हैं मगर इतनी गर्मी में कैसे किया जा सकता है उन्हें हल? इसमें नई पीढ़ी क्या करे और पुरानी पीढ़ी क्या करे? वे सब क्या करें जो दो माह छोटा ग्रीष्मावकाश पाते हैं और ग्रीष्म के कारण उस अवकाश को लम्बा महसूस करते हैं? पूरे वक्त अप्रकट रूप से पीढ़ियों का संघर्ष चलता रहता है। पुरानी पीढ़ी बाहर धूप में न निकलने के आदेशों द्वारा नई पीढ़ी पर गर्मी थोपती रहती है और पूरे दो माहों को एक अनचाहे निबन्ध की तरह निपटा देने में प्रवीण, बार-बार बोरियत तोड़ते हुए एक कार्यक्रम की पड़ताल करते धूप में बाहर आ जाते हैं। इसे विधना का विधान कहिए कि जिस पीढ़ी को रुपए में पाँच पैसा गर्मी महसूस नहीं होती, उसे माँ-बाप गवर्नमेंट पूरे दो माह का अवकाश देती है और हम जो प्रातः दस बजे से पसीना पोंछने लगते हैं, इन दिनों में भी 'जीवन कैसे जिएँ' का निबन्ध अनवरत लिखते रहते हैं। स्थितियाँ कदापि समाजवादी नहीं।

अपनी-अपनी पीड़ा के आईने

क्या होता है? आज जरूर पहले पृष्ठ पर डबल कॉलम मिल जाए मगर धीरे-धीरे दरिया में खसखस अपना व्यक्तित्व खोने लगती है। मैंने बहुतों को इसी अगले पन्ने पर फोटो सहित देखा है। कभी देशमुख को, कभी हुमायूँ क़बीर और कभी छागला को। आज जस्टिस हेगड़े को देख रहा हूँ। धीरे-धीरे यह नाम भी रोटरियों की एअर कंडीशंड गहराइयों में खो जाएगा। आक्रोश से एक चुभती शैली जन्म लेगी जो कीमती नाश्ते के बाद भी मखमली तालियाँ बटोरने में सहायक होगी और हौले-हौले एक विराट ग्रुप फोटू में अपनी जगह बना स्थिर हो जाएगी। मैं नहीं मानता कि आप निजी असन्तोष को एक सामाजिक आन्दोलन में रूपान्तरित कर सकते हैं और लोग खाली बैठे हैं जो इस दर्द में आपके पीछे नारे लगाते चल देंगे कि हाय, आपका प्रमोशन न हुआ! ऐसा नहीं होता। जो शख़्स गरीबी और भुखमरीवाले देश में हजारों रुपए प्रति माह कमानेवाली वकीली करता हो और जिसने अन्याय और शोषण की इस भूमि पर कमाऊ पूत का जीवन जीने का आदर्श चुना हो और जो इस उम्मीद पर कुर्सियाँ से लटका हो कि कल वह सर्वोच्च हो जीवन सुफल बनाएगा, वह यदि अपनी कैरियर यात्रा में कहीं ठोकर खा जाए और तभी बिफरकर बोले कि अन्याय है, शोषण है, भुखमरी है, प्रजातंत्र खतरे में है, तो उसे कोई पीड़ा से जूझता हुआ समुदाय अपना नेता नहीं बनाएगा। आज उसे डबल कॉलम मिल जाए मगर वहाँ से कोई रास्ता नहीं निकलता। गलतफहमी के बेमानी क्षितिज कायम होते हैं जिनकी पोलें चार कदम चलते ही खुल जाती हैं। जो शख़्स जीवन भर मंत्री रहा हो, वह जिस तरह एकाएक फाइनेंस से हटाने पर विरोधी नेता नहीं हो सकता, उसी तरह की कठिनाई हेगड़ेजी के सामने भी होगी। वे भाषण देकर स्वयं को सन्तुष्ट कर सकते हैं। जनता और अखबारों का अव्यवस्थित सुप्रीम कोर्ट उन्हें इसके मौके देता है।

यदि सब कुछ गलत चल रहा है तो ऐसा उस दिन भी हो रहा था जब आप पदासीन थे और तब भी रहता, यदि आप मुख्य न्यायाधीश हो जाते। तब आपकी आत्मा क्या मुरब्बा खा रही थी? और आज एकाएक अचार जैसा खट्टा हो गया? निजी निराशा के प्रतिबिम्ब में आपको समूचे देश का दर्द नजर आने लगा हो तो आईना सनद नहीं हो जाता कि गले में लटका चल दिये।

उस दिन श्री शेलट ने कहा कि वे राजनीति में न पड़ शेष समय साहित्य में लगाएँगे तो मुझे वह चर्चा याद आई। शायद साल-डेढ़ साल पहले मेरी श्री शेलट से बातचीत हुई थी। परिचय हुआ तो वे यह जान आश्चर्य-सा करने लगे कि मैं नियमित ही व्यंग्य लिखता हूँ। (उन दिनों शायद लिखता भी था) मुझसे पूछा, अभी तक आपने कितने व्यंग्य लिखे हैं? मैंने कहा कि गिनती तो नहीं लगाई मगर हजार से ऊपर तो लिख डाले होंगे। वे आश्चर्य करने लगे कि मैं अभी तक जीवित कैसे हूँ? फिर भी श्री शेलट ने एक संस्मरण सुनाया कि पढ़ाई समाप्त करने के बाद वे किस प्रकार एक पत्रिका से सम्बद्ध हुए जहाँ उन्होंने किसी मामले पर झूमती शैली में एक व्यंग्य लिखा, क्या प्रतिक्रियाएँ हुईं, किस प्रकार शिकायत बड़ों तक पहुँची तथा उनके आदरणीय हितैषियों ने उन्हें भविष्य में ऐसा न लिखने की सलाह दी। वह उनके जीवन का प्रथम (और शायद अन्तिम) व्यंग्य था। अन्त में हाथ मिलाते हुए श्री शेलट ने हँसकर कहा कि आशा है, आप मुझ पर व्यंग्य नहीं लिखेंगे। मैंने वचन दिया कि जो उम्मीद है, ऐसी जरूरत भी नहीं पड़ेगी।

मैं वचन पर दृढ़ हूँ। नहीं लिख रहा। मगर अब जब श्री शेलट साहित्य के लिए समय देने का तय किए हैं, निवेदन करूँगा कि जो समस्या सुप्रीम कोर्ट में उनके सामने आई, वह साहित्य में घनी तीव्रता से रोजमर्रा अनुभव होती है। समीक्षक प्रायः किसी अयोग्य को प्रमोशन के ऊपर बिठा देते हैं और सीनियर आदमी को उपेक्षाएँ झेलनी पड़ती हैं। श्री शेलट को यदि साहित्य के लिए शेष जीवन देना है तो उन्हें यह सब सहने की आदत डालनी होगी, फिर साहित्य में उपेक्षा होने पर सुप्रीम कोर्ट की-सी सुविधा भी तो नहीं है कि त्यागपत्र दे दिया और छिटककर अलग हो गए। कलम चलाती रहनी पड़ती है। आशा है, श्री शेलट इस विषय में पूर्व विचार कर लेंगे तथा यहाँ वे भारी अपेक्षाएँ न करेंगे। उनका प्रिय विषय इतिहास है और वर्तमान से ऊबकर अतीत में जाते हुए व्यक्ति के भविष्य को मैं प्रतीक्षा से देखूँगा।

मिलेगा, विषय मिलेगा

कोतवाली में एक कोतवाल मुँह लटकाए बैठा था। सारा दिन बीत रहा था और कोई केस दर्ज नहीं हुआ। न किसी ने अपने रिश्तेदार की नाक काटी, न चोरी हुई, न सीनाजोरी। कहीं कुछ नहीं। कोतवाल के समीप एक मुंशी सिर झुकाए बैठा खाली रजिस्टर इधर का उधर कर व्यस्तता का अहसास उत्पन्न कर रहा था। कोतवाली सुनसान थी। जैसे रात घिरने लगी, कोतवाल की उदासी बढ़ती गई। वह मुंशी से बोला–कुछ नहीं होता, कहीं कुछ नहीं होता। जीवन व्यर्थ लग रहा है।

प्रौढ़ मुंशी, जो अनुभवों की भट्ठी से निखरकर धीरे-धीरे पेंशन के योग्य हो रहा था, धीरे से बोला, 'धीरज न खोइए हुजूर, मानव चरित्र पर विश्वास रखिए, जरूर कहीं कुछ घटेगा और रपट आएगी। ऐसा हो नहीं सकता, इन्सान आखिर इन्सान है। यदि आप भरोसा छोड़ देंगे तो कोतवाली के अन्य प्राणी किसके सहारे यहाँ बैठेंगे?'

नहीं जानता कि उस रोज कोतवाल को कब तक मामले की प्रतीक्षा करनी पड़ी, कब उसने बेल्ट कसा और कब उसे तफतीश पर जाने का मौका मिला, मगर लेखक के नाते मैंने उस बोरियत को अनुभव किया है। जब अखबार कोई सनसनी नहीं पैदा करते, दोस्त कोई लतीफा या आन्तरिक विश्लेषण नहीं प्रस्तुत करते, तो समझ नहीं आता कि क्या लिखा जाए। तब मुझे कोतवाली के मुंशी का वह वाक्य याद आता है और मैं स्वयं से कहता हूँ–भरोसा रख। इस कुत्सित राजनीतिशास्त्र, निर्मम अर्थशास्त्र और अन्याय से पूर्ण समाजशास्त्र पर भरोसा रख। मिलेगा, लिखने के लिए विषय मिलेगा।

मैं कोतवाल की तरह इन्तजार करता रहता हूँ।

कल ऐसी ही मनःस्थिति में मैंने एक प्रायः किशोर साहित्य की पुस्तक उठा ली, और यह किस्सा पढ़ा जो कविता के रूप में था। मैं अनुवाद-सा कुछ कर रहा हूँ :

'इस भूमि से हट जाओ, यह मेरी है।'

'तुम्हारी? तुम्हारी कैसे हुई?'

'मुझे मेरे पिता से मिली।'

'और पिता को?'

'उन्हें उनके पिता से।'

'और उन्हें?'

'उन्हें अपने पिता से।'

'उन्हें?'

'अपने पिता से।'

'उन्हें कैसे मिली?

'वे इस भूमि के लिए लड़े थे।'

'तो ठीक है, मैं भी तुमसे लड़ूँगा।'

और हो गई शुरुआत! जहाँ कहीं कुछ नहीं था, ठीक उसी जगह। मानव चरित्र पर भरोसा रखनेवाला मुंशी गलत नहीं कह रहा था।

कोरवा पर विशेषांक छप गए। मैंने पढ़ा और मुझे बड़े आँकड़ों ने प्रभावित किया। जब-जब भी ऐसे प्रोजेक्ट खुले, उसके आँकड़े आतंकित और प्रसन्न करते रहे हैं। कारखाना खड़ा होता है और मानव चरित्र कार्य करने लगता है। हर टेंडर के साथ टेबल से नीचे हाथ मिला आदान-प्रदान होने लगता है, नियुक्तियों में जातिवाद और प्रान्तीयता पनपती है, दस फीट जमीन भी जब नाई-धोबी को मिलती है, कोई अधिकारी जेब गर्म करता है। इसी मानव चरित्र और दुर्बलताओं के मध्य एक कारखाना खड़ा हो जाता है। एक कथा कही जाती है, बहुत-सी अनकही रह जाती है। कारखाना भी चलता रहता है, आदमी भी। दोनों के स्वभाव हैं। वह खाद नहीं आई जो फसल को बदल दे। तनाव उत्पन्न होता है और मुक्ति भी मिलती है।

मैं उस पुस्तक में एक विदेशी कविता पढ़ रहा था, जिसका अनुवाद कुछ यों होगा :

'मैं जाऊँगा, मैं जाऊँगा
रेल की पटरी पर सिर टिका सो जाऊँगा
जब धड़धड़ाता इंजन मेरी ओर आएगा
मैं एक ओर हट जाऊँगा!'

जनसम्पर्क

राज्य के मंत्रिगण जब राज्य की जनता से सम्पर्क करने जाते हैं, तो पचास हजार रुपया जेब में रखकर निकलते हैं ताकि जहाँ मुसीबत देखें, बाँट दें। मुसीबत कहाँ नहीं है! जनता मुसीबत में है और मंत्रियों की नजरों से देखा जाए तो जनता का होना ही अपने-आपमें एक मुसीबत है। पचास हजार रुपया जेब में रहने से आदमी की इज्जत यों ही बढ़ जाती है। फिर वह पैसा बाँटने के उद्देश्य से जेब में हो तो कहने ही क्या! इज्जत दुगुनी हो जाती है। और पचास हजार रुपए खर्च करनेवाला यह मंत्री जब लाख रुपए का लवाजमा साथ में ले जिले के गाँवों में घुसता है तो सामनेवाली जनता शासन द्वारा पठाए इस लाभकारी सरकस के प्रति बाकायदा नम्र हो जाती है। जिन गाँवों में थानेदार भैरवनाथ की तरह पूजे जाते हों, वहाँ एक साथ मंत्री, कलेक्टर, डिप्टी कलेक्टर, तहसीलदार, नायाब तहसीलदार टूट पड़ें तो भक्तिभाव का कहना ही क्या! दिनभर के लिए सारा गाँव शासन की अपनी कीर्तन मंडली में बदल जाता है। वे गाँव जहाँ पूरे वर्ष एक किस्म की गँवई राजनीति चलती रहती है, श्रीलाल शुक्ल के उपन्यास 'राग दरबारी' के अध्याय निरन्तर जिए जाते हैं। वहाँ फायदा उठाने का ऐसा महापर्व कितना महत्त्व रखता है, इसकी कल्पना की जा सकती है। जिले के किसी गाँव को कुआँ मिल जाता है, किसी को रहट। जहाँ हर जिले में विकास का रुपया लेप्स होता हो या रुपया खर्च करने के बावजूद भौतिक लक्ष्य एक-तिहाई ही पूरे होते हों, वहाँ उखड़ी हुई परत पर पचास हजार से जितना सीमेंट लग सकता हो, जितनी छाजन हो सकती हो, हो जाती है।

मंत्री गाँव में आ रहा हो तो सभी व्यस्त हो जाते हैं। फॉरेस्ट विभाग और लोककर्म विभाग के ठेकेदार डाकबँगले के अहाते में काजू-किशमिश की प्लेटें नाश्ते के लिए सजाने लगते हैं, शिक्षिकाएँ लड़कियों को स्वागत-गीत तैयार करवाती हैं–'तुम हमें रुपया दो, हम तुम्हें जय-जयकार देंगे' के सार्वजनिक सौदे के बाद अभावों के उस दरिया में पचास हजार रुपयों की खसखस फेंक अपने दिये आश्वासनों की स्मृति को भुलाता हुआ मंत्री राजधानी लौट जाता है।

पेट्रोल का अभाव वरदान हो गया है। मंत्री इस बार गाँवों तक नहीं जाएँगे। वे राजधानी से पचार हजार रुपया ले सिर्फ जिला केन्द्र तक जाएँगे और रुपयों का वहीं

वारा-न्यारा कर आ जाएँगे। इससे पेट्रोल के साथ वह खर्च भी बचेगा जो मंत्री महोदय के साथ जनसम्पर्क दौरा करनेवाले अफसरों के यात्रा भत्ते पर आता है। यह अच्छा रहा। इन दिनों भीषण महँगाई के कारण जनता का मूड भी इतना अच्छा नहीं है कि उसके बीच जाकर कोई मंत्री जय-जयकार की फसलें काट सके। पेट्रोल की बचत के बहाने राज्य शासन ने कई अशोभनीय दृश्यों से मुक्ति पा ली, जो जनसम्पर्क दौरे के समय यहाँ-वहाँ खड़े हो जाते। लोग जो प्रश्न करेंगे, उसके उत्तर शासन के पास नहीं हैं। जिला केन्द्रों के आगे अभावों का डेंजर जोन है। ठीक ही है कि कलेक्टर, अफसर, जिला कांग्रेस के कार्यकर्ता और शाश्वत चमचों से मिलकर मंत्रिगण पचास हजार देकर लौट आएँ। बेहतर तो यह होगा कि बजाय खुद जाने के भोपाल से भिजवा दें। मगर इससे उनके दौरे भत्ते का नुकसान हो जाएगा जो शायद वे नहीं चाहेंगे।

डॉक्टर काटजू के जमाने से जनसम्पर्क का सरकारी तमाशा आरम्भ हुआ जो आज तक जारी है। इतने जीवन्त अनुभवों के बाद कोई हारून रशीद जनसमस्याओं का विशेषज्ञ हो जाए मगर सरकार अभी शून्य है इस मामले में। यों धोबी के विचारों से परिचित होने के लिए राम को जनसम्पर्क दौरा नहीं करना पड़ा था। अहल्या का उद्धार करने के लिए उन्हें दिल्ली से आज्ञा नहीं लेनी पड़ी। गाँव की जनता की तीन-चौथाई समस्याएँ तो भोपाल की सरकारी टेबलों पर ठीक काम हो तो सुलझ सकती हैं। शासन का मजा यह है कि वह सामने पड़ी फाइल पेंडिंग पटककर वास्तविकता समझने दौरे पर चल देता है। हर संकट के समय सरकार स्थिति समझने की मुद्रा ले लेती है। मुआयने के इस भोले नाजो-अन्दाज की कोई खास इज्जत अब जनता में रह नहीं गई। यदि गरीब के दरवाजे निरन्तर जाकर यह पूछा जाए कि तुम कितने गरीब हो और क्या वाकई गरीब हो तो उसकी गरीबी तो दूर नहीं होगी, बल्कि एक दिन वह क्रोध में आपको मारने दौड़ेगा। बाढ़ में डूबते शख्स को बचाने की बजाय यदि हम यह पता लगाने में लग जाएँ कि पानी की सतह कितनी है तो इससे क्या मिलेगा? वास्तविकता जानने की सरकारी कोशिशों की एक इन्तहा होनी चाहिए आखिर।

प्रसन्नता है कि जनसम्पर्क दौरा नहीं हो रहा। पेट्रोल भी बचा और भीड़ में जाने से मंत्री भी बचे। जनता को क्या चाहिए, पचास हजार रुपए। सो उसे मिल रहे हैं। यदि अभावों से ही समझदारी पनपती है तो बुद्धिमानी के हित में कौन-सी शुभकामना की जाए? क्या ऐसा नहीं हो सकता कि सरकार के पास पेट्रोल हो तब भी वह अक्लमंदी के निर्णय ले?

कूटनीति की पिंगपांग शैली

पिंगपांग या टेबल टेनिस के आरम्भ में पुश-स्ट्रोक्स सीखना जरूरी है अर्थात् जैसी भी गेंद आए, उसे विरोधी की दिशा में ढकेल भर दिया जाए। अपने मौके की प्रतीक्षा के लिए यह सबसे अच्छे होते हैं। पर चीन द्वारा शुरू की गई पिंगपांग राजनीति में अभी इस पुश-स्ट्रोक्स के स्तर पर भी तैयार नहीं है। चीन के मामले में हम कह चुके हैं कि अन्तिम विजय हमारी होगी पर यदि वे पिंगपांग का बल्ला लेकर आएँ तो प्राथमिक पराजयों की निराशा का माहौल बात आगे बढ़ने देगा या नहीं, इसमें संदेह है। चीन उपप्रधानमंत्री टेबल पर गेंद डालकर चले गए पर भारत ने पुश-स्ट्रोक नहीं किया।

पिंगपांग राजनीतिक खेल है और भारतीय शराफत खेल में राजनीति को पसन्द नहीं करती। गहरी राजनीति की तरह पिंगपांग टेबल पर खेला जाता है। बहस के मुद्दे की तरह बाल वहीं टप्पे खाती जाती है। बहस और किसी भी तरफ घूम सकती है। बात टेबल के बाहर नहीं जानी चाहिए। पिंगपांग की गेंद में या राजनीति में स्वार्थ के मुद्दे के दो अन्दाज होते हैं : एक 'बैकस्पिन', जिसमें गेंद उल्टे घूमती हुई आगे बढ़ती है और दूसरा 'टॉपस्पिन' जिसमें गेंद सीधे घूमती हुई आगे बढ़ती है। चीन हमारी तरफ 'बैकस्पिन' से गेंद फेंकता है। बात सीधे नहीं पर उलटे घूमते हुए बढ़ती है। पर राजनीति की तरह टेबल टेनिस में भी हर खिलाड़ी 'किल' के क्षण की प्रतीक्षा करता है। वह हमारी कमजोरी भाँप निरन्तर दाएँ और बाएँ गेंद फेंकता है। काश, हम भारतीय राजनीति में पिंगपांग के 'चॉप' की महारत रखते। यह एक सुरक्षात्मक स्ट्रोक है जिससे सामने वाले की आक्रामक गति मंद हो जाती है। वह अनिर्णय की स्थिति में आ जाता है। इस समय हालत यह है कि चीन अपनी ओर से चर्चा आरम्भ करने के संकेत दे रहा है। यह कूटनीति पिंगपांग से प्रेरित है। पिंगपांग में कुछ अच्छे आक्रामक मूव्स घुटने झुकाकर किए जाते हैं जिससे विजय मिलती है। राष्ट्रीय स्वाभिमान और रूस से दोस्ती के आग्रह में हम घुटने और रीढ़ ताने हुए खेल खेलने को राजी हैं, पर पिंगपांग की तरह राजनीति में निरन्तर पैर और पोज बदलने होते हैं। कई बार आक्रमण का पैंतरा ले गेंद को बल्ले से सिर्फ छू देने भर से गेंद वैसी ही विरोधी के पास लौट जाती है। यदि आज भारतीय विदेश विभाग में भी पिंगपांग का खिलाड़ी होता तो चीनी राजनीति के इस पिंगपांगी दाँव का जवाब वह हाफ वॉली

से देता। वह टेबल के पास बल्ला ला बिना कलाई और बल्ला घुमाए मारता और दूसरे ही क्षण सामनेवाले की स्पिन का जवाब देने के लिए बल्ले को घुमा तैयार हो जाता। पिंगपांग खिलाड़ी की जो प्रायः कमजोरी होती है, वही भारत की है। खिलाड़ी खेलते समय नफीस लगना चाहता है और इसी कारण हारता है। जो चैम्पियन होता है, वह पिंगपांग खेलते समय इस बात की चिन्ता नहीं करता कि वह कैसा लग रहा है। वह तो पाइंट बनाने पर ध्यान देता है। चीनी लोग जानते हैं कि राजनीति में पिंगपांग से और पिंगपांग में राजनीति से तत्त्व कैसे लिए जाएँ। पिंगपांग में प्रदर्शन अपनी शक्ति का किया जाता है, पर लाभ दूसरे की कमजोरी का उठाया जाता है। विजय की निर्णायक बात यही है कि आप दूसरे की कमजोरियाँ कितनी पकड़ते हैं। दूसरे, अपनी गेंद को टेबल पर इतने समीप या इतनी दूर डालो कि विरोधी उसका लाभ न ले सके अर्थात् बीच टेबल में लौटा न सके। पिंगपांग न जानने के कारण इस नियम का हम राजनीति में प्रयोग नहीं करते। आजकल पिंगपांग और राजनीति में आक्रामक खिलाड़ी ही विश्व चैम्पियन बन रहे हैं। हम सुरक्षात्मक शैली में खेलते हैं। खुद बात छेड़ आपको पसोपेश में डाल देने का चीनी अन्दाज पिंगपांग के दाँव की तरह स्पष्ट है। पर आप सुरक्षात्मक शैली अपनाकर जीत भी सकते हैं। यह इस पर निर्भर करता है कि निरन्तर गेंद को दूसरे पाले में टप्पा खिलाकर फेंकते रहने की शक्ति आपमें कितनी है। धैर्य कितना है। इस खेल में बल्ला नहीं, खिलाड़ी महत्त्वपूर्ण होता है। एक चीनी अपने बल्ले को कलम पकड़ने के 'पेन होल्डर' तरीके से पकड़े अथवा एक भारतीय उस बल्ले को हाथ मिलाने के 'शेकहैंड' तरीके से पकड़े, पर असली बात यह है कि आप बात को या बॉल को कितने वजन के साथ टेबल के किस भाग में फेंकते हैं और उसे उठाने में कितनी परेशानी शत्रु के लिए खड़ी करते हैं। भारत इस खेल में अपने को कमजोर पाता है, यह तथ्य कलकत्ता और दिल्ली दोनों जगह साबित हो जाता है।

बात दरअसल यह है कि चीन हमें चर्चा या रिश्तों के राजनीतिक पिंगपांग में सिंगल्स के मैच के लिए आमंत्रित करता है जबकि रूस से सुरक्षा सन्धि के बाद हम मिक्स्ड डबल्स की कल्पना करते हैं; अर्थात् एक तरफ भारत-रूस तथा दूसरी ओर चीन-पाकिस्तान। इस भावी टूर्नामेंट के लिए भारतीय कूटनीतिज्ञ प्रैक्टिस करता रहा है पर एकाएक कोई चीनी उपप्रधानमंत्री हमारे स्टेडियम में सिंगल्स खेलने की चुनौती दे तो दिल्ली के खिलाड़ियों को समझ में नहीं आता कि क्या किया जाए। मेरे खयाल से किसी भी चैम्पियनशिप में जीतने के लिए आपमें डबल्स और सिंगल्स दोनों खेलने का आत्मविश्वास और योग्यता होनी चाहिए। क्या आप सिंगल्स खेलने जाएँगे तो डबल्स का आपका पार्टनर रूठ जाएगा? वह भी तो कई जगह सिंगल्स खेलता है।

भ्रष्ट जो खोजन मैं चला...

देश का थोड़ा-बहुत बड़ा आदमी इन दिनों जेल में बन्द है। ऊँचे फ्लैटों का सम्मानित निवासी, सोने और विदेशी करंसी में खेलनेवाला बारहताड़ी के पीछे है अथवा मरीज बना सरकारी अस्पताल के बिस्तर पर लेटा नर्सें ताक रहा है। कुछ बाहर हैं। मेरे खयाल से ज्यादा बाहर हैं। आएगा, यदि ऐसा ही चला तो वह भी आएगा।

जेल की छत से कैदियों के सिर पर सवाल लटक रहे हैं। भविष्य क्या होगा? भविष्य में क्या होगा? स्मगल की स्वर्णिम डोर जेल से छूटने के बाद जुड़ेगी अथवा नहीं? सरकार क्या प्रश्न करेगी? बचाव क्या होगा? बचाव के दौर में रिश्वत और कितनी दी जानी होगी? सम्पत्ति पूरी तरह पकड़ आएगी या कुछ बच जाएगी? सरकारी जेलों की अविकसित व्यवस्था में लेटे फाइव स्टार होटल की स्मृतियों में जीते, वे सोच रहे हैं। उन्हें अपने-अपने ज्योतिषी याद आ रहे हैं जो कह चुके थे कि बीच में राहू थोड़ा कष्ट देगा, मंगल नीच का होने से रुपए की आवक रुकेगी मगर जिनकी बात को गम्भीरता से नहीं लिया था। उन्हें वे कॉलगर्लें याद आ रही होंगी जो फोन करने से ही आ जाती थीं। वे सरकारी अधिकारी याद आ रहे होंगे जो उनसे प्रेजेंट्स आदि लेते थे, पार्टियाँ जीमते थे। वे रिश्तेदार याद आ रहे होंगे जिनके नाम से अलग-अलग सम्पत्तियाँ खरीदी जाती थीं, होटल चलते थे। जेल की रातें वे कैसे गुजारते होंगे? सारी माया आदमी की है। आदमी जेल गया तो सब कुछ सूना है, फाइव स्टार होटल में स्मगल की नौकाओं तक।

प्रश्न है कि क्या सरकार इन बखियाओं और हाजी मस्तानों से उन सरकारी अधिकारियों के नाम पूछेगी जो इन स्मगलधर्मी व्यापारियों के निरन्तर मददगार रहे हैं? प्रश्न है कि क्या सरकार उन मंत्रियों और नेताओं के नाम पता लगाएगी जो इन स्मगलरों से रुपया लेकर चुनाव लड़ते थे, राजनीति करते थे, सत्ताएँ बनाते-बदलते थे? वे पुलिस अफसर, निगहबान जो विदेशी स्मगल सामान की नाव तट पर आने की बेला में किनारे से हट जाते थे? वे कस्टम अधिकारी जो मुख पर मंद मुस्कान लिए अर्धनिमीलित नयनों से स्मगलर को गुजरते हुए निहारते थे, जहाजों पर भारतीय अनाज लद जाता था, विदेशी सोना उतर आता था और वे समुद्र तट के रेस्तराँ में कोकाकोला पीते रहते थे? क्या नैनमल और चंपालाल शाह इस वास्तविकता पर

प्रकाश डालेंगे कि अब तक कितने नेताओं को वे कितनी रकम दे चुके? इनसे सत्य का पता कैसे लगेगा? यदि ये पूर्ण सत्य छुपाएँगे तो क्या होगा? यदि बता देंगे तो क्या होगा?

भ्रष्टाचार का एक विराट वृक्ष है। उसकी कितनी सारी शाखाएँ हैं, उसकी जड़ कितनी गहरी फैली हुई है, क्या यह सब परस्पर जुड़े हुए नहीं हैं? इस वृक्ष की रक्षा के लिए राजनीति का परकोटा लगा है। सिर्फ कांग्रेस ही नहीं, दीगर पार्टियाँ भ्रष्टाचार के आर्थिक विषवृक्ष की रक्षा कर रही हैं और उससे शक्ति पा रही हैं। भ्रष्टाचार प्रजातंत्र की जड़ सींच रहा है और यह निरन्तर पल्लवित खर्चीला प्रजातंत्र आम आदमी से दूर जा पड़ा है। हमारा वोट पाया शख्स किसी जमाखोर या स्मगलर का नमक खाता है, उसकी हलाली करता है, उसकी बजाता है। एक या दो वाटरगेट नहीं, वाटरगेटों का अन्तहीन क्रम है और हर वाटरगेट एक हद के बाद सत्ताधारी को निजी नैतिकता के लिए चुनौती भरा प्रश्न बन जाता है कि वह स्वीकार करे या न करे? पावन अनुभवी चमड़ियों के नीचे एक निक्सन छुपा बैठा है। प्रश्न यह है कि स्मगलरों का बयान क्या होगा और उसमें प्राप्त व्यक्तिवाचक संज्ञाओं के साथ हमारा व्यवहार क्या होगा? शासन ने वृक्ष की एक डाली पकड़ी है। क्या दीगर डालियों को भी पकड़ेगी? क्या जड़ तक पहुँचेगी? पौधा-शास्त्र का नियम है कि एक-दो डाली काट देने से वृक्ष की बाढ़ कम नहीं होगी, बल्कि उलटे बढ़ती है। बम्बई का किनारा खतरनाक होने पर स्मगलर कोलम्बो और मद्रास की बाजू से आने का प्रयास करेगा। एक दरवाजा बन्द हुआ, दो खुलेंगे। डालियाँ पनपेंगी। स्मगलर्स की नई पीढ़ी उभरकर आएगी। किस कुली की सुप्त महत्त्वाकांक्षा उसे कब एक और हाजी मस्तान बनने की दिशा में प्रवृत्त कर दे, कहा नहीं जा सकता। बड़ी उर्वरा है इस देश की काली मिट्टी काले कर्मों के लिए। शस्य श्यामल से कितनी श्यामल हरकतें जन्म लेती हैं, सब परिचित हैं।

प्रश्न यह है? जी, प्रश्न यह है कि इस हुआ-हुआ के बाद क्या कुछ होगा? स्थिति यह है कि भ्रष्ट जो खोजन मैं चला, भ्रष्ट मिला नहीं कोय। जो घर खोजा आपना, मुझसा भ्रष्ट न कोय। क्या सत्ताधारी और दीगर राजनीतिक दल अपना घर स्वयं खोजना अथवा दूसरों के द्वारा खोजे जाना पसन्द करेंगे? यह एक मिलियन डालर प्रश्न राष्ट्र के सामने है और भविष्य का रोचक दृश्य यह होगा कि देखें, राजनीति इससे कैसे पल्ला झटककर बचती है!

अफसर और संस्कृति

बड़ा अफसर संस्कृति को चॉकलेट की तरह ग्रहण करता है। थोड़ा-सा, छोटा-सा, प्यारा-सा, जो मुँह में घड़ी भर को मिठास ला दे, पैक बन्द हो। मामूली आदमी के गन्दे हाथों से अनछुआ, शुद्धता और श्रेष्ठता की गारंटी लिये, एकाध टुकड़ा, कभी-कभी बेबी के आग्रह से, मन में यह भय पालते हुए कि इसका आधिक्य कहीं चर्बी न बढ़ा दे। बड़े अफसर के लिए संस्कृति मुँह का स्वाद बदलने से ज्यादा माने नहीं रखती। मनुष्य के रूप में बड़ा अफसर यह भ्रम पाले रहता है कि वह विशिष्ट है, उच्च है, मलाई है, जो समाज के ऊपरी सतह पर अपने निजी गुणों के कारण उभरकर आई है। वह स्वयं को विशिष्ट प्रतिभासंपन्न, नीर-क्षीर विवेकी और अन्तिम निर्णायक मानता है और इस पिछड़े हुए देश में उसकी यह खुशहाली बनी रहने की स्थितियाँ विद्यमान हैं। अफसरी के प्रशिक्षण के दौर में चूँकि वह निरन्तर अपने वर्ग को नकारता है अतः वह अपने देश, प्रान्त या नगर के ही सांस्कृतिक जीवन को नए सिरे से, एक सचेत प्रयत्न की तरह ग्रहण करता है। सितार की गत हो, आलाप हो, लोकगीत का भोला मुखड़ा या नाटक का लम्बा वाक्य—सभी को अफसर के अन्तर्मन का स्पर्श करने के लिए मानो एक समूचा सचिवालय चीरना पड़ता है। प्रायः ही वह विलंबित दीवार के आज-बाजू भटककर रह जाती है, मानो संस्कृति न हो, गरीब की फरियाद हो! रागिनी न हो, आवेदन-पत्र हो जो यदि थ्रू प्रॉपर चैनल नहीं आया तो उसके साहब तक सीधे पहुँचने का कोई रास्ता नहीं!

इस देश के बड़े अफसर अपने अतीत को, अपने अन्दर जी रहे बचपन के छोटे से कस्बे को भुलाकर अफसरी करता है। वह भूल जाता है कि कभी माँ, दादी ने भजन गाए थे, किशोरावस्था में मोहल्ले में हो रहे किसी नृत्य को सम्मोहित कभी वह खड़ा रहा होगा। वाद्य पुराने जमाने से इस देश में बजते रहे हैं, जनता को सीधे छूनेवाली बोली में कथाएँ बाँची जाती हैं, और यह सब एक भारतीय व्यक्ति के संस्कार की सामान्य परतें हैं। अफसर से बड़े अफसर बनने की प्रक्रिया में वह इसे निरन्तर अस्वीकार करता है। एक सामान्य व्यक्ति के लिए कविता या संगीत से जुड़ना अपने अतीत, मन की गहराई में छुपे नन्हे कस्बे से जुड़ना है; मूल रस को पुनः इन जरियों से बटोर सामान्य मनुष्य बने रहने की शक्ति का संचयन करना है,

विराट धारा में धँसकर अपने अस्तित्व की पहचान करना है। मगर ये सारी बातें बड़े अफसरों के असामान्य और मलाई बने रहने के लिए गैरजरूरी हैं।

सांस्कृतिक कार्यक्रम में आता अफसर अध्ययन के काबिल चीज है। स्कूल के सालाना जलसों में इनाम तकसीम करनेवाले अंग्रेज साहब बहादुर की चाल और खुशमिजाजी की ट्रू कॉपी करते हुए, चेहरे पर स्वनिश्चित मुख्य अतिथि भाव लिये वह अवतरित होता है। मझोला अफसर आते से ही वरिष्ठता के सरकारी सोपान क्रम को आँखें घुमाकर समझ लेता है कि उससे बड़ा कहाँ बैठा है, उससे छोटे कहाँ बैठे हैं और उसकी स्थिति क्या होनी चाहिए। अफसर की पत्नी ऐसी ही आँखों से अन्य छोटे-बड़े अफसरों की पत्नियों का त्वरित सर्वेक्षण कर डालती हैं। वे बैठते हैं। जाहिर है, अफसर नस्ल के लोगों के लिए आगे की बेहतर कुर्सियाँ पहले से ही खाली रखी जाती हैं। बैठने के बाद वे अपेक्षा करते हैं कि संयोजक उनके समीप आ झुककर मुस्कुराकर कुछ कहेगा और उत्तर में वे एक-दो मजेदार वाक्य कह अपने लाइट मूड की सूचना देंगे। कुछ देर बाद बड़ा अफसर घड़ी देखने लगता है और घोषित समय और कार्यक्रम के वास्तविक समय के अन्तर के प्रति नाराजी प्रकट करता है। वही अफसर जिसकी मेज पर महीनों इस देश और समाज के विकास की फाइलें पड़ी रहती हैं, जिसके लालफीतों में उलझकर सारी जन-आकांक्षाएँ निराशा की हद तक बुझ गईं, वही शख्स सांस्कृतिक कार्यक्रम में बैठा इस बात पर कुढ़ता है कि तानपूरा पर्दा उठने के बाद क्यों मिलाया जा रहा है या तबले को हथौड़ी से पीट दुरुस्त करने का काम पहले क्यों नहीं कर लिया गया? संस्कृति के मन्दिर में वह सामान्य भक्त की तरह नहीं बैठ सकता।

चूँकि अफसरों के लिए क्लब-जीवन ही सभ्यता का उच्च बिन्दु है और वही उनकी सामाजिकता का चरम छोर है, अतः अपने स्वभाव से मजबूर ये लोग सांस्कृतिक कार्यक्रम के स्थल को तुरन्त परस्पर हाथ मिलाने और सरकारी बातें बतियाने की क्रीड़ा भूमि बना देते हैं। सरकुलरों और डेमी ऑफिशियल पत्रों पर चर्चा होने लगती है। अफसरों की पत्नियाँ एक दूसरे के बँगले न आ पाने की शिकायत करती हैं, और जल्दी ही मंच पर चल रहे कार्यक्रम से मानसिक रूप से हटकर ये लोग अपनी बोर दुनिया में लौट जाते हैं। यदि कला पूरी तरह अफसरों की मोहताज होती तो ये अपनी चुरुट फूँकते हॉल के बाहर जा खड़े हो जाते। मगर सौभाग्य से ऐसा नहीं है। उस समय तीन-चौथाई जनसमुदाय भाव-विभोर हो आयोजन के रस में डूबा होता है, तालियों की गड़गड़ाहटें उठती रहती हैं। ऐसे में कुछ देर के लिए जब आ ही गए हैं तो क्यों नहीं अपने को सुसंस्कृत लगाएँ, इस भाव से बड़ा अफसर मंच पर आँखें गड़ाए मामले को समझने की चेष्टा करता रहता है। घंटे-सवा घंटे बाद मंच पर चल रहे नाटक की टक्कर में अपने कलाप्रेमी होने का नाटक करने के बाद बड़ा अफसर आगे की कुर्सियाँ खाली कर उठने लगता है। मगर तब उसके चेहरे पर

नासमझी या संस्कारहीनता की शर्म नहीं होती। वह जाता है पर लोग बैठे रहते हैं। इस तरह सांस्कृतिक कार्यक्रम में बड़े अफसर का आना बड़प्पन है, उसका जाना बड़प्पन है। वह अपनी उपस्थिति से संस्कृति को उपकृत करने आता है, मानो यह प्रमाणित करने कि तुम ठीक चल रही हो। समापन के काफी पहले उसकी कार बँगले की तरफ लौट जाती है। संस्कृति का एक अदद चाकलेट चूस वह चला जाता है।

मगर सांस्कृतिक कार्यक्रम अफसरों की उपस्थिति भुगतने के लिए अभिशप्त है। दिन-पर-दिन कला-संस्कृति अफसरों और विज्ञापनदाताओं की कृपा पर अवलम्बित होती जा रही है और उनकी तुनक रुचियों को प्रसन्न करने के लिए मजबूर है। दुर्गाकौंस और अभोगी कान्हड़ा से शुरुआत करनेवाला इन संस्कारहीन लोगों के कुर्सी खाली करने से जल्दी भटियाली ठुमरी और भैरवी पर लग जाता है। अफसरों की यह खुशफहमी मजबूत होती है कि जब तक वे हैं, तभी तक रंगे-महफिल बना रहा। सचिवालय से कलेक्टोरेट तक कलाप्रेमी गैरजरूरी बात मान जाती है। वह अपने अफसरी व्यक्तित्व को रंगीन आयाम देने के लिए एक खोंसा हुआ मोरपंख है। ऐसे संस्कारशील अफसर और नेता कम हैं जो टिकट खरीदें। जहाँ जगह हो, वहाँ श्रोता के रूप में बैठें और अपनी नासमझी को कला पर मढ़ने का प्रयत्न न करें। खुद को कलामंडप की असली शोभा समझनेवाले ही अधिक हैं। चूँकि सरकार की मूल रुचि प्रशासन और राजनीति है और वे दोनों ही जनोन्मुखी नहीं हैं। अतः जनता की कला और संस्कृति से ताल्लुक रखना अफसरी या नेताई मिजाज के माफिक नहीं पड़ता, जब तक वह श्रेष्ठ रूप न प्राप्त कर ले ताकि चाकलेट की तरह मजा देने लगे और जिससे जुड़ने से निजी सम्मान बढ़ने के साथ प्रभावशीलता की राजनीति को मदद मिले। यों भी संस्कृति-कला छोटे बजट के मामले हैं। सरकारी विषय के रूप में जो मान वाणिज्य, अणुसंस्थान या तेंदूपत्ता को प्राप्त है, उतना संस्कृति को नहीं। अफसरी तर्कप्रणाली ऐसी छोटी बजट की चीजों में लगाव दिखाने में अपना छोटापन मानती है। इस तरह सारी बात बेमानी और नकली हो जाती है। इस बात का पूरा खतरा है कि अफसरी छाया में नकली लोगों द्वारा कोई नकली संस्कृति न पनप जाए और ऐसा छिछलापन न हो जाए कि अपनी सांस्कृतिक जड़ें तलाशने के लिए जनता को नए सिरे से जद्दोजहद करनी पड़े। पर यह कहना सैद्धान्तिक रंगदारी ही होगी, क्योंकि सभी जानते हैं कि व्यक्तिगत आमदनी बढ़ाने के अन्तहीन संघर्ष में पड़ी मध्यवर्गीय भारतीय जनता अपनी सांस्कृतिक धरोहर के प्रति बेखबर है। जब तक वह टिकट खरीदने नहीं आती तब तक कार्यक्रम की अगली सीटों पर कलाप्रेम का ढोंग करनेवाले अफसरों को बैठने से कौन रोक सकता है?

एक पौरुषेय खेल का यों रसबदल

जब बड़ी लड़की ने मुझसे सीधे क्रिकेट के बल्ले की माँग की, और छोटी लड़की कपड़े पीटने का धौना ले आँगन की दीवार से पटा टिका गावसकरी शैली में नन्हे-मुन्हे चौके ठोकने लगी तो इस खबर की पुष्टि हो गई कि लड़कियों में क्रिकेट आ गया। क्रिकेट वातावरण की सफेदी में इन रंगीन कोमल धब्बों की शुरुआत इस बार पहले प्यार की गम्भीरता लिये है, अतः कहना कठिन है कि मामला कितनी गहराई तक जाएगा। बड़ी सम्भावनाओं वाला प्रहर मैदानों पर बीत रहा है और यदि ऐसा ही चला तो ट्रांजिस्टर कालान्तर में व्यर्थ हो जाएँगे, क्रिकेट आँखों से देखने लायक हो जाएगा और मैं रंगीन टेलीविजन के तीव्र विकास की भारतीय माँग पर हस्ताक्षर कर दूँगा। कल एक लड़की ने मुझसे प्रश्न किया कि अंकल, गुगली क्या होती है, तो अपनी निरुत्तरी चुप्पी के क्षणों में मुझे अपने निरे शरद जोशी होने पर पुनः गम्भीर अफसोस हुआ, और इस बार चन्द्रशेखर न होने के कारण। अन्नुजी बता रहे थे कि लड़कियाँ अपनी कोमल उँगलियों के कारण लड़कों की अपेक्षा बेहतर स्पिनर्स बन सकती हैं। मैं एक मिलीजुली भारतीय टीम की रूमानी कल्पना में खो गया, जब बल्लेबाज पटौदीगण चन्द शर्मिलाओं को बॉलर्स के रूप में ले ओवल्स और ब्रिसबेनों की यात्राएँ करेंगे और अपनी प्रेरणा की तलाश में उन्हें मैदान के बाहर नहीं जाना पड़ेगा। क्रिकेट जिसे मैं आल्हा किस्म के वीर काव्यों का विषय समझता रहा, एकाएक यों रस बदलकर शृंगार की ओर पलटी मार निकल जाएगा, आशा नहीं थी। पिछले एक सप्ताह से इस खेल की अनुभूति मुझे समूचा नरम किए है। तत्सम्बन्धी फड़कन अपना स्तर बदल रही है।

मैदानों पर सिवाय तीव्र आकांक्षा और अत्यधिक कोमलता के सब कुछ अनिश्चित है जो क्रिकेट के और युद्ध के अतिरिक्त सभी मामलों में एक सुनिश्चित शुरुआत मानी जा सकती है। वे लोग आ गई हैं। यह उनके दरवाजे तक रन करने से बेहतर स्थिति है। व्यर्थ की फील्डिंग कर शामें गँवानेवालों के लिए दोपहर का समय एकाएक उपयोगी हो जाना निश्चित ही माने रखता है। क्रिकेट का न हो पर बहुतों का भविष्य मुझे उज्ज्वल, रसमय एवं अपने में पूर्ण नजर आता है। अभी पक्का नहीं है कि इन क्रिकेटिकाओं के घुटने खुले रहेंगे या ढँके? और ढँके रहेंगे तो वे साड़ी, सलवार, स्ट्रेच, बेलबॉटम, गरारा, शरारा आदि किससे ढँके रहेंगे? कितनी दूरी तक गेंद जाने पर चौवा

मान लिया जाना लड़कियों की दृष्टि से न्यायपूर्ण रहेगा? विपक्षी खिलाड़िन के आउट होने की प्रसन्नता को कितनी चीत्कार, किलकारी, उछलकूद द्वारा व्यक्त किया जाना शोभनीय एवं महिलोचित होगा? क्या बल्ला उतना ही भारी होगा जैसे निगोड़े मर्दों में चला आता है? चूँकि अधिकांश गेंदें नो बाल रहेंगी, अतः अम्पायर अथवा अम्पायरनियों द्वारा उन्हें नो बॉल घोषित करना क्या महिला क्रिकेट के विकास की दृष्टि से उचित रहेगा? गेंद फेंकते समय कलाई (मैं फिलहाल नाजुक विशेषण नहीं लगा रहा) में मोच आने, बल्लेबाजनियों के शरीर पर यत्र-तत्र गेंद लगने, कड़ी धूप में फील्डरों के प्रायः बेहोश हो जाने के निरन्तर खतरों को दृष्टिगत रखते हुए क्या किसी डॉक्टरनी का निरन्तर बैग ले फील्ड में रहना उचित नहीं होगा? इन समस्याओं पर गम्भीरता से उन लोगों को विचार करना होगा जो गम्भीरता से विचार करने का धन्धा करते हैं। मैं यह निश्चित चाहूँगा कि सूरज की तरफ मुँह कर खड़ी फील्डर कन्याएँ धूप के बड़े चश्मे जरूर लगाए रखें तथा कैच लेने के उत्साह में इतनी भागदौड़ न करें कि लंच के बाद पेवेलियन से आना उनके लिए कष्टप्रद हो जाए। आउट होने पर वे निराश न हों। कपड़े बदलने के कक्ष से आती जल्दी आउट होनेवालियों की सुबकियाँ तथा एक्स्ट्राओं (अतिरिक्ताओं) और बारहवीं कन्या (पानी की गाड़ी के साथ जानेवाली) का उनके आँसू पोंछते रहना अच्छी बात नहीं है। इस मामले में वे लड़कों से सीखें जो लगातार जल्दी आउट होते रहने के बावजूद टीम में बने रहते हैं।

महिला क्रिकेट यदि सामूहिक नृत्य में तब्दील न हो तो भी नई सम्भावनाएँ खोलती है। कॉलेज के अतिरिक्त भी घर से बाहर रहने की एक वजह और लड़कियों के पास अब आ गई है। मैं इसे एक सामाजिक क्रान्ति कहूँगा। क्योंकि इस मौके पर जोरदार कुछ कहना चाहिए। पुरुष खिलाड़ियों की कन्याओं, बहनों और प्रेमिकाओं के अतिरिक्त भी कुछ अच्छी खिलाड़ी विदेश जा सकेंगी, यह उम्मीद है। बीस-पच्चीस वर्षों बाद देश के कुछ उदीयमान क्रिकेट खिलाड़ी अपने परिचय में गर्व से कह सकेंगे कि मेरे पिता और माता दोनों क्रिकेटियर थे। नई रसमय शुरुआत है न यह!

मशीन के समीप

स्टेशन पर वजन करने की मशीन देख व्यक्ति स्वयं को भारी महसूस करने लगता है और तब तक हल्का नहीं होता जब तक वह उस पर चढ़कर सिक्का डाल अपना वजन और उसके पीछे लिखी इबारत नहीं पढ़ लेता। यह मशीन भारतीय प्रतिभा के समीप बैठती है। एक विचार और एक वजन और वह भी इतने निस्संग निरपेक्ष अन्दाज से एकाएक प्राप्त हो जाए, आश्चर्य है। अपनी इसी पहचान के लिए तो आदमी कहाँ-कहाँ भटकता है। पुराने लोग ऋषि-मुनियों और नए लोग बॉस के समीप जा इसी कारण बेमतलब बैठ जाते रहे हैं कि वे अपना वजन और अपने विषय में एक सही धारणा का पता लगाना चाहते हैं। उन्हें यथार्थ के ऐसे बिन्दु की तलाश रहती है जहाँ से वे भवसागर या भविष्य के स्वीमिंग पूल में छलाँग लगा सकें। उस दिन चर्चगेट की मशीन ने मुझे 65 किलो वजन की भारी सूचना के साथ बताया कि 'आप दूसरों के अपराध क्षमा कर देते हैं और अपनी दोषपूर्ति के लिए सचेष्ट रहते हैं', तो मुझे काफी देर बड़ा अच्छा लगा यद्यपि यह बात सरासर गलत है। मैं अपने में दोष मानता ही नहीं जो सुधारूँ और दूसरे के तो कभी क्षमा नहीं करता यद्यपि जानता हूँ कि मेरी औकात क्या और मेरे क्षमा न करने से क्या होता है! मैं उसी को क्षमा करता हूँ जिसे प्रभु करते हैं और प्रभु अक्सर नहीं करते।

बात मशीन की थी और यह सच है कि कुछ शरीफ मशीनें भारतीय प्रतिभा से बहुत मेल खाती हैं। कुछ नहीं खातीं। जैसे बम्बई जी.पी.ओ. के बरामदे में वह मशीन रखी है जिसमें सिक्के डाल, घुंडी खींचने से अन्तर्देशीय, पोस्टकार्ड या लिफाफा खिंच कर आता है। हालत कुछ यह है कि सरदर्द के लिए चन्दन लगाना मुफीद तो होता है, पर चन्दन का घिसना और लगाना भी कम सरदर्द नहीं होता। मशीन के ऊपर मशीन के उपयोग के नियम-कायदे लिखे हैं। मगर यदि नियम-कायदे पढ़ लेने से स्थितियाँ सुधरतीं तो वकील श्रेष्ठ नागरिक होते और डॉक्टरों को पेटदर्द नहीं होता।

मशीन के इर्द-गिर्द निरन्तर कुछ घटता रहता है। जैसे कुछ लोग अन्तर्देशीय लेना चाहते हैं पर उनके पास दस के दो सिक्के नहीं होते और वे चवन्नी लिये आसपासवालों से माँगते रहते हैं। किसी के पास होते हैं पर पुराने होते हैं और उन्हें नए दस के सिक्कों की तलाश रहती है। अक्सर लोग दस के दोनों सिक्के एक ही सुराख में डाल

देते हैं। और फिर आधे घंटे तक घुंडी खींचते रहते हैं और 'वेटिंग फॉर अन्तर्देशीय' चलता रहता है। पैसे अन्दर हैं, मनुष्य बाहर है और अन्तर्देशीय कहीं भी नहीं है। मनुष्य को लगता है, वह मशीन के अन्दर चला जाए, पर वह नहीं हो सकता। तभी दूसरा व्यक्ति आता है और उसे पता लगता है कि मशीन नखरे कर रही है। बाहर एक परिसंवाद मशीन के उपयोग को लेकर चालू हो जाता है। फिर मशीन को सही और मनुष्य को मूर्ख कहने के बाद भीड़ छँटने लगती है तब नया आदमी आता है। वह कोई करिश्मा करता है मशीन के साथ और मशीन के धोखे की शिकायत लेकर अन्दर लड़ने जाता है। कुछ देर बाद अन्दर से बड़बड़ाता एक आदमी आता है, मशीन खोलता है, पैसे निकाल बाहर लाता है और अन्तर्देशीय निकालने के सही तरीकों का प्रदर्शन करता है, दूसरे के पैसे से। वह वही बात कहता है जो ऊपर बोर्ड पर लिखी है। उसका राष्ट्र के नाम सन्देश यही है कि पहले ऊपर का बोर्ड पढ़ो, तरीके को ठीक से समझो, फिर सिक्का डालो, अन्तर्देशीय बराबर निकलेगा। वह शख्स चला जाता है। तब तक दूसरा समूह जमा हो जाता है। फिर कुछ होने लगता है। मशीन अपनी हरकत से बाज नहीं आती, मनुष्य हरकत से बाज नहीं आता। दोनों के बीच कुछ होता रहता है। मनुष्य की यह कोशिश जारी रहती है कि शायद कभी मशीन मनुष्य की सीमाओं को समझ सहयोग करने लगेगी। एक हार्दिकता का तार मशीन के अन्तर में हरकत करने लगेगा। एक ठंडा संघर्ष जारी रहता है। मशीन के साथ कानून हैं, कानूनों के साथ मशीन है और इन दो निर्ममताओं के बीच आदमी है। आदमी आदमी है, यही उसका दोष है। इसी कारण कई बार घुंडी खींचने पर अन्तर्देशीय नहीं निकलता। या मशीन इन्तजार करती रहती है और आदमी सिक्का डालने से डर जाता है। चुप्पी फिर टूटती है, गलती फिर होती है। अनुभव अतीत हो जाता है, अन्दर से पोस्ट ऑफिस का कर्मचारी आ फिर समझाता है। तब लगता है कि आदमी और मशीन के सम्बन्ध की बजाय वही आदमी-आदमी के सम्बन्ध क्या बुरे थे, अर्थात् आप खिड़की पर बीस पैसे देकर अन्तर्देशीय ले लेते थे। मगर शिकायत यह है कि ऐसे में प्रगति नहीं हो सकती। सारे राष्ट्र को अन्तर्देशीय चाहिए, सो हम कैसे बाँटेंगे? प्रगति जरूरी है! मशीन से उलझना मजबूरी है। कानून ऊपर लिखे हैं, पोस्ट ऑफिस का आदमी बाहर आकर डाँटता-बड़बड़ाता रहता है, पर अन्तर्देशीय नहीं निकलता। क्यों साहब, जो सिक्का हमने डाला है, वह वापिस नहीं आ सकता? यह गुच्छा-गुच्छा मानवीय प्रश्न मशीन के आसपास मँडराता रहता है।

आँकड़ों का परीलोक

अर्थशास्त्र के क्षेत्र में मेरी समझ बहुत कम है और यह बात मैं नम्रतावश नहीं कह रहा। आजकल यह शरीफ आदमियों का विषय नहीं रह गया है। मैं जब अखबारों में अर्थशास्त्र-विषयक लेख पढ़ता हूँ तो मुझे सनसनीपूर्ण रोमांचक अनुभूति होती है और मैं भय से काँप उठता हूँ। डालर का गिरता स्तर या सोने की राष्ट्रों द्वारा खरीदी से लेकर स्मगलिंग और कालाधन की कहानियाँ, महँगाई, घाटे की अर्थव्यवस्था आदि से लेकर गेहूँ स्टाक करने और माल छुपाने तक की अनेक बातें कुल मिलाकर बड़ी डरावनी लगती हैं। पूरा विषय इतना खूँखार और जंगली हो गया है कि उस पर तटस्थ अन्दाज से विचार करने के लिए अपराधशास्त्री-सा दिल चाहिए और बढ़कर बोलने के लिए चोर, डाकू या पुलिसवालों-से निर्मम साहस। फिर भी मैं जब योजना आयोग के अर्थशास्त्रियों के विषय में सोचता हूँ तो वे इतने भोले दुधमुँहे, निश्छल स्वप्नजीवी लगते हैं कि मुझे लगता है कि यदि मैं अपेक्षाकृत भला आदमी होता तो अर्थशास्त्री चाहे कभी न हो पाता पर इतना कस्बई अवश्य होता कि योजना आयोग में चला जाता।

मेरे विचार से वे सब लोग जो पूरा अनाज न मिलने की आशंका से एक नकली राशन कार्ड बनवाते हैं, पाँच किलो शकर मिलने की उम्मीद में दस किलो का आवेदन कलेक्टरेट में करते हैं और एरियर मिलने की सूचना प्राप्त होने से ही दोस्त से उधार ले लेते हैं, योजना आयोग के सदस्य होने की पूर्ण योग्यता रखते हैं और इसके लिए उन्हें किसी बड़ी सिफारिश की जरूरत नहीं। योजना आयोग का सदस्य पुराने आँकड़ों को मुरझाए फूलों की तरफ फेंक नए आँकड़ों से नित नए शृंगार कर झाँकी सजाने की कला जानता है। वह निरे शून्य से अंकों को टकरा देता है और उपलब्ध टूट-फूट को यथार्थ के रूप में स्वीकार करता है। वह खुरचन को गम्भीरता से ले उसकी जोड़ राष्ट्रीय नैतिक आदर्शों से करता है और आए फल को प्रयोगों में व्यय करने की सलाह देता है। उसे गुब्बारों से ठोस अनुभूति होती है और रोज नए सपने लॉकर में जमा कर साल भर किराया चुकाता है। आश्वासन की पोली नींव पर वह सुरक्षा की दीवारें इतनी ऊँची उठाता है जिसे हर कोई कूद जाए। पूरा योजना आयोग अजायबघर में रखने लायक है या अजायबघर योजना आयोग में। वह चालीस प्रतिशत उम्मीद के सहारे साठ प्रतिशत की कल्पना गढ़ता है और ऐसे शत-प्रतिशत में से यथार्थभरी

आशंकाओं का तीस प्रतिशत काट सत्तर प्रतिशत राष्ट्र को सौंप दूसरे दिन पुनः विचार के लिए वापिस ले लेता है। योजना आयोग मोटी पुस्तकें छापने के राष्ट्रीय आन्दोलन का दूसरा नाम है। वह महत्त्वाकांक्षी भारतवासियों को सपना किताब कर देने की प्रेरणा देता है। आँकड़ों का परीलोक है, आशंकाओं का तिलस्म है, असफलताओं की ऐसी लम्बी अबूझ रहस्य कथा है जिसके हर दृश्य में जासूस सोया नजर आता है। योजना आयोग के अर्थशास्त्री बाजार से भाव पूछ रोज दफ्तर जाते हैं और योजना तैयार करते हैं। शाम को दफ्तर से छूट उन्हें यह जान अचरज होता है कि भाव बढ़ गए और उनकी योजना दिन भर बेकार बनी। इससे बड़ा अचरज उन्हें यह जानकर होता है कि भाव बढ़ने का कारण उनकी योजना थी जिसे वे दिन भर बना रहे थे। वे और उनके करोड़ों दर्शक और भुक्तभोगी वर्षों बाद अब समझ गए हैं कि योजना बनाना मूलतः विज्ञान नहीं बल्कि एक कला है। प्रदर्शनधर्मी मॉडर्न कला। वह गलत जन्मपत्री के आधार पर सही भविष्य जानने का प्रयत्न है।

नियम है कि तोप का लाइसेंस माँगो तब तमंचे का मिलता है और योजना के ऊपर से नीचे का ढाँचा इसी कस्बई भाव-मोल की प्रथा पर आधारित है। कलेक्टर या विभागाध्यक्ष को दस लाख की जरूरत होती है तब वह पन्द्रह लाख की माँग करता है, यह जानकर कि वित्त विभाग उसे काटकर बारह लाख कर देगा। राज्य केन्द्र से बीस करोड़ की जरूरत होने पर तीस करोड़ माँगता है, यह जानकर कि जो माँगेगा, वह उसे नहीं मिलेगा। ज्यादा भाव बोलकर कम करने, ज्यादा घबराहट दरशाकर छोटा लाभ प्राप्त करने, खाली पेट की गुहार मचा अति भोजन की गारंटी करने की जो भारतीय नीयत है, वही योजना की कल्पना और वास्तविकताओं को फुलाया-पिचकाया करती है। व्यक्ति हो, परिवार, नगर, राज्य या पूरा देश—सबको राशनकार्ड के समानान्तर अतिरिक्त राशनकार्ड की तलाश रहती है। जिस सुर में राज्य अपनी माँग रोते हैं, उसी सुर में देश विश्व-संस्थाओं में अपनी माँग रोता है, और लक्ष्य और कटौती का यह आरोह-अवरोह जिसकी टेक समाजवाद और अन्तर पूँजीवाद है, कुल मिलाकर हमारा निर्माण-संगीत बन गया है जिसके विलंबित में बोल आशावादी और द्रुत में सिमटते हुए निराशावादी हो जाते हैं। हमारी राष्ट्रीय स्क्रीन के पीछे यही बैकग्राउंड म्यूजिक बरसों से बज रहा है। भाषा के क्षेत्र में यह योजना आयोग की ही देन कही जानी चाहिए कि अभाव, महँगाई, बेकारी आदि शब्द रोजमर्रा उपयोग के हो गए हैं और वे उतनी गहरी तकलीफ बोलनेवाले या सुननेवाले को नहीं पहुँचाते जो उनके अर्थों में निहित है। है न बड़ी बात? तो आप भी मेरी तरह योजना आयोग को दाद दीजिए।

मिक्स्ड भाषा

केरल में जो परीक्षा की सिस्टम एडॉप्ट की जा रही है, उससे मैं सहमत हूँ। लैंग्वेज के मामले में पूर्ण स्वतंत्रता का एटीट्यूड लिया है उन लोगों ने। छात्रों के लिए यह सबसे बड़ी फेसिलिटी है कि वे चाहें तो प्रश्न का उत्तर मलयालम में लिखें और इन इंग्लिश जैसा भी वे फील करें या जरूरी समझें। एक कॉपी में वे एक क्वेश्चन का रिप्लाय मलयालम में और दूसरे का चाहें तो इंग्लिश में दे सकते हैं। नॉट ऑनली दिस, मगर वे चाहें तो एक ही प्रश्न में एक वाक्य मलयालम में और दूसरा इंग्लिश में लिख सकते हैं या दोनों को एकार्डिंग टु देअर विश मिला सकते हैं, ठीक जैसे आई एम डूइंग इन दिस कॉलम।

एट प्रेजेंट हमारे शिक्षाशास्त्री इस बात से एग्री नहीं करेंगे तथा उन्हें इस केरला एक्सपेरीमेंट से थोड़ा सरप्राइज भी होगा मगर वन डे दे विल आल्सो कम टू दिस निश्चय और हमारे विश्वविद्यालयों में छात्रों को यह फ्रीडम मिल जाएगी कि वे प्रश्नों के उत्तर जिस भी लैंग्वेज में जैसा चाहें, दें। आज हम छात्रों से एक्सपेक्ट करते हैं कि वे हिन्दी भी ठीक से जानेंगे और इंग्लिश भी ठीक से जानेंगे। दोनों की स्पेलिंग, मात्राएँ, व्याकरण एटसेट्रा ठीक से स्टडी करेंगे तथा जो उत्तर जिस भाषा में लिखेंगे, वह उस भाषा के नियमों के अनुकूल ठीक होगा। इट इज डिफिकल्ट। छात्रों क्या, बड़े-बड़ों को ठीक से सही वर्ड मिल नहीं पाता। अंग्रेजी का वर्ड जानते हैं, मगर उसका हिन्दी नहीं जानते और वाइसेवर्सा। ऑफकोर्स दे कांट कीप ए शब्दकोश ऑर कोष, दे राइट बोथ वेज, आल दि टाइम। ऐसी स्थिति में यह उनके साथ घोर इन्जस्टिस है कि नॉलेज होने के बावजूद वे स्वयं को एक्सप्रेस न कर पाने की महज फार्मल कठिनाई के कारण अच्छे मार्क्स न ला सकें। यहाँ शाश्वत प्रश्न उठता है कि एजूकेशन का एम क्या है? क्या सिर्फ सही लैंग्वेज सिखाना एजूकेशन का एम है अथवा उन्हें रीअल नॉलेज देना? किस पर स्ट्रेस दिया जाना आवश्यक है? फॉर एक्जाम्पल विज्ञान में अथवा कॉमर्स में एक छात्र की सही परख उसके विज्ञान और कॉमर्स के ज्ञान पर होगी अथवा उनकी हिन्दी-अंग्रेजी राइटिंग की सक्सेस पर। प्लीज, कीप दिस इन माइंड दैट आई एम वेरी गम्भीर ऑन दिस इश्यू। क्या मैं शिक्षा के प्रश्न पर मजाक नहीं करता? आफ्टर आल दिस

इज ए बिग समस्या बिफोर दि होल नेशन। राष्ट्रीय प्रश्न है एंड वेरी रिलेवेंट इन दि प्रेजेंट टाइम।

नाउ बिन्दु पर आओ। सिर्फ विज्ञान या कॉमर्स ही नहीं, अन्य सब्जेक्ट्स जैसे हिस्ट्री, होम साइंस, मनोविज्ञान या एनीमल हसबंडरी, फिलॉसफी, नृतत्त्वशास्त्र आदि में भी यदि छात्रों के लिए ऐसी मिक्स भाषा का उपयोग करने की परमीशन दे दी जाए तो वे बेकार बातों में न पड़ें (जैसे स्पेलिंग वगैरा)। विषय के पूरे कंटेन्ट को समझने की कोशिश करेंगे और परीक्षा के नाम पर जो रट्टीफिकेशन बढ़ रहा है, कम हो जाएगा क्योंकि इससे छात्रों का आत्म कॉन्फिडेंस बढ़ जाएगा कि वे यदि सब्जेक्ट को सही ढंग से ग्रास्प कर लें तो वे फर्स्ट क्लास ला सकते हैं। आज उन्हें टू फोल्ड समस्या से जूझना पड़ता है और मैं कहूँगा कि भाषा के कारण आज इंडियन टेलेंट के लिए बड़ा सेंडीकेप हो गया है—दैट यू नो!

अन्ततः यों भी क्या होगा? एक पराए देश में अंग्रेजी का हश्र अन्यथा भी क्या सम्भव था? भाषाई भँवर के इस विराट समुद्र में शब्द-शब्द, टुकड़ा-टुकड़ा डूब जाने के अतिरिक्त वह राँड अंग्रेजों के जाने के बाद करेगी भी क्या? पहले उसके प्राण पूरी पुस्तक और समूचे अध्यायों में बसते थे। इधर कुछ वर्षों से इन कसूनी कंडिकाओं में अटके हैं जो अभी भी सार्थक हैं और कठिन हैं। इधर प्राण सिर्फ वाक्यों में अटके नजर आते हैं। हिन्दी में बातचीत करते हुए भारतवासी एक समूचा वाक्य अंग्रेजी में छोड़ अपना तथा वातावरण का स्तर उठाने का प्रयास करता है। उसके भी दिन ढल रहे हैं। जो सड़क पर सिर उठाए चलती थी, वही अब खिड़की से झाँक रही है। मौका तलाशती है। रोटरी लायन्स की बैठकों में हिन्दी मुखारविन्दों से गलत-सलत अंग्रेजी टपकती है, तो श्रोता स्वयं को एक गज उन्नत अनुभव करते हैं। मगर जो प्राण वाक्यों में अटके हैं, वे ही अब शब्दों में सिमट रह जाएँगे। अंग्रेजी शब्दों में टूट-टूट मरेगी। एक राष्ट्र दो लिपियाँ और दो व्याकरण लादे कब तक चलेगा? वह व्यर्थ के वजन फेंकेगा। कुछ दिनों के लिए कहीं के शब्द कहीं का व्याकरण ले, वह काम चलाएगा। चला ही रहा है। केरल ने इस भ्रष्ट मिली-जुली भारतीय अभिव्यक्ति को परीक्षा में उपयोग करने की स्वीकृति दी है। हम जो घटिया भाषा बोल रहे हैं, वही। पर ऐसा कब तक होगा? कब तक केरल का वासी एक छोटी-सी नौकरी के लिए मलयालम, अंग्रेजी और हिन्दी सीखेगा? वह तीन में से दो भाषाएँ चुनेगा, फिर दो में से एक। मगर इतनी समझ आने में हर देश को कुछ देर लगती है।

आरक्षण के भेद

रेलें दो प्रकार की होती हैं : एक वे, जिसमें लोग यात्रा करते हैं तथा दूसरी वे, जिनमें सामान्य यात्रा करता है। लोग दो प्रकार से यात्राएँ करते हैं : एक वे, जो आरक्षित सीट पर यात्रा करते हैं तथा दूसरे वे, जो जैसे-तैसे अपनी इज्जत सहित ठुँस जाते हैं। आरक्षित सीटें दो प्रकार की होती हैं : एक आरक्षण टिकट की खिड़की पर होता है, दूसरा डिब्बे में कंडक्टर करता है। कंडक्टर दो प्रकार से आरक्षण करता है : एक अधिक रिश्वत लेकर करता है तथा दूसरा कम रिश्वत लेकर करता है। रिश्वतें दो किस्म की होती हैं : एक वे, जो रेलवे में दी जाती है, और दूसरी वे, जो शेष भारत में दी जाती है।

पहले रेल आती है, फिर रेल में से कंडक्टर आते हैं। उनके हाथ में कागज की एक शीट होती है जिससे यह पता लगता है कि कितनी शायिकाएँ रिक्त हैं। यह शीट सदैव एक ही सूचना देती है कि कोई शायिका खाली नहीं है। यात्री कंडक्टर की तरफ दौड़ते हैं, कंडक्टर शीट देखता है, उसमें सीट नहीं होती, वह अस्वीकार में सिर हिलाता है, मजबूरी प्रकट करता है और उसके साथ ही रेल आगमन के उपरान्त का पहला कर्मकांड पूर्ण हो जाता है। इसके बाद यात्री और कंडक्टर के बीच एक मौन का अन्तराल आता है। इस शून्य में संवाद कठिन होता है। इस शून्य को रुपया भरने लगता है। संवाद में शब्द की जगह कोमल संकेत और आँखों के इंगित ले लेते हैं। कंडक्टर पिघलता है, आँखों में चमक तैरती है, डिब्बे का द्वार खुलता है। वे ही यात्री जिनके लिए जगह नहीं थी, अंदर चढ़ते हैं। देश के प्लेटफार्म पर प्रत्येक रेल के आगमन पर होनेवाले कर्मकांड का दूसरा अंक समाप्त हो जाता है।

अब रेल चलती है। अन्दर खड़े शायिका अथवा सीट के आकांक्षी कंडक्टर की तरफ देखते हैं। वह टिकट लेकर देखता है, रुपए लेकर जेब में रखता है, पैसेंजर को सीट मिलती है।

खिड़की से ठंडी हवा आती है, यात्री बैठता है। आसपासवालों से बातचीत करता है और फिर वे सभी देश में बढ़ रहे भ्रष्टाचार पर मुक्त चिन्तन आरम्भ कर देते हैं। तब तक वे सब भूल जाते हैं कि हमें यह सीट दस रुपया देकर मिली है।

अभी दशहरा-दीवाली के दिन थे। सीटों और शायिकाओं का खुदरा भाव दस से पन्द्रह रुपए तक हो गया था। सारा देश इधर से उधर दो नम्बर में यात्रा कर रहा था।

रेल के कंडक्टरों की, लगता है, एक सहकारी समिति है जिसके भाव निश्चित हैं। आप किसी भी प्लेटफार्म से चढ़िए, आपको वे ही दाम देने पड़ेंगे जो वहाँ टँगी मूल्य सूची के अनुसार तथा उन दिनों के बाजार भाव के अनुरूप है। बम्बई में एक यात्री बहुत नाराज स्वर से कह रहा था—ये लोग एक बर्थ का आजकल ऊपर से बीस रुपया माँग रहे हैं। यह अत्याचार है, धाँधली है। ऊपर से दस रुपया चाहिए जो रेट चला आ रहा है।

मैं भी इसके सख्त खिलाफ हूँ। रेल मंत्री को चाहिए कि वे दरें निश्चित करें, एक आचारसंहिता बनवाएँ कि यात्री को कितनी रकम कंडक्टर को देनी चाहिए।

पर यात्री भी दो प्रकार के होते हैं : एक वे, जो रिश्वत दे सकते हैं और दूसरे वे, जो नहीं दे सकते। जो नहीं देते, वे भी दो तरह के होते हैं : एक वे, सैद्धान्तिक कारणों से नहीं देते और दूसरे वे, जो आर्थिक कारणों से नहीं देते। जो सैद्धान्तिक कारणों से नहीं देते, उनके भी दो वर्ग हैं : एक वह, जो पहले बुकिंग करवा लेते हैं और दूसरे वे, जो प्रभावशाली हैं। जो प्रभावशाली सिद्धान्तवादी हैं, वे अक्सर एक ही प्रकार के होते हैं : अर्थात् वे, जो रिश्वत लेते हैं, पर देते नहीं।

पता नहीं, आप मेरे इस विश्लेषण से सहमत हैं या नहीं! आपके भी दो प्रकार हैं।

हूटिंग

हूटिंग एक सामुदायिक कला है। अकेले कंठ की हूट कोई माने नहीं रखती। एक व्यक्ति आरम्भ में हूटिंग का प्रथम स्वर उकेरता है और धीरे-धीरे जैसे दीप से दीप जलता है, उसी तरह स्वर से स्वर दोगुने, चौगुने, सौगुने होकर हॉल या पंडाल के बित्ता भर सांस्कृतिक आकाश पर छा जाते हैं। वक्ता, कवि, गायक या मंच के अभिनेता की सहज तैरती मुस्कान लोप होने लगती है, कंठ सूख जाता है, शब्द यतीमों की तरह यहाँ-वहाँ ताकने लगते हैं, आँखों की कोर न भीगने लगे, इसके लिए नकली मुस्कान चेहरे पर आती है पर चारों ओर आवाजों के भयावह जंगल में वह स्वयं को असहाय महसूस करता है। भाषण पर, कला पर शनैः-शनैः हूटिंग छा जाता है। एक लड़ाई जो दीये और तूफान में आरम्भ होती है, उसमें अन्ततः दीया तूफान के सामने बुझ जाता है। हूट हुआ शख्स अविकसित मानव सभ्यता को कोसता कहीं सिमट जाता है अपने-आपमें। भीषण वास्तविकता से साक्षात्कार के बाद वह सोचता है, गलती कहाँ है, किसकी है? मेरी या हूटर की?

जिस तरह प्रशंसा प्राप्त करने का कोई निश्चित फार्मूला उभरना अन्तिम रूप में कठिन है, उसी प्रकार हूट न होने की निश्चित सुरक्षा कभी किसी कला को प्राप्त न हो पाई। हूटिंग होने के लिए होता है, और लोग होते हैं जो हूट होते हैं। प्रत्येक रास्ते की यह अनिवार्य ठोकर है। सफलताओं की गाथा के अतिरिक्त हूटिंग का एक बाकी इतिहास रह जाता है जिसे भुलाया नहीं जा सकता। हूटिंग एक सुप्त शस्त्र है जो कब जनता के अन्तर से फूट पड़ेगा, नहीं कहा जा सकता। वे उस शस्त्र को सभ्यता के रेशम में लपेटकर हॉल तक लाएँ, अथवा खुले आम शमशीरे बरहना की माफिक, पर वे उसे घर भूलकर नहीं आ सकते। प्रत्येक कला को अपने हूटरों से एक निर्णायक कुश्ती या कुश्तियों का क्रम लड़ना पड़ता है। हर कला या रचना अपने हूटरों से बातचीत करने की कोशिश करती है। जो मुँह छुपाती है, अपने श्रोता, अपनी जनता, अपने देश के सामने आने से कतराती है, वह कला नहीं, कला के नाम पर एक नकली मुखौटा है। कला की उच्चतम उपलब्धि अपने अन्तिम हूटर तक को रिझा लेना है, बाँध लेना है। महान कलाकारों का साबका हूटिंग से नहीं पड़ता, वे उस पर बहुत पूर्व विजय पा लेते हैं। अपनी कला द्वारा वे हूटरों को सच्चे श्रोता में बदल लेते हैं।

शोरशराबे की गलियों से गुजरे बगैर मंजिल नहीं मिलती। जो आज हूट कर रहा है, वही कलाकार का सच्चा मित्र है क्योंकि वही कल वाह-वाह करेगा और उसकी वाह-वाह गैलरी से मंच तक आएगी। उस नकचढ़े सभ्यजन से जो अपनी बोरियत को हॉल में व्यक्त नहीं कर रहा, जो ऊबने के बाद झूठी बधाई देता है, अपनी सही राय बाद में पत्नी से, पड़ोसी से, शहर के समाज में कई दिनों तक व्यक्त करता रहता है। वह शख्स कहीं बेहतर है जो निर्मल मन से प्रेक्षागृह में आया, न पसन्द आने पर हूट करने लगा और यहाँ का असन्तोष यहीं त्याग घर चला गया। कला के सच्चे दोस्त और हितेच्छु कौन हैं, वे खूसट समीक्षक जो अभी खामोश हैं और बाद में लेख लिखकर जहर फैलाएँगे अथवा वे, जो चाहे अभी दुखी हैं पर कल फिर आएँगे? असली हिस्सेदारी किसकी है? कला को खरे आदमी से सरोकार रखना चाहिए। वह जिस रूप में मिले, जिस पंक्ति में बैठा हो, प्रशंसक हो या हूटर, सहयोगी हो या विरोधी, पढ़ा-लिखा हो या अनपढ़। और श्रेष्ठ कला अन्ततः उस खरे आदमी से जुड़ जाती है।

मगर उन हूटरों का क्या कीजिए जो कम्बख्त घर से निश्चय करके आते हैं कि आज हमें हूट करना है? वे गुच्छा बनाकर बैठते हैं और बात-बेबात 'रामचन्द्र की जय' आरम्भ कर देते हैं, आवाजें कसते हैं और ऐसा करते समय उन्हें परपीड़न का सुख अनुभव होता है। एक किस्म का 'ग्रुप सेडिज्म' उभरने लगता है जिस का लक्ष्य होता है तड़पा-तड़पाकर कला और कलाकार की हत्या। यह हूटिंग नहीं है। यह समूहों की टुच्ची राजनीति के अन्तर्गत आयोजित कठपुतली का तमाशा है। एक प्रेक्षागृह में एक साथ दो तमाशे कठिनाई पैदा करते हैं। वे क्रिया और प्रतिक्रिया नहीं हैं, वे तो दो क्रियाएँ हैं, समांतर। तब क्या किया जाए? क्या सभ्य, सफेद-कॉलरी चिन्तकों की बोली में कह दिया जाए कि कला केवल बीस प्रतिशत समाज के लिए है और पूरी जनता से इसका सरोकार नहीं होना चाहिए? तब तो कला और संस्कृति के क्षेत्र में उच्च वर्ग का बेईमान षड्यंत्र सफल हो जाएगा। हूटरगण इस समस्या पर विचार करें। कलाकर्मी भी विचार करें। हूटिंग हमारे पास एक निजी शस्त्र है। इसका इस्तेमाल उस भर पेट डकारते नकली शख्स के लिए होना चाहिए जो महज शब्दों के सहारे सांस्कृतिक क्षेत्र में मसीहाई कर रहा है। साधनहीन कलाकारों या जीवन में निराशा भोगते हूटरों के बीच कोई लड़ाई नहीं है।

सम्भावनाओंवाली कचरापेटी

गुहार मचा रहे हैं विश्वविद्यालय। उन्हें एक अदद मुहर, एक ठप्पा, एक ढक्कन चाहिए, एक शख्स जिसका नाम वाइस-चांसलर हो। बड़ी उदासी है महाविद्यालय के बरामदों और कैंटीनों में। हमें एक वाइस-चांसलर दो, ओ सत्ताधीशो, हमें एक वाइस-चांसलर दो!

महाकाव्य के गम्भीर सर्ग-सा माहौल है। बँगलों में परेशान टहल रहे हैं सत्ताधीश और चिन्तित हैं उनके नम्र चमचे। क्या करें, कहाँ से लाएँ? कहाँ से लाएँ वृद्ध जो समझदार भी हो, समझदार जो अपना भी हो, अपना जो वृद्ध भी हो? दुर्लभ है इन गुणों का संयोजन चमचा-व्यक्तित्व में। कोई शेष नहीं रहा आज। सब खप गए। कुर्सियों से भरी विशाल घाटी में सब उतर चुके। सबको मिल गए हैं पद। कोई शेष नहीं—न भाई, न भतीजा, न चमचा, न रिश्तेदार। कहाँ से लाएँ वाइस-चांसलर?

चारों ओर चुप्पी है और चिंता। महाकाव्य के किसी गम्भीर सर्ग-सा माहौल है। समय की कचरापेटी में फेंक दिये गए पेंशनर्स, कचरापेटी से बाहर आने को विकल चिल्ला रहे हैं—हम तुम्हारे हैं, हमें कोई पद दो, हम तुम्हारे हैं। कचरापेटी से हाथ निकाल घिघियाते हैं पेंशनर्स। उलट-पलट रहे हैं सत्ताधीश बार-बार वही पेंशनरों की कचरापेटी। शायद कोई निकल आए कामचलाऊ वाइस-चांसलर। सफेद बालोंवाला एक अदद ठप्पा, एक मुहर, एक कामचलाऊ ढक्कन। गुहार मचाते विश्वविद्यालयों को सौंप दे अपना वाला।

चिंतित है सत्ताधीश। खाली हो रही है कचरापेटी। सभी अपनेवाले निकाले जा चुके। कचरापेटी से लौट चुके हैं, कुर्सियोंवाली विराट घाटी में पुनः उतर गए हैं। कोई मंत्री, कोई विधायक, कोई सलाहकार, कमेटीवाले, भत्तेवाले, संचालक या अध्यक्ष। सभी को मिल गई जमीन, बँगले, मेज, कोमल स्टेनो, लम्बी स्टेशन वैगन। शेष नहीं रहा कोई। बार-बार उलट-पलट रहे हैं कचरापेटी। चिन्तित प्रयत्नशील हैं सत्ताधीश। कोई एक हो वाइस-चांसलरनुमा शख्स, सफेद बाल, मुरझाए गाल जिसके मुँह से झरते हों तुलसी, बिहारी, संस्कृत के छल्ले। जिसके शरीर से आती हो पुरानी पोथियों की गन्ध, जो निभा सके दीक्षान्त भाषणों के सौजन्य। एक व्यर्थ वाइस-चांसलरनुमा शख्स जो सौंपा जा सके गुहार मचाते विश्वविद्यालयों को। दिखनौटा कामचलाऊ ढक्कन,

कोई एक अपनावाला। परेशान सोच रहे हैं बँगलों में सत्ताधीश। कचरापेटी से ऊपर आ रहे हैं प्रार्थी पेंशनरों के आवेदक हाथ। हमें पद दो, हम सात सौ पर रिटायर, हमें सत्रह सौ का पद दो। विचार रहे हैं सत्ताधीश।

क्षमा करो, क्षमा करो। सत्ताधीशों को और समय दो वाइस-चांसलर तलाशने के लिए। धैर्य धरो। निश्चित ही मिलेगा कोई क्षत्रप दरबारी, पुरानी बुद्धि को नए पदों पर भुनाने का प्रवीण विशेषज्ञ। सम्भावनाओं से पूर्ण है पेंशनरों की कचरापेटी। इसी से सदा आते हैं भाग्यविधाता। धैर्य धरो, इसी से वाइस-चांसलर भी आएँगे।

नौकरी न दे सके, जीवन जी लेने का निश्चित आश्वासन भी नहीं, पर खाली पदों के लिए अपने व्यक्ति खोज लाने में प्रवीण है सत्ता। वर्षों से उसका यही कर्म है। यही धर्म है। वे स्वयं खोजकर लाए गए हैं। समूचे वातावरण को मथ अपने व्यक्ति को ऊपर ले आने में कुशल हैं हम। स्वयं ऊपर आता है जो श्रेष्ठ है, जो मक्खन है। सत्ताधीशों के मंथन से वही ऊपर आता है। बार-बार दुहराया बरसों का अनुभव है। मथे हैं वे अयोग्य पुरुषों की कचारपेटी, अस्वीकृत जनों की कचरापेटी। हर बार उभर आता है श्रेष्ठ, अपनत्ववान, क्षत्रप, दरबारी, पादुका रख दास-भाव से पद भोगता, एक वाइस-चांसलर।

प्रतीक्षा करो, प्रतीक्षा करो। उलटी-पलटी जा रही है आदरणियों की कचरापेटी। तलाशे जाते हैं वाइस-चांसलर। धैर्य धरो। चिन्तित हैं सत्ताधीश। बँगलों में महाकाव्य के गम्भीर सर्ग-सा माहौल है।

प्रार्थना में झुके हुए हैं विश्वविद्यालय। हे कचरापेटी, हे कचरापेटी, हे पदलोलुप पेंशनरों की अनन्त कचरापेटी, हमें एक वाइस-चांसलर दे! हे कचरापेटी, हे कचरापेटी!

श्री अपशकुनजी

कौआ पुराना अपशकुन है। श्राद्ध पक्ष के अलावा इसकी इज्जत नहीं होती। सिर पर बैठ जाए तो मृत्यु की सूचना, और जब तक झूठी सूचना प्रसारित न करो, संसार से उठ जाने का बोध बना रहता है। (शायद इसी बोध को साहित्य में मृत्युबोध कहते होंगे।) सामने आए विषय पर गम्भीरता से विचार करने की मेरी आदत के कारण हमेशा यह भय रहा है कि मैं सदैव कौए पर ही लिखता रहूँ क्योंकि चाहें न चाहें कौआ रोज नजर आ ही जाता है। हमारा प्रकृति से नियमित सम्पर्क यही है कि रोज कहीं न कहीं कौआ देख लेते हैं। मगर मैं कौए पर नहीं लिखता, इसलिए कि प्रकृति में अपनी कोई रुचि नहीं है। दूसरे, मार्क ट्वेन ने भारतीय कौए पर इतना सुन्दर लिखा है कि उससे बेहतर लिखना कठिन है। इस अपशकुन से उतना गहरा तादात्म्य (जिसे कहते हैं), नहीं बनता। यह विषय मैंने खाली छोड़ दिया है। दूसरे चाहें तो लिख सकते हैं। उन्हें सफलता मिलेगी। कभी-कभी ऐसे सर्वव्यापी गहरे काले विषय पर कलम आजमानी चाहिए। अन्य सर्वव्यापी गहरे काले विषयों पर बेकार मेहनत करने से यह बेहतर होगा। जोखिम भी नहीं है।

यह कौआ राष्ट्रीय सन्दर्भ में भी अपशकुनी है। आप जानते हैं कि रेलें, बिजली घर, सरकारी कारखाने आदि भारतीय जनता की सम्पत्ति हैं। कौआ काफी दिनों से हमारी इस भारतीय सम्पत्ति में होनेवाली दुर्घटनाओं के लिए जिम्मेदार रहा है। सो ऐसे कि कौए साहब जहाँ कहीं तार का टुकड़ा देखते हैं, अपनी काली चोंच में उठा लेते हैं और उड़ते हुए उस जगह पहुँचते हैं जहाँ निगेटिव-पोजिटिव तार बिछे हैं। वे कहीं चोंच खोलते हैं और तार का टुकड़ा नीचे डाल देते हैं। बस, तार का टुकड़ा गिरा और भीषण दुर्घटना हो जाती है। जैसे बिजली की ट्रेन के ऊपर तार का टुकड़ा किसी शरारती कौए ने डाल दिया और डिब्बा जल गया, लोग मर गए।

है न अपशकुनी कौआ? पिछले वर्षों में अनेक ऐसी दुर्घटनाएँ इन कौओं के कारण हुई हैं। दुर्घटना की वजह समझ नहीं आती, क्योंकि कौआ तार फेंक उड़ जाता है। और भी जगहों पर तार के टुकड़े उसे बिखरने हैं जिन्हें उसे उठाना है। कौए की ऐसी हरकत देख राष्ट्रीय स्तर पर उसे हिकारत से देखने की जो परम्परा है, वह चालू रहना स्वाभाविक है।

यही चक्कर चूहे के साथ रहा है। हमारे अनाज के उत्पादन का बड़ा अंश चूहे खा जाते रहे हैं। इस प्रकार औद्योगिक और कृषि उत्पादन में ये कौए व चूहे मिलकर बड़ी बाधा बनते रहे हैं। यों इनके परस्पर सम्बन्ध अच्छे नहीं, पर एक ऊपर उड़कर और दूसरा जमीन में रहकर हमारा बड़ा नुकसान कर रहे थे।

पर अब मैं सारे मामले पर दूसरी अधिक स्वस्थ और यथार्थ नजर से विचार करता हूँ। मेरे खयाल से पिछले दिनों औद्योगिक तथा अन्य क्षेत्रों में दुर्घटनाएँ कम हुई हैं। अनाज के मामले में हालत बेहतर है। इसी के साथ हम जो कौओं और चूहों को दोषी मानते रहे हैं अब उल्टे हमें इनका आभार मानना चाहिए कि बदलती हुई परिस्थितियों को इन दोनों नन्हे प्राणियों ने ठीक भाँपा है। आजकल कौए तार कम उठा रहे हैं और चूहे कम खा रहे हैं। इस तरह प्रगति में दोनों योग दे रहे हैं। इजाजत दें तो इन्हें अपशकुनजी न कहकर शकुनजी कहना शुरू कर दूँ?

लंच के बाद भारत

भोजन बड़ी चीज है। भारतीय जन की महत्त्वाकांक्षा और आत्मविकास का मार्ग आज भी थाली के आसपास गोल-गोल चक्कर लगाता है। इस देश में जितने ट्रक हैं उतने ही शेरे पंजाब होटल हैं। मनुष्य तन्दूर से तन्दूर, भट्ठी से भट्ठी चलता है। प्रगति का यही पथ है, जिसमें हमारा देशवासी दौड़ रहा है। भारतीय चिन्तन लंच के बाद, भारतीय संस्कृति डिनर के बाद और भारतीय सक्रियता चाय-नाश्ते के उपरान्त अपने तथाकथित उच्च बिन्दु का स्पर्श करती है।

भारतीय जीवन में लंच के बाद का काल सुस्ती का काल है। लंच पर गया साहब बँगले से लेट लौटता है। अपना कटोरदान खा लेने के बाद चपरासी स्टूल पर ऊँघता है। भद्रजनों की बोली में जिसे 'नेप' अथवा 'लिटिल नेप' कहा जाता है, वह हमारी जीवन शैली की अनिवार्य खुसूसियत है।

क्रिकेट में पतनशील बने रहने की गौरवमयी ऐतिहासिक परम्परा में इस उच्च स्तरीय लंच का बड़ा योग है। अधिकांश क्रिकेट के चमकते सितारे किसी प्रतिष्ठान या प्राइवेट कार्यालय के सामान्य जुगनू हैं। वे लंच के बाद पनपनेवाली सुस्ती की इस राष्ट्रीय आदत से भारतीय (तथा उसमें भी अफसर या बाबू) होने के नाते जुड़े हुए हैं। लंच के बाद का काल चौवे-छक्के का नहीं, ऊँघने का, डकारें लेने का होता है। वास्तविकताओं का कमेंटेटर यही कहेगा कि हमारे खिलाड़ी पिच पर ऊँघ रहे हैं, कभी-कभी चौंककर एक सिंगल निकाल लेते हैं और मन-ही-मन आउट होने की प्रतीक्षा कर रहे हैं ताकि पेवेलियन पर जाकर निश्चिन्त कुछ देर पड़ सकें। भारी लंच भारतीय व्यक्तित्व को सीधे प्रभावित करता है। तब बाजारों के रास्ते लगभग खामोश होते हैं। कुछ भ्रष्ट अफसरों और दो नम्बर के अमीरों की बीवियाँ सोने-चाँदी की दुकानों और साड़ियों के स्टोर पर ताँक-झाँक करती रहती हैं अन्यथा लंचोत्तर काल में बाजार ठंडा रहता है। ठीक उसी काल में सरकारी दफ्तरों में आज का काम कल पर टालने का नियमित बौद्धिक चिन्तन आरम्भ होता है। फाइलें एक ओर खिसकने लगती हैं। संगोष्ठियों में, लंचोत्तर बैठकों में उपस्थितियाँ कम होने लगती हैं। सामान्य भारतीय सुस्ती का लंच संवर्धक और प्रेरक है। उस काल में बॉलर ठंडा होता है, गेंद बेमतलब होने लगती है, दिशाहीन-सी। फील्डर गेंद रोकने के क्षण गँवाते हुए

विरोधियों को चौवा ले लेने का सम्मान देते हैं, बैट्समैन आउट होने लगते हैं। लंच के बाद ही यह अनुभूति तीव्र होती है कि क्रिकेट भारतीय संस्कृति से मेल नहीं खाता। लंच के बाद धूप में, इतने लोगों का खड़े रहना बेमानी लगता है। भारतीय मानस प्रश्न करता है, ये इतने लोग क्यों खड़े हैं, गेंद की खातिर? ये लोग घर जाकर, आराम से लेटते क्यों नहीं? पराजित होकर भारतीय क्रिकेटर इस प्रश्न का समर्थन करते हैं। हम व्यर्थ खड़े थे। हमें वाकई लंच के बाद सो जाना चाहिए था। इसी क्षण में शुभचिन्तक सोचते हैं, जो काम आज बॉलर न कर सके, कल शायद बल्लेबाज कर जाएँ! जो काम आज बल्लेबाज न कर सके, कल बॉलर करें! इस सदाशयता को व्यक्त करते हुए वे यह भूल जाते हैं कि कल भी भारतीय टीम को सुखद लंच मिलेगा, कल भी ऐसी दोपहर होगी, कल भी हम सुस्त होंगे।

उस शाम कॉफी के बाद आनेवाली बहस-उपजाऊ बौद्धिक चेतना के क्षण में मैंने प्रस्ताव उछाला कि भारतीय क्रिकेटरों को लंच नहीं दिया जाना चाहिए ताकि वे भोजन की प्रतीक्षा में शाम तक खेलते रहें और शाम का मेनू उनका दिन भर का खेल देख बनाया जाना चाहिए। मेरे इस प्रस्ताव का विरोध करते हुए मेरे मित्र ने कहा कि अगर क्रिकेट लंचरहित हो गया तो भारतीय प्रतिभा उस ओर आकृष्ट नहीं होगी और आश्चर्य नहीं, धीरे-धीरे देश से क्रिकेट समाप्त हो जाए।

यह निश्चित है कि टेस्ट खिलाड़ियों को बोर्ड की ओर से दिया जानेवाला लंच उस दाल-रोटी से बेहतर होगा जो क्रिकेटरों को अपने मध्यवर्गीय घर में इस महँगाई में मिलता है। प्रवासी टीम को जो दिया जाता है, वही इन्हें भी न्याय से दिया जाता होगा। मेरे खयाल से क्रिकेट बोर्ड द्वारा यही हो रहा है। इस प्रश्न पर विचार नहीं किया कि भारतीय खिलाड़ियों को दोपहर का भोजन कम दिया जाए, अथवा भारतीय क्रिकेट दोपहर को न हो? यदि वे मुझे डिनर पर बुलाएँ तो भारतीय क्रिकेट के उज्ज्वल भविष्य के हित में मैं सुझाव देना चाहूँगा।

चन्दा ओ चन्दा

हमारी सामाजिक संस्थाएँ, हमारी संस्कृति, हमारी राजनीति चन्दाश्रित है। चन्दा हमारी गतिविधियों का मार्गदीप है, लालटेन है। चन्दा बूँद-बूँद टपकता है, और पोलिटिक्स के पेड़-पत्ते हरे भरे रहते हैं। राजनीति का यह विराट भारतीय जंगल चंदे से सींचा जाता है। उदीयमान नगरपालिका नेता के विकास से लेकर राष्ट्र के कर्णधार की समाधि और मूरत खड़े करने तक में चन्दा देनेवालों का योग है। यदि वह शीतल, मधुर लाभकारी चन्दा न होता तो कष्ट के तपते सूरज में नेता, कलाकार और सामाजिक कार्यकर्ता अभी तक झुलसकर मुरझा जाते। चन्दा हमारा प्राण है। एक नम्बर और दो नम्बर की नालियाँ और नहरें जब तक नहीं सूखतीं (और वे सूखने क्यों लगीं?) तब तक मंच, फोरम, सम्मेलन और सभाओं का उत्साह समाप्त नहीं होगा। काला-सफेद चन्दा इस प्रजातंत्र का असली जीवन रस है। जो आज पोजीशन वाले नेता हैं, वे चंदे के कारण हैं। जो अपोजीशनवाले नेता हैं, वे चन्दे के कारण है। इन दिनों दोनों शोर मचा रहे हैं कि राजनीति से चन्दे का सम्बन्ध टूटना चाहिए। भारतीय प्रजातंत्र के इतिहास का यह सबसे बड़ा मजाक है कि चन्दे से चुनाव लड़नेवाले चंदे के खिलाफ बोल रहे हैं। यह नारा गरीबी हटाओ से ज्यादा ऊँचा है और नेताओं का आत्मविश्वास इसमें नजर आता है। हमें तो मिल ही जाएगा, दूसरे का कटवा दो। सन्तुष्ट पूँजीपति सत्तारूढ़ दल को चन्दा देगा, असन्तुष्ट पूँजीपति विरोधी दलों को चन्दा देगा, समझदार पूँजीपति दोनों को देगा। देता ही है। सारी राजनीति मार्केट की कंडीशन पर निर्भर रहेगी। मंदी और महँगाई में अपोजीशन पनपेगा, बोनस और लाभ में सत्ताधारी। वोटर कम्बख्त अपने को समझता क्या है? यदि प्रचार में दम होगा, लड़नेवाले की गाँठ में पैसा होगा, तो वोट तो चाहे जब टपका लिए जाएँगे।

आजादी के बाद इतने चुनाव हो गए, कौन-सी पार्टी मध्यवर्गीय और निम्नवर्ग के दरवाजे चन्दा माँगने गई? सबका खर्च चला कैसे? फिर आश्चर्य क्या कि पार्टियों ने जिसका नमक खाया, उसका बजाया। सबकी गाड़ियाँ पूँजीपतियों के चन्दे से पेट्रोल फूँकती, वोट देने की अपील करती मोहल्ले से गुजर गईं। किसी ने रुककर यह निवेदन नहीं किया कि भाई लोगो, पेट्रोल खत्म हो गया, थोड़ा एक-दो रुपयों की मदद कर दीजिए ताकि हम आगे बढ़ें। चन्दाजीवी वर्ग उत्पन्न हो गया है देश में। चुनाव

उनके लिए राहत कार्य-सा सुखद प्रसंग है। बिना खाने-पीने की और अतिरिक्त कमाई की गारंटी के कोई कार्यकर्ता अपनी पार्टी के उम्मीदवार के प्रचार के लिए घर से नहीं निकलता। चन्दा प्रजातंत्र का प्राणधार है। उसे न इन्दिरा गांधी समाप्त करेंगी और न जयप्रकाश के साथी। यों यह सत्कामना वे परस्पर अवश्य करेंगे कि हमें मिल जाए, दूसरे को न मिले।

हर चन्दे के लिए कहा जाता है कि यह हमें जनता ने दिया है। जनता इस देश में एक भ्रामक शब्द है जिसके कई अर्थ और अनर्थ होते हैं। एंबेसियों से जो रुपया राजनेता लाते हैं, वह भी जनता का दिया; व्यापारी और कारखानेदारों से लाते हैं, वह भी जनता का दिया; अफसर और अन्य सक्रिय मातहत अपनी अतिरिक्त कमाई से एक अंश नेता को चुनाव लड़ने के लिए देते हैं, वह भी जनता का दिया; ठेकेदारों-सप्लायरों से जो कमीशन आता है, वह भी जनता का दिया; सरकारी काम करवा देने पर जो भेंट मिलती है, वह भी जनता का दिया। यह सब होता है। न होता है तो यही कि जनता जिसे कहते हैं, उससे कभी कोई एक रुपया नहीं माँगता। यों अप्रत्यक्ष रूप से सब कुछ जनता ही देती है क्योंकि जो बढ़े भाव से साबुन की बट्टी या शकर हम खरीद रहे हैं, इसका एक अंश साबुन कम्पनी का मालिक या शकर व्यापारी या शकर कारखानेदार चुनाव लड़नेवाले नेता और पार्टी को देंगे ही। जनता शब्द से अर्थ और अनर्थ दोनों उत्पन्न होते हैं। चन्दा शब्द भी लगभग ऐसा ही है। इन दिनों चन्दे के सवाल पर जोरदार बयानों के बावजूद चूँकि चुनाव आ रहे हैं, पक्ष और प्रतिपक्ष के नेता एक ही गीत गाएँगे–चन्दा ओ चन्दा... तथा चकोर पक्षी की तरह ऊँचा मुँह किए चन्दा को तकते रहेंगे। प्रजातंत्र की अमृत बूँद वहीं से टपकती है।

मैं होता तो क्या होता

पुराना अनुत्तरित प्रश्न है कि यदि आज बापू जीवित होते? और 'होते तो क्या करते' या 'क्या कर लेते?' कुछ उसी वजन का एक सवाल इन दिनों, जिसे कहते हैं, 'मानस की अतल गहराइयों में' टकराता रहा है कि यदि वेस्टइंडीज में बिशनसिंह बेदी की जगह मैं होता तो क्या करता? या क्या कर लेता?

पहली बात तो यही कि मैं होता क्यों? पर सारी बहस इसी गलत और असम्भव धारणा पर आधारित है कि मैं होता। कोई एक्स्ट्रा नहीं, कैप्टन होता। बिशनसिंह बेदी जो हैं सो नहीं होता, और होता तो अपने बॉलिंग करता, जैसा मैं कहता, और मैं क्या कहता? अपना सिर बचाता, कि कहने जाता? क्योंकि होल्डिंग कोई मुझे छोड़ता तो नहीं कि चलो, लेखक है, इसकी खोपड़ी की अन्यत्र भी शायद उपयोगिता है। जीवित रहेगा तो शायद कभी मुझ पर लिखे। वह तो मेरा भाई गोल सन्ना रहा था। ('कमेंटरी सुनने वालों का माथा भन्ना रहा था' की तुक मिलती है इस वाक्य के साथ।) बेदी ने सोचा कि सर सलामत तो पगड़ी हजार रंग की बाँध लेगा। वैसा ही मैं सोचता। मुझे लगता है कि शायद मैं भी यही सोचता, इसके बावजूद कि मुझमें कभी-कभी वीर रस का संचार हो जाता है और इसके कुछ प्रमाण स्वयं मेरे देखने में आए हैं। यों मैंने देखा ही क्या है, क्योंकि हमारे देश में कहते हैं कि मनुष्य कभी अपने-आपको नहीं पहचान पाता और जब पहचानता है तो अफसोस करता है। तो मैं पक्की तौर से नहीं कह सकता कि मेरे व्यक्तित्व में वीररस की सनातन ट्यूब है कि नहीं? और है तो उसका रस किस हद तक फर्मेन्ट हो गया है? या ट्यूब कब से टूटी पड़ी है? उसे जोड़ने के लिए कितने भाट-चारण लगेंगे जो मेरी विरुदावली गाएँ, मुझे जोश चढ़ाएँ?

हाँ, तो मैं बेदी की जगह होता। कोई आश्चर्य की बात नहीं कि पंजाब में जैसे पूजा करानेवाले बेदी लोग हैं, वैसे ही मालवा में जोशी लोग हैं। दोनों की रोजी-रोटी कमाने की प्रकृति में सिर्फ गुरुद्वारे और मन्दिर का अन्तर है, शेष चारित्रिक समानता है। नरम मिजाज के हैं। तीन पीढ़ियों तक प्रयत्न करें फिर भी घर में एक फास्ट बॉलर पैदा नहीं होगा। सब स्पिनर्स होते रहेंगे। यों प्रयत्न करना अपना धर्म है मगर जोशियों और बेदियों के मामले में प्रयत्न करने से भी क्या होता है? अन्त में डिक्लेअर करना

पड़ता है। मैं पंजाबी नहीं हूँ, मालवी हूँ, सो मैं तो और पहले डिक्लेअर कर देता। हमारे मालवा की धरती ने महान खिलाड़ियों को जन्म दिया है जो अक्सर हारकर आते थे क्योंकि वे जानते थे कि हार-जीत से महानता का कोई सम्बन्ध नहीं। वे बड़ी महानता से हारते रहे।

तो इस गम्भीर विषय पर विचार करने के पूर्व कि मैं वहाँ होता तो क्या करता, हमें यह जान लेना चाहिए कि हम भारतवासी हैं। और यह सोचना गलत है कि वेस्ट इंडीज में यदि भारतवासी जाए तो भारतवासी नहीं रहता। हमारी मिट्टी का पराये पिचों से कोई सम्बन्ध नहीं। यूनानो मिश्र रूमाँ सब मिट गए जहाँ से, कुछ बात है कि हस्ती मिटती नहीं हमारी। तो वह क्या बात है? यही कि हम हस्ती मिट जाने के सारे जोखिम से बचना जानते हैं। कितने विजेता आए इस देश में, मगर उन्होंने क्या कर लिया हमारा? हम भी खड़े हो गए कि कर लो, क्या करते हो? हम ईंट का जवाब पत्थर से देना जानते हैं, मगर यदि पत्थर अनुपलब्ध हो तो सिर्फ ईंट से जवाब देना हमारी तौहीन है। हमारे पास यदि ईंट भी न हो तो हम क्या मिट्टी के ढेलों से जवाब दें? मैं एक सवाल करता हूँ आपसे। होल्डिंग से अच्छा फास्ट बॉलर हमारे पास होता, तो हम एक ओवर में सात बाउंसर मारते और बाउंसर क्या, उसे कुछ नया ही नाम देना पड़ता। यह हालत हो जाती कि भविष्य में क्रिकेट के मैदान अस्पताल के पास बनते और आउट फील्ड पर नर्सें दौड़तीं। मगर हमारे पास फास्ट बॉलर नहीं था तो हमने सोचा, बचो, क्योंकि क्रिकेट हाथ-पैर का खेल है और क्रिकेट का उज्ज्वल भविष्य बनाए रखने के लिए सर्वप्रथम हमारे हाथ-पैर सलामत रहना जरूरी है। मैं होता तो यही करता। गांधीजी ने कहा था कि यदि हमारे पास शस्त्र होते तो हम उनका उपयोग करते। मगर शस्त्र नहीं थे इसलिए वे मात्र लाठी का उपयोग करने के खिलाफ थे। हमने अहिंसा से काम चलाया। इसलिए मित्रों, मैं भी वही करता जो बिशनसिंह बेदी ने किया। बात करने के पहले भारत को पहचानो। बाद में जसलोक अस्पताल में पड़े रहने से अच्छा है, हम बैटिंग को न जाएँ। बेदी ने ठीक किया। मैं भी यही करता। देख रहे हो कि सामने क्रिकेट की बॉल नहीं गोले चल रहे हैं, चारों ओर से टाइट फील्डिंग है। जिन अम्पायरों से न्याय और करुणा की अपेक्षा थी, वे मौन मुस्कुरा रहे हैं। अभिमन्यु घिर गया है और वीर अभिमन्यु नाटक के डायलॉग लिखे नहीं गए हैं। मरता क्या न करता! कम-से-कम मरने से बचता क्योंकि डूबते को तिनके का सहारा वक्त पर मिल जाता है मगर क्रिकेट में हारते को बैट का सहारा भी नहीं मिलता। फिर भी रास्ता निकाल मौके पर मन मार लेने का जो भारतीय गुण है, उसे खोना नहीं चाहिए इसलिए कि घूरे के भी दिन फिरते हैं और दिन फिरने की उम्मीद में कुछ दिन घूरे बने रहना पड़े तो कोई हर्ज नहीं। गौर से देखिए तो जीवन में इज्जत के अलावा कुछ नहीं गिरता और सब कुछ उसके भाष्य करने पर निर्भर करता है कि लोग कहें, गिरी और आप कहो, नहीं गिरी, कायम है।

और अन्त में राष्ट्र का आत्मबल बढ़ाने के लिए कहूँगा कि एक दिन जब फास्ट दौड़नेवाली लड़की से गोला फेंकनेवाले लड़के का परिचय होगा तब उनकी सन्तान अवश्य फास्ट बॉलर बनेगी और तब हम उससे कहेंगे कि हे गुदड़ी के लाल, उठ और अपने पूर्वजों की पराजय का बदला ले। फिलहाल तो हालत यह है कि मैं वहाँ कप्तान होता तो क्या फर्क पड़ता और यह ईश्वर की अनुकम्पा है कि मैं वहाँ नहीं हूँ, बेदी साहित्य में नहीं है पर हम जहाँ हैं, वहीं हैं जो कि 'मत मारो श्याम पिचकारी' की मुद्रा में शत्रु की गेंद से मुकाबला कर रहे हैं। जो जहाँ है, सलामत है, बना रहे और खुश रहे कि वह है जिसका होना अहम बात है, जो न होने से अच्छा है। और कुछ भी हो पाप्पे, की फरक पैंदा है!

कोई सम्भावना नहीं

चूँकि इधर कुछ करने को नहीं था तो मैंने सोचा, दाढ़ी बढ़ाई जाए। वर्षों से दाढ़ी का सतत आग्रह रहा है कि वह बढ़े और मैं उसकी विकासाकांक्षा पर नित रेजर फेरता रहा हूँ। मेरा खयाल था कि जब मुझे बढ़ना है, तो दाढ़ी बढ़नी चाहिए। पर इधर मैं बढ़ नहीं रहा था तो मैंने सोचा, दाढ़ी को प्रगति का अवसर दिया जाए। इस विषय में अपने अनुभव बताने के पूर्व जरूरी है कि उन परिस्थितियों को बयान करूँ जिसमें यह नौबत आई।

आजकल मैं अपने मित्र के फार्म पर टिका हुआ हूँ। आम, जामुन, अनार, अंजीर और इजार गुलाब, बीसियों केक्टस, एक स्वीमिंग पूलवाला यह सौ एकड़ में फैला फार्म देख कई बार शक होता है कि ऐसी ही किसी जगह पर टिकने के बाद मैथिलीशरण ने अपनी प्रसिद्ध पाठ्य पुस्तकीय पंक्ति कही होगी, 'अहा, ग्राम जीवन भी क्या है!' पर मैं ऐसी कोई ऊँची बात नहीं कहूँगा जिसे भविष्य में छात्रों को रटने का कष्ट हो क्योंकि अपनी किस्मत जोरदार है। किसी पेड़ पर फल नहीं है। सारे पेड़ सूने हैं, पानी रह-रहकर गिरता है। सामने के पहाड़ बादलों से ढक जाते हैं। जब धूप रहती है, मैं घूमता हूँ या पढ़ता हूँ। ऐसे सुनसान में, जहाँ से सभ्यता के ट्रक भी दो मील दूर से गुजरते हों, दाढ़ी क्यों साफ की जाए? चेहरे पर रेजर क्यों फेरा जाए? पहले दिन उसी पसोपेश में रहा और मैंने नियमानुसार दस बजे शेव कर लिया। मुझे तभी वह लतीफा याद आया। एक शख्स जंगल में नंगा घूम रहा था, केवल सिर पर हैट पहने था। उसे ऐसे घूमते हुए एक दूसरे शख्स ने देखा और पूछा—क्यों भई, नंगे क्यों रहते हो? उसने जवाब दिया—यह जंगल है, कोई देखनेवाला नहीं। क्या फर्क पड़ता है, कपड़े पहने जाएँ या नहीं। दूसरे शख्स ने पूछा कि फिर यह सिर पर हैट क्यों? नंगे व्यक्ति ने कहा—कभी कोई आ जाए, उसके सम्मान के लिए।—मेरी हालत भी कुछ ऐसी ही है। चाहे चारों ओर मीलों तक कोई परिचित न हो पर आदमी अपनी सभ्यता हर हाल में ढोता है। उस मर्ज का मारा मैं यहाँ शेविंग सेट लेकर आया हूँ। मेरे पतलूनों पर क्रीज है और मेरे बाल ठीक से जमे हुए हैं।

मैंने सोचा, दाढ़ी बढ़ाई जाए। लोगों ने तो कॉफी हाउसों में बैठकर बढ़ा ली तो मैं फार्म पर नहीं बढ़ा सकता? आईना जिस कमरे में था, वह कमरा बन्द था। देखना

कुछ खास नहीं था। गालिब ने इस दशा को बयान करते हुए अपने पत्रों में किसी को लिखा था कि चेहरे पर चिंउटी के अंडे से नजर आने लगे हैं। पहले दिन शक्ल कैसी होगी, यह अनुमान मैं कर सकता हूँ। पर तीसरे-चौथे दिन मेरा हाथ बार-बार चेहरे पर जाने लगा। मुझे लगा, अपने जीवन में प्रोटीन की कमी के कारण शक्ल से गुलाब तो कभी हो न सका, हाँ, कैक्टस जरूर हो जाऊँगा। फिर मैंने स्वयं को समझाया कि दाढ़ी मर्द की पहचान होती है। ग्रीकों ने अपने हर देवता की तस्वीर दाढ़ीवाली बनाई है, क्योंकि दाढ़ी से पुरुषत्व उभर जाता है। दाढ़ी का फैशन जाता रहा और फिर लौटकर आता रहा है। हिन्दी के हर लेखक की यह इच्छा रही है कि क्या वह निराला या रवीन्द्र जैसा लगता है? कितने कवियों ने दाढ़ी बढ़ाकर तस्वीर खिंचवाई और कविता संकलनों के फ्लैप पर दी। यदि मैं बढ़ा रहा हूँ तो यह साहित्य की परम्परा के अनुकूल ही है।

कोई एक सप्ताह बीता। मैं तेजी से रवीन्द्रनाथ होने की दिशा में जा रहा था, मगर तभी वह कमरा जिसमें आईना है, किसी कारण खोला गया और उदीयमान निराला या रवीन्द्रनाथ ने स्वयं अपने दर्शन किए। हिन्दी साहित्य के सूचनार्थ निवेदन है कि लेखन में तो सम्भावनाएँ हैं ही नहीं, दाढ़ी से भी निराला बनना मुश्किल है। मैं रेजर लाया और यथावत हो गया। अब मैं इन आम, नारंगी, अमरूद वृक्षों के बीच एकाध किताब हाथ में ले चिकना चेहरा ले घूम रहा हूँ। यह है लेखक का व्यक्तित्व, जो अन्ततः अपने ही द्वारा पराजित होता है। निराला होना सभी दृष्टि से कठिन है।

जो भी हो, मेरा परिवार और मेरा मित्र मेरी शक्ल पर एक नजारा देखने से वंचित रह गए। यह बरसातोत्तर प्रकृति भी शक्ल की घास को प्रेरणा नहीं दे सकी।

फिर एक नया वर्ष

आज सुबह किसी ने बताया कि पुराना 1975 बीत गया। मैंने सोचा–चलो, यह भी ठीक ही रहा। दिन वैसे ही चल रहे हैं मगर साल बीत गया। छोटी इकाई अपने चरित्र को कायम रखे और बड़ी इकाई परिवर्तित हो जाए। देखें तो बड़ा उल्लेखनीय मामला है। जैसे शिक्षक ज्यों का त्यों रहे और शिक्षामंत्री बदल जाए। वर्ष ही बदल गया।

अब इस वर्ष क्या होगा? वही, पहले जनवरी होगी, फिर फरवरी होगी, आखिर में दिसम्बर आएगा। मेरे हिसाब से 1975 वाला दिसम्बर अभी गया नहीं। बड़ा धोखेबाज महीना था। जहाँ उम्मीद लगाते हैं, वहाँ अपने साथ अक्सर ऐसा होता है। मैं इस दिसम्बर से बड़ी आशा किए था। सोचता था, सुबह की धूप में बैठूँगा और लिखूँगा। यह कल्पना करते हुए मैं भूल गया कि दिसम्बर में गहरी ठंड भी होती है। उस रात क्षिप्रा किनारे मेले में एक्सपोजर हो गया और नतीजे में माह भर डॉक्टर के आदेश पर रजाई में दुबका खाँराता-खँखारता रहा। इतना कि मुझे खुद अपने से नफरत हो गई। यदि इस शरीर में इतना कफ है तो मैं अब इस शरीर को बदलना पसन्द करूँगा। पर डॉक्टर का मत था कि फिलहाल इसी शरीर को ड्राइक्लीन, रफू आदि कर काम चला लो। बात टल गई। कुछ दिनों बाद बदलेंगे। आत्मा का पुराना कोट कम्बख्त।

हाँ, तो मैं दिसम्बर को गाली दे रहा था। पूरे साल मैं तो मनचाहे एक्सपोजर कर न सका, पर दिसम्बर कम्बख्त ने आखिर में मेरा ही एक्सपोजर कर दिया। खूब, जोर से, और धारावाहिक खाँसा, थूका। क्षमा करना, 1975 में मैंने कैसी गन्दगी फैलाई। जो कष्ट पड़े, उसका यही नम्र प्रत्युत्तर दे सकता था। इससे ज्यादा तो मेरी शक्ति नहीं, न इरादा है। क्या करना?

करने से होता भी क्या है! कलम हाथ में लेने से कुछ होता है क्या? दुष्यन्त ने मरने के पहले खूब गजलें लिखीं। अच्छा किया। इन नकचढ़े, नकली भाषा में कविता और समीक्षा को पछीटते रहनेवालों का मुँह चिढ़ाने का यही तरीका है। निराला गीत और भजन लिखने लगे थे। अपने में प्राइवेट हो गए थे। दुष्यंत की मृत्यु के दिन सब कह रहे थे, वह कम उम्र में चला गया। मुझे नहीं लगा। यह निगुरी हिन्दी इस काबिल नहीं कि इसकी खातिर लम्बी उम्र जिया जाए। अगर गलती से

कोई लेखक कवि बन जाए तो फिर जल्दी मरकर ही इससे मुक्ति पाई जा सकती है। या लिखना छोड़ दें। दुष्यंत ने लिखा था, 'जुबान सी नहीं सकते, जिन्दगी जी नहीं सकते'। मृत्यु के उस दिन पहली बार दुष्यंत से गहरा रश्क हुआ। उसे मृत देख मैं कुढ़ गया मन-ही-मन में। वह शरारती शख्स तब एक दुधमुँहे बच्चे की तरह शान्त, निश्चल नींद सो रहा था। कितने साधारण लोग, मित्र, यारबाजी से अर्जित उसकी अपनी दुनिया के लोग, खबर फैलते घिर आए थे वहाँ! समीक्षा और काव्य चर्चा की भद्रजनों की महफिल से निरन्तर दुष्यंत के व्यक्तित्व और लेखन को लेकर जो कड़वे फतवे प्रसारित किए गए, वे सब शून्य होकर बाणगंगा की नियमित गन्दगी में बह गए। वे लोग जो अपनी संस्कारहीन शब्दावली में उसे कोसते रहे थे, तब प्रांजल शब्दों में दुष्यंत की तड़प और बेचैनी को मध्यवर्गीय कहकर शोकसभा में भी अपने अहं को सहला रहे थे। इस खोखली, निर्मम और हृदयहीन सभ्यता के लिए एक मौलिक रचनाकार का समर्पित होना कितना निरर्थक है! विवेक और चतुराई ने आदमियत को डस लिया है, आँसू की जगह खनकते मुहावरों ने ले ली है, यारी पर नौकरियाँ जीत गईं, हर साधनहीन हाथ असहाय है। ऐसे में लम्बी उम्र जीकर साहित्य के घात सहते रहना क्या मतलब? उस दिन मुझे दुष्यंत से रश्क हुआ, वह 1975 में ही चला गया। 1976 तक रह भी जाता तो क्या फर्क पड़ता? वही जनवरी, वही फरवरी, फिर कोई उत्सव, फिर कोई गोष्ठी, फिर भाषण, फिर कविताएँ, फिर बजटपरस्त मित्रों के उसी केलिडोस्कोप का घूमकर आँख के सामने उन्हीं चूड़ियों के टुकड़े की तरह एक और फूल बनाना, कवि दुष्यंत की वही उपेक्षा, वही हिकारतभरी चुप्पी जिसे देख उसका ऊपर से मुस्कराना और अन्तर से फिर किसी गजल का उमड़ना। गजल, और गजल, और और गजल, मार्च, अप्रैल, अगस्त, सितम्बर और गजल, 77, 78, 79, और गजल... मगर कब तक? मैं पूछता हूँ महानुभावो, कब तक? उसने कहा था कि 'यहाँ दरख्तों के साये में धूप लगती है'। है किसी के बाप में हिम्मत जो इन दरख्तों को सुधार सके? दुष्यंत के अनेक मित्र खबर पढ़ने के बाद 31 दिसम्बर की रात देर तक जागते जाने क्या-क्या सोचते रहे होंगे। उन्हें पता नहीं लगा, एक और हृदयहीन वर्ष कब चोरों की तरह शहर में घुस आया। आओ, नए वर्ष, मुझ पर और मेरे मित्रों पर जुल्म करो। हम तुम्हारे सम्मान में कोई गजल गाएँगे। थक जाएँगे तो उठकर चले जाएँगे।

आपको पता है कि हमारी हिन्दी इतनी आगे बढ़ चुकी है, नीतिधर्मिता और विवेकसम्मत होशियारी की इन्तिहा है कि किसी की मृत्यु पर भावुक होना परिहास का विषय है। (इस प्रकार कुछ के लिए यह कॉलम इस बार सचमुच हास्य का बन पड़ा है।) आग्रह यह है कि अब हम मनुष्य न रहें, समीक्षक हो जाएँ और केवल कविताओं में ही आदमियत की तलाश करें तथा इसी बहाने जिन्दगी, समाज और व्यवहार में आदमियत जीनेवाले सामान्य आदमियों का मजाक बनाएँ। अपनी एक

परिभाषा बनाएँ जिससे गौरवान्वित हों, दूसरों से ऊपर उठ जाएँ। हिन्दी समीक्षा में मुहावरे बुलेट हैं जिससे नेक लोगों की छाती बेध दी जाती है और घायलों को ठोकर मार घोषित किया जाता है कि हम कविता की समझ विकसित कर रहे हैं। 1976 में हमारी हिन्दी और आगे बढ़ेगी। नया साल मुबारक हो। समीक्षकनुमा जल्लादों को भगवान नए चुस्त मुहावरे, लेख लिखने के मौके, भाषण को अपना मंच और वे पत्रिकाएँ दें जिन पर वे कुंडली मार बैठ सकें। 1976 का वर्ष शव-यात्राओं में बत्तीसी निपोरते भाग लेने का हर्ष हो! मंगलमय, महिमामय, बहसमय, फतवेमय, विजेता वर्ष हो!

आमीन!

महा(अ)विद्यालय

अपना जमाना सबको अच्छा लगता है चूँकि उसके साथ सैकड़ों मीठी स्मृतियाँ जुड़ी रहती हैं। फिर भी मैं कहूँगा कि उन दिनों एक प्रोफेसर वास्तव में प्रोफेसर था और उसके अतिरिक्त यदि वह कुछ था तो बहुत कम था। मगर अब रोइए इस प्रशासन के नाम की, पिछले वर्षों में प्राध्यापक केवल शासकीय कर्मचारी बनकर रह गए हैं। शासन ने उनका दर्जा समाज की नजर में, छात्रों की नजर में और खुद उनकी नजर में गिराने की सक्रिय चेष्टा की है। पुस्तकों में डूबा, केवल छात्रों के शैक्षणिक एवं नैतिक हित-अहित एवं समाज के भविष्य से जुड़ा वह शख्स सरकार की कृपा से अब एक गजेटेड चाकर भर रह गया है। उसे अब अकाउंटेंट जनरल के तिलस्मी नियम जालों से उलझते हुए अपना वेतन सुरक्षित रूप से निकाल लेने की अनिवार्य मासिक माथापच्ची करनी पड़ती है। उसे अपनी आँखें निरन्तर भोपाल की ओर गड़ाए रखनी पड़ती हैं कि कहीं उसका तबादला तो नहीं किया जा रहा है? किसी दूसरे को प्रमोट करने के खुफिया षड्यंत्र तो नहीं चल रहे हैं? उसे प्राचार्य कक्ष में निरन्तर बनती-बदलती मनःस्थिति और परिस्थिति की टोह लेते रहनी पड़ती है। उसे प्रोफेसर्स कॉमन रूम के दाँवपेंचों में बचाव और आक्रमण का खेल खेलते रहना पड़ता है। उसे अपनी इज्जत और जान बचाए रखने के लिए छात्रों के लड़ते-भिड़ते दलों में निजी पैठ स्थापित कर स्वयं की सुरक्षा स्थापित करनी पड़ती है। वह अपनी नौकरी के लिए सैकड़ों बयानों, रिपोर्टों, सरकार के नीले मोथों का अध्ययन करता रहता है महज यह पता लगाने के लिए कि उसका वेतन क्या होना चाहिए। उसे मंत्रियों, मुख्य अतिथियों को महाविद्यालय में घुसने का मौका प्रदान करनेवाले अनेक आयोजन करने होते हैं। सोशल गैदरिंग आदि में भिड़कर काम कर महाविद्यालय के प्रति अपनी निष्ठा सिद्ध करनी पड़ती है। उसे कीचड़ उछालनेवाले पत्रों और नगर के छुटभैया राजनेताओं को प्रसन्न रखना पड़ता है। उसे जाल-जंजाल, राजनीति और भ्रष्टाचार में सने हुए विश्वविद्यालयों में स्वयं को उलझाए रखना पड़ता है ताकि उसकी बेखबरी का लाभ ले दुश्मन कहीं चोट न कर दे। यह कुछ फंदे मैं गिना रहा हूँ, शायद इससे ज्यादा हों। विद्वान एवं अनुभवी जन बेहतर बता सकते हैं। मगर एक प्राध्यापक की जिन्दगी हलकान करने के लिए इतने ही क्या कम हैं? इसके बावजूद यदि वह पढ़ा लेता है

तो इसे राज्य का सबसे बड़ा आश्चर्य माना जाना चाहिए। शैक्षणिक क्षेत्र की ताजी सूचनाओं के अनुसार वे पढ़ाना बन्द कर चुके हैं और अधिकांश काफी पहले से कर चुके थे। इसका सर्वाधिक श्रेय राज्य शासन को ही जाता है। पूरे देश में विगत वर्षों में मध्य प्रदेश के शैक्षणिक स्तर की जो साख गिरी है, उसका सेहरा नम्रतावश ही राज्य शासन स्वीकार नहीं करेगा, पर वास्तविक अधिकारी वही है।

और शैक्षणिक पतनशीलता के इस सरकारी इतिहास में 1975 का वर्ष अपेक्षाकृत अधिक काली स्याही से लिखा जाएगा, जब वही सम्मानित प्राध्यापक ट्रेड यूनियन के संघर्षों की दुर्दशा पर आ गया और उसे एकता, संघर्ष नीति, साहस, त्याग, कुर्बानी आदि उत्तेजनाओं को अख्तियार करना पड़ रहा है। अपनी प्रशासकीय रीढ़ को तानकर रखने पर रेलवे हड़ताल टूटने से जो आत्मबल शासन का बढ़ा है, उसका प्रयोग प्राध्यापकों पर चल रहा है। संवाद की स्थिति टाली जा रही है ताकि सरकार का कड़ा इमेज बने और प्राध्यापकों को निराशा की हद तक ले जाकर स्थायी रूप से तोड़ दिया जाए। शासन इसमें सफल हो या असफल, पर उसने महाविद्यालयों की मूल आत्मा को पूरी तरह नष्ट कर दिया है और राज्य में शिक्षा के पतन के इतिहास में इसी कारण 1975 का वर्ष स्मरणीय है। या हो सकता है कि सरकार ने सोचा हो कि इस प्रश्न को आम चुनाव तक टालें और उसी समय घोषणा करें ताकि उल्लास के वातावरण में वोटों की फसल काट सकें क्योंकि कुछ कहा नहीं जा सकता। सरकार रुपया देती भी है, नहीं भी देती। नहीं देकर देती है, देकर नहीं देती। घोषणा अमल में नहीं लाती। जो अमल में लाती है वह घोषित नहीं करती। अर्थात् कुछ भी हो सकता है। या कुछ भी न हो। इतना अवश्य है कि जिस किस्म के महाविद्यालय में मैं पढ़ने गया था, उस किस्म के महाविद्यालय में मेरे बच्चे पढ़ने नहीं जा सकेंगे। क्या किया जा सकता है? जिस अस्पताल में वर्षों पूर्व भरती होने के बाद मेरे पिता भले-चंगे घर लौटे थे, उसी अस्पताल में भविष्य में जब मैं भरती होऊँगा तो मेरा शव ही बाहर आएगा। इस विकासमान दशा के लिए शासन को गौरव प्रदान किए बिना हम अपने फर्ज से मुक्त नहीं हो सकेंगे।

ऊपर उठने की मुसीबत

मैं इस नतीजे पर पहुँचा हूँ कि जिन्हें बरसों से रेल के दूसरे दर्जे और बस से यात्रा करने का अनुभव है, उन्हें हवाई जहाज की यात्रा नहीं करनी चाहिए। बड़ा अटपटा और अजीब अनुभव होता है, खास कर हम जैसे लोगों को, जिन्हें भारतीय संस्कृति, असंस्कृति, सभ्यता और असभ्यता से प्यार है। मुसाफिरखाने, प्लेटफार्म, बस स्टैंड को जीवन का अंग बनाने के बाद एरोड्रोम पर ऐसा महसूस होता है, जैसे हम कहीं परदेश में हैं! रेलों का, जो जरूर कभी विदेशी रही होंगी, हमने इस हद तक भारतीयकरण कर दिया कि कई बार डिब्बे में घर की-सी अनुभूति होने लगती है, जो हम मध्यवर्गियों के लिए जिन्हें घर में डिब्बे की-सी अनुभूति होती है, अत्यन्त स्वाभाविक ही है।

यों एक अदद मुसाफिरखाना एरोड्रोम पर भी होता है मगर उसमें घुसने का प्रति खोपड़ी एक रुपया लगता है। जहाँ सभ्यता के स्नेह-भरे आग्रह यह हों कि एक को छोड़ने स्टेशन पर चार जाते हैं, सीट तलाशने के मामले में मूल मुसाफिर से अधिक उत्साहपूर्वक व्यवहार करते हैं और अपनी हलचल भरी उपस्थिति से रेल के डिब्बे और आसपास चौगुनी भीड़ का अहसास पैदा कर देते हैं, वहाँ एक रुपया प्रति छोड़नेवाले की दर से चार रुपया देना भारतीय संस्कृति के मुताबिक उचित होने पर भी भारतीय अर्थशास्त्र के अनुसार ठीक नहीं बैठता—विशेषकर हम सहजपंथियों के लिए जो बिना प्लेटफार्म टिकट खरीद स्टेशन में घुस घर-आँगन की सुखद चहलपहल पैदा करने में पुराने प्रवीण हों। अजी, और तो और, मैं तो एरोड्रोम पर पान के लिए तरस गया। वह तो भला हो तोसे सो भरोसे चलनेवाले गुजराती जोड़े का जो दिलपसंद पान मसाले का डिब्बा लिये थे। जब वे फंकी मारने लगे, मैंने भी हाथ फैला दिया। संकोच में कई विकास कार्य रुक गए इस देश में। जो दोस्ती हुई तो बड़ोदरा तक कायम रही। 'केमछो' से चले थे, 'आवजी' तक पहुँचे।

हवाई जहाज में रेलों की तरह आमने-सामने बैठने का रिवाज नहीं। ऐसे एक के पीछे एक बैठे रहते हैं, जैसे सिनेमा-नाटक में बैठे हों। सामने स्क्रीन पर एअर होस्टेसनामी दो भावहीन सुन्दरियाँ अपनी बेचवाली-खरीदवाली वाणिज्य मुस्कान ले नजर आती हैं। वे नमस्ते करती हैं, धन्यवाद देती हैं उतरने पर, शुभ यात्रा की कामना करती हैं और हम जो स्टेशन के गेट पर टिकट चेकर की गम्भीर मुद्रा और हर यात्री

की ईमानदारी पर शक करनेवाले चेहरे देखने के आदी रहे हैं, समझ नहीं पाते कि ये औरतें उस समय जब हम हवाई जहाज से उतर रहे हैं, हमें विदा करते हुए मुस्कुरा क्यों रही हैं? अरे हम जा रहे हैं जी, तो इसमें खुश होने की क्या बात है? क्या हम अन्दर बैठे बोर कर रहे थे? मगर उन महिलाओं के चेहरे पर ऐसा मुक्ति का प्रसन्न भाव था जो बार-बार आकर फोकटे खाना खानेवालों के जाने पर गृहिणियों के चेहरों पर होता है। टले, चलो, अच्छा हुआ! रेल में ऐसा कभी नहीं होता। जब आप उतरते हैं तब दूसरे उतरनेवाले और नए चढ़नेवाले आपको उतरने नहीं देते, कुली आपको उतरने नहीं देते, कुली आपका सामान बड़ी मुश्किल से उठाता है, गेट पर भीड़ रहती है, चेकर जाने नहीं देता। यानी सारी शक्तियाँ आपके रेल से उतर घर जाने के खिलाफ होती हैं। यह ठीक है कि आप खास तटस्थ कोण से देखें तो एअर होस्टेसें सुन्दर होती हैं और उनके दर्शन करने के चार्जेज टिकट से जुड़े होते हैं, मगर रेल के डिब्बे में अपनी पसन्द का कोई मुखड़ा तलाश, उसके सामने की सीट पर डेरा जमा, उसे रास्ते भर टगर-टगर ताकने का जो भारतीय सुख है, वह हवाई जहाज में कहाँ? माँ की मधुर मुस्कान पाने के लिए बच्चे के सामने चुटकी बजा, सन्तरे की चीर दे आत्मीयता जोड़ने का जो हमारा रेल और बसवाला अन्दाज है, वह हवाई जहाज में काम नहीं देता। शोधकार्य को कोई जगह नहीं है वहाँ। बैठे रहो दिल पर हाथ रखे, कमर में पट्टी बाँधे—खिड़की से बादलों का ऊपरी भाग देखते, जो निचले भाग जैसा ही होता है।

जब मैं पासवाले से बात करने की सोच रहा था तब वह कान में लगाने की रुई और चूसने के लिए पीपरमेंट की गोली दे गई। मतलब अब आप न सुन सकते हैं, न बोल सकते हैं। यों भी जमीन से ऊपर उठते ही सब अंग्रेजी बोलने लगते हैं और कुछ भी कहो, मैं मुँह में पीपरमेंट रख अंग्रेजी तो नहीं बोल सकता। मेरी अंग्रेजी खराब होने की वजह ही यही है कि बचपन में निर्णय नहीं ले सका कि गोलियाँ चूसूँ कि अंग्रेजी बोलूँ। हवाई जहाज में भी मैं गोली चूसने लगा। पासवाले ने कुछ कहा तो मैं जवाब में मुस्कुरा दिया क्योंकि मेरे कान में रुई और मुँह में गोली थी। वह निराश हो दूसरी तरफ देखने लगा। बोलता भी क्या? इतने में वह नाश्ता ले आई। मैंने गोली चबाकर हलक में उतारी और केक खाने लगा। बड़ा ब्रह्मभोज चलता रहता है ऊपर। (आकाश में हवाई जहाज जाता देख मैंने कभी नहीं सोचा कि यात्री टोस्ट खा रहे होंगे।) पीपरमेंट का कागज मेरे हाथ में था। समझ नहीं आया, कहाँ फेंकूँ? रेल होती तो खिड़की से बाहर फेंक देता। सोचा, जेब में डाल लूँ पर वह अत्यन्त हास्यास्पद होता। अतः पड़ोसी की अधखुली हैंडबैग में डाल दिया।

मुझे इस तरह फोकट में पीपरमेंट की गोलियाँ या नाश्ता-चाय प्राप्त करना ठीक नहीं लगा। कहने को इंडियन हैं पर है विदेशी एअरलाइन्स-सी बात। अरे भई, इंडियन होती तो एक चायवाला कप बजाता 'चाय-चाय', 'चाय गरम' कहता चक्कर लगा

जाता। पर इस तरह कथा के परसाद की तरह मुफ्त बाँटना या किसी के देने पर निस्संकोच ले लेना अपने को जमता नहीं। इसीलिए जब उसने पूछा–'वुड यू लाइक टी ऑर कॉफी' तो मैंने कहा–जी, क्यों तकलीफ करती हैं, मैं घर से चाय-कॉफी सब लेकर चला था, जबकि सच बात यह थी कि सुबह छः बजे की फ्लाइट थी और मैंने चाय पी नहीं थी घर से भागते समय। फिर जब सब लेने लगे तो मैंने भी ले ली। कुछ मेरे बेटों ने दुबारा ली। माल मुफ्त, दिले बेरहम। लगाओ कप पर कप। चाहता मैं भी था पर भारतीय संस्कृति भी एक चीज होती है। मैं अपना कल्चर लेकर हवाई जहाज पर चढ़ा था। शायद यही गलती थी। यात्रा में अधिक भार नहीं रखना चाहिए। मैंने पैर लम्बे किए और एअरहोस्टेस को घूरने लगा। वह दूसरी ओर देखने लगी। साफ था कि वह भी व्यर्थ का वजन ले यात्रा कर रही है। पड़ोसी मुफ्त का अखबार पढ़ रहा था। मैंने बीच का पन्ना खींचना चाहा पर तब वह महोदया मुझे भी अखबार थमा गईं। इससे मुझे अखबार में से गर्दन उठा-उठाकर उसे देखने की सुविधा मिल गई। यह शायद उसके लिए भी सुविधाजनक था। मैंने पीछे घूमकर देखा, सब अखबार पढ़ रहे थे। रेल में होते तो पड़ोसी का अखबार समाप्त होने की प्रतीक्षा करते।

मैं एक बहुमूल्य वस्तु लाया हूँ। फ्रेशनर उर्फ पेपर नेपकिन। सँभालकर रखे हूँ। किसी दिन चेहरा फ्रेश करने की गम्भीर आवश्यकता अनुभव हुई तो उसका उपयोग करूँगा।

बुकलेट के मारे

पहाड़ों में रानी है मसूरी। जहाँ होता है एक लालबहादुर शास्त्री इंस्टीट्यूट। तहाँ दिया जाता है आई.ए.एस. अफसरों को प्रशिक्षण। अच्छा भला जन बन जाता अफसर। रौबदाब, कड़क आवाज, कुटिलता मधुरता से खेलनेवाला, फाइल खोलने से लेकर मनुष्य को जेल में बन्द करने में प्रवीण, हर गुत्थी सुलझाने के सरकारी रामबाणों का विशेषज्ञ चलैया। तिस के होते हैं नियम। जैसे सर्वोदय आश्रम में मनुष्य बने सर्वोदयी, आनन्द मार्ग के शिविर में आनन्दमार्गी, तैसे ही वहाँ बड़ा अफसर। परम्परा चली आई है महान् अंग्रेजों की। उनका उगाया पौधा बेशरम के सा बढ़ते जाता है प्रजातंत्र में। पहाड़ से उतरकर फैलते जाते हैं अफसरान भारतीय मैदानों, समुन्दरों से दूर देशों तक। अनेक बड़े-छोटे दफ्तर, दफ्तर में सुखद कमरे, कमरे में नरम कुर्सी पर बैठा रहा है वह प्रशिक्षण पाया गरममिजाज शख्स। हर दफ्तर एक छोटा-सा किला अफसरशाही का। सिर टकराता रहता है देश इसकी दीवार से। कानूनों, आदेशों, उपकायदों, अलिखित विधानों और स्वविवेक से लैस तड़तड़ करते हैं प्रहार और बचाव। यही सीखकर आए ये मसूरी की अफसरी धरमशाला से। सामान्यजन एक अलग चीज है और हम अलग हैं। हम प्रशासन करने को हैं, वे प्रशासित होने को हैं। हम चिर बड़े, वे चिर छोटे।

वहाँ छपी है एक पुस्तक अर्थात् हैंडबुक जिसे कहते हैं मार्गदर्शिका यानी सफल अफसर बनने के नुस्खे। माओत्से-तुंग सिखाते हैं चीनियों को कि वे बेहतर कम्यूनिस्ट बनने के लिए किन बातों का ध्यान रखें और यहाँ भारतीय अफसरतंत्र के उच्च रक्षक सिखाते हैं नौसिखिए को कि खुर्राट अफसर बनने के लिए कौन-सी मुद्रा से तांडव करें। बताया गया है चौबीस पृष्ठों की किताब में अफसरान को कि कभी पतली मोहरियों के पतलून, रंगीन तड़क-भड़क वाले स्वेटर या बाथरूम स्लीपर्स के स्तर की चप्पलें पहन अपना दर्जा न घटाओ। कपड़े की काट और फाल का ध्यान रखो। अच्छे बड़े दर्जी के पास जाकर ही कपड़े सिलाओ—चाहे थोड़ा ज्यादा ही क्यों न देना पड़े। कपड़ों से बनता है आदमी, अफसर भाषा के इस्तेमाल से बनता है और अदबकायदों की अपनी तयशुदा कड़ाई के पालन से। और महिला अफसरों उर्फ अफसराओं से भी कहा है कि सदैव सफेद अथवा हल्के पेस्टल रंगों की साड़ी पहनें, भूल कर भी

गहरे रंग की छपी हुई साड़ियाँ न पहनें। मानो वे अफसरा नहीं, भिक्षुणियाँ हों! जोगनें हों! परशासन की देवियाँ खाँडा लिये कोहनी तक ब्लाउज की बाँहों मे हो!

अरे भई, अफसर नर हो या मादा, उसके भी शायद एक हृदय प्रशिक्षण के बाद भी शेष रह जाता होगा जो संडे-सटरडे धड़कता होगा। अन्तर में उमड़ उठता होगा हिप्पी-हिप्पिनों का मुक्ताचार! जो यों क्या नजर नहीं आता प्रशासन के कई मामलों में? अफसराएँ पहन लेंगी फूलदार साड़ी तो भय है कि उन्हें देख कहीं उठ न आएँ सामान्य जन के मन में बुरे-बुरे विचार। ऐसे में क्या लुट जाएगी प्रशासन की लाज? अफसर का प्रशिक्षण में युवा हृदय करता होगा छापेदार बुश्शर्ट पहन इतरा ले—डिनर पर आई सुन्दरियों के बीच। कब तक स्वयं को अफसरी लिबास में कैद रखे? स्टेनो के अतिरिक्त कहीं अन्तर न खोले? कब तक भैया, कब तक? डिप्टी कलेक्टरी से कमिश्नरी तक क्या कभी भी नहीं? जुल्म है यह क्योंकि आदमी कितना भी अफसर हो, आखिर वह आदमी है। लड़की कितनी ही आई.ए.एस. हो जाए, आखिर वह लड़की है।

बोलती है वह किताब कि भचर-भचर मत खाओ। डिनरों में डकारने की नौबत न आए, वातावरण की गहन गम्भीरता बनी रहे, इसका ध्यान रखो। चम्मच तक मुँह न झुकाओ बल्कि चम्मच को मुँह तक ले जाओ। अरे तबियत से खा सके, चमचों तक मुँह ले जा सके, इसी के लिए आदमी बड़ी नौकरी करता है। अपनी जात-जमात, समाज छोड़ अफसर बनता है। यह कैसी निर्मम पाबन्दियाँ है? काँटाबन्दियाँ हैं?

अरे भई, अफसरों को आजादी के बाद सिखाओ कि वे बेहतर भारतवासी कैसे बनें। बखत पड़े तो धोती बाँधना, नीम की दातौन करना, कभी-कभार श्लोक, कवित्त या शेर पढ़ना, पत्तल-दोने में दालबाटी खाना, एकाध फर्लांग नंगे पैर दौड़ जाना, जमीन झाड़-बुहार लेना, पौधा-बेल आदि की साज-सँभार करना, अंग्रेजी छोड़ बोली के स्तर पर किसान-मजूर से संवाद कर लेना, जैसा रंग हो वैसे रह लेना, हफ्ते में एकाध दिन उपास कर लेना, चपरासी न हो खुद चले जाना, कभी खुद उठकर पानी पी लेना, गाड़ी साफ कर लेना, कपड़ा प्रेस कर लेना, बटन टाँकना, फटा सी लेना, बनियान धो लेना, हिन्दी अखबार पढ़ लेना, एकाध दिन दाढ़ी बढ़ी रहे तो शर्माना नहीं, नीचे ओहदेवालों के घर सत्यनारायण की कथा में चले जाना, संगीत-साहित्य की गोष्ठी में समझ कम हो तो नम्रता से बैठना, घर आए का आदर करना, हर समय टिरटिराते नहीं रहना, वाक्य चबा-चबाकर नाटकीय ढंग से नहीं बोलना, दूसरे को भी अक्लमंद और अनुभवी समझने में हेठी न समझना आदि जो भारतीय जीवन, सभ्यता और संस्कृति के सद्‌गुण हैं, वे सीखना चाहिए अफसरों को, न कि भारतीय मानव मात्र से घृणा करना। अगर हम अच्छे-भले आदमी हो गए तो मसूरी पहाड़ का वह अफसरी महल टूट नहीं जाएगा? बेचारे बुकलेट से मजबूर हैं।

अंक दो : वापसी

दुख की जो काली घटा परम आदरणीय स्मगलरों के सुखमय, कर्ममय जीवन पर छाई थी, वह हटने लगी है। जिस तरह वे आ रहे हैं, लगता है, लक्ष्मी पूजा की पावन महत्त्वपूर्ण बेला तक सभी आ जाएँगे। वर्षों तक राष्ट्र की लक्ष्मी जिनकी गोपनीय तिजोरियों में विश्राम करती रही, वे साधकगण पूजा की इस घड़ी में कारावास भुगतें, यह शायद स्वयं लक्ष्मीजी को पसन्द न होगा। देहरी पर प्रति वर्षानुसार इस वर्ष भी आ देवी ने पुकारा–भक्त, तुम कहाँ हो?

और भक्त लक्ष्मी की कृपा से बाहर आ गया। वह पूजा की तैयारी में जुट गया है।

देखने पर लगता है, यह देश कानूनों का मकड़ीजाल है। फुटपाथ पर टोकना लेकर कोई गरीब लौकी बेचने जाए और रुपया-आठ आना कमाने का सपना देखे तो उसे लात मार भगाने के लिए नगरपालिका के कानून हैं। यदि कुत्ता बिना गले में पट्टा बाँधे रोटी की तलाश में घूर रहा हो तो उसे गोली मार देने का भी कानून इस देश में है। यदि कोई पति अपनी औरत को पीट रहा हो और मोहल्लेवाले बचाने के लिए घर में घुस जाएँ तो पति को यह सुविधा है कि वह कातिलाना हमले की साजिश के जुर्म में उन लोगों को कोतवाली में बन्द करवा सकता है। बिना टिकट छोटी यात्रा करनेवाले को तीन माह जेल में बन्द किया जा सकता है मगर बिना टैक्स दिए पूरा जीवन बितानेवाला लोक सभा का चुनाव जीत सकता है। कानून की चूहेदानी हर चूहे को पकड़ सकती है पर चूहों की मुक्ति का राजद्वार इतना चौड़ा है कि चूहेदानी हास्यास्पद लगती है। बड़ा मजेदार देश है। सत्ताधारी यहाँ संविधान पर नहीं, व्यवसायियों की खाताबही पर हाथ रखकर मानो शपथ लेता है कि चाहे कुछ हो, तेरे हिसाब में गड़बड़ नहीं होने दूँगा।

जिस देश का बुद्धिजीवी स्मगलरों के खरीदे बिक जाए और न्यायालय के बाहर हाथ उठा गुहार मचाने लगे, जहाँ सत्ताधीश अपराधियों को राजनीतिक नाटक के पात्र बनाकर गिरफ्तार करें और मंच पर उनकी एंट्री और एक्जिट की योजनाएँ सुनिश्चित हों, जहाँ के नागरिक भौंचक दर्शक से ज्यादा हस्ती न रख सकें, जहाँ अपराधी की गिरफ्तारी का लक्ष्य उसे अपराध से मुक्ति दिलाना हो, न्यायालय रँगे हुए हाथों को धोने के वाशबेसिन भर रह जाएँ, कोतवाली कमीशन काटने की एजेंसी हो, वहाँ किसी

भी मुद्दे के राजनीतिक अथवा आर्थिक विश्लेषण बेमानी है। कौरव-पांडव हिल-मिलकर महाभारत खेल रहे हैं। जनता देख रही है। द्रौपदी की साड़ी दुःशासन खींच रहा है, द्रौपदी कृष्ण से साड़ी माँगती है। कृष्ण दुःशासन से साड़ी माँग द्रौपदी को देते हैं जिसे दुःशासन फिर खींचता है। कृष्ण फिर दुःशासन से माँगते हैं, द्रौपदी की लाज लुटती है, बचती है। लूटनेवाले-बचानेवाले सहयोगी हैं। द्रौपदी यह जानती है, पर चिल्लाती रहती है। राजनीति का यही नाटक धर्म है।

जस के तस

प्रकृति परिवर्तनशील है। देश परिवर्तनशील है। कैबिनेट सर्वाधिक परिवर्तनशील है। बल्कि अब प्रकृति और देश लगभग स्थायी हो गए हैं, बजाय चेतन के जड़ होते जा रहे हैं, और केवल कैबिनेट परिवर्तनशील रहती है। सिवाय ईमानदारी के कुछ नीचे नहीं गिर रहा, सिवाय बाजार भाव के कुछ ऊपर नहीं उठता। ज्यों का त्यों, जस का तस। वही बाढ़, वही सूखा, वही बयान। वही मंत्री, वही भाषण, वही आशाएँ। सब कुछ एक स्थायी फीचर है। वेतन बढ़वाने के प्रयत्न भी एक आम और साधारण-सी बात है। वेतन बढ़ जाए, अथवा न बढ़े, दोनों से मनुष्य की स्थिति में कोई अन्तर नहीं आता। न बढ़ाने पर सरकार लाभ में नहीं रहती, बढ़ाने पर आदमी लाभ में नहीं रहता। दोनों एक-दूसरे को धोखा देते बल्कि स्वयं को धोखा देते चल रहे हैं। चल भी नहीं रहे। अटके से, लटके से खड़े हैं।

सरकार बजट बनानेवाले संस्थान का एक नाम है। कर लगाना। रह-रहकर लगाना। कर कर कर कर लगाना। बार-बार, ज्यों-त्यों कर लगाना।

लोग महँगाई से इम्यून होते जा रहे हैं। जैसे निरन्तर डी.डी.टी छिड़कने से एक हद वह आती है जब मच्छर पर डी.डी.टी. का असर समाप्त हो जाता है, उसी तरह अब महँगाई होती जा रही है। अनाप-शनाप विदेशी मदद, जो निष्प्रयोजन अनुत्पादक कामों में खर्च हुई। स्मगलिंग, चोरबाजारी, रिश्वत से उत्पन्न रुपया (जिसे संज्ञा नहीं दी जा सकती क्योंकि वह एक क्रिया विशेषण है) राष्ट्र की आर्थिक धमनियों में इस कदर इंजेक्ट हो चुका है कि असली-नकली का भेद समाप्त हो गया। लोगों की कमर, मुहावरे के अनुसार, महँगाई से टूट रही है। अभी तक टूटी क्यों नहीं कम्बख्त? यह गरीब जनता की कमर है या किसी वेश्या या कैबरे नर्तकी की, जो लाख बल खाकर भी ज्यों की त्यों बनी रहती है? कहते हैं, महँगाई का बोझ असहनीय हो गया है। असहनीय शब्द की डिग्री क्या है? सहनीय और असहनीय में बारीक भेद कितना है? कब तक लोगों को स्थिति असहनीय प्रतीत होती होगी? पर वे सहन करेंगे। कब असहनीय का अर्थ वास्तव में असहनीय होगा? रेल मंत्री महोदय ने दरें बढ़ा दीं, नमक चढ़ रहा है, पेट्रोल और बढ़ेगा। अनाज के भावों की सीमा और भूगोल बेमानी हो गया है। मगर लोग सहन कर रहे हैं। दिन भर महँगाई के खिलाफ जुलूस निकालते हैं, शाम

को धर्मेन्द्र-हेमामालिनी की फिल्म का टिकट ब्लैक में खरीद अन्दर एअर कंडीशन हॉल में चले जाते हैं। महँगाई के विरुद्ध लेख लिखनेवाला बुद्धिवादी अपना पेमेंट मिलने पर दारू पी डिस्कोथिक में घुस जाता है। सहनीय क्या है, असहनीय क्या है?

कुछ दिन पूर्व लोग मध्य प्रदेश में मंत्रिमंडल के परिवर्तन के समाचार में डूबे हुए थे। अब केन्द्र के मंत्रिमंडल में परिवर्तन होगा। प्रदेश हो या देश, सिर्फ यही परिवर्तन शेष रह गए हैं जो किए जा सकते हैं। इससे क्या होता है? क्या यह समस्या का हल है? क्या नाटक यथार्थ के हल हो सकते हैं? इससे समूह की योग्यता पर क्या असर पड़ेगा यदि क को ख की जगह और ख को ग की जगह कर दिया जाए?

परन्तु समाज परिवर्तनधर्मी नहीं रहा। देश जस का तस सहन करता है। केवल मंत्रिमंडल बदलते हैं।

स्वर्गीय मैथिलीशरण गुप्त ने अपनी राष्ट्रधर्मी भावुकता के एक क्षण में कहा था : 'सुख बढ़ जाता, दुख घट जाता; जब वह है बँट जाता, जय-जय भारत माता।' इन वर्षों में सुख भी काफी बँटा क्योंकि हर शहर में ऐयाशियों की सम्पूर्ण सुविधाएँ हैं, दुख भी काफी बँटा जिसके उदाहरण दें, कम हैं। आज अधिकांश देशवासी अभाव से ग्रस्त हैं। पर इस व्यवस्था की बलिहारी यह है कि प्रत्येक सुख के साथ एक किस्म का अपराध भाव जुड़ गया है, प्रत्येक दुख के साथ अपमान जुड़ गया है। बिना मन में पाप का बोध लिये छोटा-सा सुख भोगना, प्राप्त करना कठिन है। हर दुख को सहन करने के साथ अनिवार्य रूप से आपको अपमान पीना होता है। अतः अब सुख हो या दुख, वह बँटने पर बढ़ता नहीं। सरकार ने हर कविता की ऐसी-तैसी कर दी। क्या कहा जा सकता है! 'जय-जय भारत माता' के अतिरिक्त क्या कहा जा सकता है!

रैली और गुप्त शिविर

मेरी यह पुरानी शिकायत है कि 'क्रान्ति' शब्द को भारतीय सन्दर्भ में पिलपिला बनाने में सर्वोदय और सरकार दोनों का बराबर हाथ है। क्रान्ति-वान्ति तो होती नहीं, शब्द का तीखापन जरूर पिट जाता है। बजट फूँक-बाँटकर उन्नत कृषि के जो दावे सरकार करती है, उसे हरित क्रान्ति कहती है। इससे लाभ यह कि क्रान्ति करने का मजा आता है और गेहूँ पहले की तरह बाजार में महँगा होता जाता है। इसी तरह सर्वोदयी मानुस को यह भ्रम कि चप्पलें पहनकर छाछ पीने से देश में क्रान्ति हो जाएगी। चप्पलें भी घिस गईं, छाछ साफ हो गई पर क्रान्तिवार्ता कुछ हुई नहीं। मैं कहता हूँ, करोगे तो वही जिसकी तुममें कूवत होगी या इरादा होगा, मगर शब्द की ऐसी-तैसी करने पर क्यों तुले हो?

छोटी-सी बात का अफसाना कर देना इस देश में सरल है। इसी तरह किसी बड़ी बात को छोटी कर देना भी हमारी राष्ट्रीय प्रतिभा का सामान्य चमत्कार है। राजाओं के प्रिवीपर्स का मामला कितना छोटा होने पर भी कैसा उठा? चर्चाओं के विराट तम्बू तन गए और उसी हवा में श्रीमती गांधी चुनाव जीत गईं। इसके विपरीत समाजवाद कितना महत्त्वपूर्ण ऐतिहासिक परिवर्तन हो सकता था, पर वह कैसी साधारण-सी चीज हो गई कि कोई असर नहीं रखती। या 'गरीबी हटाओ', जिसके कारण दूर करने की हर चर्चा का मजाक बनने लगा। इस देश में एक तरफ मुट्ठीभर नमक हाथ में लेकर सत्याग्रह कर आप सत्ता को हिला सकते हैं, दूसरी ओर अकाल में सैकड़ों के मर जाने का दर्द अखबार की पंक्तियों से उतरकर दिल को नहीं हिला पाता। एक प्रांत के सारे मानव शरीर मिलकर वह तूफान नहीं खड़ा कर पाते जो हजरत का एक बाल कर देता है। बाबा के मौन हो जाने पर सारा देश चर्चा करता है, लेकिन बाबा जब बड़बड़ाया करता था, उसकी कोई नहीं सुनता था। इस देश का यही मजा है।

जयप्रकाश रैली निकालते हैं और कांग्रेस गुप्त शिविर करती है। दोनों अपना-अपना भ्रम पालते हैं। इस देश में नारों और निर्णयों ने अब दिल में उतरना बन्द कर दिया है। राजनीति जहर-सी है जिसे कोई कंठ से नीचे उतारने को राजी नहीं है। पहले नीलकंठ थे, आजकल लालकंठ और सफेद कालर। सारी क्रान्ति और परिवर्तन कंठ

के चमत्कार भर हैं। एक प्रजातंत्र चिल्लाता है, दूसरा भ्रष्टाचार को कोसता है। तीसरा कहता है–दोनों एक हो जाओ। वह जानता है कि प्रजातंत्र में भ्रष्टाचार रहना ही है तो एकता और शान्ति क्यों खोई जाए? बाजार में जब तक रेफ्रीजिरेटर, स्ट्रेचलॉन और ऊँची एड़ी की महँगी चप्पलें होंगी, उन्हें खरीदने की तमन्ना राष्ट्र के आकाश में मंडराएँगी और जब वह होगी तो शख्स अतिरिक्त कमाई के साधन तलाशेगा, भ्रष्टाचार करेगा। यदि जनसंघ और वामपंथी मिलकर भी गवर्नमेंट बना लें तब भी सवाल वही खड़ा होगा, जो आज है। अनुत्पादक कामों का खर्च सीमित-सी उत्पादन प्रक्रिया से कैसे निकलेगा? चूँकि रेफ्रीजिरेटर खरीदने का पैसा भी खेत की फसल से ही आना है, कलेक्टरेट का वास्तविक खर्च और अतिरिक्त रिश्वतें भी उसी से पूरी होनी हैं, तो अनाज के भाव बढ़ेंगे ही। बढ़ेंगे तो आम आदमी परेशान भी होगा। उसे अपने परिवार के लिए ही नहीं कमाना है, उसे इस राष्ट्र में दूसरों की कमाई से जीनेवाले सभी लोगों के लिए कमाना है। एक काम करनेवाले पर कितने आश्रित हैं? इसके अलावा उसे जरूरी रिश्वतें भी देनी हैं। वह अकेला बेचारा क्या करेगा? उसे राष्ट्र के बढ़े खर्चे, ऐयाशियों में अपना अंशदान भी देना है। इस तंत्र ने सन्तुलन को भंग कर दिया। एक शख्स इस फिक्र में परेशान है कि उसे 'गॉड फादर' का टिकट मिलेगा या नहीं? दूसरा इस फिक्र में है कि उसे भीख में आटा मिलेगा या नहीं? यह राष्ट्र किसका है? जिसके हाथ में अखबार है, उसका? जिसके हाथ में कटोरा है, उसका? जिसके हाथ में पेंचकस है, उसका? यह राष्ट्र किसके लिए है? हमारी तर्क-प्रणाली का आरम्भ हम किस बिन्दु से करेंगे? आदिवासी या अफसर? ग्राहक या दुकानदार? कॉलगर्ल, भिखारी, संवाददाता, नेता, सिपाही या पेंशनर? हमारी चिन्तन की मूल इकाई कौन-सी है, जिसके हित को राष्ट्र का हित समझ अपनी बातचीत आरम्भ करें? जब तक कोई राष्ट्र, कोई सरकार या कोई पार्टी यह निश्चित नहीं करती कि क्रान्ति या परिवर्तन का केन्द्र आधार किसे माना जाए, (गोयनका का हित, बाबू का हित, मजदूर का हित, किसान का हित सम्मिलित कर जो क्रान्ति की बात सोचते हैं, वे खुशफहमी में जीते हैं) तब तक वे रैली निकालें या गुप्त शिविर आयोजित करें, अन्ततः स्थिति ज्यों की त्यों रहती है।

लम्बे प्रहर की उपयोगिता

यदि रोडवेज की बस एक स्थल से चले और अपने गंतव्य पर बिना बिगड़े पहुँच जाए तो इसे उस दिन का आश्चर्य मानना चाहिए। इतिहास साक्षी है, ऐसे दिन भी आते हैं। इन्हें अपवाद कहा जा सकता है। बसों का सामान्य धर्म है कि वे अपना स्टॉप स्वयं निश्चित करती हैं। जहाँ भी हरियाली हो, ठंडी हवा हो, यात्रियों के लिए निस्तार की सुविधा हो, वहाँ बस रुक जाती है। रोडवेज की भाषा में इसे बस का यकायक बिगड़ना कहते हैं और यात्रियों की भाषा में यह रोडवेज का प्रमुख लक्षण, पहली पहचान है। सुदूर वन क्षेत्र में अथवा खेतों के समीप यात्री स्वयं को अधिक और रोडवेज को कम कोसते हुए दूसरी बस में लदने के क्षण की प्रतीक्षा में घंटों बैठे रहते हैं। अब यह सब देह धरे का दंड बन गया है। मनुष्य शरीर पाया है तो रोडवेज की बस में बैठना होगा और बैठोगे तो बस बिगड़ेगी। यह मध्य प्रदेश का सौभाग्य है कि रोडवेजवाले नावें नहीं चलाते, अन्यथा प्रतिदिन नाव खराब निकलते अथवा ओवर लोडिंग के कारण कितने यात्री डूबते, कल्पना की जा सकती है। कंडक्टर-ड्राइवर तो तैरकर हेड ऑफिस निकल जाते, मगर डूबतों का क्या होता? हाथ में टिकट लिये वे उन लहरों में क्या करते?

क्या करते? सड़क किनारे गति की लाल कब्रगाहों के समीप अपने रोडवेज के यात्री होने का मातम मनाते लोग क्या करते हैं? क्या कर सकते हैं?

गति समय है आजकल। रुक गए तो व्यक्ति का नहीं, पूरे राष्ट्र का समय बरबाद होता है, जिसे कहते हैं मानव घंटों की बरबादी। यात्रियों को गम्भीरतापूर्वक विचारना चाहिए कि वे समय का क्या करें? बसों में रामायण तो रखी नहीं होती कि पाठ आरम्भ कर दें कि वन में राम के साथ क्या गुजरी और धीरज धर्म है जिससे कई घंटों बाद बस आती है, आदि। कभी कोई समाजसेवी सज्जन गले में ट्रांजिस्टर लटका यात्रा करते होते हैं तो उनका प्रदान किया चालू संगीत बेचैन आत्माओं को सहारा देता है। पर ऐसा सदा तो नहीं होता। यात्री आवेश में रहते हैं और आवेश में बुद्धि भ्रष्ट हो जाती है। यह गलत है। यदि रोडवेज का धर्म बिगड़ना है, तो यात्री का धर्म शान्त रहना है। मेरा सुझाव है, और अनेक नेता मेरे सुझाव से पूर्णतः सहमत हैं कि घंटों का यह समय यात्री रचनात्मक कार्यों में लगाएँ। वे दो-तीन किलोमीटर

इधर-उधर बसे किसी गाँव में घुस जाएँ और वहाँ श्रमदान करें, जैसे–कुएँ गहरे करना, सड़कें चौड़ी करना, सारे गंदे बच्चों को नहलाना, नदी का पानी रोकने के लिए बाँध बनाना, साक्षरता का प्रसार, हरी खाद के लिए गड्ढे खोदना, राष्ट्रीयकृत बैंकों की ऋण योजनाओं का ग्रामवासियों में प्रसार अथवा जिसने राष्ट्रीयकृत बैंक का ऋण न लौटाया हो, उस ग्रामवासी के घर के सम्मुख धरना, सरकार को गेहूँ बेचने के राष्ट्रीय लाभों पर चर्चा आदि। यदि पूर्ण मनोयोग से किसी कार्य में यात्रिगण भिड़ जाएँ तो इससे राष्ट्र का लाभ है और तब तक बस भी ठीक हो जाएगी। इस प्रकार रोडवेज की बस बिगड़ना राज्य के ग्रामों के लिए वरदान सिद्ध होगा। फिलहाल अभिशाप है, क्योंकि यात्रिगण करीब के खेत में घुस भिंडियाँ चुराते हैं। यह सही है कि वे देर रात सब्जी लेकर घर आते हैं और पत्नियों की विरहिणी आत्माएँ अपेक्षाकृत अधिक गद्गद हो जाती हैं। पर सोचिए, उस किसान पर क्या गुजरती होगी जब वह तकावी लेकर कलेक्टोरेट से लौटता है और अपना उजड़ा खेत देख समझ जाता है कि आज भी करीब में कहीं रोडवेज की बस बिगड़ी थी। इस अभिशाप को वरदान में बदलने के महत उद्देश्य से ही मैं यात्रियों को रचनात्मक कार्यों में जुट जाने का सुझाव दे रहा हूँ। मैं रोडवेज को गाड़ियाँ दुरुस्त करने के लिए नहीं कह रहा, क्योंकि वह तो सरकारी विभाग को पत्र लिखने की तरह बेमानी होता।

प्रकृति मनुष्य की पुरानी संगिनी है। बस बिगड़ी रहने के लम्बे प्रहर में यदि आसपास गाँव न हो तो यात्रियों को चाहिए कि वे प्रकृति से अपने पुराने रिश्ते मजबूत करें। बबूल में इन दिनों फूल आए हैं और बेशरम की झाड़ियों के बेशरम विकास ने कैसी हरियाली ला दी है। सूनी दोपहर में कौन-सी चिड़ियाएँ जंगल में कार्यक्रम देती हैं? इन बातों के अध्ययन से ज्ञान बढ़ेगा और बस दुरुस्त होने तक का वक्त कटेगा।

यह सब न हो तो आप राज्य के आर्थिक एवं सामाजिक विकास में रोडवेज के योगदान पर एक परिसंवाद आयोजित कर सकते हैं जिसमें यात्रिगण मुक्त भाग लें। आप चाहे अपने प्रिय गाने की फरमाइश के पत्र स्टेशन डायरेक्टर के नाम लिख उपस्थित यात्रियों से दस्तखत करवा लें और अपने स्टॉप पर उसे पोस्ट कर दें। और यदि आप किसी अखबार के स्तम्भ लेखक हैं तो आप बिगड़ती बसों की समस्या पर एक मजेदार-सा लेख लिख सकते हैं। इतना ध्यान रखें कि चूँकि रोडवेज की बस घंटों बिगड़ी पड़ी रहना है। अब कहीं आपका लेख लम्बा न हो जाए।

समाजवाद : एक उपयोगी चिमटा

मुख्यमंत्री तीन किस्म के होते हैं : चुने हुए मुख्यमंत्री, रोपे हुए मुख्यमंत्री और तीसरे वे, जो इन दोनों की लड़ाई में बन जाते हैं। चुने हुए मुख्यमंत्रियों की तीन जात होती हैं। एक तो काबिलियत से चुने जाते हैं, दूसरे वे जो गुट, जाति, रुपयों आदि के दम पर जीतते हैं और तीसरे वे, जो कोई विकल्प न होने की स्थिति में चुन लिये जाते हैं। जैसे एक जमाने में राजा नरेशचन्द्र सिंह हो गए थे। रोपे हुए मुख्यमंत्री दो तरह के होते हैं : एक तो जड़ें जमा लेते हैं, जैसे सिद्धार्थशंकर राय (सच्चाई भगवान जाने) और दूसरे वे, जो उखड़े-उखड़े रहते हैं। रोपे हुए मुख्यमंत्री कोई जरूरी नहीं कि श्रीमती इन्दिरा गांधी के ही हों। वे कांग्रेस अध्यक्ष, राजमाता या डी. पी. मिश्रा के द्वारा रोपे गए भी हो सकते हैं। जो भी हो, वे होते रोपे हुए ही हैं। जब तक प्रदेशों की राजनीतिक मिट्टी नरम होती है, हवा आर्द्र, तब तक वे पनपते हैं। मिट्टी के सख्त होते ही, असहनीय रूखी हवा चलते ही वे बेसहारा हो जाते हैं। यह उनकी जड़ों का परीक्षाकाल होता है, दिल्ली द्वारा बुरकी गई खाद की जाँच हो जाती है। नाई, नाई, बाल कितने? समक्ष प्रस्तुत हो जाते हैं।

हर मुख्यमंत्री दो जगह नजरें गड़ाए रहता है : एक प्रशासन पर, दूसरे संगठन पर। वह प्रशासन के सिर चढ़ संगठन पर रौब गालिब करता है ताकि संगठन के सिर पर बैठ प्रशासन में बना रहे। प्रशासन की दो किस्में होती हैं : एक चुस्त प्रशासन, एक ढीलाढाला। वास्तव में ये दोनों एक ही किस्म की होती हैं। मुख्यमंत्री जब आता है तब वह कहता है कि प्रशासन ढीला और गड़बड़ है। जब वह कुछ दिनों मुख्यमंत्री रह लेता है तब वह कहता है कि प्रशासन अब चुस्त और सक्षम है। जब वह जाने लगता है तब सब कहते हैं कि प्रशासन ढीला था, अक्षम था। प्रशासन वही होता है जो होता है, जब वह ढीला होता है तब भ्रष्ट होता है। जब चुस्त होता है तब अधिक भ्रष्ट होता है। प्रशासन में चुस्ती की हवा बनाने पर पैसा खानेवाला अफसर अपने रेट बढ़ा देता है क्योंकि वह स्पष्ट कहता है कि प्रशासन चुस्त है, अतः काम कराना कठिन है। अफसर कई किस्म के होते हैं। कुछ बिलकुल नहीं खाते, कुछ बिलकुल खाते हैं, कुछ कभी-कभी खाते हैं, कुछ स्वयं नहीं खाते, अपने भ्रष्ट मातहतों द्वारा बटोरी रिश्वत से अंश लेते हैं। शासन यही सब होता है जिसके सम्मान की रक्षा

करना मुख्यमंत्री अपनी नैतिक जिम्मेदारी मानते हैं। संगठन प्रभावित होता है। मगर जब तक होना होता है तभी तक होता है। एक दिन वह होना बन्द कर देता है। संगठनवाले प्रशासन को अक्षम, अयोग्य घोषित करने लगते हैं और मुख्यमंत्री की टाँग खींचने लगते हैं। प्रशासन तटस्थ दर्शक की मुद्रा अख्तियार कर लेता है। संगठन में कुछ समाजवादी होते हैं, कुछ उनसे ज्यादा समाज़वादी होते हैं, शेष उनसे ज्यादा समाजवादी होते हैं। वह जितना ज्यादा असन्तुष्ट होता है, वह उतना ज्यादा समाजवादी होता है। अतः हर टक्कर समाजवाद बनाम समाजवाद की टक्कर होती है। जनता समझती है, हमारी इसी में भलाई है। वह अखबार पढ़ती है।

समाजवाद सबका सहारा है। वह उखड़नेवाले मुख्यमंत्री का अन्तिम सहारा है, उखाड़ने की कोशिश करनेवालों का वही शस्त्र है। पिछले वर्षों में पदाभिलाषी नेता कुर्सी के लिए लड़ते थे। आजकल बेहतर समाजवादी बेहतर समाजवाद के लिए लड़ते हैं। रोपा हुआ मुख्यमंत्री समाजवाद में स्थायित्व टटोलता है। उखड़ा हुआ मुख्यमंत्री समझता है कि उसके बाद समाजवाद क्यों आने लगा? समाजवाद बहुत किस्मों का होता है मगर सारी किस्मों की एक विशेषता होती है कि वह निरन्तर आता रहता है। आते रहने की सूचना समाजवाद की एकमात्र पहचान है। आ रहा है। वह सिनेमा नहीं जो एक दिन वाकई शहर में लग जाए। वह आता रहता है। मुख्यमंत्री, संगठन, प्रशासन उसे बुलाते रहते हैं। असली लड़ाई समाजवाद लाने की नहीं, समाजवाद को बुलाते रहने के अधिकार की लड़ाई है। दोनों पक्ष बुलाना चाहते हैं। बामन, बनिया, ठाकुर–सब समाजवाद बुला रहे हैं। कान्यकुब्ज, गैर-कान्यकुब्ज, सभी चाहते हैं कि हम उसे बुलाएँ। घनघोर सद्भावना है।

समाजवाद के कई अर्थ होते हैं : एक राजनीतिक अर्थ होता है, एक प्राइवेट और गुट का अर्थ होता है। शब्द सबका होता है, अपना होता है। यह नारा है, सहारा है, दाँवपेंच है, प्राइवेट कोशिश है। मुंडे-मुंडे समाजवाद भिन्न होता है। यह पोस्टर है, डंडा है, कीचड़ है। समाजवाद ब्रह्म है या किसी और ब्रह्म की महामाया है। सबसे लिपटा हुआ है। बहुअर्थी है, बहुस्वार्थी है। वही जमता है, वही उखड़ता है। वही जाता है, वही खाता है। वही आसान है, वही ओम फटफर है।

प्रान्तीय राजनीति के कनकटे जोगी चिमटा लेकर खड़े हो गए हैं। ओम ह्रीं क्लीम समाजवाद जयते। समाजवाद को खतरा है अतः मारो समाजवाद को। वही मारा जाएगा जो अमर है। वे चिमटे ले टूट पड़े हैं एक-दूसरे पर।

थाली के आसपास नागरिकता

'मुझे दो रोटियाँ और दो, मोटी-मोटी,' मैंने खाना परोसने की सौम्य, सुशील, सुन्दर एवं सदाबहार क्रिया में व्यस्त पत्नी की ओर देखकर कहा।

'तुम्हारी भूख बढ़ रही है,' उसने चिन्तित अथवा सहर्ष कहा।

'नहीं, मैं ज्यादा खा रहा हूँ।'

'क्यों?'

भारतीय परम्परा में आदमी रात को ज्यादा खाना तभी ठूँसता है जब उसने सुबह से ही न खाया हो या सुबह ज्यादा खाना तभी खाता है जब शाम को मिलने की सम्भावना क्षीण हो। ताँगे व बैलगाड़ी के वे दिन लद गए जब खाना पच जाता था। अब सड़कें भी ठीक हो रही हैं। खाना पचाने के लिए पाचक गोलियों के अतिरिक्त भौतिक सहारे दिन-प्रतिदिन कम होते जा रहे हैं। राष्ट्रीय विकास के इस सन्दर्भ में पत्नी का तीव्र 'क्यों' स्वाभाविक था।

'इस समय हमारे राज्य में अस्सी करोड़ टन गेहूँ रखा है।'

'अस्सी करोड़ नहीं, अस्सी हजार टन।' पत्नी ने सही आँकड़ों के प्रति अपनी अकारथ जिद का प्रदर्शन करते हुए कहा।

'वही मतलब, हमें समस्या की भयावहता को समझना चाहिए।'

'फिर?' एक रोटी थाली में डालते हुए वह बोली।

'राज्य के नागरिक के नाते हमारा यह कर्तव्य हो जाता है कि हम दोनों वक्त ज्यादा रोटियाँ खाकर भंडार समस्या को हल्कीतर करने का प्रयत्न करें। जब राष्ट्र में अन्न संकट था, हमने दो रोटी कम खाकर समस्या पर विजय पाने में शासन का हाथ बँटाया है। आज हम चार रोटी ज्यादा खाकर राज्य को इस संकट को हल करने में सहायता कर सकते हैं,' मैंने मुँह चलाते हुए कहा।

'तुम चावल नहीं लोगे?' उसने पूछा।

'नहीं, रोटी लूँगा।'

'फिर चावल बच जाएगा, उसका क्या होगा?'

छत्तीसगढ़ चावल का कटोरा बल्कि प्रेशर कुकर है। यदि चावल बचा रह गया तो वह भी ठीक नहीं। राज्य के आर्थिक और राजनीतिक सन्तुलन का सवाल था।

जो शख्स अपनी थाली में गेहूँ और चावल का ठीक अनुपात गुलाबी चने के समुचित उपयोग के साथ करके खाना खाने के बाद सागर-जबलपुर की बीड़ी पीना जानता है, वह मध्य प्रदेश का अच्छा नागरिक नहीं कहा जा सकता है। मैं बीड़ी नहीं पीता (मध्य प्रदेश के गाँवों और नगरों में जिन पटेलों के हाथों में बीड़ी है, मुझे क्षमा करें) पर भोजन के फ्रंट पर राज्य का अच्छा नागरिक बनने का पुराना तलबगार हूँ।

'घी है?' मैंने पत्नी से पूछा।

वह मेरे बेखबर चेहरे की ओर अचरज से देखने लगी, जैसे पहाड़े रट पाने में असमर्थ स्कूली बालक की ओर मास्टरनी देखती है। फिर अपने भावों को अभिव्यक्त करते हुए बोली–'कहाँ धरा है घी?'

मैं उसका वाक्य सुन 'धरा' और 'रखा' शब्दों के प्रयोग के अन्तर पर विचार करने लगा। शायद हम 'धरा' का उपयोग मूल्यवान वस्तुओं के लिए करते हैं–घी धरा है, जेवर धरा है और साधारण वस्तुओं के लिए रखा, जैसे–कटोरा रखा है; टूथ-ब्रश रखा है, आपका भाषण रखा है, जिन्दगी में क्या रखा है, आदि।

बात जमती पर रोटी खत्म हो गई। चावल लेने का पारिवारिक इसरार होने लगा। फिर मुझे शुद्ध घी की याद आई।

हर भारतीय के मन में शुद्ध घी की स्मृतियाँ जमी रहती हैं। तब खाया था। तब-तब खाया था। क्या खाया था। खूब खाया था। शुद्ध घी की याद में सीना फूलता है, नसों का पुराना तूफान लौट आने की व्यर्थ कोशिश करता है। मेरी स्मृति घी के मामले में उतनी ही ताजी है जितना ताजा वह घी था, और जमी हुई है। जब विधान सभा की बैठकों के मध्य अन्तराल छोटे होते थे, मैं किसी विधायक मित्र को रुपए दे विधान सभा में मिलनेवाली उस दानेदार घी की एकाध शीशी खरीद लाता था। और जो भी हो, राज्य विधान सभा में घी बहुत अच्छा मिलता है। विधान सभा की बैठकें कम हो पाने की खबर से जो उदासी उन दिनों मेरे चेहरे पर दिखाई दी, उसे यारों ने अपने संस्कारवश राजनीतिक अर्थों में लिया। पर सच यह था कि मैं प्रजातंत्र नहीं, उस शुद्ध घी के न मिल पाने की कल्पना से दुखी था जो विधान सभा में बिकता है। मेरे अन्तर में जो दर्द पिघल रहा था, उसे ये डालडाखाऊ नहीं समझ सके। यह ज्यादती है कि आप मेरे दुर्भाग्य को देश का दुर्भाग्य समझें और वह भी इन अर्थों में नहीं। यदि यह सच है कि अच्छी क्वालिटी का दूध और घी और उनके मिलने की सम्भावनाएँ हमें जीवन के प्रति अधिक आशावान बनाती हैं तो मैं कहना चाहूँगा कि होइहैं बहुरि बसन्त ऋतु, इन डारन वे फूल। लगेगी विधान सभा और फिर मिलेगा वह घी। आने दो फरवरी। मैं एक-दो बोतल खरीद घर लाऊँगा और बच्चों से कहूँगा कि इस सुखद प्रसंग को याद रखना ताकि सनद रहे और आनेवाले वक्तों में अतीत की चर्चा करते समय काम आए।

मैं मन-ही-मन हँसने लगा। आम भारतवासी की तरह मेरी नागरिकता भी मेरी थाली के आसपास मँडराती है। इस अहसास की तीव्रता का निर्धारण 'थाली में क्या रखा है' की निजी सचाई से सम्बद्ध रहता है। थाली दूर होते ही, रोटी रूखी होते ही, नागरिकता डगमगाने-उखड़ने-सी लगती है।

'क्या सोच रहे हो?' पत्नी ने पूछा।

मैंने अपने कर्तव्यबोध, अपनी सामाजिक चेतना को समेटते हुए कहा, 'मैं एक रोटी और लूँगा। चावल भी।'

ठीक किया न मैंने? गेहूँ भंडार की समस्या को कम करने में मेरे दोनों वक्त के योगदान का कृपया ध्यान रखें और मुझे इतनी सामर्थ्य दें कि मैं यदाकदा घी खरीद सकूँ।

महँगाई-अनुबोध : चर्चा का कर्मकांड

सभी जन एकत्र भये। साधु, सन्त, महन्त और घोंघाबसन्त। वे जो पोजीशन के पुरोहित और वे जो अपोजीशन के अपूज्य परस्पर निहारा, नकली-असली नमस्कार मारा, परस्पर ठिठोलियाँ कीं, मुस्काए और फिर गम्भीर मुद्रा ले गले खँखारने लगे। कमल पत्रवत अजेंडा पत्रक यत्रतत्र बिखरे। छिन दो छिन की चुप्पी। वातावरण में औपचारिकता महकने लगे। हें-हें सिमटकर हूँ-हूँ चलने लगी।

'महानुभावो, हम सब प्रजातंत्र के रखैया, नेक काम में परस्पर सहयोग के आकांखी, आज महँगाई के देशव्यापी दारुण प्रश्न पर विचार करने हेतु एकत्र भये हैं।'

'हाव, हाव, वाकई दारुण प्रश्न।' एक सुर फूटा।

'महानुभावो, समय आ गया जब अलग बिलग अश्रुपात न कर हम उक्त गम्भीर समस्या पर मिलजुल रोएँ, समवेत में भोंभों बिलाप कर राष्ट्रीय एकता का परिचय दें। हम दुखी हैं और उस परमपिता ईश्वर से प्रार्थना करते हैं, आप भी प्रतिदिन इस बात पर दुखी हों। सो पहले आप भी अपना दुख प्रकट करो तो ज्ञान चर्चा आगे बढ़े।' इतना कहकर वह केंकड़ा-ध्वनि मुस्काय के समूह में बिलाय गई।

विरोधी दलों के पेशेवर दुर्वासाओं ने परस्पर सशंकित देखा कि कहीं किसी मायाजाल में तो नहीं फँस रहे? फिर दाढ़ी टटोलते बोले, 'दुख हमें बहुत है पर दुख के कारन आप हैं, हम नहीं। हमें वृथा दोषी बनाने का षड्यंत्र न रचें। अन्यथा देश की प्रत्येक चौमुहानी पर जनसभा आयोजित करवाय के समस्त वायुमंडल विरुद्ध कर देंगे।'

'अब व्यर्थ न खिंखिआओ, सभा की कारवाई चलने दो।'

'सान्त रहें, सान्त रहें!'

'दोषी कौन हैं, कौन नहीं, इस समस्या पर विचार उपरान्ते किया जाएगा। पहले महँगाई का रूप-स्वरूप, आकार-पिरकार, दोष-विकार, निश्चित करने होंगे। समस्त सुधिजन कट्ठे भये तो इस पर मंतव्य दें।'

'चढ़नशील है, बढ़नशील है, नागिन जिसको डँस जाती है, स्पर्श से परे हो जाता है। आज हमने बाजार में देखा, कुम्हड़ा महँगा हो गया है।'...

'मिलावट महँगाई की भगिनी है। भाव चढ़ते घाल-मेल होने लगता है, तिस पर भी विचारो।'

'महँगाई का मूल कारण वस्तु का अभाव है।'

'नहीं, महँगाई से ही वस्तु की उपस्थिति का बोध होता है। बाजार की जीवन्तता का महँगाई प्रमाण है।'

'महँगाई भाव प्रकृति की अनुकृति ही नहीं, विक्रेता की प्रकृति-संस्कृति से उपजी अर्थशास्त्र की झंकृति है।'

'जो सत्ता नहीं सो महँगा। इस अगम तत्त्व को संख्या के ढाँचे में नहीं रखा जा सकता है। इसका वर्णन 'नेति नेति' तथा 'अस जस कछु कछु तैसा' आदि से ही संभाव्य है। वैपुल्यवादी, बहुल्यावादी इसके जनक एवं प्रणेता हैं।'

'महँगाई-रूपी चरखा है जो बाजार में निरन्तर आजादी के बाद चल रहा है। चरखा रुकता नहीं रोके।'

'चरखे को नष्ट करना होगा।'

'जो चरखा जरि जाए, बढ़ैया ना मरै। व्यापारी तो रहेंगे। बढ़ई फिर चरखा बना लेगा सो चलेगा।'

'यह चिरन्तन अनुत्तरित प्रश्न है जिसका समाधान हमें खोजना होगा।'

'वाह-वाह, धन्य हैं आप सब महानुभाव।' केंकड़ा स्वर फिर संयोजकी वाणी में बोला, 'महँगाई सुरसा का कैसा मनोहारी रूपवर्णन किया है कि सुसरी वश में आई ही लगती है। वाह-वाह! जानकर बड़ा सुख मिल रहा है, एकता की अनुभूति होती है। परजातंत्र के अलग-अलग पार्टी वेश में मानो एक ही आत्मा विराजती है। टटोलिए तो रंग स्वर का भेद मात्र है। वाह-वाह! अब सकल ज्ञानी जन उपाय सोचें कि इस महँगाई-रूपी राक्षसी का अन्त कैसे हो?'

'हम काहे बताएँ उपाय, तुम्हें जस लूटने का औसर क्यों दें?' एक विरोधी साधु बड़बड़ाए।

'सत्ता से हट जाओ फिर हम महँगाई खत्म कर दिखाएँ।' दूसरे ने कहा।

'उपाय क्या बताएँगे सुसरे, कोई उपाय हो तो बताएँ।'

'अरे चोप रहो, तुम भ्रष्ट हो खुद।'

'सान्त रहें, सान्त रहें।'

पर कोई शान्त नहीं रहा। साधु अपने चिमटे ले फटकारने लगे, अनाप-शनाप बकने लगे। बड़ी ले-दे मची। कुछ लहूलुहान भी हुए।

'हम तो जानते रहे कि यही होगा अन्त में।'

कोई एक प्रहर बाद बड़ी कठिनाई से समापन को सब बैठे। अश्रुपूरित भाषण हुए कि हमें मिल-जुलकर महँगाई के कष्ट को मिटाना ही है। सबने स्वीकार किया। खाया-पिया, हाथ-मुँह धो आसन लपेट उठ गए।

और इस तरह राष्ट्र की प्रमुख समस्या पर समस्त दलों की संयुक्त बैठक का नियमित कर्मकांड पूर्वानुसार इस बार भी सम्पन्न भया।

अजन्ता के आसपास

आसपास अजन्ता एलोरा, बीच में औरंगजेब का मकबरा। यहाँ-वहाँ चार-पाँच दिनों से भटकता आवारागर्दी करता मैं घूम रहा हूँ। कुछ अफसोस भी हो रहा है—अजन्ता बीस-पच्चीस वर्ष पहले क्यों न देख ली? आजकल एकदम मॉडर्न आर्ट हो रही है। सभी जगह कटवर्क-पेचवर्क, एब्सर्ड टुकड़ों में से झाँकता कला का अतीत। कई गुफाएँ बन्द हैं और वे अच्छी गुफाएँ हैं। वहाँ चित्रों की सुरक्षा का काम हो रहा है। इतने बरसों नहीं आया और आया तो गलत मौसम में।

चट्टानों के प्रति आदर-भाव बचपन से रहा है। एलोरा में आकर ज्यादा बढ़ गया है। उन दिनों लोगाँ (इधर लोग को लोगाँ बोलते हैं) चट्टान कू यूँ खोद देते थे जइसे कोई व्यंग्य का कॉलम काटता हो। एलोरा की सोलह नम्बर की गुफा अगर इस जमानाँ में बनती तो उसका बजट और फाइलाँ का वर्क ही इतना हो जाता कि अद्धी से ऊपर गुफाओं में अफसर बाबू समा जाते। बौद्ध धर्म के पतन का एक कारण यह तो नहीं था कि सारी कूवत चित्र और मूर्तियाँ बनाने में खर्च हो गई? धर्म प्रचार को समय ही नहीं बचा। जइसा मुगलान के बखत में होआ। बास्सा लोगाँ ने सारा सर्फा इमारताँ बनाने कू खरच कर डाला। अईसाच लगते बोले। आजकल भी गौरमंट बिल्डिगाँ भौत बनाती ना? जरा होसियार रहने की जरूरत है।

चट्टानें मजबूत हैं, अतीत जोरदार है, कीमती कैमरा लटकाए, गन्दी जीन्स पहने विदेशी टूरिस्ट व्यर्थ ही भारत के वर्तमान पर सोचता है। छोकरा लोग बख्सीस माँगता है—साहब, टेन एन. पी. मिलेगा, फोर आनास प्लीज! टूरिस्ट का ध्यान कटी हुई चट्टानों, मूर्तियों से हटता है। नो-नो, गो अवे, गो अवे! विदेशी महिला कहती है। फटकारता है टूरिस्ट बस का कंडक्टर—भाग बे छोकरा! चाल, रफू हो इदर से।

गुफा के अन्धकार में अजंता के चित्रों की अनेक आँखें चमकती हैं। वे ही आँखें, इसी तरह युगों से टकटकी लगाकर देखतीं अन्धकार में। पता नहीं, आँखों का रंग कौन-सा था जो अभी तक नहीं उखड़ा! समय के गिद्ध से निवेदन करती आँखें। दो नयना मत खाइयो। भटकता हूँ मैं गुफा दर गुफा और जाने क्यों मुझे चसनाला का खयाल वहाँ सताने लगता है! अन्धकार की गुफाओं में ऐसी ही क्षण भर को रही होंगी आँखें—कुछ खोजती हुई, मृत्यु के गिद्ध से निवेदन करती। अभयदान देते बुद्ध

की मूर्ति का हाथ टूट गया है। मैं गुफा से बाहर जाने लगता हूँ। पुराने जमाने की छैनी-हथौड़ी से पत्थर तोड़नेवाले भी तोड़ने के पहले चट्टान की मजबूती की जाँच कर लेते थे। आजकल तो चट्टान तोड़ने के उन्नत साधन हैं। तोड़ते से ही भरभरा-कर पानी निकलने लगता है और असहाय आँखों से सज्जित अजन्ता एलोरा डूबने लगती है। जहाँ से टूरिस्ट आते हैं, वहीं से पानी खींचने के पम्प आते हैं। भिखारी बच्चे टूरिस्ट के सामने हाथ फैलाते हैं–साहब, बख्शीस। 'ये लोग भीख माँगने की बजाय कुछ काम क्यों नहीं करते?'...'करेंगे साब, जरा चसनाला का पानी निकल जाए। उधर ये ही लोग जाकर काम करेंगे।' मैं देखता हूँ, उन बच्चों की आँखें और जाने क्यों उसका मिलान अजंता की आँखों से करता हूँ।

घूमते-फिरते वहाँ आ खड़ा हूँ, जहाँ खड़े हो तुगलक दौलताबाद के किले पर पहली बार मुग्ध हुआ था। ऐसी कड़ी सुरक्षा के व्यवस्थावाले किले संसार में कम ही होंगे। दिल्लीवाले खामोखाँ तुगलक पर खफा हुए बोले। उसने सई बात बोली थी। यों बोलने को तुम उसकू पागल बोलो। बात की खातरीच करना हो तो लोगाँ से कओ कि दौलताबाद आकर देखें। अगर दौलताबाद राजधानी हो जाती तो गारंटी बोलता हूँ आँ, कोई इधर को पंख नई मारता। अभी तक तुगलक का खानदानवाला इधर राज करता होता।

महाविद्यालयों का नगर है औरंगाबाद। डेढ़ लाख की बस्ती में कोई बीस कॉलेज हैं। औरंगजेब को यह पता न होगा कि इस नगर का यह स्वरूप बनेगा। उसके महल में आर्ट्स स्कूल लगा है। जहाँ बैठ वह शाही फर्मान जारी करता था, वहाँ आज लड़के बैठे कैरम खेलते हैं। वह धर्मवाला बादशाह, जिसने राज्य में गाना-बजाना बन्द कर दिया था, आज उसी औरंगजेब की रूह तड़फ रही होगी। उसकी प्रिय मस्जिद के सामने गवर्नमेंट कॉलेज का संगीत विभाग है। तानों की प्रैक्टिसें औरंगजेबकालीन चुप्पी को रोज तोड़ती हैं। मैं औरंगजेब की कब्र के पास कुछ देर पूरी नम्रता से एक फ्रेंच टूरिस्ट लड़की के सौन्दर्य को निहारता खामोश खड़ा रहा हूँ। सादी-सी कब्रगाह जिसके लिए औरंगजेब ने टोपियाँ सीकर तीन सौ रुपए जमा किए थे ताकि कब्र के लिए खजाने का पैसा न लगे। आज उसकी कब्र पर राम तुलसी या जंगली तुलसी का एक सघन पौधा ऐन ऊपर लगा है। यह अजीब विजय है औरंगजेब पर राम-तुलसी नामक पौधे की।

लोगों के दिल में मोहब्बत है। मराठावाड़ा सन्तों की भूमि रही है। आज भी तुर्रा कलगी के गानेवाले अध्यात्म, माया ब्रह्म, शक्ति शिव आदि पर गीत गाते हैं। मैंने कुछ गीत प्राप्त किए। कुछ रंगीन पत्थराँ हासिल किए। बड़ा रंगीन पत्थराँ होते हैं इस बाजू। देखो तो लगता है, कुदरत का कमाल बोले।

दाम दाम दड़ीको न कूकड़ी में भड़ीको

क्रिकेट के मामले में हमारा व्यक्तित्व लोचदार है, ऊपर-नीचे होता है, फूलता-पिचकता है, जैसे हम रबर के बने हों, स्प्रिंग से जुड़े हों और आवश्यकतानुसार अलग-अलग या फिट किए जा सकते हों! जैसा कि देश के गौरव को बयान करते हुए शायर ने कहा है कि कुछ बात है कि हस्ती मिटती नहीं हमारी, लगभग वही बात हमारे राष्ट्र की क्रिकेट प्रतिभा को लेकर कही जा सकती है। कुछ बात है कि हस्ती मिटती नहीं हमारी और क्रिकेट को लेकर तो साथ में यह भी जोड़ा जा सकता है कि कुछ बात है कि हस्ती बनती नहीं हमारी।

क्या बात है, इस पर विचार करने का काम करनेवालों की संख्या इस देश में क्रिकेट के खिलाड़ियों से अधिक है। मैं भी उनमें से एक हूँ। मैं खेलता नहीं, किसी का खेल नहीं बिगाड़ता, पर खेल के मामले में अपने विचार व्यक्त करते हुए कई बार इतना आगे बढ़ जाता हूँ कि रेफरी, पुलिसवालों और सम्पादकों के पीछे हटाए ही हटता हूँ। चूँकि आजकल मैं जरा निराश, फ्रस्ट्रेटेड चल रहा हूँ और ऐसे में यदि मेरी परेशानी बढ़ाने में दूरस्थ खेले गए एक क्रिकेट मैच का जो योग है, हो जाए, उससे और दुखी हूँ। परेशानियाँ स्थानीय और राष्ट्रीय हों तो झेल लें पर सुदूर न्यूजीलैंड से भी आएँ तो ऐसा इम्पोर्ट हमें स्वीकार नहीं। भारतीय प्रकृति के अनुसार पराजय के तुरन्त बाद मैं मनोमन्थन में लग गया। सोचा, क्रिकेट में जो खोया है, उसे दर्शनशास्त्र में पा लें तो हर्ज क्या है? यों मैं बजरंगबली का अपनी स्टाइल से भक्त रहा हूँ। उनके आदर्शों में सुविधानुसार एडजस्ट करते हुए जीवन बिताते रहने के बावजूद मेरे मन में उनके प्रति पूजा-भाव कभी समाप्त नहीं हुआ पर फिर भी क्षमा करें, उपमा के बेतुके उपयोग के लिए कि मुझे भारतीय टीम के खेल को देख सुरसा राक्षसी से हनुमानजी वाली टक्कर की याद आ गई। दार्शनिकों से ऐसी भूलें हो जाना ही दर्शनशास्त्र की शोभा है। वह यों कि क्रिकेट का इतिहास गवाह है कि सामनेवाली टीम जितनी बड़ी अथवा छोटी होती है, हमारा क्रिकेट व्यक्तित्व उसी के अनुपात में बड़ा और छोटा होता रहता है। बजरंगबली तो सुरसा का बदन जैसे-जैसे बढ़ता था, वैसे-वैसे बदन बढ़ा लेते थे पर क्रिकेट के मामले में हममें यह उद्दंडता कभी नहीं रही है बल्कि हम बदन बढ़ाने के बावजूद सदा नम्र रहे। हम विरोधी खिलाड़ी टीम

के अनुरूप स्वयं को फुला लेते हैं, ऊपर उठ जाते हैं पर फिर थोड़े नम्र भी रहते हैं। यही शालीनता भारतीय व्यक्तित्व का अनिवार्य गुण है। परिणामस्वरूप संसार की सबसे कमजोर टीम से खेलते समय भी हमारी टीम उसकी टक्कर की लगती है और किसी ताकतवर टीम से खेलते समय भी हम यह अहसास उत्पन्न कर देते हैं कि हम उसकी बराबरी के हैं। हम किससे नहीं हारे, कहाँ नहीं जीते, कब ड्रा नहीं हुए। हम वहाँ हारे हैं जहाँ हमें जीतना था, हम वहाँ ड्रा हुए जहाँ हमें हारना था, हम वहाँ जीते जहाँ किसी को उम्मीद न थी। यह है भारतीय क्रिकेट का व्यक्तित्व। क्रिकेट के विषय में कहा जाता है कि यह अनिश्चित खेल है और भारत के विषय में यह कहा जा सकता है कि हम-सा अनिश्चित इस संसार में कोई नहीं।

यह कहावत शायद हमारी टीम को खेलते देखकर बनाई गई है : यूनानी मिस्र रोमाँ सब मिट गए जहाँ से, कुछ बात है कि हस्ती मिटती नहीं हमारी। इसी अनिश्चय के कारण। हम कभी तय न कर पाए कि इस हस्ती का क्या करें। यूनान और रोम इसे बनाए रखने के लिए परेशान रहे और इसी कोशिश में बरबाद हो गए। हम इस फेर में नहीं पड़े और आज तक कायम हैं। हम अपनी जगह, हस्ती अपनी जगह, दोनों सलामत रहे। कहो तो श्रीलंका से क्रिकेट में हार जाएँ और कहो तो आस्ट्रेलिया को हरा दें। हमारे बैट्समैन चार बनाकर लौट आए और हमारा बॉलर पचास बनाकर न लौटे, हम कठिन कैच ले लें और साधारण कैच छोड़ दें, कहो छक्का मार दें और कहो (एक) सिंगल न निकाल सकें। हम हर भविष्यवाणी को झूठी साबित कर सकते हैं और हर झूठ को सच करके दिखा दें। हमने खुद को चाहे कमजोर समझा हो पर कमजोर दुश्मन को भी कमजोर नहीं समझा और ऐसा खेल खेले कि या तो दोनों की पोल खुल गई या जो कमजोर था, वह ताकतवर हो गया और फिर भी हम क्या हैं सो समझ सके न वे, न हम। कर लो, क्या करते हो! हमारे सम्पर्क में जो आया, उसका आत्मविश्वास बढ़ा और फिर भी हमारा कम ज्यादा न हुआ। इसलिए खेलते रहो यारो, क्योंकि जीवन एक खेल है और जब जीवन क्षणभंगुर है तो तुम कब तक क्रीज पर खड़े रहोगे? और क्यों खड़े रहोगे? 'इसीलिए खड़ा रहा कि तुम मुझे पुकार लो।' मैं पुकारता हूँ, आ जाओ, अब आउट होकर आ जाओ प्यारे, शाम हो गई, आ जा, तुझे तेरी राधा पुकार रही है।

मालवी पंक्ति है–दाम दाम दड़ीको न कूकड़ी में भड़ीको। न का अर्थ है और। दाम अर्थात् खेल हो गया, शोर मच गया और उसका परिणाम यह हुआ कि कूकड़ी अर्थात् मुर्गियों में हलचल हो गई, भड़क उठी मुर्गी। अंडा देगी शायद उठकर। अब दाम दाम दड़ीको न कूकड़ी में भड़ीको। इसे यों भी कहते हैं–दाम दाम दच्चा, कूकड़ी का बच्चा। इससे पराजित टीम या व्यक्ति को मुर्गी का बच्चा कहा जाता है। आ जाओ प्यारे, हो गया खेल। हम कूकड़ी के बच्चे नहीं हैं अथवा हैं, हमारी हस्ती, हमारा शोर महज कूकड़ी में भड़ीका नहीं है अथवा है, यह कभी सिद्ध नहीं किया जा सकता, चाहे हम कितने ही टेस्ट मैच खेल लें; या न खेलें।

संशय की एक रात

वातावरण में गहरी उमस थी। दम घुट रहा था, जैसे एकाएक मुख्यमंत्री ने अपने मंत्रियों से त्यागपत्र माँग लिये हों! चारों ओर चुप्पी और सूनापन। मंत्री के प्राण राजनीति के जिस तोते में बसते हैं, यदि वह तोता दूर दिल्ली में प्रधानमंत्री के बरामदे में लटके पिंजरे में निश्चिन्त बैठा एकाएक किसी अज्ञात आशंका से काँप उठे और फड़फड़ाने लगे तो मंत्री को जैसे एकाएक यहाँ बैठे पसीना आने लगेगा, वैसी परेशानी थी। समझ नहीं आ रहा था। रह-रहकर आजू-बाजू देख अपनी सुरक्षात्मक स्थिति को चेक करने के बाद यदि कोई मंत्री अखबार में पढ़े कि कुछ मंत्रियों को हटाया जा रहा है तो जैसी अनिश्चितता का वातावरण बँगले पर घिर आता है, मितव्ययिता अपनाई जाने लगती है, रिश्तेदार घर लौटने लगते हैं, बच्चे आम चूसना रोक देते हैं, फोन की घंटी सुन हृदय काँपता है, वैसा कुछ लग रहा था, क्योंकि हवा रुक गई थी, भीषण गर्मी से पसीना बह रहा था, सिर पर घूमता पंखा बेमानी लग रहा था।

कैसी गुजरी वह रात, जैसी त्यागपत्र देने के बाद असुरक्षा झेलते मंत्रियों की गुजरी होगी। रह-रहकर यों करवट बदलते थे, ठीक जैसे अपने छोटे से घर में उनके चमचे बदल रहे होंगे उसी समय। रह-रहकर पानी पीने की तबियत होती थी, बेवजह पत्नी को बुलाने की तबियत होती थी। कलेजे में जलन हो रही थी, जैसे युवा मंत्री अपना पत्ता कटने की अफवाह के साथ यह सुने कि उसके साथी को कैबिनेट स्तर पर प्रमोट किया जा रहा है। उठकर मटके से पानी पिया। कई-कई घूँट और हर घूँट एक बुरी खबर को पी जाने की तरह।

बाहर आया। बरामदे में खड़ा हो गया। अन्धकार था। खड़ा होना बेमतलब था मगर खड़ा था, जैसे कोई पावरलेस पुराना एम.एल.ए. मंत्रिमंडल में परिवर्तन के समाचार सुन अपने गृहनगर से दौड़ राजधानी आ जाए और मुख्यमंत्री के दिल्ली से लौट आने की घड़ी तक यों ही व्यर्थ यहाँ-वहाँ खड़ा रहे! बरामदे में खड़ा था, चूँकि सो नहीं सकता था। बहुत दूर क्षितिज के कोने में काले बादलों का एक जमघट नजर आ रहा था। शायद वही दिशा दक्षिण हो। वही दिशा बम्बई हो, जहाँ अभी आसमान लीक करने लगा था सरकारी क्वार्टर की तरह। बादल बम्बई से आते हैं, राजनीति दिल्ली से, नौकरी के कैरियरिस्ट उम्मीदवार मद्रास से, क्रान्ति और जनवादी परिवर्तनों

की सूचनाएँ कलकत्ता से, जस के तस बने रहने की इच्छाएँ लखनऊ से, हर अच्छे-बुरे सिद्धान्त को रबड़ की हद तक खींचकर एब्सर्ड कर देने की चेष्टाएँ पटना से। जिधर से मानसून आ रहा है, उससे एकदम विपरीत दिशा में मंत्रियों के भाग्य-लेख लिखे जा रहे हैं। कृषक दक्षिण दिशा में देख रहा है, कृषि मंत्री उत्तर दिशा में। चुपचाप खड़ा था बरामदे में। शून्य में टकटकी लगाए, जैसे अभी-अभी त्यागपत्र ले मुख्यमंत्री हवाई जहाज से उड़ गए हों और मंत्रिमंडल के सदस्य एरोड्रोम पर खड़े सूना आसमान ताक रहे हों! कैसा धैर्य की परीक्षा का काल है!

मैंने घड़ी देखी, दो बज रहे थे। कुछ देर हुए, एक कार गुजरी थी यहाँ से, जो अब वापिस लौट रही है। लगता है, जैसे किसी बँगले से देर रात तक जन्म-पत्रिका का विवेचन करने के बाद ज्योतिषी मंत्री की कार में घर लौटा हो! आकाश में तारे नहीं दिखाई दे रहे थे। पता नहीं, सारे ग्रह नक्षत्र कहाँ गए? दिल्ली गए हैं अपने-अपने जातक का दुख-सुख निश्चित करने? शनि बुध से, गुरु चंद्र से, शुक्र केतु से, मुख्यमंत्री उमाशंकर दीक्षित से मंत्रणा कर रहे हैं। किसे लें, किसे नहीं लें? सिंचाई सुविधावाले छोटे खेत का किसान सोच रहा है, लौकी बोऊँ या कद्दू? किसकी फसल ठीक आएगी, ठीक उठेगी बाजार में? मुख्यमंत्री इन्दिराजी से मिलने के पहले सूची बना रहे हैं।

सहसा बादल गरजे, जैसे मुख्यमंत्री ने दिल्ली में पी.टी.आई. को बयान दिया हो! यहाँ-वहाँ छींटे पड़े। देर रात अखबार का फ्रंट पेज बनानेवाले को समझ नहीं आ रहा कि मौसम की भविष्यवाणी ऊपर दे या राजनीति की? किसके खेत को ज्यादा खतरा है? ठंडी हवा का एक झोंका आया और रात के सन्नाटे में बरामदे में खड़ा मैं ठंडक महसूस करने लगा। मंत्री के उदास बँगले में दिल्ली से किसी परिचित एम.पी. का ट्रंक कॉल आया हो, जिसमें लिए जाने की सम्भावना की सूचना हो तो क्षण भर को जैसा लगता है, वैसा ठंडा झोंका।

कैसी रात है यह! मुझे तो रात को ज्यादा पराँठे खा लेने के कारण कष्ट हो रहा है और नींद नहीं आ रही, पर उन मंत्रियों की सोचो जिनकी भूख मारी गई और एपेटाइजर का जलजीरा गिलास मुख्यमंत्री के हाथ है। पानी बरस रहा है, मंत्री तरस रहा है। उसकी आकांक्षाओं का कटोरा खाली है। यह कब भरेगा प्रभु?

ऐसे में क्या कहा जा सकता है? यही कि सो जाओ, सोने का प्रयत्न करने से नींद आती है। मुँह ढँककर सो जाओ। रात बीत जाएगी। संशय की यह रात।

बादल घुमड़ रहे हैं, जैसे दिल्ली से भाग्यविधाता को लिये हवाई जहाज लौट रहा हो! एक चुप्पी-भरी सनसनी अभी भी शेष है। मोहल्ले में घूमते गोरखा ने सीटी बजाई : जागते रहो। जब तक मुख्यमंत्री लौटकर न आएँ, जागते रहो।

पाँच सौ रुपए के लिए

वह एक आशंकाओं से भरी रात थी। उस रात कुछ भी हो सकता था। हम जीत सकते थे, हार सकते थे, ड्रा भी हो सकता था। हम सारी सम्भावनाओं के साथ मन-ही-मन काँप रहे थे।

उस पॉश रेस्तराँ में काउंटर के पास एक ट्रांजिस्टर लगा था और बियर के उफनते गिलास पूरे करने के नन्हे प्रयत्न करते वे दोनों बातें कर रहे थे। वे इम्पोर्टेड पतलूनों पर सिल्क के बुश्शर्ट पहने थे। उनके चेहरों पर एक खाया-उड़ायापन नजर आता था। उनकी उम्मीदें बुझी नहीं थीं। वे इस होटल के ऐसे ठेठ ग्राहक थे जिनसे वेटर बड़ी टिप की उम्मीद लगाता था।

'तुम्हारा क्या खयाल है?'

जवाब में दूसरा कुछ बोला नहीं। अपनी मिचमिची आँखों में मुस्कुराकर रह गया।

'हम शर्त लगाएँ? शर्त लगाने के लिए यह उपयुक्त मौका है।'

दूसरे को यह प्रस्ताव पसन्द आया। वह बोला, 'ईवन मनी। पाँच सौ मेरे, पाँच सौ तुम्हारे।'

'मुझे मंजूर है।'

'तुम क्या बोलते हो, इंडिया जीतेगी या हारेगी?'

'तुम जैसा बोलो। अगर तुम इंडिया की जीत पर पाँच सौ लगाते हो तो मैं वेस्टइंडीज पर लगाता हूँ।'

'जैसा तुम चाहो।'

'जैसा तुम चाहो।'

'ठीक है, मैं इंडिया की जीत पर खेलता हूँ। जीती तो तुमसे पाँच सौ लूँगा।'

'ठीक है। इंडिया हार गई तो मैं पाँच सौ ले लूँगा तुमसे।'

मैं उनके काजू खा रहा था और लिमका पी रहा था। और ऐसा करते हुए मैं ट्रांजिस्टर से आती कमेंट्री सुन रहा था। मेरी नजर उस मिचमिची आँखोंवाले चेहरे पर थी जो इंडिया के जीतने पर पाँच सौ का नुकसान उठाने को तैयार था। वह मुझे बहुत खुश नजर आया। उसे शायद वेस्टइंडीज की कूवत पर भरोसा था।

'आप इंडिया की जीत सम्भव नहीं मानते?' मैंने उससे पूछा।

वह मुस्कुराकर बोला, 'देखिए, इंडिया जीते या हारे, मैं दोनों तरह से प्रसन्न रहूँगा। अगर इंडिया वेस्टइंडीज से जीत गई तो उस अपार प्रसन्नता में मुझे पाँच सौ रुपए देते हुए अफसोस नहीं होगा। जीत के सामने पाँच सौ रुपए क्या है? और अगर हार गई तो भी मैं प्रसन्न रहूँगा कि कोई बात नहीं हार गई, मुझे तो पाँच सौ मिले।'

उसकी मिचमिची आँखों की प्रसन्नता का रहस्य स्पष्ट हो गया। मैं और काजू खाता उसकी बात पर विचार करने लगा। काजू उसके थे, बात उसकी थी। मैं नुकसान में नहीं था।

मैंने दूसरे शख्स की तरफ देखा। मैंने कहा, 'इंडिया के हारने पर जब आप पाँच सौ रुपये खो देंगे तो आपका दुख दूना हो जाएगा। जीत पर जब पाएँगे, आपकी खुशी डबल हो जाएगी।'

वह गम्भीरता से बोला, 'मैं भाग्यशाली व्यक्ति हूँ। उधर कई मामलों में मेरी किस्मत ने साथ दिया है। मुझे लगता है, मेरे भाग्य में यदि पाँच सौ रुपया प्राप्त करना लिखा है तो शायद वही भाग्य इंडिया को जिता दे। मैं दरअसल इस शर्त द्वारा अपना भाग्य अपनी क्रिकेट टीम के साथ जोड़ रहा हूँ।'

अब यह शर्त नहीं रही थी। यह वास्तव में राष्ट्रप्रेम की लहर भाग्यवाद के साथ एक मिले-जुले स्वरूप में उपस्थित थी। मैं ट्रांजिस्टर सुनता उन दोनों के खाते-पीते चेहरे देख रहा था।

अब शर्त की थ्रिल का क्षण ठंडा पड़ने लगा था। वे फिर बियर के गिलासों में डूबने लगे। मैं अपनी लिमका पूरी करते हुए सोच रहा था कि हमारा देश कितना महान है! हम वेस्टइंडीज में एक सनसनीखेज टेस्ट खेल रहे हैं और भारत में पाँच-पाँच सौ रुपए की शर्त लगा रहे हैं। यह जब मैं सोच रहा था तब तक बृजेश पटेल आउट नहीं हुआ था।

सहसा मिचमिची आँखोंवाले ने दूसरे से कहा, 'अच्छा, ड्रा पर बोलो। ड्रा पर बेट लगाओ। अगर ड्रा हो गया तो क्या दोगे?'

दूसरा व्यक्ति एक शरारती मुस्कान लिये उसकी तरफ देख बोला, 'नहीं, नहीं, ड्रा पर मैं शर्त की जोखम नहीं ले सकता हूँ।'

'क्यों?' मैंने पूछा।

'इसलिए कि ड्रा तो होने ही वाला है।' उसने कहा।

और समस्त राष्ट्रप्रेम और भाग्यवाद के मध्य से उभरकर एक काइयाँ भारतीय चरित्र सामने आ गया। वे जिस मजे से शर्तें लगा रहे थे और हर हालत में पाँच सौ खोने को तैयार थे, साफ था। वे जानते थे कि उनका कोई नुकसान नहीं होगा।

लोग ट्रांजिस्टर के आसपास खड़े थे। अपने देश की जीत को आतुर, किसी छूटे हुए कैच पर गाली देते। और वे दोनों बियर पीते हँस रहे थे। उन दोनों का रुपया सुरक्षित था, भाग्य सुरक्षित था, या एक मिल्लत की कुश्ती के प्रदर्शन की तरह टकरा रहा था।

उस रहस्यभरी रात में वेस्टइंडीज के उस मैदान में इन दोनों बियर पीते भारतीयों का भाग्य अपने पाँच-पाँच सौ रुपए की रक्षा करता टकराता रहा और नतीजे में परिणाम ड्रा रहा। आप इसे दुर्भाग्य कहेंगे। उन दोनों बियर पीते व्यक्तियों के नजरिए से सोचिए।

भविष्य का तारा

जो तारा ईदी अमीन को पिछले दिनों नजर आया था, जिससे उसने बातचीत की थी और अपने महान भविष्य की पक्की गारंटी प्राप्त कर ली थी, वह तारा ठीक उसी समय मुझे भी नजर आया था। दरअसल उस तारे को संसार में दो ही व्यक्तियों ने देखा : एक ईदी अमीन ने और दूसरा मैंने। कारण यह कि उस समय हम दो ही व्यक्ति इस काम के लिए खाली थे। खैर, ईदी अमीन तो नियमानुसार तारे देखता है। ईश्वर से साक्षात्कार का मार्गदर्शन प्राप्त करता है कि अब किस लड़की से शादी करे आदि, पर मैं यों ही, चूँकि धरती पर कुछ खास देखने को नहीं था, इसलिए तारे देख रहा था और तभी मुझे वह तारा विशेष दिखाई दिया।

'ऐ, भविष्य के तारे!' मैंने तारे को सम्बोधित किया।

'शटअप!'–आकाश से आवाज आई, 'मैं इस समय ईदी अमीन से बातें कर रहा हूँ।'

मैं चुप हो गया। जब बड़े सितारे आपस में बात कर रहे हों तब नन्ही ढिबरी का बीच में बोलना ठीक नहीं। मसलन जब राजकपूर-दिलीपकुमार बात कर रहे हों, तब पेंटल या इफ्तिखार का बीच में लम्बा डायलॉग देना पब्लिक पसन्द नहीं करेगी। मगर ईदी अमीन का भविष्य के सितारे से साक्षात्कार लम्बा खिंचने लगा तो मैंने फिर टोका।

'मैं ईदी अमीन से बात कर रहा हूँ।' तारे ने फिर कहा।

'यार, कब तक बातें करोगे? हमें भी थोड़ा टाइम दो।' मैंने कहा।

'मैं नहीं बोल रहा हूँ, ईदी अमीन ही बोल रहा है। उसका भाषण चल रहा है। वह मुझे मार्गदर्शन दे रहा है।' तारे ने कहा।

'तुम सुन रहे हो?'

'मैं इसके अलावा क्या कर सकता हूँ? वह जब अपना भाषण बन्द करेगा, मैं तभी बोलूँगा।'

मगर तभी मेरी और तारे की बातचीत से ईदी अमीन डिस्टर्ब हो गया। उसने डाँटकर भविष्य के तारे से पूछा, 'तुम किससे बात कर रहे हो?'

'शरद जोशी से।'

'कौन है?'

'एक दुर्भाग्यशाली लेखक है। हिन्दी नामक भाषा में लिखता है। भारत नामक देश में रहता है।'

'कौन-सी भाषा है यह? और यह देश कहाँ है?' ईदी अमीन ने सवाल किया।

ईदी अमीन मुझे नहीं जानता। मुझे लगा, ईदी अमीन मेरे ही देश, मेरे ही प्रान्त, मेरे ही नगर का कोई बड़ा आदमी है, जो मुझे नहीं जानता। कौन जानता है? जानता भी तो क्या फर्क पड़ता! वह अपनी जगह, मैं अपनी। तारे ने ईदी अमीन को मेरे बारे में बताया।

'मैं शरद जोशी को अपनी फौज में मेजर जनरल की एक जगह दे सकता हूँ।' ईदी अमीन ने ऑफर दिया।

'बोलो, मंजूर है?' भविष्य के तारे ने मुझसे पूछा।

'कैसे हो सकता है? मैं भारतीय लेखक हूँ। मेरी कुछ सीमा है, मर्यादा है, कमिटमेंट्स हैं।'

'यह लेखक क्या होता है?' ईदी ने प्रश्न किया।

मुझे यह सवाल बहुत भोला और साफ लगा। सचमुच ईदी की ऊँचाई से देखा जाए तो लेखक क्या होता है? साधारण गरीब आदमी। वह फौज का डिसिप्लिन क्यों नहीं मान सकता? वह मेजर या हवलदार क्यों नहीं हो सकता? वह कैदी क्यों नहीं हो सकता? उसे गोली क्यों नहीं मारी जा सकती?

बात जमी नहीं। ईदी का ऑफर मुझे मंजूर नहीं था। मैं हँसने लगा। तारा भी हँसने लगा। ईदी अमीन भी हँसने लगा। फिर उसने हम दोनों को व्यर्थ हँसने-हँसाने के लिए डाँट लगाई। उसे हमारा छिछोरापन, उच्छृंखलता सख्त बुरी लगी।

कुछ देर बाद ईदी अमीन का भविष्य के तारे से वह दिव्य साक्षात्कार समाप्त हुआ जिसकी बड़ी चर्चा है और जिसके विषय में अमीन ने अपने देशवासियों को बताया था। तारे ने डूबने के पूर्व मेरी ओर घूमकर कहा, 'ईदी अमीन का ऑफर छोड़नेवाले मूर्ख लेखक, तेरा भविष्य अन्धकारमय है।'

उस रात मुझे बहुत बुरे सपने आए। मुझे लगा, मैं युगांडा में हूँ, और ईदी अमीन के आदेश से मार्च कर रहा हूँ, उसे सेल्यूट दे रहा हूँ, उसका अभिनन्दन कर रहा हूँ, उसके सामने कलम या तलवार मुँह में रख जमीन पर रेंग रहा हूँ। मुझसे कुछ गलती हो गई है, और ईदी मेरा कोर्टमार्शल कर रहा है, मुझे गोली मार रहा है : धाँय-धाँय! मेरी नींद मर जाती है। मैं आँखें फाड़े चारों तरफ देखता हूँ।

कोई दरवाजा खटखटाता है। सरकारी चपरासी आकर लेखकों के किसी सम्मेलन का नियंत्रण दे जाता है। मैं नहीं पढ़ता। मैं अभी भी ईदी अमीन और भविष्य के तारे के उस साक्षात्कार के विषय में सोच रहा हूँ। ईदी अमीन राष्ट्र के नाम सन्देश प्रसारित कर रहा है। मैं अपनी निराशाएँ किससे कहूँ?

थैली के श्री चट्टे, श्री बट्टे

दोपहर के तीन बजे उसे पता लगा कि उसका तबादला किया जा रहा है, ऑर्डर टाइप में है और आज ही दफ्तर बन्द होने के पहले उसके हाथ में थमा दिये जाएँगे।

वह तब कैंटीन में बैठा एक फाइल को लेकर अपने कारनामे सुना रहा था। चाय का पेमेंट चूँकि वह कर रहा था, अतः शेष लोग उसकी बात ध्यान से सुन रहे थे। तभी गाज गिरी कि उसका तबादला हो रहा है।

आज बारह साल हो गए उसे हेड क्वार्टर आए और आज तक उसका तबादला कोई कर नहीं सका। दो बार ऑर्डर की नौबत आई थी मगर ऊपर ही ऊपर से रोक दिये गए। ऊपर उसका पव्वा था, दो-एक मंत्री और चार-छह विधायकों तक उसकी पहुँच थी। सचिवालय में उसकी पैठ थी और दाँवपेंच की कई अन्तर्बाधाओं से वह परिचित था। एक भजन-कीर्तनवाली संस्था उसने खोल रखी थी और प्रायः किसी अफसर को घर बुला गीता-रामायण पर विचार सुनने का आयोजन करता रहता था। जितनी रिश्वत खाता था, उसकी तुलना में संस्था का व्यय दस प्रतिशत भी नहीं था। सम्पर्क की सहूलियत हो जाती थी। अखबारों में खबर खुद देने जाता था।

उसकी हवाइयाँ उड़ने लगीं। भोपाल से उसके सम्बन्ध गहरे हो गए थे। वह इस जगह को छोड़ना नहीं चाहता था। वह उठा और उसने तीन बजे ही दफ्तर छोड़ दिया। वह आज ऑर्डर नहीं लेना चाहता था। दूसरे दिन उसने तीन दिन की छुट्टी मार दी, फिर तीन दिन बढ़ाई।

ऑर्डर्स दिये नहीं जा सके। इसी बीच बॉस पर प्रेशर आने लगा। टेलीफोन, टेलीफोन, टेलीफोन। अरे भई, यहीं कहीं एडजस्ट करो, किसी और को भेज दो, अपना आदमी है, थोड़ा परेशानी में है, वाइफ बीमार रहती है, बच्चों का एजूकेशन गड़बड़ हो जाएगा। ऑर्डर्स अटक गए।

जब वह दफ्तर आया तब उसके बॉस ने उसे अपने कमरे में बुलाया और डाँट पिलाई–आपको शर्म नहीं आती, आप मुझे यहाँ-वहाँ से फोन करवाते हैं, सेक्रेटरीज और मिनिस्टर से फोन आ रहे हैं आपके लिए। इतने पैर फैले हुए हैं आपके। मैं इसे बिलकुल पसन्द नहीं करता। आफ्टर आल यू आर ए गवर्नमेंट सर्वेंट, आपको जहाँ भेजा जाएगा, वहाँ आपको जाना पड़ेगा। एडमिनिस्ट्रेशन कोई खाला का घर नहीं है।

यू नो, मैं ऐसे लोगों को सख्त नापसन्द करता हूँ जो ऑर्डर्स को डिसओबे करते हैं, डाइरेक्टली या इनडाइरेक्टली। मेरे आने के बाद साल भर में कोई आठ तबादले हुए, किसी ने ऐसी प्राब्लम खड़ी नहीं की, जैसी आपने। सरकार कोई भोपाल में ही नहीं चलती, हमें जिले और तहसील में भी एक्सपीरिएंस्ड लोग चाहिए। यू आर ए ब्राइट यंग मैन। अभी तुम्हें बहुत आगे जाना है। यू शुड नॉट से नो टु ए ट्रांसफर। मैं कोई आपका दुश्मन हूँ? ऐज एन ओबिडिएंट सर्वेंट आपका पहला फर्ज है, जाकर ज्वाइन करें, और फिर जो भी आपको प्राब्लम्स हों, मुझे लिखें, आई विल कंसीडर!

बॉस ने प्रभावशाली नेत्रों से उसकी ओर देखा और अपने भाषण के प्रभाव का आकलन किया।

'सर, मैं अभी जाना नहीं चाहता।'

'वाट, जाना नहीं चाहता?' बड़ा अफसर भभका और तभी फोन की घंटी बजी, अफसर ने बात रोककर फोन उठाया। सचिवालय से और बड़े अफसर का फोन था। उसने इस अफसर को सूचना दी कि उसका तबादला किसी जिले में किया जा रहा है।

निष्ठा और अनुशासन के प्रशासकीय सन्दर्भ में अपने अदना बाबू को भाषण देनेवाले उस अफसर के चेहरे पर हवाइयाँ उड़ने लगीं जब उसने सुना कि सचिवालय से उसके तबादले के ऑर्डर्स निकल रहे हैं और उसे बाहर भेजा रहा है। बाबू को उसने इशारे से कमरे से बाहर जाने के लिए कहा और फिर फोन पर बोला—मैं तो सेक्रेटरी साहब से पहले ही निवेदन कर चुका था कि मैं फिलहाल जाने की पोजीशन में नहीं हूँ, वाइफ बीमार रहती है और बच्चों का एजूकेशन गड़बड़ हो जाएगा।

दूसरे दिन से बॉस दफ्तर नहीं आ रहे हैं। वे सचिवों, मंत्रियों के पास जा रहे हैं। पव्वा उनका भी है, कुछ विधायक उनके भी हैं, प्रेशर आ रहा है। आशा है, उनका भी रुक जाएगा जिस तरह उस बाबू का रुका।

छोटी मछलियों के शिकारी

सतर्कता आयोग सरकार का दिखनौटा शो-केस है। गन्दी मछलियों से भरे शासन-तंत्र की इस तलैया से एकाध मछली या चन्द मछलियाँ निर्विकार साहसिकता के प्रदर्शन के लिए कागजी जाल में फँसा ली जाती हैं जिनमें से कुछ तंत्र के कमजोर सुराखों से फिसलकर बच भागती हैं, कुछ बड़ी मछलियाँ अपने भारीपन का रौब देती छूट निकलती हैं और कुछ नन्ही मछलियाँ–लिपिक, शिक्षक, कांस्टेबल किस्म की–दबोच दी जाती हैं। शासन उन्हें पकड़ ऊपर उठाता है, जनता के सम्मुख प्रदर्शन करता है और अपने भ्रष्टाचार विरोधी होने की वाहवाही बटोरना चाहता है। अब यह भी वार्षिक कर्मकांड हो गया। एक रिपोर्ट टपकती है, एक दफ्तर अपनी टेबल-कुर्सियों का बचाव करते हुए क्रियाकलापों की सूचना देता है कि हमने चालू वर्ष में भ्रष्टाचार के इस विराट दरिया में इतने अदद खसखस डाले जो उसमें समा गए। टेबल-दर-टेबल एक रिपोर्ट तैरती हुई अनन्त की कचरा गहराइयों में खो जाती और भ्रष्टाचार का बेड़ा जन-सागर की छाती पर लंगर डाले पड़ा रहता है।

यह प्रशासकीय युक्ति है कि जब किसी प्रवृत्ति अथवा दुष्प्रवृत्ति का बचाव करना हो या स्वयं की उससे रक्षा करनी हो तो एक समानान्तर व्यवस्था उत्पन्न कर दी जाए ताकि दोष मढ़ने के लिए आवश्यकतानुसार खोपड़ियाँ उपलब्ध हो सकें। गेहूँ बेचने का एक अंश व्यापारियों को दिये रहने से सरकार को वह स्थायी सुविधा है कि वह हर घोटाले के मौके पर व्यापारियों को कोस सके। करीब यही सुविधा व्यापारियों को भी मिल जाती है कि वे महँगा बेचते हुए सरकार को कोसते रहें। आप शासन से जब भी भ्रष्टाचार की बात करेंगे, यह सतर्कता आयोग की बात करेगा। आयोग का दफ्तर शासन को मुक्ति का अहसास देता है। फिर मजा यह है कि वह कोई पराया या स्वतंत्र नहीं, शासन का ही बगल बच्चा है। वही भ्रष्ट तंत्र उसमें नियुक्तियाँ करता है और वे नियुक्त लोग उसी तंत्र के चरणों में प्रतिवेदन प्रस्तुत करते हैं। गिड़गिड़ाती कीर्तनिया शैली में सतर्कता आयोग के अधिकारी कहते हैं कि 'हम बेचारे, बिना सहारे, केस खोज-खोजकर हारे। अरे इस पापी को तो सजा दे दो स्वामी!' मगर स्वामी शासन, जिसने चाबी आयोग को दे, ताला अपने पास रखा है, मुस्कुराता हुआ व्यवस्था की भुवनमोहिनी बाँसुरी बजाता चैन से बैठा रहता है। यदि

मामला तंत्र के नन्हे पुर्जे का है, जैसे लिपिक, शिक्षक या कांस्टेबल का, तो फाइल में आदेश के अन्तिम हस्ताक्षर की चिड़िया बैठते देर नहीं लगती और यदि मामला किसी चार अंकों के वेतनवाले ऊँचे अफसर या प्राणप्यारे आई.ए.एस. का है तो फाइल किसी भूलभुलैया में खोकर रह जाती है। यदि आप सिंहों के प्राणघाती आक्रमणों की शिकायत बियाबान के राजा सिंहराज से करें तो क्या वह न्याय की रक्षा के लिए अपने प्रिय वंशजों, सहयोगियों, सहधर्मियों को दंड देगा? ऊँचे आई.ए.एस. के ब्रह्मजाल की यह सरकारी माया नष्ट हो जाएगी यदि अफसर को सजा देने लगे। शासन की यह स्थायी मान्यता है कि बड़े अफसर भूल करते हैं, छोटे कर्मचारी गलतियाँ करते हैं। गलती करने वाले को बख्शा नहीं जा सकता। भूल करनेवाले का उस ओर ध्यान दिलाना चाहिए, उसे प्यार से बताना चाहिए—मुस्कुराकर कि प्यारे मित्र, तुम भूल से दुहरा टी.ए. बिल बना सात सौ ज्यादा जेब में रख गए, आगे ऐसा नहीं करना। इस तरह सतर्कता आयोग की सबसे बड़ी उपलब्धि यह है कि उसने हर भ्रष्ट व्यक्ति को सतर्क कर दिया है कि वह भ्रष्टाचार इस सफाई से करे कि आयोग उसे पकड़ न सके।

बड़ी वैचारिक कब्जियत के बाद एक रिपोर्ट बाहर आती है जो उपेक्षा से चिरन्तन फ्लश में बहा दी जाती है। दफ्तर अपनी उपयोगिता की सफाई पेश करता है जो ठीक भी है। ऐसे कार्यालय कायम नहीं रहें तो प्रभावशाली पेंशनर्स कहाँ जाएँ? दूषित व्यवस्था से उपजा दोषों पर उँगली रखनेवाला यह दफ्तर उसी का सेवक है, जो अपराधी है, और जो अपने मालिक को सजा देने की पात्रता नहीं रखता, अनन्तकाल उसके तालाब में काँटा डाले बैठा रहे और हर फँसी बड़ी मछली का अभिनन्दन करने को अभिशप्त हो, सदैव हास्य-व्यंग्य का विषय बना रहे, इस शुभकामना के साथ अध्याय समाप्त।

पीचू क्या करना!

गृहिणियाँ उत्साह के क्षण में पूरियाँ तलने लग जाती हैं। मूड उभरता है, पूरियाँ फूलती हैं। मगर बम्बई की अधिकांश होटलें पूरियाँ खिलाने पर तुल जाएँ, तो मूड पंचर हो जाता है। फुल्का नियामत हो गया है। या तो खराब तेल की पूरियाँ खाइए या तन्दूरी रोटी। ऐश के लिए नहीं बल्कि गेहूँ का खराब स्वाद छिपाने के लिए मक्खन की टिकिया लगा दीजिए।

मगर उस दिन बम्बई से मक्खन एकाएक गायब हो गया। गायब होने के क्रम में यह नई चीज थी। होटल के लड़के ने बोला–मस्का नहीं है। दूसरे दिन भी वही उत्तर मिला। मैंने कहा–कैसा केपिटलिस्ट शहर है? मस्का नहीं तो लोग अपनी रोटियाँ सेंकने के वक्त क्या मारेंगे? मेरे सामने एक शख्स अपने लिए अमूल लेकर आया था तो मुझे अच्छा नहीं लगा। यहाँ चालू मस्का नहीं मिल रहा, तो मेरा यार अमूल खा रहा था!

इधर लोगों ने पोस्टमैन ब्रांड के दर्शन कई दिनों से नहीं किए। साधारण तेल भी नहीं मिलता। स्लेट-पट्टी पर नोटिस लगाने की बम्बइया प्रथा का अनुसरण करते हुए छोटे दुकानदार स्लेट पर चाक से लिख देते हैं–गोडे तेल नाहीं, साखर नाहीं। पूछो तो जवाब मिलेगा, 'होएगा तो देंगा, नाईं होगा तो काँ से देंगा? मिलता नहीं, पीचू क्या करना?'

इस 'पीचू क्या करना' की समस्या का कोई उत्तर नहीं। भाव कम किए गए। होटल के बिल पर परसेंटेज कम होता है, मगर होटलवालों ने रातों-रात नए मेनू छपा लिये। भाव बढ़ा दिये और कमीशन काट देते हैं। स्थिति वही की वही। परसों मैंने अपने मित्रों के लिए कमरे पर तीन प्लेट पकौड़े और तीन कॉफी बुलाई थी। बिल आया 10 रु. 5 पैसे, कमीशन कटने के बाद। फिर भी बम्बई का होटल-प्रेमी मानुस जगह घेरे रहता है, टेबलें खाली नहीं मिलतीं। भेल बनानेवालों के खोंमचों के आस-पास भीड़ ज्यों की त्यों है। तेल जैसा भी हो, भारतीय पेट धीरे-धीरे एडजस्ट कर लेता है। भारत की उस उदार आत्मा के दर्शन जो सभी धर्मों और विचारधाराओं को ग्रहण कर लेता है, भारतीय पेट के द्वारा हो सकते हैं, जो सभी कुछ खा लेता है।

'पीचू क्या करना' की समस्या का बम्बइया हल सरकार ने तलाशा है। बियर। सुबह नौ बजे से बियर के जग लिये लोग बैठे नजर आने लगते हैं। इन वर्षों में काँच

का बियर-जग बनानेवाले कारखाने का उत्पादन तेजी से बढ़ा तो आश्चर्य नहीं। हर कहीं नजर आ जाता है। न हो घी, तेल, बियर तो है।

बम्बई में अजब किस्म के खाने मिलते हैं : स्वादु, अस्वादु, कुस्वादु। देर रात कार्यक्रमों से लौटनेवाले को खाऊ की गली में ठेले पर मिक्स सब्जी और पाव ब्रेड का सहारा है। खा लो और प्यास बुझाने को एक कोकाकोला। (ऐसा एक ठेला इन्दौर में सर्राफे राजबाड़े के पास और भोपाल में चौक बुधवारे में होना चाहिए।) खाऊ गली में एक व्यक्ति हजार पापड़ों का ढेर और एक सिगड़ी लिये पापड़ बेचता मिलता है। लोग उसे घेरे सिंके पापड़ खाते हैं। चावल, जुआर, उड़द, मूँग, ज्यादा मिर्ची, कम मिर्ची, दूधिया और हींगवाला पापड़ जिसकी भरे पेटों में माँग ज्यादा है। इन रास्ते और मजेदार नुस्खों के सामने वे लोग जो ऊँची होटल में पाँच रुपए कप की चाय पीते हैं, हास्यास्पद लगते हैं। पता नहीं, पाँच रुपए किस बात के देते हैं–चाय के या पाँचवीं मंजिल पर बने खुले स्विमिंग पुल के?

बान्द्रा खार लिंक रोड पर घूमते हुए मैंने एक बढ़िया चीज ग्रहण की जिसे कहते हैं–चीकू मिल्क। पीते हुए कुछ चीकू की रबड़ी का-सा सुख मिला। आश्चर्य था कि इस पर इतने दिनों नजर क्यों नहीं गई? इसी समय इन्दौर के मित्रों की याद आई जो दिव्य वस्तुओं को चटखारे लेकर खाना जानते हैं। यारों की याद तब भी आई जब चीनी रेस्तराँ में घुस मैंने उनकी प्रणाली से बना भोजन किया। इसे मेरी अराष्ट्रीयता न समझी जाए, यदि मैं कहूँ कि चीनी भोजन बहुत बढ़िया होता है। यदि बिल चुकाने में सोल्जरी सहयोग करें तो मैं अपने इन्दौरी मित्रों के साथ वहाँ जाना चाहूँगा। माओवाद से कितने तत्त्व हम ग्रहण करें, यह बहस का विषय हो सकता है, मगर चावल बनाने की चीनी शैली को ग्रहण करने में देरी करना भारतीय उदार प्रवृत्ति के विरुद्ध होगा।

इस पूरी आशा के साथ कि श्रीखंड और दालबाटी सूतते मेरे मित्र भी उन क्षणों में मुझे याद करते होंगे। मैं मेनू अध्ययन में लगा हुआ हूँ। आशा है, सारी कमियों के बावजूद माह में एक बार दालबाटी बना लेने भर शुद्ध घी मालवा की भूमि में मिल जाता होगा। यहाँ मक्खन लौट आया है। उपयोग जारी है।

कहने को कुछ नहीं है, हिन्दोस्ताँ हमारा!

राज्य स्तरीय राजनीति में चावल पकाने की चार प्रणालियाँ कांग्रेस के अखिल भारतीय तम्बू में स्वीकार कर ली गई हैं और इसके साथ अपने-अपने मुख्यमंत्री की आलोचना करने के तीन कारण हर कांग्रेसी को उपलब्ध हैं क्योंकि शेष केवल एक रवैया तो कांग्रेस शासन स्वीकार करेगा ही। यदि मंत्रिमंडल उत्पादन और प्रक्रिया के केन्द्रों पर ग्रेडेड लेवी का तरीका अपने लिए मान्य करता है तो स्वयं को प्रगतिशील प्रदर्शित कर राजनीति साधनेवालों को सुविधा रहेगी कि वे चावल का थोक व्यापार हाथ में लेने की गुहार मचाएँ और सत्ता हथियाने की कोशिश करें। मगर ठीक इसी समय दिनेश सिंह पर नव अनुशासनधर्मी नेताओं की कड़ी दृष्टि स्थिति को सन्तुलित करती है; अर्थात् जो चावल में सम्भावना देख जोश खाएँगे, वे दिनेश सिंह का मामला याद कर ठंडे पड़ जाएँगे और कांग्रेस यथावत कांग्रेस बनी रहेगी। उसके चावल पर अपनी दाल पकाना कठिन है।

एक बात और!

केस्ट्रो की बढ़ी हुई दाढ़ी के साथ भारतीय कम्यूनिस्टों के संयत कटे हुए बाल और सफाचट चेहरा देख विश्व कम्यूनिस्ट खेमे में फैशन को लेकर अन्तर स्पष्ट नजर आता है। दक्षिण अमरीका के कम्यूनिस्ट क्रान्तिकारी फ्रेंज और स्पेनिश प्रभावों में चेहरे की मुद्रा कर्मठ कार्यकारी, क्रान्तिधर्मी, दोटूक बात करनेवाली बना लेते हैं। उनकी तुलना में भारतीय कम्यूनिस्ट नेता पुराने आई.सी.एस. अफसर या पार्लियामेंट के सदस्यों जैसा साफ-सुथरा दिखाई देता है। उसका चेहरा ब्रिटिश विक्टोरियन किस्म का लगता है जो कांग्रेसियों में खप जाता है। एक ब्रिटिश उपन्यासकार की कोमल नरम शक्ल के साथ हेमिंग्वे की तस्वीर की तुलना में जो अन्तर है, वही केस्ट्रो और ज्योति बसु जैसे भारतीय कम्यूनिस्टों में लगता है। यह एक मजेदार अध्ययन का विषय हो सकता है कि किस जगह के कम्यूनिस्ट अपने चेहरे को किस अन्तर्राष्ट्रीय कम्यूनिस्ट नेता-सा रखते हैं और आरम्भिक राजनीतिक रूमानी दौर में ये क्या सोचते थे? जैसे शाकिरअली खाँ सिर पर कपड़ा लपेटे रहते हैं और होमीदाजी के आरम्भिक बुश्शर्टों में जब ढके व बटन लगे होते थे। यह भी पता लगाया जा सकता है कि धोती पहन कम्यूनिस्ट पार्टी का काम करनेवालों का झुकाव कांग्रेस की तरफ पहले हुआ या पैंट पहननेवालों का?

इस सप्ताह ऐसी ही बातें दिमाग में उठती रहीं। स्थितियों की वास्तविकता समझने का जो भ्रम लिये मैं अपना काम चलाता हूँ, वह भी गड़बड़ाता रहा। कहने को कुछ नहीं है, यों पूरा देश है।

देश के सत्तर लाख बेकारों के लिए नौकरियाँ उगाने का काम योजना आयोग ने बैंकों की दिशा में खिसकाया और सरकार ने जिला कमेटी का गठन करवाने की सोची और बात वहीं कलेक्टर साहब पर आ गई। भारतीय जिलों में कलेक्टर अगर टारजन, गार्थ, फेंटम और जादूगर मेनड्रेक का मिलाजुला रूप हो, जो एक साथ कई करिश्मे कर सकता हो, तब भी वह वर्तमान स्थितियाँ देख नाकाफी और असफल साबित हो सकता है। अतः भारत सरकार किसी वैज्ञानिक योजना या समझौते के अन्तर्गत यदि जिलों में एक रोबोट की व्यवस्था कर सके तो बेहतर हो। ऊपर से आनेवाले आदेश खाकर वर्तमान जिला हलकों में आदेश उगलने और बढ़िया प्रतिवेतन तैयार कर भेजनेवाली मानव मशीन–जिसे कलेक्टर कहते हैं–खुदा की अथवा देहरादून की आई.ए.एस. फैक्टरी में पैदा होना कठिन है। अन्ततः भारतीय समस्याओं के सन्दर्भ में कलेक्टर की जगह किसी अमानवीय मशीन, किसी प्रबुद्ध रोबोट को लेनी होगी।

अनिर्णय और अनिश्चय के लिए जैसी सुविधाएँ भारत में हैं, वैसी अन्यत्र कहाँ होंगी? केन्द्र राज्य को, राज्य केन्द्र को, दोनों योजना आयोग को, आयोग विभागों को, विभाग शासन को, शासन कांग्रेस को, कांग्रेस मुख्यमंत्रियों के सम्मेलन को देश की प्रमुख समस्याएँ सौंप सकते हैं। गेंद हर अहाते में टप्पे खाती रहती है, दर्शक देखते रहते हैं। वस्तुओं के दाम घटाने की समस्या इसी चक्रव्यूह में फँस गई है। अतः भारतीय दर्शक उसके भविष्य का अनुमान लगा सकते हैं।

पिछले चार-छह दिनों ऐसे ही उलटे-सीधे विचार मन में उठते रहे। एक निराश निठल्ले भारतीय की तरह स्वयं को महसूस करने का मुझे अफसोस हो सकता है बशर्ते इस देश में कोई व्यक्ति मिले जिसके सामने अफसोस करूँ।

शिखर के इन्तजार में रुकी वार्ता

गुर्राहट में भी एक संकेत है। पुचकारने का 'पुच' और चुमकारने का 'चुम्म' शब्दकोश में पता नहीं है या नहीं? मगर उससे अर्थ निकलते हैं और सुननेवाले के गले उतरते हैं। इसलिए जिन लोगों ने यह भाँपा है कि रेडियो से सुनाई देनेवाली चींवी-चींवी, चूँचूँ और दीगर ऐसी ध्वनियों के विशिष्ट अर्थ हैं कि वह कुल मिलाकार एक ऐसी भाषा है जो सुन्दर ग्रह-नक्षत्रों के वासी हमसे बोल रहे हैं और उत्तर की अपेक्षा करते हैं, उन्होंने गलत नहीं भाँपा। उनका कहना है कि कहीं चाँद-तारों के बीच या उस पार एक सभ्य जनों का नक्षत्र है जो पृथ्वी को संकेत भेजता है, ब्राडकास्ट कर अपने विषय में बताता और हमारे विषय में जानना चाहता है। जब से रेडियो का आविष्कार हुआ, उनकी कोशिश जारी है। सब समझते हैं, दोष रेडियो में है जबकि दोष श्रोता में है जो उस चूँचूँ-चींवी और काँकूवूँ का अर्थ समझ नहीं पा रहा है।

विगत वर्षों में कुछ अतिरिक्त प्रतिभावाले लोगों ने उसका अध्ययन करना आरम्भ कर दिया। वे रेडियो कार्यक्रम के समानान्तर सुनाई देनेवाली अनजानी भाषा के अर्थ समझने लगे और बयान देने लगे। नक्षत्र का नाम, स्थान और चूँवी-चूँचूँ में व्यक्त आकुल बुलाहट को वे समझ गए और पृथ्वी ग्रह के वासियों को उन्होंने बताया कि किस तरह दो नक्षत्रों में एक प्रेम कहानी की शुरुआत हो चुकी है।

मगर रूसवालों से रहा नहीं गया। उन्होंने पिछले सालों में लगातार उस चींवी चाँय-चाँय का अध्ययन किया। (शायद डर लग रहा था कि कोई नक्षत्र इस बोली में चीन से बात न कर रहा हो) और घोषित किया कि ये ध्वनियाँ किसी सुदूर नक्षत्र से नहीं आ रहीं बल्कि पृथ्वी के वातावरण की ही देन हैं। कतिपय औद्योगिक कारणों से, जैसे वेल्डिंग आदि से, ये आवाजें वातावरण में मिल जाती हैं और उनके इससे गहरे अर्थ निकालना गलत है।

यों जब से रूस-भारत सन्धि हुई है, मैं भले नागरिक की तरह रूस की बातों से सहमत रहा हूँ मगर क्षमा करें, मैं इस मामले में रूस की नहीं मानूँगा। पहली बात तो यह कि रूस को प्राचीन देश भारत से सहयोग लिये बिना ऐसे नाजुक प्रयोग करना ही नहीं था। दूसरी बात यह...खैर, दूसरी बात मैं दूसरे पैराग्राफ में लिखूँगा।

हमारा पुराना महान देश एक जमाने में सभी ग्रह-नक्षत्रों से सम्पर्क रखता था। वहाँ से देवता किस्म के लोग यहाँ आते थे, यहाँ से ऋषि-मुनि टाइप के लोग वहाँ जाते थे। आजकल जैसे दिल्ली में कोशिश भिड़ाने से विदेश यात्रा का डोल जम जाता है, उसी प्रकार तब जानेवाले ब्रह्मांड में जहाँ-तहाँ घूम आते थे और लौटकर आश्रम में लोगों को संस्मरण सुनाते थे कि इन्द्रलोक में अप्सराएँ कैसे कैबरे करती हैं। रूस को यह जानना चाहिए कि सम्पर्क हमारा टूटा है, उनका नहीं। उस जमाने में रूस बर्फ से ढँका होगा। अतः वे नक्षत्र आज हमसे पुनः संपर्क करने के लिए लालायित हैं। रेडियो की चूँचूँ-वींवी में वे हमें बुला रहे हैं, हमसे संवाद करना माँगते हैं।

हो सकता है, रूस के रेडियो में वेल्डिंग वगैरा की आवाजें आती हों मगर हमारा कृषिप्रधान देश है और इसका इतना औद्योगिक पतन नहीं हुआ है कि रेडियो से हम नक्षत्रों की पावन ध्वनियाँ न सुन सकें। नक्षत्र अज्ञेय के अन्दाज में भारतवासियों से कह रहा है–सुनो देश, क्या मेरा स्वर तुम तक पहुँचता है? हम कैसे बताएँ कि यार, पहुँचता है मगर खेद है, तुम्हारी भाषा समझ नहीं आ रही। तुम संविधान द्वारा सम्मत चौदह भाषाओं में से एक भी नहीं बोल रहे। संस्कृत भी नहीं बोल रहे। जैसा कि सभी जानते हैं, नक्षत्रों से हमारा सम्पर्क पूर्व वैदिक काल में था। अतः हो सकता है, नक्षत्रों की यह चाँचुई भाषा उस पूर्व वैदिक काल की भाषा का ही विकसित रूप हो! यों हमारे पंडितों का कहना है कि संस्कृत देवभाषा है और पुराने डायलॉग उसी में चलते थे। जो भी हो, मैं इस पचड़े में नहीं पड़ता। मगर राष्ट्रीय गौरव के पुनरुद्धार के खातिर चाहता हूँ कि संस्कृत के रिटायर्ड प्रोफेसर रेडियो के इस च्वंमूचम संकेतों को समझने का प्रयास करें। यदि रिटायर होने के बाद तुरन्त उनकी दूसरी नौकरी का सिलसिला नहीं जम रहा तो यह शगल बुरा नहीं। रूस जहाँ असफल हुआ, वहाँ हम सफल होंगे।

एक बार उनसे हमारे चाँचीवीं संवाद आरम्भ होने के बाद हम यह पता लगा सकेंगे कि क्या उस नक्षत्र में अनाज उगता है और क्या वे इस स्थिति में हैं कि अतिरिक्त गेहूँ हमें भेज दें? यदि उनकी आकुल बुलाहट का उद्देश्य उलटे हमसे अनाज माँगना न हो तो मैत्री का स्थायी सिलसिला आरम्भ हो जाएगा। अकाल और महँगाई की हालत देखते हुए संस्कृत के पंडित जल्दी करें। यदि अध्ययन हो जाए तो हम पुनः उस उच्च शिखर पर पहुँच जाएँगे जहाँ वार्ता हो सकती है। निवेदन है, तुरन्त रेडियो खोलें। अस्तु!

रेसिडेंसी हमारी है

कम्यूनिस्ट पार्टी की तरह मैं भी इस मामले में सौभाग्यशाली हूँ कि मुझे कुछ दिनों में एक जोरदार मुद्दा मिल जाता है जिसे लेकर मैं शासन के समर्थन में नारा लगा सकता हूँ। उसमें कुछ करना नहीं होता है। शासन अपनी नीति पर अपने ढर्रे से चलता रहता है, मुझे अथवा कम्यूनिस्ट पार्टी को सिर्फ तालियाँ बजानी पड़ती हैं। उत्साह और खुशफहमी बनी रहती है कि जनमत बन रहा है। मगर यह जनमत भी कम्बख्त अजब चीज है। कई बार यह उल्टा मेरे बारे में बनने लगता है। ऐसे में सिवाय इसके कोई चारा नहीं रहता कि पलटी मार शासन की आलोचना कर अपनी पहचान को सुरक्षित रखो, जैसा कि कम्यूनिस्ट पार्टी करती है।

मगर यह राजनीति नहीं है। मेरी शुद्ध भावुकता है और मैं दिलोजान से मध्य प्रदेश शासन के समर्थन में नारा लगाना चाहता हूँ कि इन्दौर की रेसिडेंसी कोठी हमारी है। हमारी थी, हमारी है, हमारी रहेगी। उस पर केन्द्र शासन का कोई अधिकार नहीं। यदि इसे लेकर आन्दोलन शुरू हो तो मैं उसका नेतृत्व कर छावनी पोस्ट ऑफिस तक जुलूस में जाना चाहूँगा बशर्ते श्री सेठी यह आश्वासन हमारे नेताओं को दें (नेता अभी चुनना है) कि वे लाठी-चार्ज नहीं करेंगे।

रेसिडेंसी कोठी से मेरा इश्क पुराना है। मैं उसकी ओर आते-जाते देखता रहा हूँ यद्यपि पहले घने पेड़ों के कारण मुझे वह नजर नहीं आती थी। मैं कोठी से डरता भी रहा हूँ। हर रेसीडेंट फेसिडेंट का नहीं था क्योंकि जब मैंने पहली बार उसे देखा तब वह आते-जाते मंत्रियों और अफसरों के रात गुजारने की सरकारी धर्मशाला बन चुकी थी। डर का कारण यह खबर थी कि वहाँ बर्र के बड़े-बड़े छत्ते हैं। जो भी हो, चूँकि भय बिनु प्रीति नहीं होती, अतः भय के कारण हो गई और आज इस ऐतिहासिक क्षण में जब रेसिडेंसी कोठी पर दिल्लीवाले अपना दावा माँड रहे हैं, मैं भावुक जोश में राज्य शासन के साथ हूँ और चाहता हूँ कि हमारे मुख्यमंत्री 'झाँसी नहीं दूँगी' वाले रौब में कहें कि रेसिडेंसी कोठी नहीं दूँगा।

पहली बार रेसिडेंसी कोठी में जाने का अनुभव भी पहली बार छूने की तरह सुखद था। वहाँ मैंने एक विशाल खानोंवाली अलमारी देखी जिस पर देसी रजवाड़ों के नाम लिखे थे। इसमें उनके कारनामों की फाइलें रहती थीं। वहाँ मैंने एक पियानो देखा

और एक सुन्दर बिलियर्ड टेबल। मुझे समझ नहीं आया कि वे यहाँ क्यों हैं। उन्हें कोई बजाता नहीं, कोई खेलता नहीं। वे बरसों से स्पर्श की प्रतीक्षा में शोभा बने पड़े थे। मैं अगर अधिकारी होता तो पियानो उठा किसी गर्ल्स कॉलेज के कॉमन रूम में रखवा देता ताकि आती-जाती कन्याओं की उँगलियाँ उसे सहला सकें। इन्दौर में रात गुजारनेवाले मंत्री, जिन्हें हारमोनियम बजाने का भी सलीका नहीं आता और बिलियर्ड छोड़ गिल्ली-डंडा भी जो ठीक से खेल नहीं पाते, उस पियानो और बिलियर्ड टेबल का क्या करते होंगे? मुझे डर लगा कि गहरी ठंड की किसी रात में वे इसे तुड़वाकर आग न ताप लें।

मैं इधर-उधर घूम रेसिडेंसी कोठी और आसपास के सूखे लॉन, सूखा स्वीमिंग पुल देखता रहा और सोचने लगा कि अगर वे मंत्री लोग नसिया की धर्मशाला में रात गुजारने का साहसिक निर्णय ले लें तो इस भवन को बड़ा भारी यूथ सेंटर बनाया जा सकता है, जहाँ खेलने, मिलने, पढ़ने की सुविधाएँ हों। आर्ट गैलरी, खुला रंगमंच वगैरा। मगर फिर मैं स्वयं पर हँसा कि इस राज्य में यह सब कैसे सम्भव है? जहाँ उपमंत्रियों के लिए नरम पलंग बिछे हैं, वहाँ किताबें, पत्रिकाएँ, खेलकूद का सामान रख उस स्थल की उच्च प्रशासनिक गरिमा को कौन सरकारी तंत्र नष्ट करना चाहेगा?

जैसा कि मेरा स्वभाव है, मैं जब उस दिन (बरसों पहले की बात है) रेसिडेंसी कोठी से निकला, राज्य शासन से नाराज था। मगर यह आपसी बात है। आज जब राज्य शासन पर संकट आया है, हमारी रेसिडेंसी कोठी हमसे छीनी जा रही है, मैं राज्य शासन के साथ हूँ। कोठी हमारी है। इस विशाल भवन में हमारे मंत्रिगण रात गुजारेंगे, यह उपेक्षित पियानो और बिलियर्ड टेबल हमारा है, वह सूखा स्वीमिंग पुल हमारा है, वे भैंसें चराने योग्य घास के मैदान हमारे हैं, वहाँ हमारे नेता रहेंगे। उसकी पुताई और साज-सँभार हमारे डिपार्टमेंट, हमारे ठेकेदार करेंगे। उसका कमीशन हमारा है। हम रेसिडेंसी कोठी केन्द्र को सौंप मंत्रियों को प्राप्त सुविधाओं से वंचित नहीं करेंगे। यहाँ आर्ट गैलरी या यूथ सेंटर वगैरा न हो, इसमें सरकारी दफ्तर लगें, मगर भवन हमारा है, उपेक्षित खँडहर हमारा है। हम इस आरामगाह को जाने नहीं देंगे दिल्ली के हाथों।

पचास वर्ष पहले और बाद

जिस दिन बम्बई आता हूँ, तब से लौटने के दिन तक एक कार्य नियमित करता हूँ–'ईवनिंग न्यूज ऑफ इंडिया' पढ़ना। और वह भी मेरे प्रिय स्तम्भ लेखक 'बिजी बी' के कारण। मुझे नहीं लगता कि इतने लगाव और साहस के साथ नियमित मीठी भाषा में मौलिक व्यंग्य लिखना सरल है। मुझे उससे रश्क होता है।

आज अखबार खरीदा तो पता लगा, यह 'ईवनिंग न्यूज' का गोल्डन जुबली अंक है। पचास वर्ष बीत गए इस सायंकालीन पत्र को । कागज की कमी के कारण बेचारे ज्यादा पृष्ठ तो दे नहीं सकते थे मगर उनके स्तम्भकारों ने बम्बई के पचास वर्षों को याद किया, अगले पचास वर्षों की कल्पना की। यदि वर्तमान निराशाजनक है तो सुखद अतीत या स्वर्णिम भविष्य की चर्चा भी कड़वाहट भरी हो जाती है। एक भूखे और परेशानहाल व्यक्ति को न आप भारतीय इतिहास के स्वर्णयुग की याद दिला सकते हैं और न ही समाजवादी भविष्य पर भाषण दे सकते हैं। वह बेशरमी के साथ दोनों को हूट कर देता है। 'ईवनिंग न्यूज' के स्तम्भकारों ने अपने अखबार के पचासवें वर्ष पर बजाय प्रसन्न होने के यही किया। उन्होंने एक साथ अतीत और भविष्य को हूट किया।

'टंग इन चीक' के स्तम्भ लेखन ने अतीत को याद किया। वे दिन जब वनस्पति घी का आविष्कार नहीं हुआ था, तेल बाजार भाव से सस्ता कालबा देवी से खरीदा जा सकता था। वे दिन जब विदेशी सिगरेटों का पैकेट 18 से 20 पैसों में आ जाता था और पचास सिगरेटों का पूरा टिन पन्द्रह आने में। हर दूसरे बँगले के बाहर 'टु लेट' की तख्ती टँगी रहती थी। प्रति व्यक्ति प्रतिदिन हजार लीटर पानी उपलब्ध था और खूब कपड़े धुलते थे। आज का बम्बई या कोई शहर देख उन दिनों की कल्पना नहीं की जा सकती। उन दिनों बम्बई की विक्टोरिया में अरबी घोड़े जुतते थे और ट्रामों की ऊपर डेक पर वे ही जाने के अधिकारी थे, जो सूट-टाई पहने हों। वे दिन जब बम्बई की प्रिय 'भेलपुरी' का पहली बार आविष्कार हुआ था। वे दिन जब बम्बई में अधिकांश स्थलों से समुद्र नजर आता था।

इन पचास वर्षों में सबकुछ हाथ से छिन गया। वस्तुओं में मिलावट आरम्भ हुई, तेल-घी का स्तर गिरा, ब्लैक मार्केट की शुरुआत हुई, अनेक मंजिला भवन बनने लगे, शहर गन्दा हुआ, भीड़ बढ़ी, रेडियो-ट्रांजिस्टर का शोर मचा, माइक लगे, दीवारें

विज्ञापनों से ढँक गईं, भाव आसमान पर चढ़ गए और धीरे-धीरे उस हालत में पहुँच गए जिनमें आज वे हैं।

दूसरे स्तम्भ में बिजी बी ने अगले पचास वर्षों की कल्पना की है। 5 नवम्बर, 2023 का उसका दिन कैसा बीतेगा, इसका मजेदार वर्णन है।

'ईवनिंग न्यूज' पचास वर्ष पूरे होने पर विशेषांक आया है केवल दो पृष्ठों का। चर्चा यह है कि भविष्य में 'ईवनिंग न्यूज' केवल आधे पृष्ठ का निकलेगा। कागज की कमी। पचास वर्ष बाद सुबह के पत्र एक दिन छोड़कर छपने लगे हैं। दीवाली, क्रिसमस और गणतंत्र दिवसवाले माहों में अखबारों की पूरे माह की छुट्टी रहती है। सुबह बिजी बी घर में दफ्तर आया है। उसने टैक्सीवाले को किराए के 165 रु. दिये और दो सौ के नोट मिलने पर टैक्सी ड्राइवर कहने लगा, छुट्टे नहीं हैं।

उस दिन के अखबार में गरीबी हटाने पर प्रधानमंत्री का भाषण छपा है। गवर्नर को श्रीमती ने एक पौधा बोकर पेड़ों का महत्त्व बताया है। पुलिस ने 99,000 रुपए प्रति सेट की कीमतवाले कुछ रंगीन टी.वी. सेट स्मगल होते पकड़े हैं। दक्षिण में सूखा और उत्तर में बाढ़ के कारण अनाज की कमी है। योजना मंत्री ने भविष्यवाणी की है कि अगला वर्ष ठीक रहेगा। समृद्धि के प्रतीकस्वरूप 102 मंजिला भवन खड़े हो गए हैं। ब्रीच केंडी से बाँद्रा तक कुल 82 फाइव स्टार होटल हैं। इस पूरी भूमि को समुद्र से अधिगृहीत किया गया है तथा हीरा व्यापारियों के एसोसिएशन ने उस पर भवन बनाया है। इस सबके साथ कुछ लोगों का दृढ़ विश्वास है, गरीबी हटेगी।

और बिजी बी अखबार के दफ्तर में बैठा सोच रहा है कि पचास वर्ष पूर्व नवम्बर, '73 के दिन कितने अच्छे थे जब टैक्सीवाला तीन रुपए लेता था और मटन नौ रुपए किलो मिल जाता था!

गरीबी और महँगाई इतनी विकराल है कि देश की अन्य समस्याओं पर विचार करना ऐयाशी है। अमीरों का शगल है। मुझे इसके अतिरिक्त अन्य विषय पर लिखते हुए यह महसूस होता है कि मैं पाठक के साथ गद्दारी कर रहा हूँ। मगर रोज ही मैं कैसे एक विषय पर लिख सकता हूँ? और लिखने से कम्बख्त होता क्या है? बिजी बी इस बम्बई को सुधार नहीं सकता, मैं अपने प्रदेश को नहीं।

पचास वर्ष पूर्व इस बम्बई में सुप्रसिद्ध हास्य व्यंग्यकार मार्क ट्वेन आया था। तब वह प्रसिद्ध नहीं था। बम्बई की आर्थर बन्दर शेड की हालत देख उसकी इच्छा हुई थी कि इस पर व्यंग्य उपन्यास लिखे। क्या दिन थे वे! कलम चलाने से स्थितियाँ बदलती थीं। अब सब व्यर्थ हो गया। व्यंग्य लेखन पान की दुकान की बकवास भर रह गया है; बल्कि वह भी नहीं। पान की दुकान की बकवास ज्यादा सार्थक है। काश, उस तक ही पहुँचा जा सकता! आज यह हाल है तो पता नहीं, पचास वर्ष बाद क्या होगा!

सम्पूर्ण वाइस-चांसलर की अवधारणा

साधारण मानव में कब सुरखाब के पर लगते हैं कि वह वाइस-चांसलर बनने योग्य हो जाता है? प्रश्न अति गूढ़ है और स्वतंत्रता के उपरान्त राज्यों के शिक्षा विभागों की सबसे बड़ी रहस्यमय पहेली है। एक परिभाषा यों उभरती-सी लगती है कि उत्तम कोटि के मानव मृत्यु-पूर्व वाइस-चांसलर बन सकते हैं। उत्तम कोटि के मानव कौन हैं, इस पर तथाकथित विद्वानों में मतभेद हैं। एक धारणा यह है कि जो विद्वान होते हैं, वे ही अपने इसी गुण के कारण उत्तम कोटि में श्रेणीबद्ध किए जा सकते हैं। दूसरी धारणा है कि जो उच्च पदों पर आसीन हैं अर्थात् जो आई.सी.एस. और आई.ए.एस. हैं, जो भारतभूमि में सक्रिय फरिश्तों की हैसियत रखते हैं, वे ही उत्तम कोटि के मानव हैं और हर खाली जगह के स्थायी हकदार हैं। तीसरी धारणा है कि जो सत्ताधीशों के चमचे हैं, वे ही वर्तमान युग में उत्तम कोटि के मानव हैं और यदि वे साक्षर हों (साक्षर होने की ग्रामीण पहचान के अनुसार रामायण जोर-जोर के बाँच लेते हों) तो वे वाइस-चांसलर के योग्य हैं। इन तीन धारणाओं में से एक अथवा दो धारणाएँ जिस पर फिट बैठती हैं, वे वाइस-चांसलर होने की पात्रता रखते हैं। विद्वान तथा चमचे, चमचे तथा आई.सी.एस. और विद्वान तथा आई.सी.एस., जिनमें तीनों गुण हों, वे तो तिरफला हैं जिसकी आवश्यकता को नकारा नहीं जा सकता। सम्पूर्ण वाइस-चांसलर की अवधारणा उनमें साकार होती है।

अब आजकल लेटेस्ट थीसिस यह है कि 'विद्वान' शब्द को उन अर्थों में नहीं लिया जाना चाहिए जिन अर्थों में शब्दकोशकारों द्वारा किया जाता रहा है। विद्वान सुविधा का शब्द है, तुरन्त उपलब्ध लेबल है, जो अपने प्रिय पात्रों पर चिपकाया जा सकता है। दूसरी मान्यता यह भी बन रही है कि वर्तमान विश्वविद्यालयीन परिस्थितियों को दृष्टिगत रखते हुए विद्वत्ता वाइस-चांसलर का अवगुण माना जाना चाहिए। परन्तु यह प्रशासकों (आई.सी.एस., आई.ए.एस.) द्वारा चलाए जा रहे अखिल भारतीय आन्दोलन का अंग है कि इंजीनियर का सबसे बड़ा दोष उसका इंजीनियर होना है, अतः वह कारखाने का प्रमुख नहीं बनाया जा सकता।

विशेषज्ञों का सबसे बड़ा दोष उनका विशेषज्ञ होना है अतः विशेष काम उन्हें नहीं सौंपे जाने चाहिए। सर्वोपरि है प्रशासन। वही परम कर्म है। शेष सभी कर्म

निकृष्ट कर्म हैं। छात्र, समुद्र की लहरें, उद्योग, संस्कृति, मछलियाँ आदि प्रशासित किए जाने को हैं। यह देश प्रशासित किए जाने को है। भारतवासियों के भाग्य में निरन्तर प्रशासित होते रहने के अतिरिक्त कुछ नहीं बदा। कभी परायों द्वारा, कभी अपनों द्वारा। हम मानव के रूप में प्रशासित होने को अभिशप्त हैं। विद्वानों को क्या यह देश चाटेगा? यहाँ का परमेश्वर प्रशासक है, सर्वश्रेष्ठ मूल्य उसके पास सुरक्षित हैं।

अतः यह देख कोई आश्चर्य नहीं हुआ कि मेरे प्रदेश के एक विश्वविद्यालय के लिए जिन भावी वाइस-चांसलरों के नाम प्रस्तावित हैं, उनमें सबसे पहला नाम मध्य प्रदेश के एक वरिष्ठ प्रशासक का है। दूसरा नाम उनका है जो अभी उसी विश्वविद्यालय के वाइस-चांसलर हैं। मैं कहता हूँ, कमाल है! क्या दृष्टि है! जो व्यक्ति उसी विश्वविद्यालय में उसी पद पर कार्य करने का वर्षों का अनुभव रखता है, वह उसी पद के लिए एक प्रशासक की तुलना में, जिसे शिक्षा के क्षेत्र में कोई अनुभव नहीं, उपयुक्त नहीं माना जा सकता है। वाइस-चांसलर पद के लिए वाइस-चांसलर से बेहतर है सचिव। विश्वविद्यालय भी बिजली बोर्ड ऑफ रेवेन्यू, पोर्ट कमिश्नर के दफ्तर जैसी जगह है शायद जिसके लिए प्रशासक चाहिए। सभी कुछ अन्ततः प्रशासित किया जाना है। वही परम लक्ष्य है। क्या विश्वविद्यालय का लक्ष्य देश के लिए एल.डी.सी., यू.डी.सी. तैयार करना है जो वहाँ रिटायर्ड आई.सी.एस. चाहिए? कौन-सी दृष्टि है जो वाइस-चांसलर का चयन करती है? सरकार का इस बारे में क्या खयाल है? विश्वविद्यालय क्यों बनाए गए हैं? उनसे अपेक्षा क्या है? वाइस-चांसलर पद की आवश्यकताएँ क्या हैं? कैसा व्यक्ति वाइस-चांसलर हो सकता है, होना चाहिए? समझ नहीं आता कि क्यों कभी किसी मिलिटरीवाले को, कभी रिटायर्ड कमिश्नर और सचिवों को इस पद के लिए उपयुक्त समझा जाता है? यदि ऐसा ही है तो कंजरवेटर ऑफ फारेस्ट, ट्रांस्पोर्ट कमिश्नर, अकाउंटेंट जनरल, डी.आई.जी. क्यों नहीं वाइस-चांसलर बनाए जाते?

शब्दों की लम्बी कतार

भाषा के रीढ़हीन लम्बेतम वाक्य प्रशासन बनाता है। कर्म चाहे छोटा हो या बड़ा, निर्णय चाहे अत्यन्त सीमित बुद्धि के लिए गए हों मगर उनकी अभिव्यक्ति के लिए जो वाक्य-क्रम प्रशासन गढ़ता है, वह यों बाँस-बल्लियों के सहारे खड़ा किया जाता है कि बजाय वाक्य के वह किसी अस्थायी शामियाने का अहसास देता है। गिरता-सा भी लगता है, खड़ा भी भी रहता है। शब्दों के मामलों में प्रशासन अकाउंटेंट जनरल या आडिटर-सा मजबूर है जो महज कुर्सी देखकर कुर्सी प्रमाणित नहीं कर सकता, जब तक चार पाये न गिन ले। मध्य प्रदेश के खाद्य विभाग की एक पोथी में गेहूँ किसे कहते हैं, यह स्पष्ट किया गया है। सनद रहे, वक्त पर काम आए। तदनुसार गेहूँ 'सामान्य गोधुम वज्र प्रजाति के सूखे परिपक्व होनेवाला होगा।' भाषा के इतिहास में यह उपलब्धि ही मानी जानी चाहिए कि जिस गेहूँ का हजारों साल से मनुष्य उपयोग कर रहा है, इस वर्ष शासन के हाथ पड़ परिभाषित तो हो गया। वह न मिले, उसकी परिभाषा तो मिलती है।

फिर शब्दों की भी कैसी-कैसी किस्में और किस्मों का सम्मिश्रण शासन के भंडार में रहता है! उस नीली किताब में एक वाक्य है–'उसी दशा में जबकि किसी क्षेत्र में प्राकृतिक कठिनाइयों के कारण स्टाक निम्नतम श्रेणी से निम्न हो तो वह मामला ऐसे स्टाक के क्रय के बाबत शासन को विनिश्चय के लिए विनिर्दिष्ट किया जाएगा।' विनिश्चिय के लिए विनिर्दिष्ट? मैं इस जुमले से बड़ा प्रभावित हुआ। प्राकृतिक कठिनाई है, अथवा भाषा के क्षेत्र में शब्दों का सूखा पड़ा है, इसीलिए विनिश्चय के लिए विनिर्दिष्ट करना पड़ा। शासकीय बफर स्टाक में ऐसे शब्दों का ढेर भंडार है। जब कुछ समझ नहीं आता, ये शब्द बफर स्टाक से छोड़ दिये जाते हैं जिससे भाषा के बाजार भाव गिर जाएँ और वह जनता को चबाने के लिए उपलब्ध हो सके। दिमागी कसरत और मनोरंजन के साथ अपनी हिन्दी को नए सिरे से जानने के लिए हर हिन्दीभाषी को शासन की भाषा तफरीहन पढ़ते रहना चाहिए।

उसी सरकारी प्रकाशन में एक वाक्य है जिसका मात्र उत्तरार्ध दे रहा हूँ–'तलाशी ले सकेगा और जहाँ तक इस प्रयोजन के लिए आवश्यक हो, किसी भी व्यक्ति को निरुद्ध कर सकेगा और ऐसे व्यक्ति के कब्जे में पाए गेहूँ को, जिसके सम्बन्ध में

उसे यह विश्वास करने का कारण हो कि इस आदेश से किन्हीं उपबन्धों का उल्लंघन किया गया हो, किया जा रहा हो या किया जानेवाला हो, अभिगृहीत कर सकेगा और इसके पश्चात् ऐसे समस्त उपाय कर सकेगा या उसका किया जाना प्राधिकृत कर सकेगा जो कि इस प्रकार अभिगृहीत गेहूँ के स्टाक का न्यायालय में पेश किया जाना सुनिश्चित करने के लिए तथा इस प्रकार पेश किए जाने तक उसकी सुरक्षित अभिरक्षा के लिए आवश्यक हो।'

इतना लम्बा मौलिक वाक्य लिखने के बाद हर लेखक दो दिन आराम करेगा। नकल भर करने से मेरी ऐसी इच्छा हो रही है कि थोड़ा सो लूँ मगर समर्थ शासन नींद में सोते हुए भी ऐसे लम्बे वाक्यों को जब चाहे तब निस्सारित कर सकता है।

लम्बे वाक्य रचने की दिशा में शासन ने प्रशंसनीय प्रगति की है। ऐसे वाक्यों में शब्दक्रम मुझे राशन की दुकान के बाहर लगे लम्बे क्यू-सा लगता है। इन्सान के पीछे इन्सान खड़ा है, जबकि मिलना-जाना कुछ नहीं। उसी प्रकार शब्दों के पीछे शब्द जबकि मतलब कुछ नहीं। कतार में खड़े उन लोगों की तरह श्लथ, निराश और बेमानी।

उसी किताब से एक और शब्दों की लम्बी कतार प्रस्तुत है, 'यदि कोई व्यक्ति इस आदेश के किन्हीं उपबन्धों का उल्लंघन करे तो किसी ऐसे दंड पर, जिसके कि वह दायित्वाधीन हो सकता हो, प्रतिकूल प्रभाव डाले बिना, उल्लंघन का परीक्षण करने वाला कोई भी न्यायालय का यह समाधान हो जाए कि इस आदेश के उपबन्धों में से किसी भी उपबन्ध का उल्लंघन किया गया है या यथास्थिति में ऐसे उल्लंघन करते हुए उसमें से किसी भी भाग का विक्रय किया गया है पूरे का पूरा या उसके किसी भी भाग को उसके पैकेज तथा आवरणों सहित शासन के पक्ष में अधिहरित कर लिया जाए जब तक कि अभिलिखित किए जानेवाले कारणों से न्यायालय की यह राय न हो कि ऐसे आदेश, ऐसी सम्पूर्ण यथास्थिति, उसके किसी भाग के सम्बन्ध में नहीं दिए जाना चाहिए।'

यह वाक्य 123 शब्दों का है। शासन के पास इसका रिकॉर्ड तोड़नेवाले भी अनेक वाक्य हैं। यदि सारे वाक्य एकसाथ छूट जाएँ तो सारा देश दब जाए। इनका वजन कम नहीं होता। हैवीवेट पाठक ही इसे सँभाल सकता है। मैं कमजोर हूँ, नकल करने में थक गया मगर शासन बलवान है। वह नहीं थकता। और लीजिएगा?

आकाश देखते हुए

छतरियाँ सुधरवाने के दिन करीब आए लगते हैं। दो-तीन दिन से हवा बड़ी सन्ना रही, लगे कि अब टपके और तब टपके। लालबुझक्कड़ी भविष्यवाणियाँ करनेवालों के लिए ऐसे दिन बड़े मजे के बीतते हैं। सारा गाँव पूछता है कि क्यों साब, इस बार पानी कैसा रहेगा? ताज्जुब तो यह है कि इस साल पूछनेवालों में कांग्रेसी नेता ज्यादा हैं। वक्त पर छतरियाँ न खुलीं तो पार्टी को मुँह छुपाने की जगह नहीं मिलेगी। प्रगति की जो थोड़ी-बहुत खुरचन देशवासियों के हाथ पल्ले पड़ जाती है, वह भी जाती रहेगी। अपने जल-द्वार सूख जाएँगे तो वाटरगेट के करिश्माकारों से ज्यादा गेहूँ माँगना पड़ेगा। वहाँ इस साल खूब आया है। मगर हम कोई योजना आयोग के सदस्य तो नहीं जो इतनी जल्दी निराश हो जाएँ। खुले में सोते हैं तो निश्चित करके सोते हैं कि रात को बिस्तरा लपेट अन्दर भागना पड़ेगा, हालाँकि तीन दिनों से पूरी रात में चार-सात बूँदें टपकी होंगी।

कांग्रेसी जन जानते हैं कि अपोजीशन फिर धीरे-धीरे अपनी पोजीशन में आ रहा है। दुर्घटनाएँ, हड़ताल, शहर बन्द, महँगाई की जमीन बराबर मिली तो पनप जाएगा। इसलिए किसान से ज्यादा फिक्र नेताओं को बरसात की है। हे मेघ, तू दक्षिण की बड़ी आँखोंवाली मुनेत्र कड़घम सुन्दरियों की पोलटिक्स में फँस मत जाना। यहाँ आकर भी बरसना क्योंकि इधर चुनाव परिणाम बड़े खराब गए हैं मेरी पार्टी के लिए। तू बरस तो मंच से भाषणों की बौछार की फिजाँ बने और विरोधियों से निपटा जाए। तू जानता है कि विरोध का केक्टस सूखे से पनपता है और कांग्रेस के गुलाब को पानी चाहिए। निराशा में जनता की तबियत झाबुआ हो गई तो पुलिस और सूचना विभाग मिलकर कुछ भी नहीं कर सकेंगे। और पानी कम बरसने का आरोप तो डॉ. शंकरदयाल शर्मा सी.आई.ए. पर भी नहीं लगा सकते। अपनी किस्मत को रोना पड़ेगा।

उस दिन डॉ. शंकरदयाल शर्मा ने कहा कि भूखे-नंगे ही समाजवाद लाएँगे तो मुझे बड़ा अजीब लगा था। इतने दिनों कहते रहे कि कांग्रेस समाजवाद लाएगी और एकदम छिटककर सारी जिम्मेदारी भूखे-नंगों पर डाल दी। उनका यह विश्वास तो नहीं है कि देश में असली भूखे-नंगे कांग्रेस में ही हैं, जो निरन्तर खाने-पहनने में लगे रहते हैं? अगर उनका मतलब गरीब भूखे-नंगों से है तो इस बार बरसात भविष्य का निर्णय करेगी।

अगर पूरा पानी न बरसा, फसल ज्यादा न आई तो भूखे-नंगों द्वारा समाजवाद लाने का खतरा दरवाजे पर ही समझो। मगर कांग्रेस अध्यक्ष कुछ कहें, उनका समाजवाद तात्पर्य हरियाली से ही रहता है। खूब सरकार से कर्ज लो, खूब उगाओ, खूब खाओ, लेवी बराबर दो, सभाओं में भीड़ लगाओ, वोट बराबर हमें दो, बस यही सच्चा समाजवाद है जो बरसात की वजह से आता है। अतः सर्वोपरि है बरसात, जिसमें देश की राजनीति भीगती है। नेतृत्व फलता-फूलता है। फायदे के फल टपकते हैं।

आम कांग्रेसी इन दिनों प्रार्थना कर रहा है–हे राजा इन्दर, तू इन्दिरा का ध्यान रखकर बरस, इंडिया का ध्यान रखकर बरस। हे सकल मटकों-बाल्टियों के भरैया, अपने गीले पोस्टर आसमान में चिपका दे और सालाना कोटा रिलीज कर; वितरण की लड़ाई हम लड़ लेंगे। इतना कीचड़ कर कि अपोजीशन का पैर फिसल जाए। पोलिटिक्स तेरे हाथ है प्रभु! सारी मुंसीपाल्टियाँ हाथ से निकल जाएँगी स्वामी, स्वागत-सत्कार को तरस जाएँगे। अगले चुनाव के पहले थोड़ा-सा समाजवाद तो लाकर दिखाना है। इतनी भर गरीबी हटानी होगी कि भाषण का मंच बनाने को जगह निकल आए।

मंच के पात्रों की तरह जब तक भूपाली भिश्ती नहीं आएगा, फर्राश जाजम कैसे बिछाएगा? जब तक जाजम नहीं बिछी, कांग्रेसी नेता कहाँ बैठेगा?